SUTTON
VERLAG

Mona Misko

TOD IN DER KALURABUCHT

Ein Sizilien-Krimi

SUTTON KRiMI

ÜBER DIE AUTORIN

Mona Misko, 1947 in Münster geboren, lebt heute in Bad Neuenahr. Tätig war sie im In- und Ausland in der Werbung, im Hotelfach, in der Medizin, der Reisebranche und als freie Journalistin. Sie lebte ein Jahr im Kibbuz und ist Mutter von drei erwachsenen Kindern.

2003 erschien ihr erster Psychokrimi, seitdem hat sie mehrere Romane und etliche Kurzgeschichten veröffentlicht. Heute arbeitet sie als freie Autorin, Trauer- und Festrednerin und organisiert Reisen nach Sizilien. Sie ist Mitglied im »Syndikat«, »VS« und »Literaturwerk RLP«.

Mehr über die Autorin im Internet: www.mo-misko.de

Sutton Verlag GmbH
Hochheimer Straße 59
99094 Erfurt
www.suttonverlag.de
www.sutton-belletristik.de

Gestaltung und Satz: Sutton Verlag

ISBN: 978-3-86680-960-4

Druck: Aalexx Buchproduktion GmbH, Großburgwedel

Für Sophie

Italien ohne Sizilien
macht gar kein Bild in der Seele:
Hier ist erst der Schlüssel
zu allem.

Johann Wolfgang von Goethe

Vôi fari parrari lu mutu?
Lèvacci lu sò affannatu.

Willst du den Stummen zum Reden bringen,
musst du ihn aus der Not befreien.

Sizilianisches Sprichwort

1

Etwas stimmte nicht. Tiziana Paxiani sah dem schäbigen Fahrzeug hinterher und schüttelte den Kopf. Das Glas des linken Seitenblinkers war zersplittert. Die Stoßstange vorne eingebeult. Auf der Motorhaube befanden sich kraterförmige Lackschäden. Der Wagen klapperte, als würde er jeden Augenblick ein Teil nach dem anderen verlieren. Die fremde Gestalt darin, wunderte sich Tiziana, war bei ihrem Auftauchen rasch ins Fahrzeug gesprungen und davongebraust. Kurz zuvor hatte Tiziana beobachtet, wie die Person interessiert das Haus sowie das Grundstück inspizierte. Sollte etwa jemand die Umgebung ausspionieren? War ein Angriff auf die Familie geplant? Die *azienda* der Familie Ferrante lag kurz vor Castelbuono und schätzungsweise fünf Meter abseits der Staatsstraße 286 auf einer kleinen Anhöhe im *Parco delle Madonie*, dem Naturpark an der Nordküste Siziliens in der Provinz Palermo. Dieser gehören 17 Gemeinden an, darunter auch Castelbuono und Cefalù.

Gaspare, so erinnerte sich Tiziana, hatte in letzter Zeit einige Male Ärger mit einem der *Freunde*. Das Wort Mafia vermied man auf Sizilien am besten, wo es ging. Aber die Ferrantes zahlten immer pünktlich und standen gut mit den Mächtigen. Tiziana wusste nicht allzu viel. Sie wollte auch gar keine genaueren Einblicke in Gaspares Geschäfte und die des Großvaters Don Santino Ferrante. Wer nichts weiß, kann auch nichts ausplaudern. Doch über eines war sie sich gewiss, Gaspare würde niemals seine Familie in Gefahr bringen. Vom ehrenwerten Don Santino Ferrante ganz zu schweigen.

Gedankenverloren ließ Tiziana eines der Garagentore hochfahren, stieg in ihren knallroten Sportwagen der Marke Fiat Barchetta und fuhr aus der Garage. Unterdessen öffnete sich schon automatisch das Straßentor.

Tiziana Paxiani war eine überaus attraktive Frau von 27 Jahren. Besonders stolz war sie auf ihre Taille und ihren üppigen Busen, den man bei ihrer schlanken Figur kaum erwartete. Die junge Signora trug ein dünnes orange-rotes Sommerkleid, das ihre Bräune betonte. Ihre dunkelbraunen Haare hatte sie zu einem Nackenknoten gewickelt. Bei langen Haaren die beste Frisur in der Gluthitze des letzten Tages im Juli.

In einem angepassten Tempo folgte Tiziana der sich an manchen Stellen steil abwärts schlängelnden und mit Schlaglöchern übersäten Straße hinunter Richtung Küste. Je weiter sie sich von ihrem Wohnort im Hinterland entfernte, umso mehr beschlich sie der Eindruck, allein auf der Welt zu sein. Wahrscheinlich würden ihr wie meistens während der etwa halbstündigen Fahrt keine weiteren Fahrzeuge begegnen. Stille und eine wilde unberührte Natur abseits vom Tourismus umschlossen sie. Sie dachte an Gaspare. Mit einem plötzlichen Gefühl der Leere lenkte sie den Wagen durch Olivenhaine und Kastanienwälder. Einige Male erspähte sie in den umliegenden Bergen verschanzte Gehöfte oder kleine Dörfer. Obwohl Tiziana mit ihrer Fahrweise den Straßen in der Madonie Rechnung trug, holte sie irgendwann das unansehnliche Gefährt mit der unbekannten Person darin ein. Sie bedauerte, durch die verschmutzte Heckscheibe des Wagens vor ihr nicht erkennen zu können, ob ein Mann oder eine Frau hinter dem Steuer saß. In gebührendem Abstand folgte Tiziana dem Wagen weiter die Küstenstraße entlang. Kurz hinter S. Ambrogio verlangsamte das Fahrzeug vor ihr seine Fahrt und hielt schließlich in einer Haltebucht direkt am Meer. In gemächlicher Fahrt passierte Tiziana und parkte wenige Meter weiter. Nachdem sie ein paar Minuten gewartet hatte, stieg sie aus. Ihr fielen fast die Augen aus dem Kopf, als die Person endlich den demolierten Wagen verließ. Einige Sekunden später vernahm Tiziana zwar, dass ein weiteres Auto in der Haltebucht geparkt hatte, sie drehte sich aber nicht um. Sie konnte den Blick nicht von dem Geschöpf abwenden, das gerade den schäbigen Wagen verlassen hatte und nun aufs Meer schaute, als könnte es sich nicht sattsehen. Tiziana überlegte. Dann schritt sie entschlossen zu der Gestalt hinüber. Die Unterhaltung der beiden dauerte weniger als zehn Minuten.

Versonnen schaute Tiziana dem Fahrzeug nach, als es Richtung Cefalù weiterfuhr, und hörte die näherkommenden Schritte nicht. So erschrak sie fürchterlich, als plötzlich neben ihr eine leise Stimme ihren Namen in einer Tonlage flüsterte, als stelle sie eine Frage. Tiziana fuhr herum. Die Stimme hatte von einer Sekunde zur anderen einen Schwall längst vergessen geglaubter Erinnerungen wachgerufen. Mehr als Tiziana im Moment geistig bewältigen konnte. Sie starrte in das Gesicht, das zu der Stimme gehörte. Vollkommen sehen konnte sie es allerdings nicht. Eine große Sonnenbrille mit fast schwarzen Gläsern gab die Konturen nicht frei. Weit fließende schwarze Kleidung hüllte den Körper ein, als trüge die Frau Trauer. Verschwommene, verdrängt geglaubte Bilder blitzten in Tizianas Gehirn auf. Und ein beängstigendes Gefühl rollte wie eine Woge durch ihren Körper. War *sie* es? War sie es tatsächlich? Einige Sekunden wollte Tiziana nicht weiterdenken. Wie konnte das sein? Sie war doch tot. Seit über einem Jahr. Tiziana rang um Fassung. Wenn diese Frau tatsächlich echt war, dann begab sich die Signora womöglich in große Gefahr. Oder aber …? Tiziana hielt für einen Augenblick die Luft an. Oder aber sie selbst? Oder gar die ganze Familie?, durchfuhr es die junge Frau eiskalt.

2

Die Sonne war hinter dem Hausberg von Cefalù, der *Rocca di Cefalù*, verschwunden. Die *Rocca*, ein riesiger Felsklotz von ungefähr 300 Metern Höhe, lag zwischen der *Torre Calura*, dem Turm Calura, in dessen Nähe sich Sophie Baumann befand, und der Altstadt von Cefalù. Langsam begann es, dunkel zu werden. Sophie Baumann war gerade 26 Jahre und konnte sich nicht erinnern, jemals so aufgewühlt gewesen zu sein, ihr Verstand dermaßen verwirrt. Die außergewöhnlich attraktive Deutsche schaute von ihrem Platz aus zum Himmel hinauf. Sie saß auf der Badeterrasse des Hotels *Kalura* auf einem Steinabsatz unter dem Felsen. Über sich vernahm sie die schwache Geräuschkulisse der Gäste hoch oben auf der zwanzig Meter höher liegenden Panoramaterrazza. Die Luft war immer noch sehr warm. Es war ein heißer Tag gewesen, und morgen würde es wieder so werden. In der Sommerzeit servierte das Hotel die Mahlzeiten draußen. Die Abendessenszeit stand kurz bevor. So wie heute Abend unterhielt ein Klavierspieler zwei Mal die Woche die Gäste.

Allmählich beruhigte sich die junge Frau. Diese Signora vom Meer hatte ihr heute Nachmittag tatsächlich weismachen wollen, dass sie in Gefahr schwebte. Aber Sophie Baumann war weder ängstlich noch glaubte sie an italienische Horrorstorys. Aber durcheinander war sie dennoch. Eben hatte sie mit *ihm* telefoniert. Sehnlich wartete sie nun auf das Eintreffen des Mannes, der ihr goldene Berge versprochen hatte. Der ihr Interesse erregte wie bisher kein anderer Mann auf der Welt, dessentwegen sie Hals über Kopf auf diese Insel gereist war. Über den sie möglichst viel erfahren wollte. Vor allem nach dieser merkwürdigen *Teufels-E-Mail,* die ihr ein Unbekannter vor einigen Tagen geschickt hatte. Jemand, von dem Sophie Baumann noch nie gehört hatte.

Sie versuchte, nicht eine Sekunde über ihren plötzlichen Aufbruch nach Sizilien nachzudenken, weil sie insgeheim wusste, dass er überstürzt gewesen war. Aber nun war sie hier.

Ein leiser Schrei entfuhr Sophie, als unvermittelt jemand in ihrer Nähe auftauchte. Sie sprang hoch, dachte, *er* wäre es und wusste zugleich, dass er es nicht sein konnte. Wollte diese Person in der düsteren Kleidung und dem tief ins Gesicht gezogenen Hut zu ihr? Oder war sie einfach nur hier unten wie sie selbst auch, um Meerluft zu schnuppern?

»Sophie Baumann?«, erklang eine weiche Stimme.

Sophie nickte und wurde sofort von einem eigentümlichen Gefühl ergriffen. Ungefähr ein Meter trennten sie von der Fragestellerin. Was Sophie vom Gesicht unter dem Hut erkennen konnte, erschien ihr beinahe wie eine Maske. Auf den ersten Blick bildete Sophie sich ein, dennoch Züge ehemaliger Schönheit zu erkennen.

»Setzen wir uns doch wieder.« Die Frau deutete auf den Steinabsatz, von dem Sophie aufgesprungen war. Aber Sophie blieb stehen.

»Wer sind Sie und was wollen Sie von mir?«

»Ich will Sie retten.«

Noch jemand, der sie angeblich retten, vor Unheil bewahren wollte? Was sollte das alles? Sophie überlegte. Erst die Frau am Meer, jetzt diese Signora. Langsam erschienen Sophie Baumann die Ereignisse ein wenig bizarr.

»Wovor retten? Und woher wussten Sie überhaupt, dass Sie mich hier finden?«

»Ich weiß so einiges von Ihnen. Hören Sie mir einfach zu.«

Als die Frau zu Ende gesprochen hatte, standen Sophie die Haare zu Berge.

»Warum sind Sie nicht zur Polizei gegangen?«, fragte Sophie ungläubig, nachdem sie eine Weile über das Gehörte nachgedacht hatte. Sie erntete ein krankes, verzweifeltes Lachen.

»Seien Sie sicher, Signora Baumann, dass Sie vom ersten Tag an beobachtet werden. Selbst jetzt schauen uns von irgendwo wachsame Augen zu.«

Unwillkürlich sah Sophie sich um. Sie erkannte rasch mehrere Möglichkeiten, wo sich jemand unbemerkt verstecken konnte, glaubte es andererseits aber nicht. Schließlich steckte sie nicht mitten in einem Mafiafilm. Wenngleich die Situation allmählich eine unbestimmte Furcht in ihr wachrief. Sie wollte lachen, konnte aber nicht.

Das muss *er* jetzt aber sein, durchfuhr es Sophie, als sie endlich Schritte vernahm. Und die fremde Signora sagte: »Da kommt er. Handeln Sie klug, Signora Baumann.«

Sophie erwartete, dass die Frau, die keinen Namen genannt hatte, jetzt verschwinden würde. Schließlich wusste sie, wer jeden Augenblick hier erschien. Aber sie blieb einfach stehen. Oben auf der Panoramaterrazza erreichte der Klavierspieler den musikalischen Höhepunkt des Stückes, das er zum Besten gab. In der Sekunde wurde Sophie Baumann Zeugin, wie sich neben ihr zwei Augenpaare anstarrten. Nach dem Schlussakkord vernahm sie entgeistert, dass der Mann ihres Lebens die fremde Frau ansprach.

»*Dio mio*, was haben sie mit dir gemacht? Ich hatte nichts damit zu tun.«

»Das hat er tatsächlich nicht«, erklang unvermittelt eine weitere Stimme. Sophie zuckte zusammen. Ein Abend voller Überraschungen, dachte sie. Hatte sie diese Stimme nicht schon einmal gehört? Natürlich! Die Signora vom Meer schien aus dem Nichts gekommen zu sein. Gehörte auch sie zu Sophies Beobachtern? War sie ihr nach dem Gespräch am Meer ebenfalls heimlich gefolgt? Sophie dachte darüber nach und wurde mit einem Schlag von Neugier erfasst, obwohl ein Gefühl ihr sagte, dass gleich etwas Schreckliches passieren würde.

3

Es war ihr erster Sommerferientag bei ihrem Vater Gerrit Curcio in Cefalù auf Sizilien. Vier wundervolle Wochen würden sie nun dem Moloch Rom fernbleiben, wo sie nach der Scheidung der Eltern mit ihrer Mutter lebten.

Die beiden Jungen fegten die letzten Stufen der langen Treppe hinunter bis zur Meeresbucht. Noah, mit 12 Jahren der Ältere, blickte über das endlose Wasser. Der hoteleigene Badeort lag direkt unterhalb des Hotels, das majestätisch auf dem Felsenriff thronte.

Noah war ein guter Schwimmer und erreichte als Erster die Edelstahlleiter, die von der Terrasse ins Wasser führte. Vorsichtig setzte er einen Fuß nach dem anderen in das erfrischende Nass, hielt den Kopf gesenkt und schaute dabei andächtig unter sich auf die rutschhemmenden Stufen. Mit einem Mal fing sein kleiner Bruder an zu schreien. Erschrocken hielt Noah inne und starrte Aaron fassungslos an. Was hatte er plötzlich? Obwohl es unter der aufgehenden Sonne schon 28 Grad warm war, zitterte er, als stände er im Eisschrank. Hastig kletterte Noah zurück. Aaron wedelte sprachlos mit den Armen, schien auf etwas zeigen zu wollen. Aber Noah, von Natur aus ruhig und besonnen, bedeckte rasch mit der flachen Hand Aarons aufgesperrten Mund.

»Bist du verrückt! Du weckst das ganze Hotel auf! Es ist noch nicht mal sieben Uhr.«

Aaron schrie unter Noahs Handfläche weiter. Erst jetzt drehte Noah sich um. Seine Augen folgten den gestikulierenden Armen. In der nächsten Sekunde schnappte Noah nach Luft. Seine Hand zuckte von Arons Mund zurück, und sein Bruder hörte auf zu schreien.

»Au Mann!«, war alles, was Noah herausbrachte.

»Ist die gestürzt?«, fragte Aaron leise.

Die Frau lag etwas verdeckt vom Steinabsatz unter dem Felsen, nicht einmal zwei Meter von ihnen entfernt.

»Die liegt aber komisch«, flüsterte Noah zurück. Als könnten sie die Frau aufwecken, schlichen sie auf Zehenspitzen näher heran. Eine kleine Weile starrten sie mit weit aufgerissenen Augen auf das, was sich ihnen darbot. Als sie erkannten, was passiert war, drehten sie sich wie auf Kommando um und stürmten los. Beinahe wären sie übereinander gestolpert. Aaron lief jetzt vorweg. Sie griffen sich ihre Shorts und rannten zurück zur Treppe. Als Aaron stolperte, stürzte und sich das Knie aufschlug, ignorierte er den Schmerz. Nichts auf der Welt hätte ihn im Moment daran gehindert, weiterzurennen. Die nicht enden wollenden 120 Stufen hinauf, die wie Serpentinen in die Felswand geschlagen waren und hoch zum Hotel führten. Vor ein paar Minuten erst waren sie hier heruntergekommen. Oben auf der Panoramaterrasse schnappten sie kurz nach Luft und eilten dann weiter über die schmale Treppe neben der Hotelbar, rissen die Seitentür zum Hotel auf und stürmten den langen Flur entlang. An seinem Ende lag die Hotelhalle. Kaum dort angekommen, schrien Noah und Aaron im Chor: »Toto! Toto! Du musst sofort runterkommen! Da unten –!«

»*Dio mio*«, unterbrach der Rezeptionist die aufgeregten Jungen, die sich vor der Empfangstheke aufgebaut hatten, über die Toto, mit knapp 165 Zentimetern nur etwas größer als diese, zu ihnen blickte. Toto bemerkte Aarons Kniewunde, aus der Blut das Bein herablief.

»Heilige Madonna, was ist denn passiert?«, rief Toto und schlug die Hände zusammen. »Was treibt ihr denn überhaupt so früh schon hier?«, schimpfte er mit gespieltem Entsetzen. Er wusste, wenn die beiden Söhne des Hotelbesitzers einige Wochen ihrer dreimonatigen Sommerschulferien hier verbrachten, waren sie die Ersten, die bei Sonnenaufgang ins Meer sprangen. Salvatore, Toto genannt, gehörte zum Hotel wie das Inventar. Seit 1972, also 34 Jahre, arbeitete er schon im *Kalura*. Er stammte aus dem benachbarten Bagheria, lebte dort zwischen Mafiavillen und war ein hundertprozentiger Sizilianer. Toto kannte die Söhne seines Chefs schon seit ihrer Geburt.

Die Jungen schnappten immer noch nach Luft. Toto zog seine buschigen Brauen hoch. Im Gegensatz zu seinen grauen Haaren waren sie tiefschwarz und zeichneten über seinen dunklen Augen zwei üppig geschwungene Bögen. Hastig begann er, hinter der Rezeption nach einem Pflaster zu suchen.

»Toto, du musst mit uns runterkommen, da liegt jemand ...!«

»Was redet ihr da für einen Unsinn!«, gab er zurück. Endlich hatte er ein Pflaster gefunden.

»Und Blut«, sprudelte es vor Aufregung aus den Brüdern heraus.

»Ja«, wiederholte Aaron, »Blut!«

»Das einzige Blut, das ich sehe, kommt aus deinem Knie!« Toto hantierte mit dem Pflaster herum.

»Mensch Toto!«

Aber Toto schien nicht zu begreifen. Er schwang theatralisch seine Arme.

»Wo ist Blut, außer an deinem Knie?«, fragte er in gespielter Verzweiflung, während er weiter versuchte, Pflaster und Schutzfilm voneinander zu trennen. Aaron wippte vor Anspannung mit den Füßen, als Toto ihm die Wunde am Knie zuklebte.

»Ich muss *papà* holen«, murmelte Noah schier verzweifelt über den Rezeptionisten und war schon auf dem Weg. Aaron hingegen, kaum dass seine Verletzung versorgt war, griff Totos Hand und zog ihn mit sich.

Die Frau lag an der schmalsten Stelle der Badeplattform, direkt seitlich neben dem dicken Felsen, der den Badeort unterteilte. Toto traute sich so nah heran wie keines der beiden Kinder zuvor. Als er auf die Frau am Boden starrte, bekreuzigte er sich drei Mal und stöhnte auf: »*Santa Madre di Dio.*«

Schließlich fischte er sein Handy aus der Gürteltasche, um die Carabinieri unter 112 anzurufen. Doch in seiner Aufregung vertippte er sich und erwischte statt der Endziffer Zwei die Drei. So landete Toto unbeabsichtigt gleich an der richtigen Adresse. Bei der Polizia di Stato, der Kriminalpolizei.

4

Alessia Cappelletti, ledig, zweiunddreißig Jahre, 169 Zentimeter groß, ovales Gesicht, schwarzhaarige Pagenfrisur, schlanke Sanduhrfigur, schreckte aus ihrem Traum hoch. Sie war in Rom gewesen. Am Flughafen. Hatte in den Armen ihrer besten Freundin Chiara geweint. Der Abschied. Alessia fasste sich an die Stirn und murmelte »*Mamma mia*«. Sie wollte sich wieder auf die Seite drehen, hielt plötzlich inne, weil sie etwas vernahm. Was für ein Geräusch drang da zu ihr herüber? War sie deswegen aufgewacht? Und wo befand sie sich überhaupt? Nun richtete sie sich in ihrem Bett auf, und schlagartig fiel es ihr ein. Sie ließ sich zurückfallen. Heiliger Calogero, natürlich. Sie war nicht mehr in Rom. Die Melodie schien aus einem der anderen Zimmer zu kommen. Fast im gleichen Moment erinnerte sie sich, dass sie vor drei Tagen bei ihrer Ankunft am Flughafen Palermo den Klingelton ihres Handys geändert hatte. Neues Leben, neuer Klingelton. Alessia schaute auf die Uhr. In etwas mehr als einer Stunde begann ihr erster Arbeitstag. Wer um Himmels Willen rief sie um Viertel vor sieben an? Der erste Gedanke schreckte sie auf. War etwas mit Celina, ihrer vierjährigen Tochter, die sie für einige Wochen in Rom bei der Freundin hatte zurücklassen müssen? Alessias Herz begann zu hämmern. Sie wusste, dass die Kleine sie vermisste und darauf wartete, von ihrer *Mamma* bald nachgeholt zu werden. Oder war es ihr ehemaliger Freund und Beinahe-Ehemann Cosimo? Wollte er ihr etwa einen guten Start wünschen? Das sähe ihm ähnlich. Er sollte sich bloß zum Teufel scheren. Die Wunde Cosimo würde sie noch eine Zeit lang lecken müssen, bis sie auch nur einigermaßen verheilt war. Verwirrt stand Alessia auf und ging dem noch ungewohnten Klang nach. Allzu viele Möglichkeiten gab es in ihrer 2-Zimmerwohnung nicht. Ihr Handy lag auf dem Fußboden und war über das Ladekabel mit der Steckdose verbunden.

»Alessia Cappelletti«, meldete sie sich mit fragender Stimme.

»Hier Borsellino, *buongiorno* Commissario Cappelletti.«

Als hätte ihr eine unsichtbare Hand auf den Rücken geschlagen, straffte Alessia ihren vom Schlaf noch trägen Körper. Am anderen Ende war ihr neuer Chef, der Vice-Questore Dottor Manfredi Borsellino aus der Questura Cefalù.

»Ich weiß«, sprach er weiter, »Sie haben sich durch die Versetzung im Gegensatz zu Rom einen ruhigen Job erhofft – aber gerade erreichte uns über 113 ein Notruf. Wir haben einen –«

»*Suicidio*?«, fiel sie ihm ins Wort, ohne es gewollt zu haben und biss sich sogleich auf die Lippe. In Cefalù, so war ihr durch einen Kollegen zu Ohren gekommen, hatte die Polizei statt Morde hauptsächlich Selbstmorde verzweifelter Bürger zu bearbeiten. Der Vice-Questore jedoch schien über ihre spontane, aber wohl berechtigte Frage zu lächeln. Alessia glaubte, dies am Ton seiner Stimme zu bemerken.

»Cappelletti, ich hätte Sie an Ihrem ersten Tag lieber weniger dramatisch eingeführt, aber wir haben eine Tote. Vermutlich ein Gewaltverbrechen.«

»Und ich bin die einzige Commissario, die …«, sie brach mitten im Satz ab. Was redete sie da?

»*Sì*, Cappelletti, Ihr diensthabender Kollege Maurizio Alverni von der Squadra Mobile hatte heute Nacht einen Blinddarmdurchbruch. Das kann länger dauern.«

»Wo muss ich hin?«

Der Vice-Questore nannte ein Hotel und wollte ihr noch den Weg erklären. Alessia unterbrach ihn.

»Ich habe ein Navigationsgerät. *Bene*. Ich bin gleich da.«

Automatische Worte. Wie oft hatte sie diesen Satz in Rom gesagt? »Das geht ja gut los«, brummte sie und drückte ihr Telefon aus. Einen Moment blickte sie sich ratlos in ihrer neuen Wohnung um. Überall standen unausgepackte Kartons. Teile ihrer Garderobe lagen auf dem gebraucht gekauften Sofa. Gestern Abend erst geliefert. »Es sieht aus, als …, ach, was soll's.«

Ordnung konnte sie immer noch machen. Und auspacken brauchte sie sowieso nicht alles. Diese kleine Wohnung war nur vorübergehend, bis sie etwas Besseres für sich und ihre Tochter gefunden hatte. »Celina«, murmelte Alessia, und die aufkommende Sehnsucht nach ihrem Kind brannte wie Feuer in ihrer Seele. Beinahe hätte die Commissario losgeheult.

Auf dem Weg ins Bad zog sie ihr Schlafshirt über den Kopf und ließ es zu Boden gleiten. Stieg im Weiterlaufen aus ihrem Slip und dachte daran, dass sie in ihrer Beziehung mit Cosimo immer nackt geschlafen hatte. Er wollte nichts an ihrer Haut. Vorbei, unwiderruflich vorbei! Der Stich in ihrer Brust trieb ihr für einige Augenblicke die Tränen in die Augen. Doch für schmerzvolle Rückblicke hatte sie keine Zeit. Das Telefon klingelte erneut. Wieder war es der Vice-Questore.

»Ihr neuer Kollege wird Sie abholen«, bestimmte er.

»Wir können uns auch am Hotel treffen«, erklärte Alessia.

»Keine Widerrede. In zehn Minuten holt Vice-Commissario Giuliano Carasini Sie ab.«

Zehn Minuten. Die reichten nicht für eine Dusche. Also Katzenwäsche, Zähne putzen, anziehen. Aber was? Heilige Agatha von Catania. Mit einem Tötungsdelikt am ersten Arbeitstag hatte Alessia nicht gerechnet. Für diesen wichtigen Tag in der Questura hatte sie sich alles planmäßig zurechtgelegt. Die ersten Worte, die sie vor dem Spiegel geübt hatte. Das dezent rote Gucci-Sommerkleid, extra für ihren ersten Auftritt vor dem Kollegenteam gekauft. Schlicht, aber aussagekräftig. Es betonte ihre Anatomie auf vorteilhafte, aber zurückhaltende Weise, keineswegs aufreizend. Genau richtig. Doch jetzt war etwas Dezenteres gefragt. Eilig durchwühlte sie den Kleiderhaufen. Schließlich zog sie eine Dreiviertel-Hose aus dünnem Leinen in Smaragdgrün heraus, dazu die blassgelbe Kurzarmbluse, die cremefarbene dünne Leinenweste darüber und fertig. Noch schnell Lippenstift auftragen, Wimpern tuschen, Brauen nachziehen und schon ertönte der Gong ihrer Wohnungstür. Rasch schnallte sie sich die gelbe Bauchtasche um, in der sie alles mit sich führte, was eine Frau womöglich benötigen könnte. Gespannt auf den neuen Kollegen, mit dem sie die nächste Zeit zusammenarbeiten würde, trat sie vor die Tür.

Er stand lässig an ein Zivilfahrzeug gelehnt. Groß und schlank und dunkelhäutig. Ein sizilianischer Schönling, der nicht nur durch den angedeuteten Dreitagebart ziemlich verwegen wirkte. Du lieber Himmel. Der Typ wusste wahrscheinlich genau, wie er auf Frauen wirkte. Sie vermutete ihn nur wenige Jahre jünger als sie selbst. Seine vollen, glatten und pechschwarzen Haare hielt er aus der Stirn gekämmt. Im Nacken und hinter den Ohren rollten sie sich, gerade abgeschnitten, vorwitzig nach außen. Er erinnerte sie an den jungen Johnny Depp, der seinerzeit die Haare ebenfalls auf Kinnlänge trug. Um den Hals ihres Vice war lässig ein rotes Dreieckstuch gewickelt. Carasini trug ein weißes Shirt, Jeans und darüber eine schwarze, ziemlich mitgenommene ,dünne Lederweste. Wenn sie nicht gewusst hätte, dass er Polizist ist, hätte sie ihn glatt für einen abgewrackten Typen gehalten. Ihr Vice schien ideal geeignet für verdeckte Ermittlungen.

Schamlos, wie sie empfand, starrte er ihr entgegen, als sie zu den Parkplätzen vor der Appartementanlage hinüberschritt. Ein Lächeln auf seinem Gesicht. Dennoch erkannte sie den abschätzenden Blick darin, der fragte: *Wie stufe ich sie ein? Wie ist die Kollegin? Kommt man mit ihr zurecht?*

Alessia überlegte kurz und beschloss, diese offenkundigen Fragen in seinem Gesicht zu ignorieren. Sie setzte ihr Kollegenlächeln auf. Frei, unvoreingenommen und herzlich. Als sie vor ihm stand, verbeugte er sich theatralisch und sagte pathetisch: »Willkommen auf der Insel, meine stolze Römerin. Vice-Commissario Giuliano Carasini, *piacere*.«

»Commissario Alessia Cappelletti, freut mich ebenfalls.«

Ihre ausgestreckte Hand hielt er länger als üblich fest. Grinste sie währenddessen unverblümt an und zeigte gute weiße Zähne.

Mit der Aufforderung »Kommen Sie, die Arbeit wartet«, wollte sich Alessia aus der unangenehmen Situation befreien. Aber ihr Vice stand wie festgewachsen auf der Stelle.

»Schön wohnen Sie hier – und so ruhig.«

Wollte er sie hochnehmen? Ruhig war es einigermaßen, ja, aber schön? Trotzdem war Alessia froh, von Rom aus dieses Appartement in der Via Dietro Castello, was soviel hieß wie *hinter der Burg,* gefunden zu haben. Und hier lag auch das Neubaugebiet. Hinter der *Rocca,* dem Felsen von Cefalù. Carasini erinnerte sie mit seinem strotzenden Selbstbewusstsein an Cosimo. Ein schönes Gesicht bedeutete in Italien viel, und ihr Vice war außergewöhnlich gut aussehend mit frischen dunklen Augen und einem sympathischen Lächeln. Die Italiener waren eitel, auf ihr Äußeres bedacht, viele trugen Goldkettchen und fanden es schick. Giuliano Carasini schien ein typischer Insel-Machopolizist zu sein. Aber daraus konnte sie diesem jungen Polizisten keinen Vorwurf machen. Seine Augen blitzen sie auf sympathische Weise an. Die Lippen zu einem ungezwungenen schiefen Lächeln verzogen, von dem er sicherlich glaubte, dass sämtliche Damen bei diesem Anblick schwach würden und sich ihm zu Füßen warfen. Er maß für einen Sizilianer untypische ein Meter achtzig. Dazu ein durchtrainierter Körper, wie er zu einem Polizisten gehörte.

Jedenfalls besser als ein älterer brummiger Kollege, der sich sauer darüber gibt, statt eines Vorgesetzten eine Vorgesetzte zu bekommen.

Carasini schaute ihr immer noch unverfroren ins Gesicht.

»Ist etwas mit meinen Augen?«, fragte Alessia. Seine Antwort kam wie aus der Pistole geschossen: »Faszinierend lagunengrün. Wie Ihre Hose. Haben Sie sie zu Ihrer Augenfarbe ausgesucht oder umgekehrt?«, feixte Vice-Commissario Carasini.

Das hört nie auf.

Sie sollte sich längst an die Reaktionen der Menschen auf ihr Sehorgan gewöhnt haben. Die Iris ihrer Augen strahlte schwarz umrandet in einem kräftigen Grün, gesprenkelt mit hellbraunen Pigmenten.

»Grün«, ließ Carasini sie wissen, »ist die Farbe des Lebens, der Pflanzen und des Frühlings und damit der Hoffnung. Aber assoziiert man eine grüne Augenfarbe mit Katzenaugen, werden Frauen mit grünen Augen die Attribute Eigenwilligkeit, Geschmeidigkeit«, er legte den Kopf zur Seite und musterte ihre ausgewogene Körperform, »erotische Ausstrahlung und Orgasmusfähigkeit nachgesagt. Außerdem werden ihnen Eigenschaften wie geheimnisvoll, mystisch, undurchschaubar, ehrlich, treu, zuverlässig und vertrauenswürdig zugeschrieben. Ich könnte Ihnen noch –«

»*No, no, no! Grazie!* Wie haben Sie es nur zur Polizei geschafft?«

Daraufhin sah er sie mit einer so dümmlichen Miene an, dass sie laut lachte. Ihr Vice, dachte Alessia, schien zudem noch ein kleiner *filosofo* zu sein.

Als sie in den Wagen stieg, bedachte Carasini sie mit einem Blick, den Alessia nicht zu deuten wusste. Es dauerte einige Zeit, bis er die Fahrertür öffnete und hinter dem Steuer Platz nahm. Er sah sie an und stöhnte dabei auf, als könne er nicht begreifen, wie ihm geschah. Alessia aber drückte ihm einfach ihr Handy in die Hand.

»Bitte wären Sie so nett und …«

Der Vice-Commissario schaute sie zunächst verblüfft an. Im nächsten Moment kapierte er, und ohne, dass sie ihre Bitte zu Ende formulieren musste, speicherte er seine Nummer und einige weitere der Questura in ihr Mobiltelefon ein.

»*Grazie.*«

»Keine Ursache.«

Alessia ließ das Telefon wieder in ihrer Bauchtasche verschwinden. Schweigend fuhren sie los. Aufmerksam versuchte Alessia, sich die Namen aller Straßen einzuprägen, an denen sie vorbeikamen oder durch die sie fuhren. In Rom hatte sie gelernt, dass es das Wichtigste war, denn brauchte man Verstärkung und wusste nicht, in welcher Straße man sich gerade befand, konnte es einen das Leben kosten. Mittlerweile waren sie auf der Strada Ferla unterwegs zur Caldura-Bucht.

»Ist die Spurensicherung schon vor Ort?«, durchbrach Alessia das Schweigen.

»Noch nicht, Commissario. Die kommen aus Termini Imerese, genauso wie der Richter und der Staatsanwalt. Aber es kann nicht mehr lange dauern. Die brauchen ungefähr eine halbe Stunde. Vorausgesetzt, sie fahren postwendend los.«

»Wissen Sie schon Näheres über die Tat?«

»So viel wie Sie.«

Also nichts.

»Aber die uniformierten Kollegen sind schon dort und warten auf uns.«

»Auch Carabinieri?«, wollte Alessia sogleich wissen. Sie dachte an das unangenehme Zuständigkeitsgerangel und das Konkurrenzgehabe zwischen Carabinieri und der Staatspolizei. Wen der Notruf zuerst erreichte, bearbeitete in der Regel den Fall. Die Zusammenarbeit beider Institutionen gestaltete sich häufig schwierig. Dennoch versuchten beide Seiten, friedlich miteinander zu konkurrieren, auch wenn das nicht immer funktionierte. Vor ein paar Monaten hatte sie von einem Mordfall gehört, bei dessen Aufklärung sich Carabinieri und Kriminalpolizei derart in den Haaren gelegen haben sollen, dass schließlich die eine Partei die Leiche mitnahm und die andere das Tatfahrzeug. Ob es stimmte, vermochte Alessia nicht zu sagen.

»Dürfte nicht sein«, unterbrach Carasini ihre Gedanken, »denn der Notruf traf bei uns, bei der Staatspolizei, ein. Es sei denn, der Anrufer hat hinterher noch die Carabinieri angerufen.«

Dann will ich das mal nicht hoffen, dachte sie. Unbedacht sagte sie laut: »Hoffentlich zertreten die nicht alle Spuren.«

Ihr Vice warf ihr mit großen Augen einen kurzen Blick zu.

»Wieso sind Sie so überaus charmant? Wollen Sie sich gleich unbeliebt machen?«

Alessia sagte nichts darauf. Sie hatte verstanden. Mit einem Mal herrschte eine merkwürdige Stimmung im Fahrzeug, und es war bedrohlich still zwischen ihnen.

»Ich habe wohl etwas Falsches gesagt, *vero*?«, versuchte Alessia die Stimmung zu retten.

»*O sì*, Commissario, sind ja alles Idioten, die Insulaner, nicht so gewieft wie die in Rom«, empörte sich ihr Vice und blickte sie verärgert an.

»Es wäre nicht das erste Mal, dass ich an einen Tatort komme und unachtsame Laien oder selbst Polizisten haben alles zertrampelt«, versuchte sie sich zu rechtfertigen. Rasch fügte sie hinzu: »Höre ich aus Ihren Worten etwa Neid auf die Landsleute vom Festland heraus?«

»*No, no*, Commissario«, meinte er, nachdem einige Zeit verstrichen war, »ich liebe alle Italiener. Ob hoch im Norden oder tief im Süden. Ob umtriebig oder lahm. Ob laut oder leise. Ob clever oder dumm. Ob filigran oder tollpatschig. Und selbst dann, wenn sie vielleicht Spuren zertrampeln.«

»Es tut mir leid, wenn ich etwas vorschnell geurteilt habe«, entschuldigte sie sich. Alessia hatte ihn wirklich nicht verärgern wollen. Aber sein Gehabe vorhin hatte ihre Angriffslust geweckt. Sie versuchte, mit etwas Witz die Sache zu glätten und fragte kess: »Unsere Zusammenarbeit steht doch jetzt wohl nicht unter einem schlechten Stern?«

»Das würde ich sehr bedauern«, entgegnete ihr Vice. Ab und zu verfiel Giuliano mit seiner volltönenden Stimme in den sizilianischen Dialekt, während Alessia das elegante Italienisch der Römer sprach und sich nur schwer an diese ursprüngliche landschaftliche Redeweise gewöhnen würde. So wie er ihre Äußerung aufgeschnappt hatte, war sie ganz und gar nicht gemeint. Das behielt sie jedoch für sich.

»Aber lassen wir doch unsere Zusammenarbeit für einen Moment unter dem schlechten Stern stehen«, nahm Carasini das Thema wieder auf. Alessia konnte aus seinem Ton nicht erkennen, ob er sie neckte oder es ernst meinte, hoffte aber, dass er nicht tatsächlich auf Konfrontation aus war. Danach stand ihr zum jetzigen Zeitpunkt nicht der Sinn. Schließlich hatten sie ein Verbrechen aufzuklären. Ihr Vice räusperte sich.

»In der Regel komme ich gut mit meinen Landsleuten klar. Aber wenn arrogante Kollegen vom Festland daherkommen …«, wetterte er, »dann –«

»Ich habe gesagt, dass es mir leidtut! Wir sollten damit aufhören«, unterbrach ihn Alessia mit fester Stimme. »Bitte, fangen wir noch mal von vorn an. Ich bin Alessia.«

Einen Moment zögerte ihr Vice. Warf ihr mit verstecktem Grinsen einen Blick zu und sagte schließlich: *»Bene, io sono Giuliano.«*

»*Allora,* Giuliano, weißt du denn etwas über das Hotel, an dessen Strand die Tote gefunden wurde?«

»Es liegt 1,5 Kilometer oberhalb Cefalùs und existiert, soviel ich weiß, schon seit 1964. Es wurde immer weiter angebaut. Zimmer, ein Restaurant, dann ein weiterer Stock, ein zweiter und so fort. Schließlich haben sich die damaligen Besitzer übernommen und es 1972 an die Familie Curcio verkauft. Die haben weiteres Land dazu erworben, Parkplätze geschaffen, einen Strand angelegt und so fort und haben dann, wenn ich mich richtig erinnere, 1973 mit der Bewirtschaftung begonnen.«

»Das ist mehr, als ich erwartet habe. Du bist gut informiert.«

Ihr Vice schien sich, wie sie an seinem Profil ablesen konnte, über ihr Kompliment zu freuen.

»Das ist kein Wunder. Mein *nonno* war mit dem alten Pasquale Curcio befreundet. Er ist 1999 verstorben.« Giuliano seufzte. »Ach, mein Großvater, ich habe ihn sehr gemocht.«

»Wer leitet das Hotel jetzt?«

»Seine Witwe mit Sohn Gerrit. Der alte Curcio war so etwas wie eine tragende Figur in Cefalù. Ein guter und sehr beliebter Mensch. Er hat, so erzählte mir Großvater, früh erkannt, dass in Cefalù mal der Tourismus einfallen würde.« Giuliano stieß einen abfälligen Laut aus. »Aber immer scheint es noch zu wenig zu sein.«

Bei seinen letzten Worten lenkte er den Wagen in die Via Vincenzo Cavallaro, in der das Hotel lag. Sie fuhren nicht auf den großen, dem Hotel vorgelagerten Parkplatz, sondern Giuliano parkte neben den beiden Streifenwagen vor der breiten, geschwungenen Treppe des Hotelportals. Alessia stieg aus, kaum dass der Wagen stand. Sie nahm eilig die Stufen hinauf zum Hoteleingang. Ein beleibter Uniformierter mit einem runden Gesicht blickte ihr von oben entgegen, als sähe er das erste Mal im Leben eine Frau eine Treppe emporeilen.

Bei ihm angekommen, stellte Alessia sich vor.

Der uniformierte Kollege nickte und deutete eine knappe Verbeugung an: »Vice-Sovrintendente, Polizeimeister Marcello Balsani.

Alessia drehte sich zu Giuliano um. Er folgte ihr ohne Eile.

»Deine Ruhe möchte ich haben«, kommentierte sie seine Schrittgeschwindigkeit.

»Ich überlege gerade, wann hier in Cefalù das letzte Mal jemand durch Mord oder Totschlag umgekommen ist. Ich meine, es war 2009.« Dabei grinste er den Uniformierten an, als erwarte er von ihm eine Bestätigung. »Hier wohnen fast nur brave Bürger.«

»Wie ich hörte«, verkündetet Alessia, »macht unter diesen braven Bürger angeblich sogar die Mafia Urlaub. Von deren Seite scheint uns wohl nichts zu erwarten. Wie auch immer.«

Alessia schickte dem Beamten ein Kopfnicken mit entsprechendem Blick. Er reagierte sofort.

»Commissari, folgen Sie mir bitte.«

Polizeimeister Marcello Balsani ging voran ins Foyer des Hotels. Eine gähnende Leere empfing sie. Alessia schaute zu der rechteckigen, geschwungenen Empfangstheke. Selbst sie war verwaist. Ihre Augen registrierten alles: das farbenprächtige Gemälde hinter der Rezeption, eingefasst in einen breiten goldfarbenen Rahmen, die mit terracottafarbenen Mosaiken verzierte Thekenfront. Ihr Blick flog hinüber in das Foyer. Durch den gegenüberliegenden riesigen Wandspiegel wirkte die Eingangshalle doppelt so groß wie in Wirklichkeit. Sie war bestückt mit weißen Glastischen und Korbbänken, dekoriert mit orangefarbenen Sitzauflagen. Rechts sah sie einen geräumigen Fernseh- und Aufenthaltsraum, abgegrenzt durch eine Glasfront mit hellen Stores.

»Kommt man nur durch das Hotel zum Meer hinunter?«, fragte Alessia.

»Soviel ich weiß, Commissario, ist es der kürzeste Weg zum Hotelbadestrand.«

»Dann gehen wir doch dort entlang.«

5

Als Alessia die Stufen hinunter geschafft hatte und endlich die Badeterrasse erreichte, dachte sie, dass sie ihr Sportpensum für heute hinter sich hatte. Zumal sie irgendwann wieder hinauf musste. Sie schaute sich nach Giuliano um. Ihr Kollege musste noch die letzten beiden Treppenabschnitte überstehen. Sie sah sich um. Die weißen Sonnenschirmständer ragten wie Spieße aus dem Boden und die Sonnenliegen lehnten zusammengeklappt an der Felsmauer. Rechts an die *Terrazza* grenzte ein öffentlicher schmaler Kiessandstrand.

Alessia lief vor bis zu einer Abstufung, setzte einen Schritt tiefer und ging bis ans Ufer. Aus den Augenwinkeln entdeckte sie zu ihrer Linken seitlich des Felsens das Opfer. Den Tatort hatten die anwesenden Polizisten provisorisch abgesperrt. Einige Meter außerhalb der Absperrung standen weitere Uniformierte in einer Gruppe zusammen und diskutierten lebhaft. Unmittelbar daneben verharrten mit aufgeregtem Gesichtsausdruck ein klein gewachsener älterer Mann und ein etwas größerer jüngerer, der seine Augen ständig über die Szenerie gleiten ließ, während er zwei Kinder umarmt hielt.

Was haben die Bambini hier zu suchen?

»Dann mal zu«, meinte Giuliano lakonisch, als er Alessia erreichte. Sie ging mit ruhigen Schritten vorweg auf die Gruppe zu. So konnte die Commissario jeden Einzelnen ausgiebig mustern. Ihre Gesichter spiegelten Ratlosigkeit und Entsetzen wider. Als Alessia bei der kleinen Menschenansammlung angelangte, wich das Entsetzen einer gespannten Erwartung.

»*Bongiorno*, ich bin Commissario Alessia Cappelletti, Commissariato Cefalù«, sie machte eine Handbewegung zu Giuliano, »und das ist mein Kollege, Vice-Commissario Giuliano Carasini. Wer hat die Leiche gefunden?«, fragte Alessia direkt in die Runde.

»Die beiden Kinder hier«, antwortete der ältere, grauhaarige Mann.

»Meine Söhne Aaron und Noah«, erklärte der andere und drückte die Kinder schützend an seine Seite.

»Ihr beiden wart also schon früh auf den Beinen«, begann Alessia sich den Jungen behutsam anzunähern.

Sie nickten.

»Wir gehen immer ganz früh schwimmen, wenn wir hier sind. Aber heute …«

»… heute war alles anders als sonst«, beendete Alessia den Satz. »Kanntet ihr die Tote?«, fragte sie und beugte sich etwas zu den Kindern vor.

Kopfschütteln.

»Habt ihr die Frau angefasst oder bewegt?«

»*No, no, no!*«, antworteten die Jungen im Chor mit bestürzten Gesichtern.

»Ist euch sonst irgendetwas aufgefallen?«

Erneutes Kopfschütteln.

»Sie lag einfach da«, meinte Aaron. Und Noah fügte hinzu: »Wir sind sofort weggelaufen, ins Hotel, Bescheid sagen.«

»Das habt ihr gut gemacht«, lobte Alessia. »Wisst ihr vielleicht auch, wie spät es war, als ihr die Tote entdeckt habt?«

»Die Sonne stand schon über dem Meer. So um sieben Uhr herum.«

Die Aufgaben unter den Beamten waren schnell verteilt.

»Bitte«, wandte sich Alessia an einen von ihnen. Er machte sich sofort bekannt.

»Vice-Ispettore Carlo Marchica, Commissario.«

Polizeihauptmeister Marchica war ein mittelgroßer Mann mit wachen Augen und schmalen Lippen, was ihn etwas streng aussehen ließ.

»*Prego*, trennen Sie die Zeugen, damit ich sie gleich einzeln vernehmen kann.« An Giuliano gerichtet bat sie, Verstärkung zur

Zeugenbefragung der Hotelgäste anzufordern. Mit dem Handy am Ohr, um seinen Auftrag sofort zu erledigen, ging Giuliano auf den Tatort zu. Die Augen hielt er starr auf den Boden gerichtet, offenbar, um keine möglichen Spuren zu beeinträchtigen. Nachdem er sein Gespräch beendet hatte, betrachtete er das Opfer und hörte für einen Moment auf, zu atmen.

»Scheiße«, erlaubte er sich, seinen Gefühlen Luft zu verschaffen. »Was für ein Albtraum.«

Intuitiv schaute Alessia zu ihm hinüber. Er winkte sie heran. Alessia strich einem der Jungen über den Kopf.

»Ich bin gleich wieder bei euch – und bei Ihnen«, fügte sie mit einem Blick auf die beiden Männer hinzu. Alessia nahm den gleichen Weg zum Tatort wie zuvor Giuliano. Die tote Frau lag an der schmalsten Stelle unterhalb des Felsens, der die Badeterrasse fast halbierte. Alessia schaute hoch. Von oben war dieser Platz nicht einsehbar.

Sie schaute wieder auf die Tote. Ein Bein lag verdreht nach außen. Beim Anblick des Opfers spürte die Commissario einen kalten Windhauch im Nacken. Ihr Vice wies erst auf das Gesicht und dann auf die Brust des Opfers. Das ehemals schöne Antlitz war erheblich entstellt. Die Augen waren blutunterlaufen. Vom einen zogen sich Verletzungen über das Nasenbein zur rechten Wange. Aus dem Augenwinkel verlief ein Rinnsal getrockneten Blutes über das Ohr hinweg zum Boden. Auch unter der Brust hatte sich Blut angesammelt, das aus mehreren Einstichen geflossen war.

Alessia, viel gewohnt und hart im Nehmen, drehte sich zur Seite und würgte. »Ich könnte meinen Beruf hassen, wenn ich ihn nicht so lieben würde«, stöhnte sie und griff sich an die Kehle. Giuliano reichte ihr flink ein Papiertaschentuch. Alessia schüttelte den Kopf und wandte sich wieder dem Opfer zu.

»Entweder war viel Hass im Spiel oder einfach nur Affekt«, kommentierte sie den Anblick, nachdem sie sich gefangen hatte. Eine solche Raserei war ihr in ihrer Laufbahn noch nicht untergekommen. »Das erinnert mich irgendwie an die Rache eines abgewiesenen Liebhabers«, meinte Alessia nachdenklich.

Giuliano nickte bedächtig.

»Wo genau wird Frauen noch mal derart das Gesicht zerschnitten?«

Bevor sich Alessia den Zeugen zuwandte, die die Kollegen in der Zwischenzeit so gesetzt hatten, dass sie nicht mehr miteinander sprechen konnten, nahm sie sich ein paar Minuten für eine intime Zwiesprache mit der Toten. Diese Zeit gestand sie jedem Opfer zu. Weniger aus Ehrfurcht vor dem Tod. Der gehörte zu ihrer Arbeit wie die Luft zum Atmen. Es waren aufschlussreiche Minuten, wichtig für ihre kriminalistische Beurteilung der Lage. Welcher Tathergang war für sie erkennbar und durch welche Fakten konnte sie ihn nachvollziehen? Spekulationen sollten zu diesem Zeitpunkt noch außen vor bleiben, doch manchmal konnte Alessia nicht anders. Sie versuchte sich vorzustellen, was sich hier abgespielt haben könnte. Hielt dabei nach Spuren Ausschau, aus denen sich Abläufe rekonstruieren ließen. Denn der Tatort war immer auch das Spiegelbild des Täters und seines Verbrechens. Fußspuren waren auf der Plattform nicht auszumachen. Aber es gab sicher Spuren, man musste sie nur verstehen. Verstehen, die stummen Zeugen richtig zu lesen.

Alessia blendete die Anwesenheit der anderen völlig aus. Der Anblick der Leiche machte ihr zu schaffen. Ihr leerer Magen teilte ihr ohne Rücksicht mit, was er von solch grauenhaften Tatsachen am frühen Morgen hielt. Trotzdem widmete sich Alessia nun konzentriert dem Opfer. Während dieser inneren Verbundenheit scannte und speicherte ihr Gedächtnis alles, was sie sah. Diese Eindrücke sprach sie auf ihr Diktiergerät, das sie stets mit sich führte, wenn sie im Einsatz war. Zeitlupengleich betrachtete sie den schlanken Körper der Toten von den Fuß- bis zu den Haarspitzen. Das Opfer war ungefähr 170 Zentimeter groß. Zwischen 50 und 55 Kilo schwer. Vielleicht Mitte zwanzig. Alessias Augen suchten Hinweise auf den Tathergang. Irgendwelche aussagekräftigen Anzeichen oder Hinterlassenschaften. Das Opfer lag auf dem Rücken in einer relativ kleinen Blutlache. Es trug ein helles Sommerkleid mit einem großzügigen Dekolleté und Spaghettiträgern. Der Brustbereich des Kleides war kaum blutverfärbt.

»Mehrere Stiche durch den Kleiderstoff im Brustbereich«, kommentierte Giuliano ihre schweigende Erkundung.

Alessia nickte.

»Siehst du irgendwo die Tatwaffe?«, fragte Giuliano und blickte sich um. »Der Täter«, fuhr er fort, »könnte sie möglicherweise ins Meer geworfen haben. Jeder normal tickende Mörder entsorgt sein Tatwerkzeug nach der Tat.«

»Normal tickend?«

Alessia schaute auf die blutverschmierten Hände des Opfers. Die Wellen des Mittelmeers plätscherten an die steinerne Begrenzung der Badeterrasse. Die Frau musste an dieser schmalen Stelle zwischen Felsen und Ufer gestanden haben, als der Täter sie angegriffen hatte, und war dann rücklings über den Mauervorsprung gefallen. Alessia beugte sich hinunter und inspizierte die Schnittwunde im Gesicht. Die Muskulatur war mittlerweile erschlafft, das Gewebe wurde von der Schwerkraft nach unten gezogen.

Nach einem abschließenden Rundumblick bat Alessia einen der uniformierten Kollegen, ihr ein ausrangiertes Messer aus der Hotelküche zu besorgen, mit dem er bald darauf zurückkam. Sie stellte sich auf Höhe des Opfers, warf das Messer in einem hohen Bogen ins Meer und merkte sich den Umkreis, in dem es versank. Dann wies sie den Streifenbeamten an, Wache zu halten, bis die Spurensicherung eintreffe, und bis dahin niemanden an die Tote heranzulassen. Einen anderen bat sie, die Zeugen im Blick zu behalten, bis sie zurück waren. Sie gab Giuliano ein Zeichen, dass sie sich umsehen wollte.

Am Ende der Hotelbadeterrasse, wo der öffentliche Sandstrand begann, drehte die Commissario sich um und nahm aus der Entfernung die unmittelbare Umgebung des Opfers und die gesamte Szenerie in Augenschein. Was sagte ihr dieser Ort über den Täter? Hatte er geplant oder spontan gehandelt? Hatte er von der Anwesenheit des Opfers zur Tatzeit gewusst oder hatte er es bewusst hierher gelockt? Jedenfalls musste er zeitlich unter großem Druck gestanden haben und hatte Eile, zu verschwinden. Jeden Moment hätte jemand die Treppe herunterkommen können.

Sie schätzte die Plattform auf circa 1.000 Quadratmeter. Für Alessia gab es auf den ersten Blick drei Varianten, wie der Täter auf die Plattform gekommen sein konnte. Durch das Hotel, vom Meer aus oder über die schmale Bucht aus Kies- und Sandgemisch, wo sie jetzt stand, und die sich an die hoteleigene Badestelle anschloss. Direkt dort boten sich ihr im feinen Sand entlang der Felswand zahlreiche einander überlagernde Fußabdrücke. Sie verloren sich nach einigen Metern im dicken Kies und würden nicht zu verwerten sein. Die Commissario scannte Meter für Meter die Badebucht. Und die vierte Variante?, überlegte sie und rief ihren Vice an, damit er einen Beamten zur anderen Hotelseite schickte, um diese unter die Lupe zu nehmen. Anschließend schaute sie den mit Büschen und Bäumchen bewachsenen Felshang hinauf. Hier konnte keiner heruntergekommen sein, ohne sich das Genick zu brechen. Doch am Ende der Badebucht entdeckte sie eine Steintreppe. Links davon verteilten sich etliche terrassenförmig angelegte, brachliegende Ferienhäuser über den Hang. Eine vergammelte Anlage, die schon ewig nicht mehr in Betrieb zu sein schien. Gerade als sie die Treppe in Angriff nehmen wollte, meldete sich ihr Handy. Giuliano wollte wissen, wann sie zurückkäme, berichtete, dass Verstärkung unterwegs sei und dann auch die andere Hotelseite in Augenschein genommen würde.

»Ich bin gerade auf dem Weg nach oben«, erklärte sie ihm. Giuliano begann zu lachen.

»*Bene*, und das schon am ersten Tag! Das soll dir mal einer nachmachen, Alessia.«

»Kannst du nicht mal ernst bleiben?«, rügte sie ihn in gespielter Empörung. »Ich bin in den nächsten zehn Minuten da.«

Die ramponierte Treppe schlängelte sich um einige Ecken. Sie führte Alessia an den leer stehenden Ferienhäuschen vorbei. Nachdem sie den Aufstieg geschafft hatte, fand sie sich in einer schmalen Straße wieder, die entlang eines großen Grundstücks führte, das, wie sie richtig annahm, der Familie Curcio gehörte. Hinter diesem schloss sich das Hotel an. Hinterlassenschaften des Mörders hatte sie nicht mehr entdeckt. Weder eine Zigarettenkippe noch irgendwelche textile Spuren. Wie es aussah, hatte jeder über diese Treppe und die Badebucht freien Zugang zur Hotelplattform.

Alessia folgte dem Sträßchen weiter und kam an der Bushaltestelle heraus. Sie überlegte, ob sie durch das Hotel wieder auf die Badeterrasse gehen oder den gleichen Weg zurück nehmen sollte. Sie entschloss sich, den Weg zurückzugehen und nochmals genau nach möglichen Spuren zu schauen. Außerdem warteten die Zeugen unten auf der Badeterrasse. Als sie dort ankam, schien das Hotel langsam zu erwachen. Balkontüren wurden aufgezogen, Köpfe schauten herunter und verschwanden wieder. Giuliano stand bei Vice-Ispettore Marchica, wie es Alessia schien, waren sie in eine eifrige Diskussion vertieft. Alessia gesellte sich zu ihnen. Die beiden verstummten augenblicklich und schauten sie fragend an.

»Gibt es etwas Neues? Oder über was habt ihr euch so rege ausgetauscht?« Ihr Gefühl sagte ihr, dass es dabei um sie gegangen war. Als die beiden schwiegen, meinte Alessia: »Na, ich hoffe, es war nur Angenehmes.«

»Nur, Commissario, nur.«

Beide lachten. Und Giuliano fügte hinzu, dass die Spurensicherung jeden Moment eintreffe.

»Dann nehmen wir uns jetzt die Zeugen etwas intensiver vor.«

Alessia schaute instinktiv auf den jüngeren der beiden Männer, der zusammen mit den Kindern von den Beamten an eine vom Tatort abgelegene Stelle begleitet worden war. Sie ging zu ihm hinüber.

»Gerrit Curcio. Ich bin der Inhaber«, stellte er sich vor.

»*Piacere.*«

Curcio nickte.

Der Hotelinhaber war hochgewachsen, hatte dunkle, fast schwarze, nach hinten gekämmte Haare und tief liegende, bemerkenswert braune Augen. Der hohe Haaransatz ließ zukünftige Geheimratsecken erahnen. Sein charmantes Lächeln erreichte ihr Herz mehr, als die Commissario für möglich gehalten hatte. Schnell ließ sie ihre Augen über seinen Körper gleiten, an dem es nichts auszusetzen gab. Er war lässig gekleidet in Jeans und halb offenes Hemd. Alessia ertappte sich dabei, wie sie ihn etwas zu lange betrachtete. Einen Hotelchef hatte sie sich anders vorgestellt. Aus Rom kannte sie seinesgleichen nur in Anzug und Krawatte. Nun gut, sie war auf Sizilien. Das war nicht Italien an sich. Curcio zeigte auf den älteren Herrn einige Meter von ihm entfernt.

»Unser Rezeptionist Salvatore Aiello.«

Als hätte der Hotelchef etwas vergessen, schaute er sich nochmals um, schien aber dann zufrieden.

»*Bene*«, sagte Alessia, »wenn Sie nichts dagegen haben, fangen wir mit den Kindern an.«

Aufmerksam hörte Alessia den beiden Jungen Noah und Aaron zu, die ihr nochmals aufgeregt erklärten, wie und warum sie die Frau gefunden hatten. Giuliano schrieb fleißig mit. Anschließend nahmen sie sich Toto vor. Er berichtete ebenfalls ausführlich, wie die Kinder plötzlich in aller Frühe vor der Rezeption gestanden hatten und ihn baten, mitzukommen. Zuletzt wandte sie sich Gerrit Curcio zu.

»Die Kinder haben Sie also geweckt, wie spät war es da?«

»Sieben, kurz nach sieben.«

»Kennen Sie die Ermordete?«

Er nickte bedrückt. »Sophie Baumann.«

»Eine Deutsche?«

Curcio nickte erneut.

»Sie machte Urlaub hier? Allein oder –?«

»*No*, kein Urlaub«, unterbrach Curcio sie. »Sophie arbeitete im Hotel.«

»Also eine Mitarbeiterin?«

»*Sì*. Sie stand vor einigen Tagen plötzlich bei mir im Büro und fragte, ob sie eine Zeit lang im Hotel gegen Kost und Logis jobben könne. Ja, so hat sie sich ausgedrückt, jobben.«

»Kommt so was öfter vor?«

»Kaum, genau gesagt hatte ich das noch nicht, aber ich war froh über ihr Angebot, denn wir haben viel Arbeit.«

»Sie war außergewöhnlich hübsch.«

Curcio zuckte knapp mit den Schultern. »Das war nicht der Grund.«

»Sie brauchten also dringend Personal und deshalb haben Sie sie so kurzfristig eingestellt?«

»Ich habe sie nicht eingestellt, *Dio mio*. Ich sagte doch schon, dass sie keinen Lohn wollte.« Er lächelte. »Hätte ich ihr das abschlagen sollen?«

»Wo hat Sie gearbeitet?«

»Mal in der Küche, mal am Pool, mal in der Hotelbar. Ich habe Sie nicht dauernd im Auge gehabt.«

»Nein? Schade. Das hätte uns in diesem Fall sicher sehr geholfen.«

Alessia spürte den Blick des Hoteleigners. Er schien zu überlegen, ob sie das ernst gemeint hatte oder ihn hochnahm.

»Sie haben hier wie viele Gäste?«

»Fast 190.«

»Da muss doch irgendjemand etwas gesehen oder gehört haben.«

Curcio zuckte die Schultern. »Je nachdem, wann es passiert ist. Wenn es abends war, könnte eine Mehrzahl der Gäste vielleicht beim Essen gewesen sein. Es geht dabei meistens recht geräuschvoll zu. Und gestern Abend war der Pianoplayer noch da.«

»Wann haben Sie Sophie Baumann zuletzt gesehen?«

»Gestern Nachmittag.«

»Welche Uhrzeit?«

Curcio stöhnte. »Ich weiß es nicht genau, vielleicht zwischen vier und fünf Uhr.«

»Und was machte sie gerade, als Sie sie zum letzten Mal sahen?«

»Sie kam in mein Büro und fragte, ob sie sich den Hotelwagen ausleihen könne.«

»Hat Sie das nicht gewundert?«

»Sie wollte etwas herumfahren, sich die Umgebung ansehen, hat sie gesagt.«

»Wie war sie gekleidet?«

»So wie jetzt.«

»Wann hat sie den Wagen zurückgebracht?«

»Keine Ahnung, ich war dann auch unterwegs. Er stand später wieder an dem Platz, wo er immer steht.«

»Sie haben sie also nicht zurückkommen sehen?«

»*No.*«

Hoffentlich war einer der Hotelgäste aufmerksamer, dachte Alessia.

»Den Wagen müssen wir beschlagnahmen.«

Gleich einer Prozession stiegen sie Stufe für Stufe hinter dem Hoteleigner die Treppen hinauf. Alessia sah, wie Giuliano verhalten auf seine Armbanduhr schaute. Eine mit diesen dicken, breiten, vergoldeten Edelstahlarmbändern. Ohne zu wissen, ob er ihren Blick bemerkt hatte, fragte sie: »Und …?«

»Gleich acht.«

Ihr Vice war auf Zack, das musste sie ihm lassen. Ihm entging nichts in seinem Umkreis. Das war Alessia in der kurzen Zeit ihrer Zusammenarbeit schon aufgefallen.

Auf der Hotelterrasse war noch kein Gast zu sehen. Alessias Herz klopfte vor Anstrengung. Wann hatte sie zuletzt in so kurzer Zeit 240 Stufen bewältigt? Der morgige Tagessport hatte sich damit ebenfalls erledigt.

Die weiträumige Panoramaterrasse war mit geschmackvollen dunkelbraunen Korbsesseln und passenden Tischen ausgestattet, eingefriedet durch ein filigranes, weißes Geländer, das in regelmäßigen Abständen mit hohen zweiflammigen, ebenfalls weißen Laternen bestückt war. Das Panorama von dieser Terrasse, das sie vorhin, als sie hinuntergeführt wurde, nur flüchtig aufgenommen hatte, raubte Alessia den Atem. Sie schluckte. Für einen Augenblick vergaß sie, weshalb sie hier war. Links von ihr erhob sich die Spitze der Caldura-Bucht. Die Überreste eines alten normannischen Turms, eines ehemaligen Leuchtturms, ragten inmitten von Kaktusfeigen und Agaven hervor. Zur anderen Seite hin konnte sie die Küste entlang fast bis zu den Felsen *Castell di Tusa* schauen. Die Sonne tauchte das Meer mittlerweile in ein glühendes Licht. Möwen flogen hoch oben über ihre Köpfe hinweg und stießen Laute aus, die Alessia einen Moment an den Schrei eines Babys denken ließen. Ihr Herz öffnete sich. Mein Gott. Wieso war sie nicht schon früher hierher zurückgekehrt?

»Bitte, Commissario, nehmen Sie Platz.«

Fasziniert vom Ausblick und ihrem aufkommenden Heimatgefühl hatte sie nicht bemerkt, dass Gerrit Curcio ihr einen der Korbstühle fast unter den Hintern geschoben hatte. Alessia setzte sich zwangsläufig, obwohl sie lieber stundenlang weiter aufs Meer gesehen hätte. Leider war sie nicht zum Vergnügen hier. Nach einem Blick in die Runde erhob sie sich jedoch schnell wieder. Warum sollte sie sitzen, wenn alle anderen standen? Sie lehnte sich seitlich so an die Brüstung, dass sie das Meer weiterhin im Blick hatte. Bevor sie etwas sagen konnte, vernahm sie laute Schritte, die sich näherten. Eine etwas korpulente Dame kam mit raschen Schritten an der Hotelbar um die Ecke auf die Terrasse. Im Gefolge hatte sie die Spezialisten der Spurensicherung in ihren weißen Overalls. Die Absurdität des Bildes entlockte Alessia ein Grinsen.

»Gerrit!«, rief die Signora. »Wieso hast du mich nicht geweckt!?« Sie machte eine herrische Handbewegung. »Das ist ja furchtbar.«

»Benita, ich …, jetzt reg dich nicht auf.«

»Nein, nein, tue ich ja gar nicht, wieso sollte ich auch, das ist ja nichts zum Aufregen, mein lieber Sohn«, erklärte sie spitz. »Ich bin ganz ruhig.« Energisch streckte sie Alessia die Hand entgegen. »Benita Curcio.«

Alessia blickte in ein weiches, fast faltenfreies Gesicht, das gleichzeitig Wärme ausstrahlte und Respekt einflößte. Nach einem kräftigen Händedruck stellte Alessia sich und ihren Kollegen vor. Giuliano nahm die Personalien der Seniorchefin auf.

»Ist sie verunglückt oder …?«, fragte Signora Curcio aufgeregt.

»Wohl eher nicht. Es sieht nach einem gewaltsamen Tod aus«, erwiderte Alessia. Sie hatte allerdings keine Lust auf eine Konversation, bevor nicht geklärt war, was der Frau wirklich geschehen war. Mit halbem Ohr hörte Alessia den Konvoi der Spurensicherung die Treppe herunterpreschen. Sie gab ihrem Kollegen ein Zeichen und eilte hinter den Beamten her nach unten. Die Spurensicherer begannen mit ihrer Arbeit, vermaßen, kennzeichneten und fotografierten alles aus verschiedenen Blickwinkeln. Weitläufig zogen sie ein Absperrband um den Tatort und richteten einen Trampelpfad ein, damit vorhandene Spuren nicht verfälscht oder eigene gesetzt wurden.

Der Rechtsmediziner, der zusammen mit der Spurensicherung eingetroffen war, begann mit der äußeren Betrachtung der Leiche. Alessia beugte sich zu dem Arzt hinunter, der vor der Toten hockte.

»Commissaro Alessia Cappelletti«, erklärte sie ihre Anwesenheit. »Neu und den ersten Tag im Dienst.«

Er lächelte sie freundlich an. »Dottor Aldo Fasullo.«

Als Erstes fielen Alessia seine kräftigen athletischen Hände mit ihrer ausgeprägten Venenzeichnung auf. Die Nägel waren akkurat in quadratische Form gefeilt.

»Fremdverschulden durch scharfe Gewaltanwendung. Mehrere Stiche in die Brust, geringer Blutaustritt, vermutlich lag das Opfer am Boden. Genaueres nach der Obduktion. Sicher sagen kann ich zum jetzigen Zeitpunkt anhand der Totenflecken nur, dass sie hier umgekommen ist und nicht mehr bewegt wurde.«

»Ungefährer Todeszeitpunkt?«, fragte Alessia.

»Schätze zwischen zwanzig und dreiundzwanzig Uhr. Genaueres später.«

»Tatwaffe?«

»Dolch oder Messer«, antwortete Fasullo. »Der Wunde nach schmale Schneide«, und wiederholte: »Genaueres später.«

»Sexualtat?«

»Wie es scheint, nicht. Der Körper weist keine erkennbaren Spuren von Gewalt auf, die auf ein sexuelles Tatmotiv hindeuten könnten. Leichte Abwehrspuren an den Händen. Aber keine Hämatome an Armen, Innenschenkeln und Schultern, nichts spricht für einen längeren Kampf vor dem Tod. Trotzdem kommt mir einiges merkwürdig vor. Genaueres –«

»– später«, ergänzte Alessia und wollte wissen: »Wann? Wie lange brauchen Sie?«

»Verehrte Commissaro, ich habe noch drei vor ihr in der Kühlbox.«

»Selbstmorde?«

»Woher wissen Sie das, wenn Sie gerade erst im Dienst sind?«

Alessia antwortete nicht. Ein Lächeln, kaum sichtbar, huschte über ihre Lippen. »Bitte, wenn's geht, ziehen Sie Sophie Baumann vor.«

Sie erhoben sich zeitgleich. Der Rechtsmediziner war schlank und überragte Alessia um einen ganzen Kopf. Er mochte Anfang fünfzig sein.

»*Bene*, weil Sie es sind, Commissario Donna. Diese ständigen Selbstmorde langweilen mich sowieso.«

Alessia war einen Moment irritiert, doch im nächsten Augenblick erkannte sie an seinem verschmitzten Gesicht, dass er scherzte. Er schien ein humorvoller Mann zu sein, der wahrscheinlich das Dunkle seines Berufes etwas erhellen wollte, um sich zu schützen.

»*Allora*, ich kümmere mich so schnell wie möglich um die deutsche Leiche.«

Alessia nickte dankbar und musterte ihn unabsichtlich etwas genauer. Denn in seinem ecrufarbenen Leinenanzug mit der hellroten Krawatte und dem Schnauz wirkte er eher wie ein Gigolo als ein Rechtsmediziner.

»Guter Geschmack«, murmelte sie.

Er sah sie verständnislos an.

»Nichts, nichts«, lächelte sie. Irgendwie gefiel er ihr. Dieser Mann besaß Charisma. »Ich freue mich auf unsere Zusammenarbeit«, offenbarte sie.

Zwei Männer erschienen am Tatort und begrüßten Dottor Aldo Fasullo wie einen alten Bekannten. Er machte die beiden und Alessia miteinander bekannt. Untersuchungsrichter Renzo Bandini war eine schlichte Erscheinung, groß und stämmig. Mitte bis Ende dreißig. Eine vorwitzige Stirnlocke gab seinem Gesicht etwas Erheiterndes. Aber sonst wirkte er auf Alessia wie ein Mann ohne sexuelle Ausstrahlung. Bandini musterte sie ebenfalls ausgiebig.

»Eine Commissario, wenigstens etwas Erfreuliches an diesem tragischen Morgen«, grinste er sie unverhohlen an. Alessia hielt seinen taxierenden Augen so lange wie nötig stand, dann wandte sie sich dem anderen Mann zu, der ihr übertrieben die Hand entgegenstreckte. Alessia schätzte ihn weit über vierzig. Mit ihm war sie auf Augenhöhe.

»*Piacere*, Commissario. Ich bin Federico Amalfi, Staatsanwalt«, stellte er sich mit sizilianischem Zungenschlag vor. Er hatte ein durchschnittliches Gesicht, volle Lippen und schütteres Haar. Seine kleinen Augen blinzelten sie schelmisch an, aber sein Gesicht war ernst und angespannt.

Sie wechselten noch einige unverfängliche Worte, bis der Staatsanwalt über den Abtransport der Leiche verfügte.

Alessia überließ den Spezialkräften den Tatort und machte sich wieder auf den Weg hoch zur Hotelveranda. Giuliano war nicht zu sehen. Aber Gerrit Curcio stand noch mit seiner Mutter und den Kindern beisammen. Alessia ging zu ihnen. Erste Frühstücksgäste schritten nun langsam mit beladenen grünen Tabletts und suchenden Blicken nach einem geeigneten Platz auf die *Terrazza*. Die Augen immer mal wieder auf die volle Kaffeetasse gerichtet und sichtlich darum bemüht, ja nichts zu verschütten. Unwillkürlich musste Alessia über das Bild schmunzeln.

Als nächstes erschien ein großer hagerer Mann mittleren Alters, aschblond, im Gesicht einen heftigen Sonnenbrand, und sah sich suchend um. Er trug kurze Hosen und ein viel zu weites Shirt. Instinktiv machte Alessia einige Schritte auf ihn zu und fixierte ihn mit ihren grünen Augen.

»Sorry, wer ist zuständig?«, fragte der Hagere auf Englisch dann auch gleich zu ihr hin gewandt.

»Was meinen Sie?«, entgegnete Alessia in seiner Sprache und stellte sich vor.

»My name is John Ferrow, ich wohne in …«, er zeigte mit dem ausgestreckten Finger nach unten, »unter der Terrasse in …« Das Wort schien ihm nicht einfallen zu wollen.

»In *Alicudi*«, ergänzte eine weibliche Stimme. Sie gehörte einer mageren, kleinen Frau, deren Körper förmlich nach Nahrung schrie. Sie war plötzlich neben dem Engländer aufgetaucht. Er drehte sich zur ihr um.

»Oh, my wife Angel«, erklärte er wieder zu Alessia gewandt.

Mrs. Ferrow reichte ihrem Mann knapp bis zur Brust. Ihre roten Locken fielen ihr auf die Schultern und umrahmten den ausgemergelten Hals.

Es gibt schon eigenartige Menschen.

Alessia runzelte die Stirn. »Ali… was?«

Unverzüglich sprang Gerrit Curcio ein. Sie hatte vorher schon beobachtet, dass er einige Male herübergeschaut hatte und anscheinend alles im Blick haben wollte. Nun trat er zu ihnen und erläuterte ihr die *Island-Appartements*, genannt nach den Liparischen Inseln Alicudi, Fililcudi, Lipari, Salina und Vulcano.

Alessia bedankte sich und wandte sich wieder dem Engländer und seiner Frau zu.

»Haben Sie beide etwas Ungewöhnliches gesehen?«

»Yes, meine Frau und ich haben auf der kleinen Veranda unserer Insel gesessen. Wir hörten Stimmen unten auf der Badeterrasse. Ich schaute über die Brüstung und sah einen Mann und eine Frau.«

»Sind Sie da sicher?«

Beide nickten heftig.

»Konnten Sie hören, worüber sie sprachen?«

»Wir verstehen leider kein Italienisch«, antwortete der Engländer für seine Frau mit.

»Wissen Sie denn, wie spät es war?«

Er sah ratlos zu seiner Frau. Sie übernahm die Antwort: »Die Sonne war schon auf der anderen Seite hinter dem Gipfel der *Rocca* verschwunden.«

»Vielleicht so halb sieben oder etwas später?«, vermutete ihr Mann.

»Was genau haben Sie gesehen?«

»Die Frau ist tot, nicht wahr? Ermordet, raunt man im Hotel.«

Alessia ging nicht auf seine Bemerkung ein und wiederholte ihre Frage. Die Engländer sahen sich einen Moment an, als wollte Alessia von ihnen wissen, wie man Cappelletti auf Chinesisch buchstabiert.

»Wir konnten erkennen, dass die Frau helle Haare hatte, also blond war. Und sie trug ein weißes Kleid.«

»Und der Mann?«

»Der Mann?«, wiederholte Zeuge Ferrow. »Er war mit einer hellen Hose und einem dunklen Shirt bekleidet und hatte dunkle, kurz geschnittene Haare.«

»Konnten Sie sein Gesicht sehen?«

Der Engländer schüttelte den Kopf. »Er stand mit dem Rücken zu uns. Aber das Gesicht der Frau konnten wir sehen. Sie stand mit dem Rücken zum Meer.«

»Und«, warf seine Frau ein, »er war über einen Kopf größer als sie.«

Alessia warf einen kurzen Blick zu Giuliano, der wieder neben ihr aufgetaucht war, aber der notierte schon.

»Wie gesagt sprachen sie italienisch, und das ziemlich laut.«

Das haben Italiener offenbar so an sich, dachte Alessia und fragte, wie lange die Unterhaltung gedauert hatte. Das konnten die beiden nicht sagen.

»Wir sind dann wieder zurück ins Zimmer gegangen. Aber nach einer Weile, vielleicht nach fünfzehn Minuten, sind wir nochmal raus auf den Balkon.«

»Das muss dann so Viertel vor sieben gewesen sein«, ergänzte Alessia und das Ehepaar Ferrow nickte einstimmig.

»Unten war es still. Als wir runterschauten, waren sie aber noch da. Jetzt standen sie allerdings weiter weg, mehr rechts. Sie lagen sich stumm in den Armen, wirkten fast wie eine Statue.«

John Ferrow schaute aufs Meer, als suche er die beiden Personen dort, und rieb sich seine Nasenspitze.

»Können Sie das Alter des Mannes bestimmen?«

»Zwischen zwanzig und dreißig, auf jeden Fall ein junger Mann, und schlank.« Der Engländer schaute seine Frau an. »Weißt du noch was?«

Die Rotgelockte schüttelte den Kopf. Plötzlich aber hob sie den Zeigefinger. »Ich meine, dass sich der Kopf des Mannes verändert hatte.«

»Wie das?«, fragte Alessia verblüfft.

»Die Haare, ich weiß nicht genau. Etwas war anders, als wenn sich der Kopf vergrößert hätte und seine Statur leicht geschrumpft wäre«, schloss sie. »Das jedenfalls war mein Eindruck.«

Was für eine merkwürdige Aussage, wunderte sich Alessia.

Mit der Verstärkung war auch Inspettrice Lara Bellini, eine 28-jährige Polizeimeisterin mit dunklen mittellangen Haaren, eingetroffen. Erneut waren die Aufgaben schnell verteilt. Lara Bellini machte sich auf den Weg, die linke Hotelseite zu inspizieren. Ihr Gesicht war rund, durchschnittlich gezeichnet, doch ihre oval geschnittenen braunen Augen glichen die Defizite wieder aus. Alessia sah ihr nach. Der Pferdeschwanz der jungen Polizistin wippte beim Gehen hin und her. Sie hatte etwas breitere Hüften im Verhältnis zum Oberkörper und war in etwa so groß wie die Commissario.

Wieso hat sie mich so merkwürdig gemustert?

Spiegelte sich etwa Abneigung in ihrem Blick wider, oder gar Feindschaft?, fragte sich Alessia. Aber warum? Eifersucht auf die Ranghöhere? Jedenfalls wollte Alessia sich vor ihr vorsehen und ein waches Auge auf sie halten.

Vier weitere Assistenten aus dem einfachen Dienst mit Namen Giovanni Marino, Maurizio Carraro, Vincenzo Lovati und Carlos Mizuni, alle um die dreißig Jahre, wurden zur Zeugenbefragung mit abgestellt.

»Ab morgen«, erzählte Giuliano neben ihr, als spräche er mehr zu sich selbst, »ist hier im Ort die Hölle los.«

»Wegen des Mordes?«

»Commissario, falls du es noch nicht weißt. Vielleicht in Rom noch nie davon gehört hast. Vom zweiten bis sechsten August feiert Cefalù mit einem Riesenspektakel das *Fest des Erlösers*, das Fest des Santissimo Salvatore, des Schutzpatrons von Cefalù.«

»*Sì*«, bediente sich Alessia einer kleinen Notlüge. »Ich habe davon gehört, aber trotzdem, was genau ist das denn?«

»Ich bin zwar ein hundertprozentiger Sizilianer, aber bis ins Detail kann ich es dir nicht erklären. Aber du kannst es nachlesen, wenn du Lust hast. Es hängt mit dem schweren Erdbeben auf Sizilien vom 5. Februar 1783 zusammen, bei dem Cefalù verschont blieb.«

»*Bene.*«

»Frei nach sizilianischem Dünken wurde das Fest in den Sommer verlegt.« Giuliano grinste sie an. »Da lässt sich besser feiern und es fällt praktischerweise mit dem Fest der Verklärung Christi zusammen.«

»Da soll mir doch mal einer sagen, die Sizilianer wären nicht *gewieft*«, meinte Alessia, und benutzte extra dieses Wort im Hinblick auf ihren kleinen Disput ganz zu Anfang im Auto.

6

Gerrit Curcio saß in seinem Büro oberhalb des Foyers. Es lag etwas zurückgesetzt neben der Rezeption und sieben Stufen höher. Die zweiflügelige Glasschiebetür hatte er komplett geschlossen. Üblicherweise ließ er sie einen Spaltbreit auf. Auch den türkisblauen Vorhang hatte er bis zum Anschlag zugezogen. Nach diesem Schreckensmorgen wollte er niemanden Fremden sehen. Keine Fragen gestellt bekommen, die er nicht beantworten konnte. Gerrit schielte zum Vorhang. Wenn er aufgezogen war, konnte er durch die Glastür hindurch ins Foyer schauen, umgekehrt aber war es nicht möglich, durch die speziell präparierte dunkle Scheibe in sein Büro zu sehen.

Der Hoteleigner schaute beunruhigt aus en zwei großen Fenstern seines Arbeitszimmers, die ihm die Sicht auf den geräumigen Hotelparkplatz freigaben. Blickte er nach links, erschloss sich ihm die Hälfte der Hoteltreppe.

Gerrit Curcio fühlte sich zwar wach, dennoch stand er neben sich und versuchte, seine Gedanken zu ordnen. Er war es nicht gewohnt, so früh geweckt zu werden. Noch dazu von seinen aufgeregten Söhnen, deren Worte ihn regelrecht aus dem Bett gepeitscht hatten.

Curcios Tag begann sonst gegen neun Uhr. Dafür arbeitete er bis spät in die Nacht. Während dieser Nachtstunden war es ihm möglich, effektiv seine Aufgaben zu erledigen, er wurde nicht, wie tagsüber häufig, durch Hotelgäste oder Personal abgelenkt.

Seine Söhne hockten, immer noch aufgewühlt, eng aneinandergedrückt auf dem Drehstuhl des Arbeitsplatzes ihm gegenüber. Beide bombardierten ihren Vater abwechselnd mit Fragen, auf die er keine Antworten wusste. Er wäre jetzt lieber allein gewesen, um sich zu konzentrieren, doch er wollte seine verwirrten Kinder nicht wegschicken.

Die Glastür schob sich auf und seine Mutter Benita betrat das Büro. Noah und Aaron sprangen gleichzeitig vom Stuhl, und ihre Großmutter nahm darauf Platz. Sie stützte die Ellenbogen auf den Schreibtisch und bettete ihren Kopf in die Handflächen. Gerrit schaute seine Mutter an und wartete, was sie sagen würde. Aber das erste Mal erlebte Gerrit Curcio seine Mutter Benita sprachlos. Sonst hatte sie stets alles im Griff und wusste für jedes Problem die Lösung. Gerrit konnte sich an keine Situation erinnern, die seine Mutter nicht bewältigt hatte. Sie kannte das Hotel und den größten Teil des Personals wie ihre Jackentasche. Mit allem konnte man zu ihr kommen. So etwas Grauenvolles wie ein Mord war in den Annalen der Curcio-Familie allerdings noch nicht vorgekommen. Weder in ihrem Hotel *Kalura* auf Sizilien noch in dem vor knapp einem Jahr erworbenen Landhotel *Altes Zollhaus* in Deutschland in Hermsdorf im Erzgebirge. Und schon gar nicht in ihrem Privatleben.

Seine Mutter schwieg beharrlich. Die Kinder hatten wieder angefangen zu plappern, und Gerrit starrte aus dem Fenster. Noah und Aaron alberten herum, es schien ihre Art zu sein, mit der Situation fertig zu werden. Gerrit Curcio sah weitere Polizeiwagen und Zivilfahrzeuge der Kriminalpolizei vorfahren. Sie wichen bereits auf den Hotelparkplatz aus. Er dachte an seine Gäste. Mittlerweile dürfte jeder mitbekommen haben, dass in ihrem Hotel etwas nicht stimmte. Erschöpft bedeckte er sein Gesicht mit beiden Händen. Viele Fragen würden auf ihn zukommen. Was seine Hotelgäste betraf, gab es seiner Meinung nach nur vier Möglichkeiten: Sie fühlten sich belästigt durch die blutige Tat oder waren fasziniert davon und buchten sie als Urlaubsabenteuer ab, sie blieben oder brachen ihren Urlaub ab. Letzteres glaubte er am wenigsten. Eher tippte er auf Urlaubsabenteuer, mit dem sie zu Hause etwas prahlen konnten.

Hätte er doch bloß Sophie Baumann abgewiesen.

Immer mehr Hotelmitarbeiter trafen ein, um ihre Arbeit anzutreten. Gerrit wusste, dass auch sie binnen Minuten von dem Mord hören würden. Wieder ging die Bürotür auf. Seine Assistentin Elke Angerer, eine Deutsche, die er seit einem Jahr als freie Mitarbeiterin beschäftigte, trat herein. Schaute ihn groß an und fragte: »Stimmt es, was Toto mir gerade erzählt hat?«

Gerrit beantwortete ihre Frage mit einem knappen Nicken.

»Bitte kümmere dich um das Personal. Versuch, die Leute zu beruhigen, und sieh zu, dass sie an die Arbeit kommen. Alles läuft weiter wie bisher«, ordnete er an.

»Was weißt du von dieser Frau?«, brach seine Mutter endlich ihr Schweigen.

»*Niente*. So gut wie nichts.«

»Das glaube ich dir nicht. Du stellst doch keine Leute ein, von denen du und ich nichts wissen.«

»Einstellen …«, wiederholte er aufgebracht. »Sie wollte etwas jobben, Cefalù und Umgebung erkunden.«

»Ach, du mit deiner unkonventionellen Art«, stöhnte Benita.

»Mit meiner unkonventionellen Art habe ich hier einiges bewirkt«, verteidigte sich Gerrit. »Vergiss das nicht.«

Alles, was die Kundengewinnung betraf, Hotelwerbung, neue Ideen, Tanzkurse, Bauchtanz, Salsa, Malkurse und weitere Aktionen hatte er ins Hotel geholt. Dadurch war das *Kalura* während der Nebensaison ebenfalls gut belegt.

Nach diesem kleinen Disput blieb es erneut eine Weile still zwischen Mutter und Sohn. Noah und Aaron, die sich an ihren Vater gedrängt hatten, schauten jetzt nachdenklich mit ihm zusammen hinaus und beobachteten, wie an der Bestatterlimousine direkt vor ihrem Fenster die Heckklappe hochgezogen wurde. Zwei Männer schoben den Blechsarg mit dem Opfer hinein und drückten die Hecktür wieder herunter. Einer der Männer bestieg den Wagen und fuhr langsam davon. Kurz darauf klopfte es an der Glastür, die gleich darauf aufgeschoben wurde. Alessia streckte ihren Kopf herein.

»Man sagte mir, dass Sie hier sind.«

Curcio erhob sich. Seine Mutter schaute die junge Commissario fragend an, und ihre Enkelkinder schoben sich an die Seite ihrer *nonna*.

»Können Sie, Signor Curcio, mir bitte das Zimmer von Sophie Baumann zeigen?«

»Dazu müssen wir das Hotel verlassen. Wir haben drüben mehrere kleine Wohnungen.«

Sie gingen einige Meter die Via V. Cavallaro entlang bis zur Kreuzung an der Bushaltestelle nach Cefalù. Dort lagen einige aneinandergebaute Häuschen. Curcio führte sie in den ersten Stock des mittleren Gebäudes. Die Tür war nicht abgeschlossen. Sie traten ein und sahen sich um, während Alessia ihre Einmalhandschuhe überstreifte.

Als Gerrit etwas zur Seite schieben wollte, gebot sie ihm Einhalt.

»*O no*, bitte nichts anfassen, bis die Spurensicherung hier war.«

Alessia sah sich weiter um. »Sophie Baumann reiste wohl mit wenig Gepäck«, stellte sie fest. »Wie ich das hier sehe, schien sie tatsächlich nicht vorgehabt zu haben, lange zu bleiben.« Sie schaute den Hotelier an. »Ich frage mich, weshalb sie einen Job ohne Lohn angenommen hat?«

»Warum erwähnen sie ständig, dass Sophie Baumann ohne Lohn gearbeitet hat?«

»Das macht man doch nicht ohne Grund.«

Der Commissario entging nicht das ärgerliche Gesicht des Hotelbesitzers. Sie war gespannt, was er antworten würde. Überraschenderweise nicht das, was sie erwartet hatte. Stattdessen erläuterte er bärbeißig: »Als würde ich meine Mitarbeiter ausbeuten. Dabei ist das Gegenteil der Fall. Ich halte mich nicht an die in Sizilien üblichen Vergütungen in der Hotelbranche. Sie werden alle über das normale Maß hinaus bezahlt. Ich will Qualität und ihr Engagement, ihren Arbeitseifer und gute Leistungen.«

Alessia hob beschwichtigend ihre Hände. »*Scusi*, ich wollte Ihnen nicht zu nahe treten. Aber ich muss unangenehme Fragen stellen und Vermutungen äußern, das verstehen Sie doch?«

Curcio atmete durch, und während sich sein Brustkorb hob, kreuzte er darüber abwehrend beide Arme. Alessia nahm ihre Besichtigung wieder auf.

»War sie reich?«

»Keine Ahnung. *Perchè*?«

»*Allora*, ich sehe hier nur Designerklamotten. Alles teure Marken, die von einem exzellenten Geschmack zeugen.«

»Sie hat mit mir nicht über ihre finanziellen Verhältnisse gesprochen.«

»Das hier«, Alessia machte eine allumfassende Handbewegung, »würde immerhin erklären, warum sie nicht auf Bezahlung angewiesen war. Sie schien es nicht nötig gehabt zu haben, Geld zu verdienen.«

Curcio zuckte nur die Schultern.

»Was können Sie mir sonst noch sagen?«

»Sie kam aus Rom und wollte sich hier umsehen«, erzählte er zögerlich, »und weil sie nur für kurze Zeit bleiben wollte, habe ich nicht weiter nachgefragt.«

»Aus Rom?«

»*Sì*, sagte ich das nicht schon?«

»Dann haben Sie sicherlich ihre Adresse in Rom? *Vero*?«

»*Sì*, Commissario, die müsste an der Rezeption zu bekommen sein.«

»Ist Ihnen etwas an ihr aufgefallen, als Sie sie zuletzt gesehen haben?«

»Nein, sie war locker, lustig und gut drauf.«

»Was können Sie mir sonst noch über sie sagen?«

»Also wirklich, ich bin noch gar nicht richtig zum Nachdenken gekommen. Es passiert nicht jeden Tag ein Mord in meinem Hotel!«, reagierte er empfindlich.

Alessia überging sein Aufbegehren. Bei Mord nahm sie keine Rücksicht auf die Gefühle anderer, auch nicht auf ihre eigenen. Die hatte sie seit Jahren in die hinterste Ecke ihrer Seele verbannt. Nur ganz selten, wie heute Morgen beim Anblick der Leiche, meldeten sie sich zaghaft zurück.

»Dann überlegen Sie jetzt«, forderte Alessia ungerührt und sah sich weiter im Zimmer um. Eine drückende Stille schwebte im Raum. Alessia wartete geduldig, ob dem Hotelier etwas einfallen würde, und ließ währenddessen ihre Augen über jedes Detail im Zimmer wandern. Noch immer schwieg Curcio. Sie verschwand im winzigen Bad.

»Ich höre!«, rief sie zu ihm hinüber.

Curcio erschien in der Türschwelle und sah ihr zu, wie sie akribisch die herumliegenden Toilettenartikel musterte.

»Sie kam genau vor vier Tagen am frühen Nachmittag«, begann er. »Pietro, einer unserer Empfangsmitarbeiter, hat ihr dieses Zimmer gezeigt. Das war's. Den Rest kennen Sie schon.«

»Pietro?«

»Er hat zwei Tage frei.«

Alessia inspizierte Sophie Baumanns Rucksack, der offen auf dem Bett lag. Aber er enthielt nur Belangloses wie Papiertaschentücher, ein Buch, in dem Sophie gerade las, einige Kosmetikartikel und …, Alessia hielt eine Sekunde inne. »Na, das ist doch schon mal was«, freute sie sich und holte eine Brieftasche hervor. In den Klarsichtfächern steckten einige Fotos, aber ansonsten war sie leer, kein Ausweis, keine Kreditkarten. Eines der Bilder zeigte Sophie Baumann mit einem Mann vor dem schiefen Turm in Pisa. Sein Gesicht war schlecht zu erkennen, da er eine tief ins Gesicht gezogene schwarze Kappe trug. Die Commissario würde von diesem Foto einen Ausschnitt nur mit Sophie Baumanns Gesicht anfordern. Auf einem anderen Foto war ein Paar mittleren Alters zu sehen. Vielleicht ihre Eltern? Weiter Kinderfotos der Ermordeten, ein Bild von der Abiturfeier. Das war alles.

Magere Ausbeute.

Auf dem Weg zurück ins Hotel bat Alessia den Hotelchef, ihr eine Aufstellung des Personals, der Hotelgäste und die Adresse der Ermordeten in Rom ausdrucken zu lassen.

7

In der Hotelhalle schwirrten die Menschen umher, dass man den Verstand verlieren konnte. Der Geräuschpegel war kaum auszuhalten. Im August war das Hotel zusätzlich stark von Festlandsitalienern frequentiert, hatte Gerrit Curcio ihr erklärt. Und ihrer Mentalität entsprechend diskutierten sie laut durcheinander. Die Commissario erblickte Assistente Carlos Mizuni. Er schien eine Namensliste in den Händen zu halten und hatte sich an der Trennlinie zwischen Rezeption und Foyer postiert. Ihren Vice entdeckte Alessia schließlich an einem der Tische im Foyer. Zwei weitere Personen, ihrer Kleidung nach Hotelangestellte, saßen ihm gegenüber. Sie gab ihrem Kollegen ein Zeichen. Er stand auf und drängte sich durch die wartende Menge zu ihr.

»Sind an allen Ein- und Ausgängen Polizisten postiert?«

»*Sì,* Commissario.«

Rasch erstattete er ihr Rapport. Er hatte auch dafür gesorgt, dass sämtliche Daten ausgedruckt vorlagen.

»Und diese Liste hat Mizuni in der Hand?«, fragte Alessia.

»*Sì*, Commissario. Er hakt alle ab, die schon vernommen worden sind.«

»*Bene.*«

»Zudem habe ich weitere Beamte für die Zeugenbefragung angefordert samt einem Dolmetscher für die ausländischen Gäste.«

Alessia war zufrieden. Auch einen telefonischen Lagebericht an das Commissariato hatte Giuliano bereits durchgegeben. Selbst die Anschrift der Ermordeten aus Rom lag vor.

»Das hast du wirklich gut gemacht, Giuliano.«

»Commissario«, begann Giuliano und untermalte seine Worte mit aussagekräftigen Bewegungen, »ich wollte meiner neuen Kollegin an ihrem ersten«, es folgte eine pathetische Pause, »mit diesem bedauerlichen Verbrechen gespickten Arbeitstag etwas unter die Arme greifen.«

Alessia schluckte. Dann zog sie mit der Hand eine waagerechte Linie, wobei Zeigefinger und Daumen zu einem Ring geschlossen waren. Die italienische Geste für *Tutto a posto* – perfekt.

Die Teamarbeit klappte hervorragend, was sie bei ihrer ersten Begegnung nicht erwartet hatte.

Ein Königreich für einen Kaffee. Und etwas für den Magen wäre auch nicht schlecht.

Während sie dies dachte, trat Gerrit Curcio aus seinem Büro die Stufen hinunter in die Empfangshalle.

»Haben Sie eigentlich schon gefrühstückt?«, fragte er sie, als hätte er ihren Wunsch in ihren Augen lesen können. »Sie sind herzlich eingeladen. Wollen Sie gleich mitkommen?«

Alessia schenkte ihm ein dankbares Lächeln und nickte.

»Danke, sehr gerne. Ich freue mich und …«, sie hielt einen Moment inne, ehe sie weitersprach, »… ich komme gleich nach.«

Sie wollte zuvor zur Toilette und auf dem Weg ihre Gedanken ordnen. Danach marschierte sie die Treppe zum Restaurant hinunter, der ersten Nahrung dieses Tages entgegen. Das Speiserestaurant und seine tragenden Säulen, auf denen in grellroten und gelben Farben der Lavafluss des Ätnas festgehalten war, reflektierten bizarr in der verspiegelten Decke. Auf der Panoramaterrasse unter den orangefarbenen Sonnenschirmen frühstückte nur ein Teil der Hotelbesucher, der andere wartete anscheinend im Foyer auf die Befragung oder war noch gar nicht aufgestanden.

Alessia entdeckte Curcio in Begleitung seiner Mutter und seiner Söhne in dem Moment, als sie durch die aufgezogene Glastür auf die *Terrazza* trat.

O nein, dachte Alessia. Sie hatte keine Laune, neugierige Fragen zu beantworten. Gerrit Curcio erhob sich vom Tisch, als sich ihre Blicke trafen. Und als hätte er ihre Gedanken erneut gelesen, führte er sie an einen etwas entfernteren Platz direkt an der Brüstung. Sie hängte ihre Weste über die Stuhllehne und folgte ihm durch das Restaurant ans Buffet. Sie sah ihn eigenhändig zwei Tassen Kaffee aus dem Automaten ziehen. Mit knurrendem Magen und voller Vorfreude auf die Köstlichkeiten, die sich auf dem Buffet reihten, stellte sich Alessia ihr Frühstück zusammen. Gleichermaßen dreinblickend wie die Gäste, die sie noch eben schmunzelnd beobachtet hatte, versuchte die Commissario nun, ihr volles Tablett sicher an den Tisch zu balancieren.

Nachdem sie sich den ersten Schluck Kaffee und einen Bissen vom Käsebrötchen gegönnt hatte, fragte sie Curcio: »Wissen Sie, was Sophie Baumann beruflich in Rom gemacht hat?«

Wie sie erwartet hatte, schüttelte er den Kopf. Alessia griff ihr Handy, weil ihr gerade etwas eingefallen war, und rief ihren Vice im Foyer an.

»Hast du in Neapel das zuständige deutsche Generalkonsulat über den Mord an ihrer Landsmännin informiert?«

»Aber sie ist hier legal ansässig«, meinte Giuliano. »Da ist das eigentlich nicht üblich.«

»Richtig, aber nur, wenn das Opfer Angehörige vor Ort hat. Hat sie?«

»Bisher wissen wir nur von zwei männlichen Mitbewohnern einer Wohngemeinschaft in Rom.«

»Sind die beiden schon ausfindig gemacht?«

Giuliano verneinte.

»Wir brauchen unmittelbare Angehörige, die wir zur Opferpersönlichkeit befragen können. Aber was erzähle ich dir.« Trotzdem schob sie nach: »Ich will Personen und Daten«, und beendete dann das Gespräch so unvermittelt, wie sie es begonnen hatte. Alessia bemerkte, dass Curcio sie beobachtete.

»Möchten Sie etwas sagen?«, fragte sie, sicher, dass er genau darüber nachdachte – und behielt recht.

»Wissen Sie eigentlich, Commissario, wie viele Leute tatsächlich hier im Hotel sind?«

Alessia nahm einen weiteren Bissen und zuckte die Schultern. »Ich denke, einige«, murmelte sie mit vollem Mund.

»Inklusive Personal mehr als zweihundert«, klärte Curcio sie auf.

»Das ist ja super.«

»Wollen Sie die alle befragen lassen?«

»Ich kann nur wiederholen, was ich schon sagte. Bei so vielen Leuten muss irgendjemand etwas gesehen oder gehört haben, meinen Sie nicht auch? Es war doch Abendzeit, Aperitifzeit. Die *Terrazza* war wahrscheinlich voll besetzt mit Gästen. Einige Meter unterhalb von ihnen geschieht ein Verbrechen, ein Mord, und niemand soll etwas gesehen oder bemerkt haben?«

»Wie Sie wissen, war gestern Abend der Pianoplayer hier. Wenn er gerade zur Tatzeit gespielt hat, hört man hier oben nicht einmal einen Schrei«, gab Curcio zu bedenken. »Aber theoretisch könnte der ganze Berg gegenüber etwas gesehen haben.«

Alessia schaute ihn verständnislos an. »Und praktisch?«

Gerrit Curcio zog ein Gesicht, als würde er sich an etwas Lustiges erinnern. »Ich habe beim Schnorcheln vor unserer Badeplattform mal einen alten Anker entdeckt«, begann er zu erzählen, »und wollte ihn bergen. Deswegen bin ich mehrere Male getaucht. Plötzlich kam die Wasserschutzpolizei angefahren und fragte, was ich da treibe. Sie hätten einen Anruf bekommen. Ein Anwohner vom Berg hätte durch sein Fernglas verdächtige Tauchaktionen beobachtet und sie verständigt.«

Nun lachte er laut. Alessia drehte sich zu der Erhebung um, an die sich vereinzelte Häuser schmiegten. Sie würde einige Assistenti zur Befragung auf den Berg schicken.

Ein älteres Paar um die 70 Jahre trat zögerlich an ihren Tisch. Curcio nickte ihnen freundlich zu, als würde er sie näher kennen, erhob sich und begrüßte sie. Die Frau wandte sich Alessia zu.

»Entschuldigen Sie, sind Sie die Kommissarin?«

Alessia stand auf und stellte sich vor.

»Wir möchten etwas aussagen. Es geht um die Tote«, erklärte die Frau. »Wir sind gestern Abend gerade aus Cefalù zurückgekommen und haben die junge Frau so gegen sechs Uhr mit einem jungen Mann vor dem Hotel sprechen sehen.«

Und wieder stellte Alessia ihre Fragen.

»Wir sind –«, begann der Mann.

Gerrit Curcio unterbrach ihn. »Das sind Isolde und Karl Kohlschmitt aus Deutschland, ständige Gäste im *Kalura* und Freunde der Familie«, stellte er sie vor. Das Paar nickte eifrig.

Curcio stand zwischen dem weißhaarigen, vollbärtigen Mann und seiner kleineren, molligen Frau, die sich mit einem Blick verständigten, bevor Karl Kohlschmitt zu berichten begann: »Die beiden jungen Leute schienen sich zu streiten, jedenfalls haben sie heftig gestikuliert und … o ja, wir haben etwas verstanden. Sie sprachen ja deutsch.« Er blickte zur Bestätigung wieder seine Frau an. »Der junge Mann hat ihr vorgeworfen, kopflos zu handeln. Er schien richtig wütend zu sein und wollte wissen, was denn jetzt von ihren Plänen übrig geblieben sei.«

»Und was mit dem Geld wäre, das er brauchte«, fügte Frau Kohlschmitt hinzu.

»Was hatte er an?«, fragte Alessia.

»Tja, was hatte er an?«, überlegte Herr Kohlschmitt. »Eine hellblaue Jeans und ein weißes Shirt, wie fast jeder in den Ferien.«

»Und sah auch aus wie fast jeder?«, schob Alessia hinterher.

»Genau«, meinte der alte Mann schlicht. Karl Kohlschmitt kratzte sich den weißen Bart. »Schlank, vielleicht so 1,80 groß oder etwas mehr. Dunkle, rattenkurz geschnittene Haare, beinahe eine Glatze.«

Alessia wandte sich seiner Frau zu, die Anstalten machte, etwas dazu zu sagen.

»Das heißt, nicht ganz«, beteuerte Isolde Kohlschmitt dann auch. »Der junge Mann hatte was an den Ohren.«

»War er schwerhörig?«, fragte Alessia, verwundert darüber, woher die Dame das wissen konnte.

»Nein, nein, ich meine so ein Piercing oder Ohrring. So runde, silberne.«

»Creolen«, ergänzte Alessia. Der Mann zuckte die Schultern, seine Frau nickte. »Richtig, er trug Creolen wie eine Frau.«

Alessia notierte ihre Namen, bat die beiden, bald zur Zeugenaufnahme in die Questura zu kommen, und entließ das Paar.

Alessia und Curcio setzten sich wieder. Gerade als er etwas sagen wollte, erhob sich Alessia abrupt, entschuldigte sich mit einem »Bis später« beim verblüfften Hotelbesitzer und eilte davon. Auf der Treppe vom Restaurant hoch zur Hotelhalle hielt sie einen Moment inne. Spontan zückte sie ihr Handy. Die Sehnsucht nach ihrer Tochter war überstark geworden. Sie rief an. Ihre Freundin Chiara Bariello, in deren Armen sie noch letzte Nacht im Traum geweint hatte, meldete sich.

»Alessia hier, wie –?«

»O, wie geht es dir? Wie ist dein erster Arbeitstag?«, unterbrach ihre Freundin sie. Aber Alessia ging nicht darauf ein. Sie fragte geradewegs: »Was macht Celina, vermisst sie mich?«

»Ja, aber ich lenke sie gut ab. Nur abends, wenn sie ins Bett muss, wird es schwierig. Ich erzähle ihr dann von dir, und dass du sie bald holst.«

»Das werde ich, sobald ich eine passende Wohnung gefunden habe.«

»Wie fühlst du dich denn dort?«

»Schrecklich, gleich am ersten Tag ein Tötungsdelikt.«

Ehe Chiara darauf anspringen konnte, würgte Alessia das Gespräch ab: »Ich muss weitermachen. Ich ruf dich heute Abend an.«

8

»Waren es nun zwei oder drei Männer, mit denen Sophie Baumann vor ihrem Tod gesehen wurde?«, begann Alessia, nachdem sie beinahe die gesamte Fahrt über nachgedacht hatte. Sie saß neben Giuliano im Dienstwagen und war auf dem Weg zur Questura.

»Sicher wissen wir von einem mit kurzen Haaren und einem mit Fastglatze und silbernen Creolen an den Ohren.«

»Wie kommst du auf drei?« Giuliano warf ihr einen fragenden Seitenblick zu.

»Angel Ferrow meinte doch, dass der Begleiter von Sophie Baumann unten am Strand plötzlich andere Haare, einen größeren Kopf und eine geschrumpfte Statur gehabt hätte. Vielleicht hat sie nur Wahrnehmungsstörungen, oder sie hat womöglich einen weiteren, einen dritten Mann, gesehen.«

Giuliano bog in die Via Roma ein. Eine belebte, stets zugeparkte Straße mit eng aneinander gebauten Häusern. Eingebettet zwischen zwei Wohnblocks, umfriedet von einem zwei Meter hohen blauen Sicherheitszaun lag die *Questura di Palermo, Commissariato Cefalù*. Die heutige Questura, ein einstöckiges Flachdachgebäude, soll eines der ersten Hotels in Cefalù gewesen sein, hatte man ihr gesagt. Das breite Schiebetor öffnete sich vor ihnen automatisch.

»Oder was, mein lieber Vice, sollen wir sonst aus dieser Kopfvergrößerung schließen?«

»Nun ja, er könnte Haare in Hülle und Fülle gehabt haben.«

Alessia nickte. »So etwas wie ein Wuschel- oder Lockenkopf oder einfach nur längere Haare. Dann wirkt der Kopf im Gegensatz zu einem Kurzhaarschnitt größer.«

»Und was meinte sie mit der geschrumpften Statur?«

»Wenn ich das übersetzte, heißt das, er war nicht mehr so groß wie vorher. Er kann sich aber auch nur zu ihr heruntergebeugt haben und erschien der englischen Lady dadurch etwas kleiner.«

»Es wäre aber auch möglich, dass du recht hast und es drei waren. Drei«, wiederholte Giuliano die Zahl, als müsse er sie sich bildlich vor Augen holen. »Das müssen wir rausbekommen«, sagte ihr Vice mehr zu sich selbst.

»Und das werden wir.«

Giuliano parkte den Wagen auf einem freien Plätzchen unter den Orangenbäumen. Alessias Gedanken schwenkten beim Anblick der Questura einen Tag zurück. In ihrer Vorstellung hatte sie sich heute aufgeregt die Eingangstufen hinaufsteigen sehen, den Beamten an der Anmeldung ihren Namen wiederholen hören. Ihn freundlich lächeln gesehen und ihr das Büro des Vice-Questore zeigen. Stattdessen traf sie nun, zwar aufgeregt, aber schon mit ihrem ersten Fall im Gepäck hier ein.

Die Commissario blieb noch im Wagen sitzen, während ihr Vice ausstieg. Er lief um das Auto herum und öffnete ihr mit einer Verbeugung und einem breiten Grinsen die Tür.

»Bitte, Commissario«, meinte er und streckte ihr übertrieben galant seine Hand entgegen. »Die anderen sind schon sehr gespannt.«

Alessia grinste über sein Gebaren, ergriff seine Hand, streckte elegant erst das rechte und dann das linke Bein aus dem Wagen und erhob sich fast majestätisch.

»*Perfetto*, Commissario«, huldigte er ihr. »Und nun mit erhobenem Haupt in die Höhle des Löwen.«

Alessia blickte über das Wagendach zum Eingang.

»*Benvenuta*, Signora Cappelletti. *Entrate.*«

Vice-Questore Dottor Manfredi Borsellino stand auf, nachdem sie die Bürotür hinter sich geschlossen hatte. Er reichte ihr die Hand und begrüßte sie überschwänglich, sodass es ihr fast peinlich war. Wollte er ihren überstürzten Arbeitsantritt abschwächen? Ihr gegenüber stand ein mittelgroßer Mann in akkurat geschneidertem, dunkelblauem Anzug, in dem er wirklich eine *bella figura* machte. Braune Augen schauten sie aus einem sympathischen Gesicht an. Die schwarzen Haare trug er kurz geschnitten mit zwei kleinen Stirnlocken. Er zog das Jackett aus und hängte es über die Stuhllehne. Zum Vorschein kam ein hellblaues kurzärmeliges Hemd. Alessia fühlte sich mit einem Mal stolz darauf, diesen Mann kennenzulernen. Er war der Sohn des legendären Antimafia-Richters Dottor Paolo Borsellino, der am 19. Juli 1992 samt seiner fünfköpfigen Eskorte vor dem Wohnhaus seiner Mutter in der Via Mariano D'Amelio in Palermo von der Mafia durch ein Bombenattentat ermordet worden war. Paolo Borsellino war erst 52 Jahre und sechs Monate alt gewesen.

Wie muss sich sein Sohn gefühlt haben?

»Carasini hat mich auf dem Laufenden gehalten«, informierte Borsellino sie, während er sich wieder hinter seinen Schreibtisch setzte. Alessia sah es als Aufforderung und nahm auf einem der Stühle davor Platz.

»Die Befragungen finden noch statt. Wir hoffen auf eine Spur«, sagte sie.

Borsellino schaute in die aufgeschlagene Akte vor sich. »Sie haben sich verändert, Commissario Cappelletti«, lächelte er sie an. »Ich habe eine Frau mit einem langen geflochtenen Zopf erwartet.«

Alessia lächelte leicht verlegen und zuckte mit den Schultern. »Neuer Start, neue Frisur.«

Borsellino nickte knapp, ging aber nicht weiter auf ihre Antwort ein.

Was soll er auch dazu sagen?

Borsellino räusperte sich. »Die Ermordete ist zur Obduktion ins Krankenhaus Cefalù unterwegs.«

Alessia wollte eine Frage zum Rechtsmediziner Aldo Fasullo stellen, unterließ es aber, weil sie dachte, noch frühzeitig genug die Strukturen kennenzulernen. Sie drückte ein anderes Problem, das sie angehen musste, bevor sich die Medien auf den Fall stürzten.

Nach ein paar einleitenden Worten nahm Borsellino sie mit zu einer Führung durch das Gebäude. Im Sprintdurchgang lernte sie alle weiteren Mitarbeiter der Questura kennen. Anschließend geleitete der Vice-Questore sie in ihr Büro. Alessia erhielt ihre Dienstwaffe samt Holster sowie ihr Diensthandy mit den nötigen gespeicherten Nummern.

»Ihren Dienstausweis«, erläuterte ihr Chef, »lasse ich mit ihrem aktuellen Foto nochmals anfertigen. Bis dahin müssen sie sich mit diesem begnügen.«

Alessia betrachtete das Foto. Die langen Haare, der Zopf zeugten von einer anderen Zeit, die sie weit hinter sich gelassen hatte.

Elvira Rosario, ihre rechte Hand im Sekretariat, war Sizilianerin mit dicken, pechschwarzen Haaren, die stufig geschnitten ihrer runden Kopfform schmeichelten. Ihre Kleidung war modisch auf ihren molligen Körper abgestimmt. Ihr Alter war schwer zu schätzen, aber Alessia war sicher, dass sie die vierzig weit überschritten hatte. Mit der Zeit würde sie mehr über Elvira erfahren. Alles nacheinander.

Ihr Büro war kleiner, dafür aber heller als das in Rom. Es bot Platz für zwei Schreibtische, eine vollgestopfte Regalwand mit Ordnern, Akten, Papieren, Fächern und schmalen Schubladen sowie etlichen Utensilien, die ihr die Büroarbeit erleichtern sollten. Auf einem Beistelltisch in der Ecke zischte die Espressomaschine. Die Tür flog auf und Giuliano Carasini stürmte herein.

»Ich habe Nachricht aus Deutschland.«

Er legte ihr die Übersetzung eines Faxes der Düsseldorfer Kriminalpolizei vor:

Sophie Baumann ist Vollwaise. Unfalltod der Eltern vor vier Jahren. Keine weiteren Verwandten in Deutschland. Die Tante Marita Slasinger lebt seit 20 Jahren in Kanada. Sophie Baumann ist Alleinerbin der familieneigenen Kartonagenfabrik Baumann-Verpackungen. Das Opfer lebt seit drei Jahren in Rom in der Via Napoleone VI. Keine Vorstrafen. Letzte in Deutschland gemeldete Adresse: Benrather Schlossallee 117, 40597 Düsseldorf-Benrath. Villa wurde nach dem Tod der Eltern von der Erbin verkauft. Firmengeschäfte an Ex-Verlobten abgegeben.

Name: Volker Dresen, keine Vorstrafen. 34 Jahre, Benrather Schlossallee 120, 40597 Düsseldorf.

Alessia überflog die weiteren Zeilen mit den Telefonnummern und gab ihrem Vice das Fax zurück mit der Bitte, Volker Dresen von einem Dolmetscher über Sophie Baumann befragen zu lassen. Dann erkundigte sie sich: »Wie ist das bei ausgewanderten Personen?«

»Da sind sowohl die Staatsanwaltschaft und die Kripo des letzten Wohnortes, also in Deutschland, zuständig als auch wir.«

»Und die deutsche Staatsanwaltschaft leitete automatisch ein Strafverfahren ein«, ergänzte Alessia. Elvira lehnte noch in der Tür, so bat Alessia sie, bei den deutschen Kollegen ein Dossier über den Ex-Verlobten anzufordern. Danach erhob sie sich.

»Ich muss unbedingt noch was erledigen.«

9

Eine Stunde Auszeit, so eine Art Pause, gestand ihr der Vice-Questore auf ihre Bitte hin in Anbetracht der Situation zu. Giuliano hatte angeboten, sie zu fahren, aber Alessia zog es vor, ihre Beine zu bewegen. Außerdem wollte sie allein sein und ihre Gedanken ordnen. Sie eilte von der Questura ein Stück die Via Roma entlang und bog dann links in die Via G. Matteotti ein. Es war mittlerweile später Nachmittag. Der Verkehr nahm zu, die Geschäfte erwachten aus der Siesta zu neuer Betriebsamkeit. Das beschauliche Städtchen Cefalù füllte sich allmählich mit allabendlichem Sommerleben. Die Touristen strömten von den Stränden in ihre Hotels, duschten, legten ihr Ferienoutfit an und bevölkerten nach und nach die kleinen, engen Gassen der Altstadt. Hinzu würden sich zu späterer Stunde auf dem Corso Ruggiero die Einheimischen, vor allem die *Ragazzi*, gesellen, um zu flanieren, sich zu zeigen, zu sehen und gesehen zu werden.

Der 1. August, der Tag ihres ungewöhnlichen Arbeitsantritts, war ein heißer Tag. Schon morgens war das Thermometer bis auf 30 Grad gestiegen. Die Sonne begann zwar allmählich mit dem Rückzug, aber im Moment lag die Hitze noch über der Insel wie eine Glocke. Nach wenigen Schritten klebte ihr die Bluse am Körper. Alessia kramte eine kleine Wasserflasche aus ihrer Schultertasche. Dabei fiel ihr Blick auf das Paket gebundener Briefumschläge in der Innenseitentasche. Sie blieb stehen und holte Luft. Der Anblick stach ihr ins Herz. Mit einem Riesenschluck aus der Flasche spülte sie den Schmerz hinunter, seufzte, wischte sich über den Mund und murmelte: »Das tat gut.« Anschließend kippte sie etwas von der Flüssigkeit in die Handfläche und befeuchtete damit ihre Stirn. An Make-up brauchte sie bei diesen Temperaturen gar nicht zu denken. Schon lange sah sie nicht mehr morgenfrisch aus. Bisher war es ein anstrengender Tag für die neue Commissario gewesen.

Von dem Mord ganz zu schweigen.

Wie sehr die Aufklärung der Tat ihr auch unter den Nägeln brannte, was sie jetzt zu erledigen hatte, musste sein, und zwar bevor der Abend hereinbrach. Alessia studierte den farbenfrohen Faltplan von Cefalù. Sehr eindrucksvoll war darauf zu erkennen, wie sich der urtümliche alte Fischerort auf einem Bergvorsprung in den Schutz des weithin sichtbaren Stadtwahrzeichens, der *Rocca*, schmiegte. Ihr Zeigefinger fuhr auf dem Plan den Corso Ruggiero entlang und stoppte ungefähr dort, wo *sein* Lädchen sein musste, ihr Ziel. Mit einem Kuli markierte sie diese Stelle. Der Corso Ruggiero mit seinen Shops von kitschig bis antik sowie eleganten italienischen Boutiquen zwischen barocken Kirchen und Adelspalästen teilte Cefalù von Norden nach Süden. Auch etliche Restaurants hatten sich hier angesiedelt. Und weitere versteckten sich in den engen und krummen Seitengässchen, Passagen und Höfen. Im Mittelalter war die kaum sechs Meter breite Kopfsteinpflasterstraße, die an der Piazza Garibaldi begann, die Stadtgrenze Cefalùs gewesen. Hatte der Ort normalerweise 14.000 Einwohner, so kam es in den Sommermonaten regelrecht zur Heimsuchung des Ortes. Mehr als doppelt so viele Menschen drängten sich dann auf 65 Quadratkilometern. Die Cefaludesi nahmen es gelassen, denn die Touristen sorgten für klingende Geldbeutel.

Die Vorbereitungen für das wichtigste Fest der Einwohner schienen fast abgeschlossen. Alessia schlenderte über den farbenprächtig geschmückten Corso. Lichterketten, wie sie auch zu Weihnachten die Stadt zierten, verbanden in der schmalen Straße die gegenüberliegenden Häuser miteinander.

Überall wiesen grelle Plakate auf den Programmablauf des Festes hin.

Je näher Alessia ihrem Ziel kam, umso mehr geriet ihr Inneres in Aufruhr. Was würde *er* sagen? Würde er überhaupt da sein, wie sie es einfach annahm?

Sie erreichte die Piazza Duomo, den Vorplatz der Kathedrale San Salvatore. Obwohl ihr danach eigentlich gar nicht der Sinn stand, verharrte sie einige Minuten, um über die Köpfe der Menschen einen Blick auf das schönste Bauwerk der normannischen Zeit zu erhaschen. Hinter dem Dom erhob sich herrschaftlich die *Rocca*. Schon nach wenigen Minuten war Alessia der mediterranen, fast arabischen Atmosphäre um sie herum verfallen. Ihr Herz füllte sich für Augenblicke mit einer schmerzlichen Sehnsucht. Der Domplatz mit seinen voll besetzten Cafés zwischen den hohen Palmen zeigte sich in den Strahlen der untergehenden Sonne in bizarren und farbenprächtigen Lichtfacetten. Mit einem Mal stellte sie fest, wie sie sich trotz der traurigen Ereignisse dieses Tages an der Schönheit des Städtchens erfreute, in dem sie eigentlich hätte geboren werden sollen. Sie spürte die geheimnisvolle, verborgene Vielfalt Siziliens, die darauf wartete, von ihr entdeckt zu werden. Ihre Lippen verzogen sich zu einem Lächeln, als sie bemerkte, wie ihr Herz Schritt für Schritt dem Charme der kleinen Stadt erlag. Einmal mehr, als sie die drei alten Sizilianer erblickte, die zwischen dicken, mit hohem Gewächs bestückten Blumenkübeln auf der Bank vor einem Souvenirgeschäft saßen und den lieben Gott einen guten Mann sein ließen. Schmunzelnd nahm sie das für Sizilien typische Bild in sich auf. Doch dann drängte es sie weiter. Später würde sie noch genug Zeit haben, sich den Ort genauer anzusehen, den sie im Bauch ihrer Mutter hatte verlassen müssen. Und Alessia fragte sich wieder einmal, warum sie nie den Mut gehabt hatte, schon wesentlich früher ihre Wurzeln zu ergründen. Warum es erst jetzt geschah, nachdem sie, vom Schicksal gebeutelt, nur noch die Flucht als Ausweg gesehen und sich hierher hatte versetzen lassen? So wie vorhin die Freude, überfiel sie nun heftige Traurigkeit. Was war nur los mit ihr? Woher kamen all diese Gefühle?

Nicht sentimental werden, das passt nicht zu dir.

Trotzdem gestand sie sich ein, hier ein Zuhause für ihre kleine Tochter und sich selbst zu suchen, zu hoffen, sich eine neue Existenz aufbauen zu können.

Alessia riss sich los und reihte sich in die Menschenmenge ein, die sich den Corso entlangwälzte. Eingeklemmt zwischen den Autos und den Häuserfronten überkam sie für einen Moment das Gefühl, mitten in einem Inferno aus Menschen, Autos und Motorrollern zu sein.

Die Entfernung bis zu *ihm* verkürzte sich zusehends. Alessia blieb einige Meter vor ihrem Ziel eng an eine Hauswand gedrückt stehen und atmete tief durch. Schließlich machte sie wieder einen Schritt auf die Straße. Vor sich einen Jeep, an dessen Stoßstange ein junges Mädchen auf einer Vespa klebte, direkt hinter ihr eine Gruppe Touristen, die sich einen Spaß daraus machten, zwischen den Autos hin und her zu hüpfen. Hatten die Fußgänger den Corso gerade wieder voll eingenommen, näherten sich die nächsten Fahrzeuge. Zwischen den Köpfen der Passanten hindurch erblickte Alessia an der Hauswand eines Gemüseladens aufgehängte Folienbeutel mit *Funghi Porcini Secchi*, getrockneten Steinpilzen. Commissario Alessia Cappelletti versuchte, sich auf die bevorstehende Begegnung zu konzentrieren und wurde dabei durch ihr anschlagendes Handy gestört. Giuliano meldete sich mit Neuigkeiten. Alessia verzog sich in einen Türeingang und hörte zu.

»Der Bademeister?«, wiederholte sie überrascht. »Das ist ja ein Ding. Lass ihn zum Verhör in die Questura bringen, aber versuch vorher, so viel wie möglich über ihn herauszufinden, damit wir uns besser auf ihn einstellen können.«

Giuliano wollte noch wissen, wann sie zurück sei und ob er sie abholen solle.

»Zurück? Du kannst doch rechnen. Der Vice-Questore hat mir eine Stunde gegeben.«

Nachdem sie das Gespräch getrennt hatte, bekam sie ein schlechtes Gewissen. Konnte sie wirklich ihre Privatangelegenheit während einer Mordermittlung in den Vordergrund schieben? Sie wägte ab, überlegte, ob sie flugs zurück in die Questura eilen sollte. Doch der Gedanke an die Medienberichte, die sicher ihren Namen erwähnen würden, trieb sie weiter. Sie konnte nicht zulassen, dass *er* auf diese Weise erfuhr, dass sie hier war. Das wäre zu verletzend. Außerdem trennten sie nur noch zwei Meter von seinem Laden. Erneut bimmelte ihr Handy. Diesmal war es Ispettrice Lara Bellini.

»Von der anderen Grundstückseite des Hotels ist es zwar möglich, aber sehr umständlich, auf die Badeterrasse zu gelangen«, informierte sie mit kühler Stimme. »Allerdings kann man außen über den Parkplatz hinter der Küche über die Stufen sehr einfach zur Terrasse kommen.«

Alessia beschlich auf der Stelle wieder dieses unangenehme Gefühl. Irgendetwas hatte Lara Bellini gegen sie. Alessia konnte Konkurrenz am Arbeitsplatz nicht ausstehen. Aber Frauen neigten dazu, sich gegenseitig, aus welchen Gründen auch immer, zu bekämpfen. Das war zumindest ihre Erfahrung. Es beeinträchtigte das Arbeitsklima, behinderte womöglich die Ermittlungen und bedeutete unnötigen Stress. Während sie sich nach dem Ende des Gesprächs weiter über Lara Bellini aufregte, war Alessia unbewusst vorwärts gegangen. Unerwartet stand sie vor dem Geschäft eines älteren weißhaarigen Mannes mit einem ebenso weißhaarigen Schnauz. Er war dabei, das Gemüse in den ausgestellten Körben vor seinem Laden zu sortieren. Alessia fasste sich an den Hals. Von einem Foto, das ihre Mutter gut versteckt gehalten hatte, kannte sie ihn als jungen Mann. Aber die Ähnlichkeit mit diesem gut aussehenden Sizilianer, der er einmal gewesen war und dessen Foto sie in ihrer Schultertasche zusammen mit den Briefen trug, war unverkennbar. In seinem kurzarmigen karierten Hemd und der blauen Jeans erschien er ihr recht salopp. Wie hypnotisiert starrte sie ihn an. Er schien ihren durchdringenden Blick zu spüren, denn er wandte den Kopf und schaute sie an. Wandte ihn wieder ab und sah erneut zu ihr herüber. Diesmal hielt er seinen Blick etwas länger auf sie gerichtet. Alessia erkannte ein ansteigendes Leuchten in seinen Augen. Sie lächelte.

»*Ciao padre*«, flüsterte sie.

Nun schien er sicher zu sein, denn seine Augen weiteten sich vor freudiger Überraschung. Wie in Zeitlupe zog er seine Hände aus dem Gemüsekorb und wischte sie an der Hose ab. Alessia schritt langsam auf ihn zu. Als sie vor ihm stand, verschlug es beiden vor Rührung die Sprache. Sie starrten sich nur an, warteten, dass der andere zu sprechen begann. Alessia griff in ihre Tasche. Als ihre Hand wieder zum Vorschein kam, umklammerte sie das Briefpäckchen. Mit den Worten »*Padre mio*« legte sie es ihm in die ausgestreckte Hand.

Er schien nicht einmal überrascht darüber. Tränen traten in seine Augen, als er die Hand auf ihre Schulter legte und mit ergriffener Stimme sagte: »*Vieni qui, figlia mia.*«

Ihr Vater hatte sie erkannt. Obwohl sie sich noch nie gesehen hatten. Komm her, meine Tochter, hatte er zu ihr gesagt.

10

»Was hast du über ihn herausgefunden?«, wollte Alessia als Erstes von Giuliano wissen, als sie zurück in der Questura war. Es fiel ihr schwer, die aufwühlende Begegnung mit ihrem Vater zurückzudrängen. Sie hatte versprochen, ihn am Abend nochmals zu besuchen, hoffentlich mit weniger Zeitdruck.

»Ich erwarte jeden Moment einen Anruf«, antwortete Giuliano auf ihre Frage.

Alessias Gedanken glitten schon weiter. »Wurde eigentlich ein Handy gefunden? Sophie Baumann hat doch sicherlich ein Handy gehabt?«

»Soweit ich weiß, hat die Spurensicherung keins gefunden. Wenn doch, hätten wir es längst.«

»Kümmer dich bitte drum«, beauftragte sie ihn. »*Allora*, dann auf«, murmelte Alessia, bevor sie die Tür zum Vernehmungszimmer öffnete.

Gianni Rizoto, ein Mann Mitte zwanzig mit ansprechendem Aussehen, stand neben dem einfachen Holztisch und sah den beiden Polizisten erwartungsvoll entgegen. Sie setzten sich, und nach einer kurzen Begrüßung und Belehrung über seine Rechte wollte Giuliano loslegen.

»*Momento*«, wehrte sich der junge Mann. »Ich dachte, ich bin hier als Zeuge geladen und nicht als Verdächtiger?«

»So was kann sich schnell ändern. Ein Gast aus dem Hotel hat nachmittags am Pool des *Kalura* Ihre Stimme erkannt. Sie waren es, der gestern Abend mit Sophie Baumann auf der Terrasse italienisch gesprochen hat. Und die Personenbeschreibung des Zeugen trifft ebenfalls auf Sie zu«, ließ Giuliano ihn harsch wissen.

»Und Sie haben meinem Kollegen schon geschworen«, fuhr Alessia mit normaler Stimme fort, »dass Sie zur Tatzeit nicht mehr auf der Badeterrasse gewesen sind. Was wissen Sie denn über den Tatzeitpunkt?«

Statt einer Antwort beteuerte Gianni Rizoto: »Ich hatte keinen Grund. Ich hab sie nicht umgebracht. Im Gegenteil, ich mochte sie sehr.«

»Aber vielleicht das Opfer Sie nicht, *che*? Und dann hatten Sie Ihr Temperament nicht mehr unter Kontrolle, das Messer ist Ihnen in der Tasche aufgegangen, und Sie haben zugestochen?«, konstruierte Giuliano provozierend.

»*Stronzata*! Ich habe überhaupt kein Messer!«

Rizoto war aufgebracht und wandte sich an Alessia, in der Hoffnung, bei ihr Unterstützung zu finden. Damit war ihr Plan aufgegangen, denn bei der Rollenverteilung hatte die Commissario den freundlichen Part übernommen, während Giuliano den »bösen Bullen« spielte.

»Ich habe nicht beschworen«, erklärte Rizoto, »dass ich zu keiner Zeit gestern Abend auf der Meerterrasse war. Ich gebe zu, ich war dort und habe mit Sophie Baumann gesprochen, aber nicht zur Tatzeit.«

»Sie haben natürlich ein Alibi?«

Alessia blickte in seine dunklen Augen, die sie bittend ansahen. Rizoto holte Luft.

»*Sì*, Commissario. Zur Tatzeit, die Sie angegeben haben, war ich unten in Cefalù auf der Geburtstagsfeier meiner Schwester. Mit meiner Freundin.« Er legte seine flache Hand mit gespreizten Fingern auf die Brust. Eine Geste, die »Ehrenwort« bedeutete.

Ihr Vice verdrehte die Augen. Alessia überlegte. Entweder, Rizoto war ein schamloser Lügner und sich sicher, dass seine Freundin sein Alibi bestätigen würde, oder er sagte die Wahrheit.

»Waren Sie heute Morgen beim Friseur?«, wollte Alessia unvermittelt wissen. Rizoto schaute die Commissario verblüfft an.

»Woher wissen Sie das?«

Giulianos Blick erhellte sich. »Wurden Ihnen Ihre langen Haare lästig?«

Rizoto runzelte die Stirn. »Ich habe sie mir nur wieder in Form rasieren lassen, bei der Hitze …«

»Mein Kollege wird das überprüfen.«

Rizoto nickte und nannte den Namen seines Friseurs. Es klopfte an die Tür. Ein junger Polizist steckte den Kopf herein: »Ich hab da was.«

Giuliano folgte ihm nach draußen.

»*Allora*«, fuhr Alessia mit der Befragung fort, »Sie waren also gestern Abend auf der Terrasse und haben sehr laut und auf Italienisch mit der Ermordeten gesprochen. Stimmt das?«

Er nickte.

»Worüber haben Sie geredet?«

Er wandte das Gesicht ab und schwieg. Alessia übte sich in Geduld, stellte eine andere Frage.

»Arbeiten Sie auch unten am Badestrand oder nur oben am Pool?«

Rizoto reagierte immer noch nicht.

»Die Antwort auf meine zweite Frage müssten Sie doch ohne Sorge beantworten können.«

»Am Meer ist Paolo. Ich bin für den Pool zuständig.«

»Nun zur ersten Frage.«

Schweigen.

Alessia verlor langsam die Geduld. »Mensch, reden Sie endlich. Wir haben Zeugen.«

Täuschte sie sich? Oder war etwas Farbe aus seinem braun gebrannten Gesicht gewichen. Abrupt sprang Rizoto vom Stuhl auf, setzte einen Schritt zurück, riss die Augen auf, hob beide Arme hoch, streckte ihr die offenen Handflächen entgegen und jaulte: »Ich weiß von nichts. Ich hab nichts mit dem Mord zu tun, auch wenn ich mit ihr gesprochen habe.«

Die Tür öffnete sich erneut. Alessia sah auf. Giuliano bat sie mit einer Kopfbewegung heraus. Alessia warf Rizoto einen kurzen Blick zu, entschuldigte sich für einen Moment und verließ den Raum.

»*Allora*«, fing Giuliano an. »Gianni Rizoto, Poolbademeister des Hotel *Kalura*, ist achtundzwanzig Jahre. Lebt in Cefalù in der

Via Archimede 3 zusammen mit seiner Freundin Elke Angerer, einer Deutschen. Sie arbeitet ebenfalls im *Kalura* als freie Mitarbeiterin, Assistentin von Curcio. Und jetzt kommt's: Gianni Rizoto hat nach dem Militärdienst zwei Mal die Aufnahmeprüfung zur Polizei nicht geschafft.«

»Ah, er wollte einer von uns werden«, warf Alessia ein.

»*Sì, no*, nicht ganz. Seine Wahl sind die Carabinieri. Er ist sportlich, durchtrainiert, wie man sieht gut aussehend und versucht es nächstes Jahr erneut, wie mir die Kollegen eben bestätigten.«

»Mit anderen Worten«, folgert Alessia, müsste Rizoto auf jeden Fall unschuldig sein, da er sich sonst den Polizeidienst abschminken kann.« Nach einer Weile fügte sie hinzu: »Er ist nicht unser Mann. Überprüf trotzdem sein Alibi und den Friseur, obwohl, das kannst du dir eigentlich schenken.«

Giuliano verschwand und Alessia trat wieder in den Vernehmungsraum.

»Sprechen Sie, Signor Rizoto.« Ein wenig wollte sie noch aus ihm herausbekommen.

»*Allora*, Sophie war nicht in ihrem Zimmer, wo ich zuerst war. Dann habe ich sie angerufen.«

»Auf ihrem Handy?«

Rizoto nickte. »Sie sagte mir, wo sie ist und ich bin hin. Sie saß alleine unten auf der Plattform und starrte aufs Meer.«

»Dann hatte sie also ein Handy dabei.«

»*Sì*, das hatte sie immer dabei. Meistens hing es ihr in so einer kleinen Hülle um den Hals. Ich hab sie nie ohne gesehen.«

»Hatte sie es noch um, als Sie sich trennten?«

»*Sì*, und zehn Minuten später auch noch. Ich hab sie ungefähr gegen zwanzig vor acht nochmals angerufen. Sie meinte, ich solle sie in Ruhe lassen und hat aufgelegt.«

»Dann haben Sie Sophie Baumann circa um halb acht verlassen«, überlegte Alessia laut. »Einige Zeit später muss sie auf ihren Mörder getroffen sein.«

Rizoto nickte einfach nur zu ihren Ausführungen.

»Entschuldigen Sie die Unterbrechung, wie ist es auf der Terrasse vorher weitergegangen?«

»Sie sagte etwas von einer blöden Idee, die sie verdauen müsse. Ich schlug vor, etwas trinken und dann mit uns auf den Geburtstag meiner Schwester zu gehen. Sie wollte nicht. Ich habe Sophie gefragt, wieso sie mich gestern geküsst und gedrückt hätte und sich heute so abweisend verhält. Ich wollte wissen, was sie denn plötzlich gegen mich hat. Aber sie hat mich nur blöd angefahren. Ich bin wütend geworden, habe sie eine arrogante Zicke genannt, sie mich einen Macho und so ging es hin und her. Dabei sind wir laut geworden. Schließlich habe ich sie einfach stehen lassen und bin mit meinem Roller runter nach Cefalù gefahren. Von dort habe ich sie dann noch mal angerufen, das war ungefähr zehn bis fünfzehn Minuten nachdem ich gegangen bin. Beim Leben meiner Mutter, das ist die Wahrheit.«

Alessia schwieg und sah ihn eine Weile aufmerksam an. Schließlich fragte sie: »Waren Sie sehr in sie verliebt?«

Rizoto zuckte die Schultern. »Vielleicht«, kam es dann zögernd. »Okay, ich gebe zu, ich bin … ich war bis über beide Ohren verliebt in sie und hatte ein schlechtes Gewissen meiner Freundin gegenüber. Aber ich habe Sophie Baumann nicht getötet.«

»Gut. Sie können gehen. Aber halten Sie sich zu unserer Verfügung.«

Rizoto verschwand derart eilig, als fürchte er, im letzten Augenblick zurückgerufen zu werden.

»Du lässt ihn gehen?«, meinte Giuliano, als sie in ihr Büro zurückkam. Er stand neben der Espressomaschine und wartete, dass der Kaffee durchlief.

»Sophie Baumann besaß ein Handy. Wenn keines zu finden ist, hat der Täter es entweder mitgenommen oder ins Meer geworfen.«

»Bei der zweiten Möglichkeit bräuchten wir nicht zu suchen, dann ist es nämlich hinüber.«

»Frag in Rom nach. Sie hatte bestimmt auch einen Computer oder ein Notebook. Es muss Abrechnungen geben, Bankkonten und so fort. Wir brauchen ihren Internet- und Handyprovider. Sie sollen das Handy orten. Und besorg die Liste der letzten Gespräche.« Alessia hielt kurz inne. »Und natürlich vorher den richterlichen Beschluss.«

»*Comandi*, Commissario! Aber das habe ich alles bis auf den Richterbeschluss schon erledigt. Nach der Wohnungsdurchsuchung bekommen wir sofort Bescheid.«

»*Bene*, und dafür verrate ich dir auch, dass ich Gianni Rizoto glaube.«

»Ah. Sicher?«

»Nach den Tatsachen zu urteilen, ja. Zudem müsste sein Kopf mit dem Hammer gepudert worden sein, wenn er einen Mord begeht, obwohl er doch unbedingt zu den Carabinieri kommen möchte.«

Das schien Giuliano einzuleuchten. Aber er sagte nichts darauf. So sprach Alessia weiter.

»Und noch etwas, die Stimme in meinem Bauch schlägt positive Töne an.«

Giuliano, der gerade dabei war, Zucker in seinen Espresso zu kippen, hielt auf der Stelle inne und starrte sie an. »Du hast eine Stimme im Bauch? *Mamma mia, sto impazzendo*!«

»Deswegen brauchst du nicht gleich verrückt zu werden.«

Er drehte sich mit der Espressotasse in der Hand im Kreis und lachte, als hätte er den besten Witz des Jahres gehört.

»Löst du mit dieser Stimme deine Fälle?«, spottete Giuliano.

Cretino, dachte sie ärgerlich. Blödmann.

»Und zwar sehr erfolgreich«, schoss sie zurück und konterte: »Man nennt es auch Intuition, falls du das Wort schon mal gehört hast und vielleicht sogar seine Bedeutung kennst.«

»Commissario, ich –«

»Ach, hör auf, dich lustig zu machen«, fauchte sie ihren Vice an. Immer wieder aufs Neue, ob hier oder in der Vergangenheit in Rom, musste sie ihre ausgeprägte Intuition verteidigen, ihre Begabung, auf Anhieb eine gute Entscheidung zu treffen, ohne die zugrunde liegenden Zusammenhänge explizit zu verstehen. Mit Gefühlsduselei hatte das nichts zu tun.

»Intuition bedeutet indirekt einfach nur gesunder Menschenverstand und hat etwas mit innerer Logik zu tun«, ereiferte sich Alessia, »und mit früheren Erfahrungen. Und ich rede jetzt hier nicht von dem Klischee der weiblichen Logik.«

Sie stellte sich Giulianos Blick, der sie mit großen Augen ansah. Alessia konnte weder Ironie noch wirkliche Ernsthaftigkeit darin erkennen. Er schien nicht überzeugt von dem, was sie versucht hatte, zu erklären. Also setzte sie nach. »Wir besitzen alle Intuition, die einen weniger ausgeprägt, die anderen mehr, nämlich ein Gefühl für das Richtige im richtigen Moment, wobei ich persönlich Fakten nicht außer Acht lasse. Die Kunst ist eben, Rationalität und Intuition zu vereinen.«

»*Bene*, *grazie* für die Einweisung. Ich werde mich schlau machen. Aber möglich wäre doch auch Folgendes: Rizoto kommt später in seiner Wut noch einmal mit einer wilden Perücke auf dem Kopf zurück.« Giuliano deutete mit den Händen eine übergroße Haarpracht an. »Und ersticht, wie er sich ausdrückte, die *Isterica*.« Zimtzicke.

»Warum hätte er das tun sollen?«

»Damit genau das passiert, was jetzt Sache ist. Absolute Verwirrung. Mit wie vielen Männern war sie vor ihrer Ermordung zusammen?, fragt sich die Polizei zurecht. Vielleicht kommen ja noch welche dazu. Sie war nur vier Tage hier und schon flogen ihr alle Männerherzen zu. *Dio mio*, was für ein Weib. Ich hätte sie«, murmelte er hinterher, »auch gerne kennengelernt.«

»Das hast du ja«, gab Alessia pikiert zurück.

»*Viva*. Lebend, ich meine lebend.« Giuliano bekräftigte seine Hypothese. »Sollte er tatsächlich maskiert noch mal zurückgekommen sein und sie getötet haben, hat er genau diese Verwirrung erreicht.«

»Deine Annahme erscheint mir doch sehr spekulativ und wenig haltbar«, befand Alessia. »Rizoto strebt verbissen danach, zur Polizei zu kommen, da bringt er doch vorher nicht noch jemanden um. Das wäre mehr als idiotisch.«

»Ach, du meinst, zukünftigen Bullen könnte es nicht passieren, durchzudrehen und mal eben das Messer zu zücken?«

Giuliano rollte mit den Schultern und nippte dabei an der Tasse. »Aber du hast recht, noch ist gar nichts bewiesen. Alles nur Mutmaßungen. Suchen wir nach Fakten.«

»Ich tippe eher auf eine zweite oder gar dritte Person.«

»Sagt das deine Bauchstimme?«

Alessia überging seine Anspielung. »*Allora*«, begann sie stattdessen, »wir suchen jetzt nach einem Mann mit extrem kurzen Haaren und Ohrringen sowie nach einem mit, na ja, sagen wir mal, Wuschelkopf oder auffälliger Haarfülle. Beide dunkelhaarig.«

»Wenn's weiter nichts ist. Das haben wir bald«, meinte Giuliano und grinste. »Vielleicht kommen ja noch ein paar dazu. Ich geh dann mal das Handy suchen«, schloss er in einem Ton, als würde er zum Bäcker die Brötchen holen gehen. »*Ciao.*«

Alessias Schreibtischtelefon klingelte und sie hob ab.

»*Buongiorno*, mein Name ist Hermann Klauser, ich möchte gerne den zuständigen Kommissar im Mordfall *Kalura* sprechen.«

Während Alessia noch der Stimme lauschte, erschien Elvira in der Tür und schaute sie eindringlich an. Es schien etwas Wichtiges zu sein. Alessia vertröstete ihren Anrufer mit einem »*Un momento*«, hielt die Sprechmuschel zu und zog zu Elvira gewandt fragend die Augenbrauen hoch.

»Ich habe einen Mann am Telefon«, erklärte Elvira, »der sagt, dass er gestern Nachmittag mit dem Opfer gesprochen hat.«

Giuliano, der neben Elvira in der Tür erschien, grinste, breitete die Arme aus und meinte: »Ha, sagte ich's doch. Ein weiterer möglicher Verdächtiger oder Verehrer.«

Alessia bedeutete ihm mit einer Handbewegung, dass er sich trollen solle, legte ihren Hörer auf dem Schreibtisch ab, erhob sich und eilte zu Elvira hinüber. Sie streckte ihr schon das Telefon entgegen.

»Hier Commissario Cappelletti.«

Alessia lauschte den Worten des Anrufers, überlegte, atmete dann drei Mal und sagte: »Bleiben Sie einfach, wo Sie sind. Ich bin gleich da.«

In Gedanken war sie ganz bei dem jungen Mann, mit dem sie gerade gesprochen hatte, und so vergaß sie den anderen Anrufer. Hastig griff sie ihre Weste und eilte aus dem Büro. Elvira rief ihr nach, aber ihre Chefin schien schon außer Hörweite. Doch im nächsten Moment stand Alessia im Türrahmen und trug ihrer rechten Hand auf, nicht zu vergessen, im Internet nach Sophie Baumann zu forschen. »Ich bin in der *Bar Duomo.*« Ehe Elvira auch nur etwas sagen konnte, war Alessia wieder weg. Elvira stöhnte leise, ging ins Büro der Commissario und nahm sich des vergessenen Anrufers an: »*Scusi*, was kann ich für Sie tun?«

Sie hörte zu, was Hermann Klauser zu sagen hatte, schrieb mit und versicherte, der Commissario sofort Bescheid zu geben.

11

Auf dem Weg nach draußen traf Alessia auf Vice-Questore Manfredi Borsellino.

»Es tut sich vieles, aber es gibt noch nichts Konkretes«, antwortete sie auf seine Frage und schämte sich ein wenig ihrer schwachen Ausbeute.

»Nun ja, wir stehen gerade am Anfang«, schien er sie fast trösten zu wollen. »Halten Sie sich ran.« Alessia nickte. »Ich bräuchte einen Fahrer«, ließ sie ihn wissen.

Wenige Minuten später saß sie neben Agente Paulo Zucci im Streifenwagen. Ein junger Beamter Mitte zwanzig mit einem runden Gesicht und beeindruckenden langen schwarzen Wimpern, unter denen sie dunkle, wache Augen bemerkte. Agente Zucci chauffierte sie gemächlich über den stark frequentierten Corso Ruggiero bis zum Domplatz.

»Geht es nicht etwas schneller?«, fragte Alessia.

Zucci schaute sie kurz von der Seite an.

»Commissario«, begann er genauso gemächlich wie er fuhr, »*si va piano va lontano e va sano*, wer gemächlich fährt, kommt weit und bleibt unversehrt«, belehrte er sie.

Darauf wusste Alessia nichts zu sagen.

Endlich erreichten sie das Rathaus, Domizil des Bürgermeisters, direkt gegenüber dem Domplatz. Zucci parkte hinter dem Wagen der *Polizia Municipale*, der Stadtpolizei. Diese Polizeieinheit belegte nur einen Büroraum im Rathaus, ihr Hauptquartier befand sich hinter der *Rocca*. Alessia stieg aus und bat den Fahrer, auf sie zu warten. Sie blickte vom Wagen aus über die mit Menschen bevölkerte Piazza Duomo. Sämtliche Restaurants auf dem weitläufigen Platz waren überfüllt und wurden des Ansturms kaum Herr. Auch die zur *Bar Duomo* gehörenden Tische waren dicht besetzt. Ihre Augen glitten über die Gesichter der Bar-Gäste, obwohl sie nicht wusste, nach wem sie suchen sollte. Dummerweise hatte sie vergessen, ein Zeichen zu verabreden. Plötzlich sprach sie jemand von der Seite an. Alessia fuhr herum. Neben ihr stand ein Mann um die Dreißig. Normale Haarlänge und kein Wuschelkopf, registrierte Alessia. Die glatten schwarzen Haare waren schlicht nach hinten gekämmt. Bekleidet war er mit einem rosafarbenen Hemd, darüber eine gestreifte Krawatte, dazu eine dunkle Hose. Er war schlank, ungefähr 1,80 groß und trug eine Brille.

»Commissario Cappelletti?«

Alessia nickte. »Haben wir telefoniert?«

»*Sì*, Angelo Digati.« Er schaute sich um. »Leider alles besetzt«, äußerte er, als ein Zweiertisch direkt neben dem Eingang frei wurde. In der nächsten Sekunde hatte Angelo ihn beschlagnahmt und deutete auf einen der Stühle. Sie bestellten zwei Kaffee

»*Allora*, was haben Sie mir Dringendes zu sagen?«

»Ich arbeite im *Kalura*.« Er hielt inne, als erwarte er von ihr eine Antwort, aber Alessia sah ihn nur wartend an.

»Sophie Baumann und ich wohnten nebeneinander.«

Wieder hielt der junge Mann inne.

Ist das eine Marotte von ihm?

Alessia beschloss, schweigend abzuwarten, bis er fortfuhr. Sie bemerkte, dass er die Lippen zusammenpresste, als würde es ihm schwerfallen, sein Wissen preiszugeben.

»Und?«, fragte sie nun doch etwas ungeduldig.

»Wir stießen gestern praktisch vor der Haustür zusammen. Ich ging raus, sie kam rein und schien im Gegensatz zu sonst ziemlich schlechter Laune zu sein.«

»Uhrzeit?«

»Gegen fünf. Aber was ich eigentlich sagen wollte, ist, dass sie mir eine Plastiktüte in die Hand gedrückt hat mit der Bitte, sie beim Hotelmüll zu entsorgen.«

»Wie muss ich das verstehen?«

»Die Personalzimmer …, also es ist so, wir haben keine eigenen Mülltonnen. Wir müssen unseren Müll zum Hotel neben dem Küchenausgang bringen und dort entsorgen. Sophie wusste, dass ich zur Arbeit musste, also hab ich die Tüte mitgenommen. Sie enthielt alte Kleidung.«

»Sie haben nachgesehen?«

»*Sì*, aber fragen Sie mich nicht, warum. Irgendwie automatisch.«

»Und was für Kleidung?«

»Ein gestreiftes Herrenhemd und eine Jeans. Was ich merkwürdig fand, war, dass zwischen dem zusammengeknuddelten Hemd ein dunkler Kunstschnauz klebte.«

»Sie haben die Sachen durchwühlt?«

»Es kam mir alles so komisch vor. Sophies miesepetriges Gesicht und dass sie so kurz angebunden war im Gegensatz zu sonst. Ich hab mich halt gewundert über den Inhalt und ihn mir dann eben genauer angesehen.«

Alessia rief Giuliano an.

»Kein Handy bisher«, platzte Giuliano heraus, ehe sie ihr Anliegen äußern konnte. »Und nebenbei bemerkt«, fuhr ihr Vice fort, »ist hier der Teufel los. Es wimmelt vor Presseleuten. Die Journalisten fragen jeden Gast, der ihnen unter die Augen kommt, über die Tat aus. Selbst von der Meerseite schippern die Pressefritzen heran, um den Tatort und das Hotel aufzunehmen.«

»Halt dich bedeckt und lass nichts raus.«

»Wem sagst du das?« Giuliano schnaubte. »Ach, was wolltest du überhaupt?«

Alessia setzte ihn auf die Mülltonnen an. »Und anschließend nimm noch mal Sophie Baumanns Zimmer im Personalwohnhaus unter die Lupe, vielleicht findest du doch noch irgendetwas.«

»Die Spurensicherung hat doch alles durchgegraben.«

»Mach's einfach.«

Alessia beendete das Gespräch und wandte sich wieder Angelo Digati zu. »Was glauben Sie, wieso sie diese Sachen entsorgen wollte?«

Natürlich zuckte Angelo mit den Schultern. Wozu hatte sie die Sachen benötigt?, fragte sich Alessia im Stillen. Vorausgesetzt, sie hatten ihr gehört. Allerdings ging sie nicht davon aus, dass jemand Sophie Baumann die Tüte übergeben oder sie diese gefunden hatte.

»Halten Sie es für möglich«, fragte sie Angelo Digati, »dass sie die Kleidung selbst getragen hat?«

Sie rechnete wieder mit einem Schulterzucken, aber diesmal lachte Angelo und meinte belustigt: »Vielleicht musste sie sich aus irgendeinem Grund als Mann verkleiden? Verrückt genug war sie ja, was ich so von ihr mitbekommen habe.«

Alessia schaute ihn erst überrascht an und dachte dann: Bingo.

»Nein, besonders gut gekannt habe ich sie nicht«, antwortete Digati auf ihre nächste Frage. »Hätte ich aber gerne. Sie war ausgesprochen hübsch. Nein, sie war schön, und meistens gut gelaunt.«

Alessias Handy klingelte.

»*Pronto?*«

Es war Elvira. Alessia hörte sich ihren knappen Bericht des Gespräches mit dem vergessenen Anrufer in ihrer Leitung an. Kaum hatte sie aufgelegt, wählte sie wieder Giuliano an.

»Commissario, schön, schon wieder von dir zu hören«, meinte er sarkastisch. »Aber ich bin noch nicht soweit.«

»Schon in Ordnung. Hör zu. Im *Kalura* ist ein deutscher Gast, Hermann Klauser, der gestern Abend etwas gesehen hat. Mach ihn ausfindig, ach ja, und er spricht italienisch, also keine Scheu.«

Weil Angelo Digati sie aufmerksam beobachtete, drehte sich Alessia etwas ab. Er schien zu verstehen und winkte dem Kellner, um zu bezahlen. Mit Angelo Digati war sie so gut wie durch. »Ich komme jetzt auch ins *Kalura* hoch«, kündigte sie ihrem Vice an.

Ihren Euro für den *caffè* lehnte Angelo Digati empört ab, aber Alessia steckte ihm die Münze einfach in die Brusttasche seines rosa Hemdes.

»Soll ich Sie mitnehmen?«

Angelo winkte ab und meinte, er hätte noch eine Verabredung. Alessia wünschte viel Spaß und verabschiedete sich.

Zehn Minuten später stieg sie am *Kalura* aus. Hier war im wahrsten Sinne des Wortes die Pressehölle los. Auch schienen sich immer mehr Einheimische aus dem Ort von Neugier getrieben hier zu versammeln. Der Mord hatte sich in Windeseile herumgesprochen.

Im Empfang stieß sie mit Gerrit Curcio zusammen, der gerade aus seinem Büro die Treppen herunterkam.

»*Ciao,* Commissario Cappelletti, schon was herausgefunden?«, begrüßte Curcio sie. Statt einer Antwort ging sie auf den Presseansturm ein.

»Haben Sie etwas geäußert, erklärt, Signor Curcio?«

»Was hätte ich tun sollen? Ich habe den Journalisten gesagt, was geschehen ist, mehr nicht«, beteuerte er.

Der Mord in seinem Hotel geht durch sämtliche Medien, dachte Alessia, eine gute und eine schlechte Werbung. Aber immerhin Werbung. Auf einmal spitzte sie die Ohren. Eine noch immer nicht vertraute Melodie erklang in ihrer Bauchtasche. Ihr Privathandy. Das Display kündigte Chiara, ihre Freundin aus Rom, an. An ihrer Stimme merkte Alessia sofort, dass ihre Freundin völlig aufgelöst war.

»Cosimo hat eben einfach Celina abgeholt. Ich konnte nichts machen«, schluchzte Chiara. Alessias Herz begann zu rasen. Der Stich in der Brust nahm ihr fast den Atem.

»Er meinte, die Kleine –«

»Chiara«, unterbrach Alessia sie, »beruhig dich erst einmal. Ich übernehme das und melde mich später wieder bei dir. Du kannst sicher nichts dafür.«

In der nächsten Minute hatte sie Cosimo in der Leitung, ihren Exfreund, Celinas Vater, den sie beinahe geehelicht hätte.

»Jetzt reg dich nicht auf«, begann er in seiner jovialen Art, die ihr jedes Mal das Gefühl gab, er nähme sie nicht für voll. »Celina bleibt vorerst bei mir«, erklärte er kategorisch. »Es ist doch wohl angebrachter, sie übergangsmäßig bei ihrem Vater zu lassen als bei deiner Freundin Chiara!«

»Du kannst dich nicht einfach gegen meine Entscheidung stellen, *mannaggia la Madonna*!« fluchte Alessia. »Wie willst du dich um sie kümmern?«

Cosimo arbeitete den ganzen Tag und hatte als Hauptkommissar in Rom mehr um die Ohren als sie hier. Aber das wollte er nicht gelten lassen. Im Gegenteil.

»Sie wird tagsüber bei meinen Eltern sein, die sich um sie kümmern. Und wen hast du auf dieser Halbwildeninsel bisher aufgetan? Am liebsten würde ich sie ganz hier behalten.«

Bei dieser Vorstellung sah Alessia rot. »Ich finde einen Weg!«

»Weg? Haha, Tagesmutter, Kinderhort, was weiß ich. Da ist sie bei mir und ihren Großeltern in Rom besser aufgehoben. Du kannst sie ja am Wochenende besuchen, überleg dir das. Für unser Kind wäre es das Beste.«

Alessia kochte innerlich. »Ich sagte, ich finde einen Weg, *basta*! Ich hole sie, sobald ich jemanden für sie gefunden habe. Und *per inciso*, nebenbei gesagt, für ein Kind, auch für unser Kind, ist immer noch die Mutter das Beste!«

So ging es noch eine Weile hin und her. Bis sie ihn entnervt daran erinnerte, dass sie das alleinige Sorgerecht für ihre gemeinsame Tochter besaß und er sie praktisch entführt hatte. »Chiara war total aufgelöst.«

»*Bene, bene*«, begann Cosimo einzulenken. »Wir wollten uns um Celina doch nicht streiten. Ein Kind gehört zur Mutter, ich weiß, aber sie bleibt solange beim Vater und nicht bei deiner Freundin, bist du sie holst.«

Er hatte aufgelegt, ohne dass sie noch reagieren konnte.

»*Cazzo!*«, schimpfte sie mit Hingabe. »*Cazzo! Cretino! O dio!*« Alessia fluchte und ließ ihrem Temperament freien Lauf, bis sie bemerkte, dass Curcio noch immer in ihrer Nähe stand. Und wenn er alles gehört hatte, es war ihr egal. Unverhohlen blickte er sie an, sein Gesicht zu einem erheiterten Lächeln verzogen.

»Schlechte Nachrichten?«, wollte er wissen.

Alessias Emotionen kochten. Ihre Reizschwelle war auf null gesunken. Wütend fuhr sie Curcio an: »Wissen Sie vielleicht jemanden, der einen Privatjet hat und mich mal eben nach Rom fliegen kann?«

»Jaha, also …«

»Das war ein Witz!«

»Trotzdem, sollten Sie es sich anders überlegen, sagen Sie mir einfach Bescheid«, meinte er und schaute sie freundlich mit diesem sympathischen Zug um die Mundwinkel an.

Alessia hielt nach Giuliano Ausschau, aber er konnte inzwischen im Personalhaus sein. Sie wollte Curcio gerade nach dem deutschen Gast fragen, als das Fernsehteam des Nachrichtensenders TG3 zur Tür hereineilte. Curcio hob den Arm, um auf sich aufmerksam zu machen. Alessia murmelte ein »*Ciao*« und machte sich aus dem Staub.

»Commissario …!«, rief der Hotelier ihr nach.

Sie reagierte nicht, beschleunigte ihre Schritte und schoss an den Mitarbeitern von TG3 aus der Halle hinaus. Wäre sie geblieben, hätte man sie vor die Kamera gezerrt, um ihr aktuelle Informationen aus Polizeisicht zu entlocken. Sie wollte auf keinen Fall heute Abend in den Nachrichten über den Bildschirm flimmern. Danach stand ihr absolut nicht der Sinn, das war Sache der Questura. Verdammt, wo war Giuliano? Stattdessen traf sie vor dem Hotel auf ihren Fahrer Paulo Zucci. Alessia schickte ihn zurück zur Questura. Erleichtert bedankte er sich und schaute demonstrativ auf seine Armbanduhr.

Erst da wurde Alessia bewusst, dass dieser ereignisreiche Tag an ihr vorbeigerauscht war, ohne dass sie auch nur eine Sekunde davon bewusst wahrgenommen hatte. Die Geschehnisse hatten sie völlig vereinnahmt. Mit einem Mal spürte sie eine Erschöpfung, die ihr beinahe Übelkeit verursachte. Weder hatte sie ausreichend feste Nahrung noch Flüssigkeit zu sich genommen. Aber nach dem Gespräch mit Cosimo verlangte es Alessia eher nach einem doppelten Cognac als nach Wasser. So ruhelos und aufregend hatte sie sich ihren ersten Arbeitstag auf der Insel wirklich nicht vorgestellt, zumal an Feierabend nicht einmal zu denken war. Jedenfalls war sie froh, dass sich keiner der Journalisten um sie scherte, da sie hier noch nicht bekannt war. Das allerdings sollte sich in den nächsten Minuten ändern. Sie sah den Wagen des Vice-Questore vor dem Hotel vorfahren. Er stieg in Begleitung eines Unformierten aus, erblickte sie und winkte sie zu sich heran. Ehe sie beide auch nur ein Wort wechseln konnten, waren sie von Presseleuten umringt. Souverän stellte ihr Chef sie den Reportern vor, enthielt sich aber eines Kommentars zum Mordfall und erklärte entschieden, dass spätestens morgen eine Pressekonferenz in der Questura stattfinden würde. Er gab sich ruhig und gelassen. Als Sohn eines von der Mafia ermordeten Richters war er öffentliche Auftritte gewohnt. Doch die Presse gab keine Ruhe, und zu allem Übel näherte sich die Crew eines weiteren Nachrichtensenders, TGS, und baute ihre Kamera vor ihnen auf. Auch das andere Team schnellte aus dem Hotel und ging in Position. Nun gab sich der Vice-Questore geschlagen, fuhr sich prüfend über die Haare und ordnete seine Kleidung. Ihr war es egal wie sie aussah. Innerlich aufgewühlt, dachte sie an ihre kleine Tochter. Die Angst, vielleicht gegen alle Abmachungen doch noch um sie kämpfen zu müssen, kroch ihr bis in die Kehle.

Dottor Manfredi Borsellinos Informationen für die wissbegierige Presse waren dürftig. Bei fast jeder Frage vertröstete er sie auf die anstehende Pressekonferenz. Schließlich bat er seine neue Mitarbeiterin, noch einige Worte zu sagen. Alessia hielt sich ebenfalls bedeckt.

Unvermittelt rief eine Frau aus der zweiten Reihe und hielt ihr Mikrofon mit ausgestrecktem Arm hoch: »Stimmt es, dass dem Opfer das Gesicht zerschnitten wurde?«

Eine weitere brachte sich ebenfalls mit lauter Stimme ein: »Und die Augen ausgestochen wurden?«

12

»Sophie Baumann ist weder auf Facebook noch auf Twitter, aber im Internet gibt es einige Artikel über den Unfalltod der Eltern, über die Lösung der Verlobung und –«

»Elvira«, bremste Alessia sie, »druck alles aus und leg es mir auf den Schreibtisch und danke, bis später, *ciao.*«

Mittlerweile war es fast neunzehn Uhr und die Sonne hinter der *Rocca* verschwunden.

Alessia stand zusammen mit ihrem Vice, der die aus dem Müll geklaubte Plastiktüte zwischen seine Beine geklemmt hatte, sowie dem deutschen Hotelgast Herman Klauser und dessen Freundin auf der Hotelterrasse. Fasziniert schaute Alessia von oben zu, wie sich immer mehr Boote mit Presseleuten der Badeplattform des Hotels vom Meer her näherten. Sie wartete geduldig, bis ihr Vice die Daten des Pärchens aufgenommen hatte. Beide waren Mitte zwanzig und touristisch gekleidet. Hermann Klauser berichtete, dass sie gestern Abend gegen halb neun die Treppe zum Meer heruntergegangen seien, bis zu dem kleinen Aussichtspunkt. Da sei von unten ein Mann die Stufen heraufgeeilt und ohne Blickkontakt an ihnen vorbeigeprescht.

»Tja, wie hat er ausgesehen? Groß, schlank, helle Hose, rotes Hemd. Haare? Schwarz, etwas wellig.«

»Er war im Nu vorbei«, ergänzte seine Freundin, »aber ich konnte kurz sein Gesicht sehen.«

»Und mit der Uhrzeit sind Sie sich sicher?«

Beide bestätigten es mit einem Kopfnicken.

»Konnten Sie sehen, ob er die Stufen weiter bis zum Hotel hoch ist oder …?«

»Hoch bis zum Hotel ist er nicht, sondern gleich einige Stufen weiter rechts abgebogen, vorbei an den Inselzimmern. Dort kommt man über den hinteren Parkplatz, an der Küche vorbei, auch raus.«

Das wusste Alessia bereits. Sie wandte sich der Freundin namens Beate Schlich zu.

»Könnten Sie den Mann für ein Phantombild beschreiben?«

Das Pärchen sah sich an, als ständen sie vor einer unlösbaren Rechenaufgabe.

»Wir können es versuchen.«

Alessia entließ die beiden mit der Aufforderung, doch morgen in die Questura zu kommen.

»Vielleicht war dieser Mann nur ein zufälliger Zuschauer. Er hat, aus welchen Gründen auch immer, das Opfer dort liegen sehen«, überlegte ihr Vice, als sie wieder alleine waren.

»Und ist«, ergänzte Alessia, »verschreckt geflüchtet. Oder aber er hat etwas mit der Tat zu tun.«

Giuliano seufzte. »Wie viele verdächtige Männer haben wir denn jetzt schon?«

»Immerhin kam dieser Mann laut Zeugenaussage im Zeitfenster der Tatzeit die Treppe der Badeterrasse hoch.« Alessia blies die Luft aus. »Das ist schon merkwürdig, oder? Dem sollten wir auf jeden Fall nachgehen.«

»Zunächst müssen wir ihn mal finden.«

»Wie recht du hast.«

Die Commissari rekapitulierten geschwind die Fakten, über die sie inzwischen verfügten. Giulianos nochmalige Durchsuchung von Sophies Zimmer hatte nichts weiter ergeben.

»Jeder Tag bringt Neues«, tröstete er, »morgen wissen wir schon wieder mehr.«

»*Sapientone*«, lächelte Alessia nachsichtig. »Aber du hast recht, mein Klugscheißer, der Tag war lang genug.«

Wie erwartet, war ihr *padre* noch in seinem Gemüseladen am Corso. Es war Hochsaison und der Corso von Flanierenden stark frequentiert. Zwischen halb fünf und halb neun war er für Fahrzeuge gesperrt, und Alessia stellte zufrieden fest, dass sich entgegen ihrem ersten Eindruck doch die meisten Einwohner daran hielten. In den Geschäften, vor allem in den Boutiquen und Souvenirläden, herrschte eine Betriebsamkeit wie im Schlussverkauf. Selbst der kleine Gemüseladen ihres Vaters war gut besucht. Ihr *padre* bediente gerade ein junges Pärchen, das sich mit frischen Äpfeln eindeckte. Vom Eingang her winkte Alessia ihm zu, woraufhin er ihr ein breites Lächeln schenkte, das ihr Herz dahinschmelzen ließ. Dieser kleine ältere Mann, der kaum größer war als sie selbst, strahlte Wärme und Herzlichkeit aus, die in ihr das Gefühl weckten, zu Hause angekommen zu sein. Doch schon im nächsten Moment überdeckte der Gedanke an die unselige Situation mit Cosimo und Celina dieses wohlige Empfinden.

Ihr *padre* schloss kurzerhand den Laden und führte sie nach oben in seine Wohnung. Hier wartete eine Überraschung auf Alessia. Eine etwas mollige Frau um die Fünfzig war gerade dabei, das Abendessen vorzubereiten. Wie schön, dachte Alessia, und ihr Magen knurrte vernehmlich. Die Frau stellte eine Salatschüssel ab und blickte sie erwartungsvoll mit sanften Mandelaugen an, deren ausgeprägte Oberlider dezent schattiert waren. Alessia schaute verständnislos zu ihrem Vater.

»Das ist deine *zia* Anna, meine Schwester«, erklärte er, und sogleich breitete ihre Tante die Arme aus und umschlang Alessia. So heftig, dass ihr kurz die Luft wegblieb. Alessia stellte fest, dass die Natur ihrer *zia* den gleichen ästhetischen, leicht konkaven Nasenrücken geschenkt hatte, der auch ihr eigenes Profil zierte.

»Sie ist mit Carlo verheiratet, den du noch kennenlernen wirst«, informierte sie ihr Vater. »Aber jetzt setz dich erst einmal und iss ordentlich. Du brauchst etwas mehr auf die Rippen.«

Nachdem sie der Aufforderung gefolgt war, bemerkte Alessia, wie erschöpft sie war. Aber schon nach den ersten Bissen der Vorspeise ging es ihr besser. Und sowohl ihr *padre* als auch *zia* Anna stellten so viele Fragen, dass Alessia schon bald wieder munter war. Zwischen *Melanzane ripiene alla madonita* – gefüllten Auberginen nach Art der Madonie – und *Pasta* mit Sardinen sowie *Cotolette di maiale farcite* – gefüllten Schweineschnitzeln – und einem verführerischen *Sorbetto di Kiwi* erzählte Alessia aus ihrem Leben. Angefangen vom Krebstod ihrer Mutter vor zwei Jahren, über das Beziehungsende mit Cosimo vor drei Monaten, und das auch noch kurz vor der geplanten Hochzeit. Am ausführlichsten aber erzählte sie von ihrer kleinen Tochter Celina. Als die beiden erfuhren, dass es ein Enkelkind gab, gerieten sie völlig aus dem Häuschen. Alessia wurde mit Fragen über die Kleine bombardiert. Für Alessias verzweifelte Situation mit Celina hatten sie nach kurzem Nachdenken eine Lösung parat. Alessia, eigentlich emotional nicht so leicht zu beeindrucken, begann vor Rührung zu weinen und ließ sich in den Armen ihrer neuen Familie trösten. Sie sprachen das Arrangement durch und besiegelten alles mit einem *caffè corretto*, einem Espresso mit Grappa.

»*Papà*«, begann Alessia nach einer Weile, »mir brennt da noch etwas auf der Seele.« Sie zögerte einen Augenblick mit der Frage, weil sie ahnte, dass es für ihren Vater schmerzhaft sein und unangenehme Gefühle hervorrufen könnte. »Wieso hat Mutter dich zusammen mit mir im Bauch verlassen?«

Ihr Vater warf Anna einen Blick zu, den sie mit einem Nicken beantwortete. Also begann er, zu sprechen: »Deine Mutter war unerwartet schwanger und ich völlig kopflos. Ich hatte einfach Angst. Selbstverständlich wollte ich sie heiraten, das war sicher, aber …« Er stockte.

»*Padre?*«, fragte Alessia gedehnt.

Ihr Vater zuckte hilflos die Schultern. Er schien nach Worten zu suchen. »Du weißt, ich war jung, und du weißt auch, dass wir Männer …, es ist uns von Gott so gegeben, oftmals unüberlegt auf weibliche Reize reagieren, das heißt, ich …«

»Du hast sie betrogen, während sie mit mir schwanger war!?«, half Alessia ihm.

»Mein Kind, du glaubst nicht, wie oft ich das bereut habe. Ich dachte, heilige *Madonna mia*, ich würde dich niemals in meinem Leben kennenlernen. Auf meine Briefe an dich bekam ich nie eine Antwort.«

»Mama hat alle deine Briefe abgefangen. Ich wusste nichts von ihnen. Ich wusste nichts von deinen Gefühlen, dachte nur immer, du wolltest nichts von mir wissen. Erst nach Mamas Tod, da habe ich ...« Alessia brach mitten im Satz ab und blickte ihren Vater an, als ihr die ganze Tragweite des Verhaltens ihrer Mutter bewusst wurde.

Sie hatte ihr zweiunddreißig Jahre lang den Vater vorenthalten.

Der laufende Fernseher lenkte mit den neuesten Nachrichten ihre Aufmerksamkeit auf sich. Gerrit Curcio erschien auf der Mattscheibe. Neben ihm seine Mutter und seine Söhne Noah und Aaron. Die Jungen erzählten aufgeregt, wie sie die Tote gefunden hatten und von der Gesichtsverletzung. Zur Alessias Erleichterung schritt Curcio hier ein, bevor man den Kindern weitere Fragen stellen konnte. Der Hotelier hielt sich knapp und exakt an die Fakten. Auf die Gesichtsverletzung angesprochen, antwortete er mit »No comment«. Es folgten Bilder vom Hotel, dem Tatort und einigen Gästen, die sich entsetzt über die grauenvolle Tat in ihrem Ferienhotel äußerten. Plötzlich erschien Alessia mit Vice-Questore Borsellino auf dem Bildschirm. Rasch stellte Anna den Apparat etwas lauter. Alle drei blickten gebannt auf die Bilder. Alessia fand, dass sie eine gute Figur abgab und den Sachverhalt klar und intelligent herüberbrachte. Sie war mit sich zufrieden. Die Reportage schloss mit den Worten, dass die neue Commissario Cappelletti und ihr Team vor einer schweren Aufgabe stünden.

Nun war sie also auf Sizilien keine Unbekannte mehr.

Satt bis hinter die Ohren, völlig erschöpft, ein wenig traurig, aber auch zufrieden, lag Alessia gegen elf Uhr in ihrem Appartement im Bett. Ehe ihr die Lider zufielen, dachte sie wehmütig an Celina, die jetzt bestimmt neben ihrem Vater lag und sich an ihn kuschelte. So etwas wie Eifersucht keimte in Alessia auf, aber es meldete sich auch ein leises beglückendes Gefühl darüber, dass ihre Tochter, wenn nicht der Mutter, wenigstens dem Vater nahe sein konnte.

»*Domani*, Celina, morgen«, flüsterte Alessia und sank ins Land der Träume.

13

Schon um sieben Uhr war Alessia wieder auf dem Weg in die Questura. Unterwegs hielt sie an einem Kiosk an und kaufte die *Cefalù News* und das *Giornale di Sicilia.* Das übliche Katalogfoto des *Kalura* sowie Bilder vom Tatort sprangen ihr auf der ersten Seite entgegen. Etwas weiter unten fand sie sich neben Vice-Questore Borsellino ebenfalls auf der Titelseite abgebildet. Erleichtert stellte sie fest, dass die Pressegeier anscheinend kein Foto des Opfers ergattern konnten, sonst würden jetzt wahrscheinlich nicht nur sämtliche Sizilianer in Sophie Baumanns ehemals hübsches Gesicht blicken. Das würde noch früh genug passieren.

In ihrem Büro schaltete Alessia ihren PC an. Während er hochfuhr, sichtete sie das Material aus dem Internet, das Elvira ihr ausgedruckt auf den Schreibtisch gelegt hatte. Alessia erfuhr Details über den tödlichen Unfall des Fabrikantenehepaares Baumann und Sophies Verkauf der Villa. Sie las weiter über die Auseinandersetzungen in der Chefetage der Kartonagenfabrik, nachdem Sophie das Erbe angetreten hatte. Kurzerhand hatte sie sich aus allem ausgeklinkt, die Verlobung gelöst und sich nach Italien abgesetzt.

Ziemlich kess.

Weiter fand sie einige Faxe der Kollegen aus Deutschland. Völlig perplex erfuhr sie daraus, dass sich Sophie Baumanns Ex-Verlobter im Moment in Rom aufhielt. War Volker Dresen womöglich in das Verbrechen an Sophie Baumann verwickelt? Ohne auf die Uhr zu sehen, wählte sie die angegebene Handynummer. Eine männliche Stimme, vermutlich Dresens, bat sie, auf der Mailbox eine Nachricht zu hinterlassen und versprach einen Rückruf. Einen Moment überlegte Alessia, ob sie etwas aufsprechen sollte, ließ es dann aber. Als Nächstes rief sie Giuliano an, der sie genervt fragte, ob sie wisse, wie spät es sei, und sich nach einem Blick auf die Uhr schleunigst entschuldigte. Alessia setzte ihn auf Volker Dresen an und informierte Giuliano, dass sie selbst wahrscheinlich später für den Rest des Nachmittags abwesend sei.

Alessia kontrollierte zum wiederholten Mal die Uhrzeit. Für ihr Empfinden schlichen die Minuten nur so dahin. Sie hatte vor, zeitgleich mit den pünktlich um neun Uhr startenden Böllerschüssen zum Festbeginn Gerrit Curcio in seinem Büro anzurufen. Was konnte sie bis dahin erledigen? Spontan wollte sie die Rechtsmedizin anrufen, aber auch dort würde vor acht noch niemand sein.

Kurz entschlossen verließ sie die Questura und ging nach links einige Meter die Via Roma entlang. In Cefalùs Straßen herrschte schon reger Betrieb. In der Nähe der Questura befand sich eine Grundschule. Mütter brachten, auch wenn die Distanz nur geringe fünfhundert Meter ausmachte, dennoch ihre Kinder mit dem Auto zur Schule.

Die Bar *L'elite* lag an der Via Roma. Den Boden der Freisitzfläche direkt an der Straße zierte ein knallgrüner Kunstrasen. Eine Pergola schützte die Gäste vor Sonne und Regen. Hier saß man angenehm und konnte bei einem Kaffee das quirlige Leben Cefalùs beobachten. Doch dazu war Alessia nicht aufgelegt.

Sie war nicht die einzige frühe Besucherin im *L'elite.* Als sie durch die offen stehende Tür eintrat, fiel ihr Blick sofort auf die längliche Theke. Etliche Gäste saßen hier auf den Barhockern, die ausgebreitete Tageszeitung in den Händen. An den Wänden liefen die zwei montierten Fernseher. An den auffällig rosa bestuhlten Tischen hatten sich einige Frühstücksgäste niedergelassen, die Alessia nun neugierig musterten. Einige nickten ihr zu, als würden sie sie schon seit Ewigkeiten kennen. Alessia verkniff sich ein Grinsen. Seit gestern Abend war sie bekannt wie ein bunter Hund. Sie ging hinüber zum rechteckig gezogenen Tresen. Die eine Seite präsentierte in der Auslage köstliche italienische Snacks, die andere eine Fülle an Eissorten, bei deren Anblick ihr das Wasser im Mund zusammenlief.

»*Buongiorno*, Commissario«, überschlug sich hinter der Theke ein älterer Herr im schwarzen Hemd mit der weißen Aufschrift *L'elite* über der Brust. Das ganze Personal war mit diesem Firmendress ausgestattet. Alessia bestellte einen Cappuccino, zögerte einen Moment, weil sie sich nicht auf Anhieb zwischen einer Broiche, einem süßen Teilchen und einer Ciabatta entscheiden konnte. Der Gastronom, ein Sizilianer mit sonnengegerbter Haut, inspizierte sie derweil haarklein. Daran musste sie sich gewöhnten, also ließ Alessia sich ihr Unbehagen nicht anmerken.

»Eine Ciabatta«, entschloss sie sich.

»Setzen Sie sich bitte, Commissario. Ich bringe Ihnen gleich alles«, forderte eine junge Kellnerin sie auf und zeigte fragend nach draußen. Alessia nahm unter der Pergola neben dem Eingang auf einem der weißen Plastikstühle Platz. Einer der wenigen, der noch frei war. Im fliegenden Wechsel kippten die Barbesucher ihren Cappuccino herunter, verschlangen ihre Broiche und eilten weiter zur Arbeit. Alessia allerdings ließ sich Zeit und nahm einfach nur ihre Umgebung wahr. In diesem Abschnitt war die Via Roma Einbahnstraße und auf beiden Seiten zugeparkt. Kaum hatte sich der Wagen vor ihrer Nase aus seiner Parklücke entfernt, quälte sich der Nächste herein. Das Fahrzeug kannte sie. Im nächsten Moment sprang auch schon Giuliano heraus. Alessia fiel sein ernstes Gesicht auf.

»*Buongiorno,* Commissario«, rief er noch vom Wagen her.

»Auch den Weg hierher gefunden«, sagte er, als er vor ihr stand und an die Kellnerin gewandt: »Wie immer, Tina.«.

Alessia musterte ihn verstohlen, als er sich ihr gegenüber setzte. Sie vermisste seine Frische und Eleganz. Seine Leinenjacke war völlig zerknittert, als hätte er darin geschlafen. Als sie ihn auf seinen Zustand ansprach, stöhnte er theatralisch auf, als trüge er die gesamte Last der Erde auf seinen Schultern. Alessia ließ es dabei bewenden.

Erst als sie nach dem Frühstück im Auto saßen und zurück zur Questura fuhren, erkundigte sie sich vorsichtig: »Alles in Ordnung bei dir?«

Giuliano stöhnte erneut auf, schüttete ihr dann aber sein Herz aus. »Sie ist weg!«

»Wer?«, fragte Alessia, obwohl sie sich denken konnte, wen er meinte.

»Silvia!«, rief er inbrünstig aus. »Sie hat gepackt und mir lapidar auf einem Zettel mitgeteilt, dass sie genug hat. Sie wünscht sich einen Partner, der Zeit für sie hat und nicht nur Verbrecher jagt.« Er griff sich an die Stirn. »Das ist ein Witz.«

Alessia erfuhr einiges über sein zweijähriges Zusammenleben mit der heißblütigen Silvia, einer Sizilianerin, wie sie im Buche stand. Und wie heiß und innig Giuliano sie mit seinem ganzen inneren Feuer liebe, ohne sie eingehen würde wie eine *primula* und kurz davor stehe, seelisch und körperlich zusammenzubrechen. Der Vice-Commissario sah aus, als würde er gleich anfangen, zu weinen. Raue Schale, weicher Kern, dachte Alessia und legte ihre Hand auf seine, die auf dem Steuerknüppel ruhte.

»Ich war doch die meiste Zeit für sie da. Es war ja nicht viel los hier in Cefalù. Alle Jubeljahre mal ein Mord. Und dies ist erst mein zweiter. Und dann kommst du! Und gleich haben wir einen weiteren. Und meine Freundin haut ab, weil ich nicht um sechs Uhr abends zu Hause bin.«

Alessia zog ihre Hand zurück.

»Muss ich mir jetzt ernsthaft Sorgen machen?«, fragte sie sichtlich bekümmert. Das fehlte noch, zwei gebrochene Herzen auf Mörderjagd. Was sollte sie ihm sagen? Sie brauchte selbst Trost. Doch just in dem Moment kam ihr ihre neue Familie in den Sinn. Postwendend ging es ihr besser.

»Jemand geht nicht einfach von heute auf morgen.«

»Da hast du wahrscheinlich recht.«

Und jetzt bekam Alessia den zweiten Teil der Geschichte zu hören. Von Silvias Eifersucht, den ständigen Streitigkeiten ums

Geld, über das sie nicht reichlich genug verfügte, es aber trotzdem mit vollen Händen ausgab.

»Du sprichst jetzt von deinem Geld, oder?«

»Es war unser Geld«, verteidigte sich Giuliano und fuhr dann fort. »Einmal, nur ein einziges Mal in zwei Jahren bin ich in einen Seitenweg abgebogen und habe etwas genascht. Und das bekomme ich immer wieder zu hören!« Er wurde lauter und gestikulierte wild mit beiden Händen. Alessia griff instinktiv ans Lenkrad und hielt den Wagen in der Spur. Giuliano wischte ihren Arm fort und übernahm wieder das Steuer.

»Du hast also Mist gebaut!«

Sie dachte an Cosimo und murmelte leise: »Ihr könnt es einfach nicht lassen.«

Wieso konnten Männer nicht treu sein?, fragte sich Alessia zum x-ten Mal. Cosimo hatte sogar mehrere Male »genascht«. Sie würde das nie verstehen. Wenn sie anschließend die Reue überfiel, jammerten sie, streuten Asche auf ihr Haupt und schworen ewige Treue, bis sich der nächste Seitenweg lockend vor ihnen auftat.

»Was heißt Mist?«, ereiferte sich Giuliano.

Alessia befürchtete das Schlimmste.

»Wir Männer sind nicht auf Monogamie ausgerichtet«, begann er dann auch prompt. »Schau, auch der Hahn hat viele Hennen. Wo sollen wir denn hin mit unserem Saft? Eine«, wobei er das Wort mit Herzblut betonte, »Frau alleine kann das gar nicht auffangen. Commissario«, deklamierte er und seine Stirn zog sich in großen Falten zusammen, »wir müssen ihn ab und zu verteilen.«

»Den Saft?«, fragte Alessia verdutzt.

»*Sì, sì,* Commissario!«

»*Mamma mia*, das ist jetzt nicht dein Ernst?«

Giuliano warf ihr einen Seitenblick zu, als sei sie geistig minderbemittelt. Alessia jedoch blickte ihn fast mitleidig an.

»O Commissario, deine Augen, dein Blick, ich könnte meinen Liebeskummer glatt vergessen.«

»Was bist du nur für ein Macho.«

»Kleiner Scherz. Aber ernsthaft. Silvia liebt mich! Sie ist es nur nicht gewohnt, dass ich auch mal richtig arbeiten muss. Und dass ein Mann ab und zu mal …«

»*Tutto stranzate!*«, stoppte sie ihn. »Alles Unsinn!«

Ihr Wagen wartete vor dem Tor der Questura, bis es sich aufgezogen hatte. Alessia kippte zur Seite, als Giuliano mit viel Temperament auf den Parkplatz der Questura einbog. Ihr Mitgefühl kehrte sich in Wut. »*Cazzo, lentamente sono incazzata!*«, explodierte sie. »Und *grazie*, dass du mir dein Herz ausgeschüttet hast. Aber jetzt reiß dich zusammen. Wir haben einen Mord aufzuklären. Zum Teufel noch mal!«

Giuliano stellte den Motor aus. »Ich wusste gar nicht, dass du so fluchen kannst. Das ist ja mehr als die heilige Kirche erlaubt. Mein Respekt.« Er reichte ihr die Hand. »Frieden?«

Alessia schüttelte sie gezwungenermaßen. »*Andiamo!*«

Als sie schwungvoll und gleichzeitig die Autotüren öffneten, sahen sie sich von Journalisten umringt, die direkt vor ihnen aus dem Boden zu schießen schienen. Wo kamen die denn plötzlich her? Alessia und ihr Vice blickten zu allen Seiten, um auszumachen, wo sich die Presseleute auf die Lauer gelegt haben könnten. Durcheinander und gleichzeitig gestellte Fragen prallten auf sie herab. Beide hoben sie missbilligend die Hände und wiederholten abwechselnd: »No comment!«

Wie gerufen fuhr Vice-Questore Borsellino an seiner Arbeitsstelle vor. Wir sind erlöst, dachte Alessia. Und prompt liefen die Journalisten auf seinen Wagen zu, der sich langsam auf den Parkplatz schob. Alessia und Giuliano flüchteten in die Questura und überließen Borsellino seinem Schicksal.

Entnervt von dem morgendlichen Überfall wollte der Vice-Questore anschließend alles über den Stand der Ermittlungen wissen.

Lagebesprechung in seinem Zimmer.

Neben Alessia und Giuliano war auch Ispettrice Lara Bellini anwesend, die jetzt offiziell dem Ermittlungsteam zugeteilt wurde.

Auch das noch, dachte Alessia.

»Was ist mit den Angehörigen?«, wollte Borsellino wissen.

»Negativ«, sagten Alessia und Giuliano wie aus einem Mund.

»Wir haben mittlerweile vier mögliche Verdächtige, die nahe oder während der Tatzeit mit Sophie Baumann zusammen waren«, sprach Giuliano weiter, wobei er bei der Zahl kurz zu Alessia schaute.

»Nur zwei davon, der Hotel-Bademeister Gianni Rizoto, der aber wohl ausscheidet, und der Ex-Verlobte von Sophie Baumann, Volker Dresen, sind uns namentlich bekannt«, fuhr Alessia fort.

»Dresen«, so Giuliano, »hält sich angeblich zurzeit in Italien auf. Wir sind dran.«

»Bei dem vierten Mann«, erklärte Alessia, »könnte es sich sowohl um einen weiteren Zeugen handeln als auch um einen Verdächtigen. Die Frage ist nur, ob er sich meldet, wenn er nur ein Zeuge ist.«

»Wir haben Zeugen«, so Giuliano, »die den Mann genau beschreiben können.«

»Sie erscheinen mir glaubhaft«, fügte Alessia noch hinzu. »Vielleicht reicht es sogar für ein Phantombild«, fühlte sie zaghaft vor. Borsellino schien darüber nachzudenken.

»Sie sagen, er kam innerhalb des Tatzeitraums vom Tatort?«, vergewisserte er sich.

»Ja. Ob er allerdings tatsächlich vom Tatort kam, wissen wir nicht.«

Jetzt schaltete sich Lara Bellini ein. »Man kann auch zu beiden Seiten des Hotels die Plattform verlassen.«

»Dann suchen wir ihn als Zeugen«, gab Borsellino schließlich seine Zustimmung. »Und Commissario Cappelletti, sehen Sie zu, dass das aus dem Begleittext eindeutig hervorgeht. Ein Fehler könnte fatale Folgen haben.«

Alessia nickte.

»Und finden Sie was! Weitere Zeugen, Kontakte, Drogen, politische Einstellung, Indizien! Fragen sie weitere Leute!«, feuerte der Vice-Questore sie an. »Bis heute Abend will ich was haben, *capito*!«

»Die beiden abwesenden Mitbewohner des Opfers in Rom sind aufgerufen, sich zu melden, bisher negativ«, warf Lara Bellini ein. Auf Alessias und Giulianos fragende Blicke, woher sie das wisse, führte sie an, dass sie eben einen Anruf von den Kollegen aus Rom angenommen habe. Dabei warf sie ihrer neuen Chefin einen unterkühlten Blick zu. Ehe Alessia sich darüber erneute Gedanken machen konnte, klatschte Borsellino in die Hände und meinte: »*Bene*, dann an die Arbeit.«

Zurück in ihrem Büro, konnte Alessia endlich Curcio anrufen, der sich anscheinend freute, ihre Stimme zu hören. Alessia brauchte ihr Anliegen gar nicht auszuformulieren, Gerrit Curcio stimmte sofort zu.

»Wann?«, fragte er knapp.

»Am besten sofort«, erwiderte sie hastig, ohne viel zu überlegen.

Er versprach, sich in der nächsten halben Stunde bei ihr zu melden. Das Herz der Commissario raste, als hätte sie das erste Mal mit einem neuen Liebhaber telefoniert. Dabei ging es gar nicht um Curcio.

»Dieser Dresen ist einfach nicht zu erreichen«, schimpfte Giuliano. »Vielleicht hat er im Urlaub sein Handy ausgestellt.«

Alessia gab ihm den Tipp, es über die Firma in Deutschland zu versuchen. »Als Geschäftsführer wird er ja wohl hinterlassen haben, wo er sich aufhält.«

»Da wär ich bestimmt auch bald drauf gekommen«, bemerkte Giuliano grimmig.

Alessia grinste.

14

Der Don war ein barscher und schweigsamer Mann. Er redete auf seine alten Tage nur noch, wenn er es für wichtig hielt. Heute war so ein Tag. In brenzligen Situationen hielten sie Familienrat. Am Frühstückstisch im Haus Ferrante herrschte bedrückende Stimmung. Über den Fernseher rieselten ständig Informationen über den gestrigen Hotelmord auf sie herab und die Zeitungen lagen auf dem Tisch. Wie allen Sizilianern schlugen auch den Ferrantes daraus die Schlagzeilen über den abscheulichen *omicidio* an der Deutschen entgegen.

Als der letzte der fünf Anwesenden sein Frühstück beendet hatte, ließ Don Santino Ferrante seine Augen über seine Lieben gleiten. Das *capofamiglia* war 78 Jahre und hatte bisher den Ferrante-Clan mit strenger Hand geführt. Die Firma lief gut, die Gewinne waren beträchtlich und seine geplanten Schachzüge ließ er sich von niemandem vereiteln. Man ließ die Familie in Ruhe ihren verwickelten Geschäften nachgehen. Nur sein Enkelsohn Gaspare bereitete dem Don Sorgen. Gaspare war zu gut, zu weich, zu ehrlich. Er kam ganz nach seiner Mutter, dieser sanften, alles verzeihenden Heiligen. Selbst sein eigener Sohn, Gaspares Vater, war mit den Jahren vom Wesen dieser Frau eingelullt worden und hatte nach und nach seine raue Schale abgestreift, die der Don ihm anerzogen hatte. Deshalb hatte er seinen *figlio* für die Logistik abgestellt. Dort konnte er von seinem Büro aus schalten und walten, ohne dabei mit unangenehmen Kontakten konfrontiert zu werden.

Vor drei Monaten nun war Gaspare in die Fußstapfen des Dons getreten. Aber sie schienen zu groß für seinen Enkelsohn. Er verstand nicht, wie die Dinge nun mal lagen, und fragte zu viel. Es war an der Zeit, ihn aufzuklären und ihn auf das Unabänderliche hinzuweisen. Aber Santino Ferrante zögerte dieses notwendige Gespräch hinaus. Sein Gefühl sagte ihm, dass es noch zu früh dafür sei.

Die Augen Don Santinos verweilten länger bei seinem Enkel als bei den anderen. Familienthema war heute der Tod der Deutschen unten an der Kalura-Bucht. Gaspare saß mit aschfahlem Gesicht am Tisch.

»Ich kann immer noch nicht glauben, was geschehen ist«, klagte er mit tonloser Stimme. »Sie war noch so jung.«

Tiziana lachte hell auf. Als sie daraufhin der maßregelnde Blick des Dons traf, bedeckte sie ihren Mund mit der Hand.

»Diese unschöne Sache geht uns alle an«, predigte der Don mit ernster Stimme. »Wie weit ging dein Kontakt zu dieser Person, Gaspare?«

Alle Augen ruhten auf ihm.

»Oberflächlich, es war oberflächlich«, antwortete er schließlich.

Zufrieden nickte Don Santino. Aber seine Augen sendeten einen Blick aus, der Gaspare verunsicherte.

»Ihr, du und Tiziana, habt also weiter nichts mit der Angelegenheit zutun, *vero*?«

»*No*«, antworteten sie fast gleichzeitig.

»Wie sollte er denn, Vater?«, fragte Antonia Ferrante, Gaspares Mutter, erschrocken. Sie, die Heilige, weinte ein paar Tränen. »Ich mache mir große Sorgen.«

Ein Blick ihres Schwiegervaters brachte sie umgehend zum Schweigen. Antonia streckte die Hand nach Marcello, ihrem Ehemann aus, der neben ihr saß. Gaspares Vater wirkte beunruhigt.

»Ich hoffe, mein Sohn, du bist da in nichts verwickelt.«

Gaspare schüttelte den Kopf. Es war ihm nicht anzusehen, was in ihm vorging. Beherrscht und kontrolliert, wie seine Familie ihn kannte, saß er in ihrer Mitte. Don Santino warf einen Blick in die Runde.

»Was auch immer passiert ist und passieren wird, nichts davon darf die *Polizia* in unser Haus führen.«

»Die Polizei ist nicht blöd«, erwiderte Gaspare. »Vielleicht wird sie irgendwann weitaus unangenehmere Fragen stellen, als sie es heute tun könnte.«

»Trotzdem«, erklärte der Don kategorisch, nichts, aber auch rein gar nichts, nicht die winzigste Spur darf zu uns führen. Das wäre schlecht für unser Image.«

Niemand antwortete.

»Da wir nun schon mal hier versammelt sind«, Don Santino sah nun seine Enkelin Tiziana an, als hätte er sie lange nicht mehr gesehen, »reden wir doch noch über ein anderes Thema.«

Seit ihrem zweiten Lebensjahr lebte Tiziana in der Familie Ferrante. Ihre Eltern, Don Santinos Tochter Marina und ihr Ehemann Claudio Paxiani, waren vor 25 Jahren ermordet worden. Alle Mitglieder der Ferrante-Familie schwiegen darüber. Tiziana wusste bis heute nicht, wie ihre Eltern umgekommen waren. Sie hatte sie nicht einmal gekannt.

»Es wird Zeit, dass du endlich unter die Haube kommst.« Don Santinos Stimme klang ärgerlich. »Für keinen interessierst du dich. Was ist eigentlich los mit dir? Du willst doch nicht als alte Jungfer sterben!«

»Ich heirate nur Gaspare«, bekannte Tiziana mit einem schelmischen Lächeln und einem schnellen Blick zu ihm.

»Das haben wir uns doch im Sandkasten geschworen«, lachte Gaspare, »nicht wahr, Cousinchen?« Sein Blick wurde wieder ernst. »Aber die Sandkastenspiele sind vorbei.«

Gaspare mochte Tiziana sehr. Seit er denken konnte, war sie immer an seiner Seite gewesen. Er hatte sie beschützt, seine Kinderliebe.

Don Ferrante schaute seine Enkelin überrascht und erstaunt an. »Gaspare hat recht. Ihr seid jetzt erwachsen. Also rede nicht so einen Unsinn«, erklärte er entschieden. Bei den nächsten Worten bekam seine Stimme einen weitaus härteren Ton. »Als Cousine wäre das zwar möglich, aber du bist nicht in meinen Plänen mit Gaspare vorgesehen.«

Nur für wenige Sekunden konnte jeder der Anwesenden die feindseligen Gefühle ihrem Großvater gegenüber in Tizianas Augen funkeln sehen.

»Warum hast du nichts von dem gesagt, was du mir gestern am Telefon erzählt hast?«, fragte Gaspare seine Cousine, als sie später alleine auf der Terrasse saßen.

»Hätte ich den Don beunruhigen sollen?«

Gaspare überlegte. Er wusste, dass Tiziana Angst vor dem Don hatte. Sich davor fürchtete, er könnte sie wie in alten Zeiten mit irgendeinem Mann vermählen. Und das wollte seine Cousine auf keinen Fall. Dann müsste sie gehen, hier alles hinter sich lassen und irgendwo alleine zurechtkommen. Also verhielt sie sich möglichst unauffällig. Mit dem Thema *Heirat* hatte sie sich schon zu weit vorgewagt.

»Am besten sagst du auch nichts, gar nichts«, beschwor Tiziana ihn.

»Das hab ich ja auch nicht. Du warst doch dabei. Aber jetzt weiß er, dass ich Sophie Baumann kannte.«

»Das hat er bestimmt auch schon vorher gewusst.«

Eine Weile sahen sie sich stumm an. Das Summen des Handys an Gaspares Gürtel riss sie aus ihrer Lethargie.

»*Pronto*? Ah, *ciao* Gerrit, was gibt es?«

15

Es war auf die Minute zwölf Uhr. Am Flughafen Palermo wartete Alessia nervös an der verabredeten Stelle. Im Moment war sie erschrocken über sich selbst. Einerseits hatte sie an ihrem zweiten Arbeitstag ihren Chef gebeten, sie für den Rest des Tages freizustellen. Andererseits hatte sie gerade etwas vor, das sie vor einigen Tagen noch nicht für möglich gehalten hätte.

Bin ich denn von allen guten Geistern verlassen?

Er musste zwischen dreißig und fünfunddreißig Jahre sein und kam direkt auf sie zu. Dass er reich war, erkannte Alessia schon an seiner Kleidung. Er trug eine helle Leinenhose, kombiniert mit einem halbärmeligen, dunkelblauen Poloshirt, versehen mit den markanten Emblemen der teuren Edelmarke *La Martina*. Alessia fiel ein sizilianisches Sprichwort dazu ein. *Amuri, biddizzi e dinari su' tri cosi ch' 'un si ponnu ammucciari.* Liebe, Schönheit und Geld sind drei Dinge, die man nicht verstecken kann.

»Commissario Cappelletti?«, fragte er mit einer dunklen, weichen Stimme.

»*Sì.*«

»Gaspare Ferrante, ihr *Capitano*«, stellte er sich knapp vor. Alessia wartete auf einen freundlichen Zug in seinem gut aussehenden Gesicht. Doch nichts dergleichen. Sie beschlich ein mulmiges Gefühl. Dann, einige Sekunden verzögert, lächelte er sie breit an, gab ihr die Hand und meinte lässig: »*Andiamo!*«

Alessia griff ihre noch leere Reisetasche und folgte ihm zu dem Hanger, wo die Privatmaschinen untergestellt waren. Sie bestiegen eine zweimotorige Cessna mit vier Plätzen. Es dauerte eine Weile, bis Ferrante alles durchgecheckt hatte und Starterlaubnis bekam. Alessia stülpte sich wie er die Kopfhörer über und hatte nun eine gute Stunde Zeit, denn viel länger dauerte der Flug von Palermo nach Rom nicht, diesen Mann neben sich genau zu betrachten.

Für seine langen Beine wurde es etwas knapp im Cockpit. Sein muskulöser Körper beeindruckte sie. Ständig habe ich gut aussehende Männer um mich, dachte sie, während sie sein Profil beäugte. Die dichten schwarzen Haare, eine Strähne fiel ihm in die Stirn, betonten sein umwerfend gut geschnittenes Gesicht. Der Dreitagebart verlieh Gaspare etwas Verwegenes. Als würde er spüren, dass sie ihn heimlich beobachtete, warf er ihr einen Blick zu.

»Haben Sie Angst?«

Ihre Augen trafen sich. Dieser Blick, durchfuhr es Alessia.

Jetzt konzentriere dich auf deine Aktion, maßregelte sie sich selbst und sagte schnell: »*No, no*, die Maschine hat ja zum Glück zwei Motoren, also, wenn einer ausfällt, dann …«

Gaspare Ferrante lachte.

»Ich bin ein guter Pilot«, betonte er und schaute wieder nach vorne in den blauen Himmel.

Alessia bedankte sich für seinen fliegerischen Einsatz in ihrer Angelegenheit.

»Ich freue mich, dass ich etwas für Sie tun kann. Sie haben ja gerade viel um die Ohren, Commissario Cappelletti. Schon eine Spur?«

»Darüber darf ich leider nicht sprechen, bitte verstehen Sie.«

Gaspare nickte.

Für den Rest des Fluges blieb es, bis auf einige kurze Wortwechsel, still zwischen ihnen.

Nach einer Stunde und zehn Minuten landeten sie auf dem Flughafen Ciampino 15 Kilometer südöstlich von Rom. Nach weiteren vierzig Minuten Taxifahrt erreichten sie Rom. Alessia stieg in der Via Carlo Alberto Ecke Via Rattazzi aus, versprach sich zu beeilen und gleich zu melden, sobald sie alles erledigt hatte. Gaspare ließ sich zu einem Freund bringen.

Niemand im zweiten Stock des Hauses ihr gegenüber wusste, dass sie gleich vor der Tür stehen würde. Alessia hatte extra die Mittagszeit gewählt, da würden sie auf jeden Fall zu Hause sein. Doch auf einmal fühlte sie sich beklommen. Ihr Gewissen meldete sich. War sie nicht dabei, das Gleiche zu veranstalten wie gestern Cosimo bei Chiara? Nämlich Celina einfach zu entführen? Ich stelle mich dadurch mit ihm auf eine Stufe, dachte Alessia.

Aber ich habe das Sorgerecht.

Alessia schaute hoch zur Fensterfront der Wohnung von Celinas Großeltern. Dann drückte sie entschlossen Cosimos Nummer auf ihrem Handy und informierte ihn knapp, dass sie Celina umgehend zu sich holen würde. Er wollte protestieren, doch Alessia hatte das Gespräch schon beendet. Immerhin hatte sie ihm Bescheid gegeben. Das war wenigstens ein, wenn auch kleiner Unterschied zwischen ihnen, durch den sie sich besser fühlte. Alessia überquerte angespannt die Straße, als Vice-Commissario Giuliano Garasini anrief.

»Die beiden Mitbewohner von Sophie Baumann haben sich gemeldet«, verkündete er mit einer Stimme, als hätte er die beiden selbst gefunden. »Sie stehen hier in der Questura. Wann bist du zurück?«

»Das dauert noch, kümmere du dich um sie.«

»*Santa Francesca Romana!* Was machst du denn hier?«

Celinas Großmutter Marina Fortunato schaute derart verstört, als stünde die Angerufene leibhaftig vor ihr. »Ich dachte, du wärst auf Sizilien. *O dio mio*, ich muss sofort Cosimo anrufen«, rief sie aufgebracht.

»Schon passiert«, erwähnte Alessia, »er ist sicher bereits unterwegs hierher.«

Sie trat in die geräumige Diele.

»Wo ist sie?«, fragte sie mit lauter Stimme in der Hoffnung, dass ihre Tochter sie in dieser großen Wohnung hören würde.

»Aber du kannst sie doch nicht einfach so mitnehmen?«, stotterte Celinas *nonna* und schien nicht mehr weiter zu wissen.

»Wieso nicht? Du meine Güte! Sie ist *meine* Tochter!«

Händeringend drehte sich *nonna* Marina von einer Seite zur anderen. Versuchte vergeblich, Celina aufzuhalten, die laut *Mamma* rief, als sie aus dem hintersten Zimmer geschossen kam. Alessia fing ihr Töchterchen mit ausgebreiteten Armen auf. »Du kommst jetzt mit *Mamma* und bleibst bei ihr, mein Schatz!«

Kurz darauf drang aus dem Nebenzimmer Marinas erregtes Gespräch mit ihrem Sohn zu Alessia herüber. Sie verstaute eilig Celinas Sachen in die mitgebrachte Reisetasche. Gleichzeitig sammelte ihre Tochter ihre Stofftiere und ihr Lieblingsspielzeug zusammen und stapelte alles vor Alessias Füßen.

»Das muss alles mit«, bestimmte Celina mit energisch erhobener Piepsstimme. Marinas Stimme kam näher, bis sie mit dem Hörer in der Hand im Zimmer stand. Alessia winkte ab. Cosimo würde eh gleich vor der Tür stehen. Sie saß auf dem Boden und starrte auf Stofftiere und Spielzeug. Wie konnte sie nur so naiv sein und glauben, ihre Tochter würde ohne zu zögern alles hinter sich lassen und Hals über Kopf mit ihr kommen? Celina war ein Kind. Alessia ließ den Kopf sinken. Sie war bestürzt darüber, wie ihr derzeitiges Chaosleben sie unempfänglich für die Bedürfnisse ihrer Tochter machte. Sie hörte Celina ihre Großmutter nach einer Tasche für Tiere und Spielzeug fragen. Marina, so entsetzt sie auch schien über das, was gerade um sie herum geschah, besaß ein weiches Herz. Alessia sah sie lächeln, das Kind kurz an sich drücken und dann aus dem Zimmer eilen. Alessia dankte dem Himmel. Marina kam mit einem Koffer zurück und half, alles, was Celina lieb war, darin zu verstauen. Einige Minuten später klingelte es Sturm.

Sie trafen sich an der Wohnungstür. Alessia schüttelte seine Hand ab, die sie aufhalten wollte. Doch sie ließ zu, dass er Celina auf den Arm nahm, sie liebkoste und ihr einen herzhaften Kuss auf den Mund gab. Ließ zu, dass er ihr versprach, sie bald zu besuchen und dass sie immer zu ihm kommen könne und dass er sie über alles liebe.

Alessia unterdrückte ihre Tränen. Vor allem, als sie daran denken musste, wie schön alles hätte werden können.

Nach mehr als zweieinhalb Stunden saßen sie wieder im Flugzeug und landeten eine weitere Stunde später in Palermo. Gaspare Ferrante nahm sie in seiner Limousine mit zurück nach Cefalù.

Auf halber Strecke rief Giuliano erneut an.

»Sie wollen dich sprechen. Nur dich«, betonte er. »So was Verbohrtes!«

»Dann zwing sie, mit dir zu reden«, erboste sich Alessia, deren Nerven blank lagen. Die Aktion hatte ihr doch mehr zugesetzt, als sie geglaubt hatte. Ihr war nicht klar gewesen, dass Cosimo seine Kleine genauso liebte wie sie selbst. Und sie haute einfach mit ihr ab nach Sizilien.

»*Allora*, ich laufe denen jetzt nicht hinterher«, meldete sich Giuliano zurück in ihre Gedanken, »du bist ja bestimmt bald hier. Die beiden meinten, in ihrer Gemütslage könnten sie die düstere Stimmung einer Questura nicht ertragen. Sie müssten in die Sonne, damit wenigstens äußerlich Licht auf ihre traurige Seele fallen würde.«

Alessia stöhnte. »Richtige Poeten, was? Na gut, bis dann.«

»Was Neues?«, fragte Gaspare Ferrante interessiert.

»Es haben sich weitere Zeugen gemeldet«, antwortete sie in einem Ton, der keine weiteren Fragen duldete.

»*Mamma*, wann sind wir da?«, wollte Celina wissen.

»*Presto*, mein Schatz, bald.«

Nun hatte es auch Alessia eilig, anzukommen. Endlich gab es mal gute Nachrichten.

16

Pünktlich um achtzehn Uhr, mit dem Start des Feuerwerks zum Fest des Santissimo Salvatore, war Alessia wieder in der Questura. Eigentlich hatte sie vorgehabt, mit ihrer Tochter direkt zu *zia* Anna zu fahren und so lange zu bleiben, bis Celina Vertrauen zu ihrer Großtante und der neuen Umgebung gefasst hatte. Aber die Zeit war ihr davongelaufen. Dennoch überlegte sie, die Zeugenaussage auf morgen zu verschieben. Auf der anderen Seite hatte sie dem Vice-Questore versprochen, sich als Dank für die Freistellung noch mehr ins Zeug zu legen. Sie konnte sich jetzt unmöglich davonschleichen. So entschloss sie sich schweren Herzens, Celina einfach mit in die Questura zu nehmen. Hoffentlich war Elvira noch im Büro. Alessia rief dort an. Elvira versicherte ihr, sich auf die Kleine zu freuen, sich um sie zu kümmern und so lange zu bleiben, wie es nötig war. Elvira morgen ein Dankeschön mitbringen, speicherte Alessia in ihrem Kopf ab.

Celina, das süße, braungelockte Geschöpf mit der kessen, kurzen Jeans, dem rosa Shirt und ihrem Lieblingstier im Arm, eroberte sofort Elviras Herz.

»Und, wo sind sie?«

Vice-Commissario Giuliano atmete durch und reckte sich ein wenig.

»Wo wohl? Am Strand. In der Sonne! Da ich sie nicht einfach festnehmen konnte«, grinste Giuliano, »musste ich die beiden ziehen lassen.«

»Damit das Licht der Sonne ihre traurigen Seelen erhellt«, brummte Alessia.

»Und übrigens«, meinte Giuliano wie nebenbei, »die Taucher finden alles Mögliche, nur nicht die Tatwaffe. Aber eines haben Sie an die Oberfläche gebracht, rate mal.«

»Das ausrangierte Küchenmesser.«

»*Esattamente!*«

Der Taucheinsatz war also bisher negativ. Aber sie kam nicht dazu, sich darüber zu ärgern. Kurz entschlossen rief sie in der Rechtsmedizin an. Ihr Gesicht erhellte sich verwundert, noch jemanden anzutreffen. Dottor Fasullo informierte sie über die Obduktion.

»*Allora*«, begann er, »ich habe mich mit der Leiche eingehend, mehr als eingehend, beschäftigt.«

Alessia drückte auf die Lautsprechertaste, damit Giuliano mithören konnte. Der Bericht schien interessant zu werden.

»Die kombinierten Stich- und Schnittwunden im Gesicht sind ihr mit einem Messer beigebracht worden.« Nach kurzer Pause fügte er etwas leiser und besonders betont hinzu. »Allerdings hat das nicht zum Tod geführt. Der nämlich wurde durch einen der Stiche in den Brustkorb verursacht. Und es ist mit ziemlicher Sicherheit anzunehmen, dass diese Stiche nicht von einem Messer herrühren.«

»*Non?*«

»Die Wundränder in der Brust waren zu unregelmäßig für die glatte Schneide eines Messers. Sie zeigten mehrfach gleichartig imponierende Kerben- und Zipfelbildungen, die den Verdacht auf die Einwirkung zum Beispiel …«, der Rechtsmediziner atmete durch und machte es ziemlich spannend, »… einer Schere lenken.«

»Schere?«, wiederholte Alessia. »Wer führt denn eine Schere mit sich?«

Eine Weile schwieg sie und überlegte.

»Hallo, Commissario, sind Sie noch da?«

»*Sì, sì.*«

»Die Stichkanalrichtung dagegen ist fast gerade und die Wundachsstellung regelmäßig, was heißt, das Opfer könnte zur Tatzeit bewegungsunfähig gewesen sein.«

»Sie meinen, das Opfer hat sich widerstandslos umbringen lassen?«

»Vielleicht war es betäubt oder wurde festgehalten«, vernahm Alessia seine knappe Erklärung. »Und weiter, Commissario, was die Stichlokalisation angeht, so wurden die Bruststiche von oben ausgeführt. Das Opfer muss dabei gelegen haben. Einer dieser Stiche hat dann das Herz getroffen. Der Tod ist danach rasch eingetreten. Kein Hinweis auf sexuellen Missbrauch.«

»Faserspuren auf der Kleidung?«

»*Sì*, ein uncharakteristisches Mischbild. Den Obduktionsbericht erhalten Sie in den nächsten Tagen.«

»*Grazie, grazie*, Dottore.«

Nachdenklich legte Alessia auf. Ihr Vice brachte ihre Überlegungen auf den Punkt: »*Strano, strano.* Erst hat sie Abwehrspuren an den Händen und später, als es darauf ankommt, ist sie angeblich bewegungsunfähig. Sonderbar.«

Cefalù war ein kleiner, übersichtlicher Ort. Das bedeutete, man benötigte, je nach Verkehrsdichte, nie mehr als fünfzehn Minuten, um irgendwo hinzukommen. Heute Abend waren jedoch alle auf den Beinen, um keine Minute des Festes zu versäumen. Von der Via Roma zur Piazza Colombo benötigte Alessia zwanzig Minuten, dort fand sie wie durch ein Wunder einen regulären Parkplatz und überquerte die Straße zur Strandpromenade. Die Sonne stand schon hinter der *Rocca*. Aber die Luft war immer noch stark aufgewärmt. Touristen und sizilianische Familien drängten sich am *Lungomare*. Nach dem Glockengeläut und dem Hissen der traditionellen Flagge zwischen den Türmen des *Duomo* ließen sie sich jetzt in den Straßen von Cefalù musikalisch berauschen. Später gab es dann noch, wie Alessia von Giuliano gehört hatte, in der *Arena Dafne* ein *Spettacolo teatrale*.

Alessias Augen glitten über das Tyrrhenische Meer vor ihr. Einen Moment war sie vom Anblick des türkisfarben schimmernden Wassers gefangen. Auf einmal freute sie sich auf den

Moment, an dem sie mit Celina hierher kommen würde, um zu baden und einen wundervollen freien Tag zu genießen.

Die beiden jungen Männer lehnten nach Giulianos Vorabinformation schon an der Strandmauer und schauten ihnen entgegen. Alessia betrachtete sie erstaunt: ein Krausgelockter mit dichten Haaren und eine Halbglatze mit einer Creole im linken Ohr. Nicht zu fassen. Giuliano hatte sie zuvor aufgefordert, wieder zum Präsidium zu kommen, aber sie hatten abgelehnt mit der Begründung, ihnen etwas zeigen zu müssen. Der lange, feinkörnige Sandstrand war heute Abend ausnahmsweise nahezu verwaist, in geringen Abständen reihten sich die zusammengeklappten Sonnenschirme aneinander. Alessia sehnte sich nach einer Abkühlung und wäre am liebsten samt Kleidung direkt ins Wasser gelaufen. Stattdessen musterte sie Sophie Baumanns Mitbewohner. Beide waren Deutsche, 27 Jahre alt und sprachen perfekt ihre Sprache. Der krausgelockte Dunkelhaarige in der ausgefransten Bermuda und dem verschwitzten Achselhemd stellte sich als Gernot Morsch vor, der andere als Florian Spatz. Mit schätzungsweise knapp 190 Zentimetern waren sie etwa gleich groß und gut durchtrainiert.

»Lassen Sie mich raten«, begann Alessia ihre Befragung direkt vor Ort. »Sie«, Alessia deutete auf Morsch, »waren mit dem Opfer am Abend ihres Todes auf der Badeterrasse zusammen. Und Sie«, Alessia wandte sich Spatz zu, »zuvor mit Sophie Baumann in einen Disput vor dem Hotel verwickelt.«

Beide nickten.

»Was müssen Sie uns nun so dringend zeigen?«, wollte sie anschließend wissen.

»*Un attimo*, Commissario«, erwiderte Florian Spatz.

Alessia blickte seinem ausgestreckten Arm über die Strandmauer nach.

»Meinen Sie die beiden Mädchen?«

Florian Spatz bejahte. Zwei Teenager lagen keine vier Meter entfernt unter einem Schirm auf einer Decke.

»Was ist mit ihnen?«, fragte Giuliano.

»Eine von ihnen hat die Kappe«, brachte sich die Halbglatze ein, »Sophies Kappe. Wir haben nachgeschaut, als die Mädchen im Meer waren. Es ist Sophies Srixoncap.«

»Wir kennen es genau«, fügte Morsch hinzu. »Hinten am Verschluss hat es ein fingergroßes Loch direkt links neben dem Klettverschluss. Aber Sophie hat es trotzdem gern getragen.«

»Die Kappe, Commissario«, legte ihr Spatz nahe, »war für Sophie so etwas wie ein Talisman. Eine Erinnerung an den Golfer aus Pisa.«

Alessia runzelte die Stirn.

»Den hat Sophie vor einem Jahr während seiner Italienreise am schiefen Turm von Pisa kennengelernt«, erklärte Spatz.

»Zudem«, ergänzte Morsch, »ist dieses Cap mit dem Sharklogo selten, es sind nur wenige davon hergestellt worden.«

Alessia und ihr Vice warfen sich einen Blick zu.

Die beiden Teenager waren völlig perplex, als so unvermittelt die Polizei vor ihnen stand und ihnen erklärte, warum sie die Kappe beschlagnahmen und sie beide mit ins Präsidium zur Aussage kommen müssten.

In der Questura servierte Elvira für alle erst einmal einen Kaffee und Saft. Gernot Morsch und Florian Spatz entpuppten sich als Kunststudenten. Morsch übte sich als Bildhauer, Spatz als Maler. Giuliano legte im Vernehmungsraum ein Diktiergerät vor ihnen auf den Tisch.

»Wir sind doch hier als Zeugen«, wollte Gernot Morsch wissen, »und nicht als Verdächtigte, oder?«

»*Correttamente*«, bestätigte Giuliano. Alessia deutete ihm an, noch schnell ihr Büro aufzusuchen. Die beiden Mädchen nahm sie mit. Celina empfing sie freudig und hüpfte um sie herum.

Selbst Vice-Questore Borsellino sei, wie Elvira erzählte, mit einem Eis hereingeschneit und schien der kleinen Miss nicht widerstehen zu können.

Während sich Alessia mit Celina in ihr Zimmer zurückzog, tippte Elvira rasch die Zeugenaussage des Mädchens Elena Barotti in den Computer.

Elena erzählte haarklein, wo sie die Kappe gestern Abend auf dem Nachhauseweg in der Madonie gefunden hatte. Alessia hörte durch die geöffnete Tür zu. Sophie Baumann schien, sollte die Kappe wirklich ihr gehören, also nachmittags am Tag ihrer Ermordung mit dem Hotelauto in der Madonie unterwegs gewesen zu sein. Entweder hatte sie die Kappe entsorgen wollen, so wie die Männerkleidung später, oder sie hatte das Cap verloren oder aber jemand, der eine Spur legen wollte, hatte es dort hingelegt. Egal wie, die Frage war, was Sophie Baumann in dem Naturpark gewollt hatte. Während Alessia darüber sinnierte, überflog sie die hinzugekommenen Unterlagen auf ihrem Schreibtisch. Im nächsten Moment glaubte sie, ihre Augen spielten ihr einen Streich. Wie in weiter Ferne hörte sie Celinas Lachen.

»Heilige Madonna«, murmelte Alessia und griff sich das Phantombild, »das glaub ich jetzt nicht.« Sie stand auf und ging mit dem Papier zur Tür, die ins Vorzimmer führte, wo Elvira immer noch mit den beiden Mädchen sprach.

Elvira sah auf.

»Ach ja, das ist vor einer halben Stunde reingekommen.«

Eine Weile schaute Alessia stumm die Zeichnung an und hatte Mühe, Haltung zu bewahren. Ein Anruf des Labors riss sie schließlich aus ihrer Verwirrung und teilte mit, dass unter anderem Körperpartikel von Sophie Baumann an der Männerkleidung gehaftet hatten, die Giuliano aus dem Hotelmüll gefischt hatte. Die meisten befanden sich auf der Klebeseite des Schnauzes.

Wieso hatte sich Sophie Baumann als Mann verkleidet?, fragte sich Alessia, während sie wieder die Phantomzeichnung anstarrte.

Dann schneite Lara Bellini herein und wollte wissen, ob es eine Aufgabe für sie gab. Alessia bemerkte, wie sie auf die Zeichnung schielte und etwas Farbe verlor.

»Darf ich mal sehen?«, fragte sie.

Alessia brauchte nicht zu antworten, denn Lara hatte das Bild schon an sich genommen.

»Kennen Sie die Person darauf?«

Lara schüttelte langsam den Kopf und legte die Zeichnung zurück auf den Schreibtisch.

»Sind Sie sicher?«, hakte Alessia nach, woraufhin Lara ihr einen hochmütigen Blick zuwarf.

»Natürlich.«

Alessia glaubte ihr nicht. Aber sie konnte ihrer Kollegin nicht das Gegenteil beweisen.

Elena Barotti war mit ihrer Aussage fertig und Elvira veranlasste, dass die Mädchen nach Hause gebracht wurden.

Alessia drückte ihre kleine Tochter und forderte Lara auf, schon vor ins Vernehmungszimmer zu gehen. Kaum hatte die Kollegin die Tür hinter sich geschlossen, öffnete sie sich wieder und Vice-Questore Dottor Borsellino erschien. Alessia straffte vor Anspannung ihren Körper. Aber der Vice-Questore scherzte erst einmal ausgiebig mit Celina. Bevor er anschließend eine Frage stellen konnte, kam ihm Alessia zuvor.

»Sie wollten neue Fakten, Chef, Indizien, hier haben Sie etwas.« Sie reichte ihm die Phantomzeichnung. Der Vice-Questore starrte auf das Bild und runzelte die Stirn. Er schwieg sehr lange. Endlich sagte er: »Sie haben das doch noch nicht rausgegeben?«

»Nein, passiert auch nicht.«

»Wenn es der ist, den ich vermute, wird seine Familie ihren Ruf unter allen Umständen schützen«, glaubte der Vice-Questore. Alessia seufzte und nahm die Zeichnung zurück.

»Und noch etwas, Commissario Cappelletti, der Senior unseres Phantombildes ist mit dem Bürgermeister befreundet.«

Alessia wusste, was er ihr damit sagen wollte.

»Ich bin vorsichtig«, versprach sie und schaute ihm nach, als sich Dottor Borsellino mit einer nachdenklichen Miene entfernte. Kaum waren seine Schritte auf dem Flur nicht mehr zu hören, blies sie hörbar Luft aus. Anschließend legte sie die Zeichnung mit der Rückseite vor Elviras Nase, notierte rasch einen Namen darauf und trug ihr auf: »Besorge mir bis morgen alles, was du über diesen Menschen herausfinden kannst und beziehe auch unsere Lara Bellini damit ein.«

17

Beim Betreten des Vernehmungszimmers fragte Alessia die beiden jungen Männer mit todernster Stimme, wie es ihren traurigen Seelen gehe. Giuliano schaute sie irritiert an. Aber die beiden Befragten schienen sich in keiner Weise angegriffen zu fühlen.

»Wir sind sehr bestürzt über Sophies grausamen Tod. Sie hatte doch gar keine Feinde«, versicherte Gernot Morsch.

Alessia riss sich zusammen und ging zu den Routinefragen über.

»Wo waren Sie beide gestern zwischen 20 und 23 Uhr?«

Lara Bellini hatte sich in die hinterste Ecke gestellt. Wie an ihrem Gesicht abzulesen war, wohl mit dem Vorsatz, alles aufmerksam zu verfolgen.

»Im *La Botte*, beim Abendessen«, antworteten Gernot Morsch und Florian Spatz wie aus einem Mund. »Zeugen ungefähr dreißig Leute inklusive der beiden Kellner, des –«

Alessia winkte ab. Trotzdem würde sie es überprüfen lassen müssen.

»Besaß Sophie Baumann ein Notebook?«

»Natürlich, wer hat das heute nicht?«

Dass sie bisher weder das Handy noch ein Notebook gefunden hatten, verschwieg Alessia, notierte sich aber Sophie Baumanns E-Mail-Adresse.

»Sind Sie Sophie Baumann von Rom aus nachgereist, wenn ja, warum?«

»Wir wollten sie zur Vernunft bringen«, nahm der glatzköpfige Florian Spatz Stellung. »Sie war völlig durch den Wind wegen dieses Kerls. Obwohl sie nicht mal sicher war, ob er sie überhaupt wollte oder ihr nur heiße Luft erzählt hat. Wir haben uns deswegen gestritten. Sie wollte alles aufgeben, dabei hatten wir vor, in Rom eine Galerie zu eröffnen.«

Streit und Galerie, das wäre ein Motiv, dachte Alessia.

»Aber«, warf Gernot Morsch ein, »das hättet ihr doch so oder so gemacht. Ob sie nun hier lebt …«, er biss sich auf die Lippe, »gelebt hätte oder in Rom«, verbesserte er sich. »Mein Freund ist eine etwas zornige Existenz, aber völlig harmlos, Künstler eben«, versuchte er Alessia begreiflich zu machen. »Ich habe Sophie dann später auf der Badeterrasse getroffen und sie beruhigt.«.

Das war es also gewesen. Alessia dachte an Angel Ferrows Aussage. Als Angel später vom Balkon herunterschaute, war nicht mehr der Bademeister mit seinen kurzen Haaren bei Sophie Baumann gewesen, sondern Krauskopf Gernot Morsch hatte sie in den Armen gehalten. Aber hatte er sie auch umgebracht?

Als hätte er ihren Gedanken gelesen, fügte er hinzu: »Wir waren ihre Freunde. Wir kannten sie schon aus Deutschland und das seit mehr als fünfzehn Jahren. Wir sind auf dem gleichen Gymnasium in Düsseldorf gewesen. Weder ich noch Florian haben sie umgebracht.«

Alessia dachte an die vielen Zeugen, die die beiden gestern im Tatzeitfenster gesehen haben mussten. Sie nickte und wusste, dass die Suche wieder ganz von vorne beginnen würde.

»Erzählen Sie mir von Sophie Baumann. Was war sie für ein Mensch?«

»Verrückt, *crazy*«, antwortete Florian Spatz spontan.

»Was heißt das konkret?«

»Irgendwie durchgeknallt.«

»Geht's noch genauer?«, meinte Alessia und schaute an die Decke. Dort entdeckte sie einen Fleck, der sie eine Sekunde ablenkte. Sie hörte jetzt Gernot Morsch reden.

»*Zusammen ist man weniger allein*, Sie kennen doch sicher den Film, Commissario Cappelletti.«

»*Sì*.«

»Und genau das war Sophies Devise. Man konnte Pferde mit ihr stehlen, das bringt es auf den Punkt.«

»Sie konnte den Regen unter Feuer setzen«, geriet der Maler Florian Spatz ins Schwärmen. »Sie war einmalig. Sie war ungewöhnlich. Sie war widersprüchlich. Sie war einfach was Besonderes.«

»Und was sie sich in den Kopf gesetzt hatte«, ergänzte Gernot Morsch, »hat sie gnadenlos durchgezogen. Und sie hatte ein großes Herz.«

»Das stimmt«, bestätigte Florian. »Ein paar Tierheime in Rom bekamen jeden Monat eine Spende. Sie sorgte finanziell für die Kinder einer ledigen arbeitslosen Mutter, die sie mal an der Kasse am Supermarkt kennengelernt hat.«

Stille machte sich breit. Jeder der Anwesenden schien über Sophie Baumann nachzudenken. Gernot Morsch unterbrach diese Ruhe.

»Sophie hat einmal gesagt, dass sie das Gegenteil von ihrem Vater werden möchte. Der hat die Menschen wohl nur ausgebeutet.«

»Es ist ein Jammer, dass sie nicht mehr unter uns ist«, klagte Florian Spatz. »Das, was ihr lieb und teuer war, hätte sie mit ihrem Leben verteidigt. Sie würde sich vors Messer werfen.«

Alessia schluckte.

Nein, Sophie Baumann hat es abgewehrt, das Messer, die Schere.

»Eine beeindruckende Frau«, gab Alessia ehrlich zu.

Gernot Morsch nickte.

»Ja, das war sie. Sie veranstalte ungewöhnliche Sachen, wie zum Beispiel so etwas, was sie hier abgezogen hat. Geht einfach in ein Hotel und fragt nach Arbeit, obwohl sie sich das beste und teuerste Hotel hätte leisten können. Das hat sie aber nicht.« Er schüttelte den Kopf. »Fragen Sie mich aber nicht, warum. Ich glaube, sie wollte immer mitten ins Leben, überall mitmischen, je eigenartiger, desto interessanter für sie.«

»Und warum hat sie dann ihre Firma aufgegeben und verkauft?«, wollte Alessia wissen.

»Sie besitzt noch über 70 % der Anteile und hat nur die Geschäftsführung abgegeben«, erklärte Florian Spatz. »Sie hat sie allerdings regelrecht hingeschmissen, zornig über die Querelen innerhalb der Firma und die Geldgeilheit ihrer sogenannten Freunde.«

»Sophie«, erklärte Gernot mit besonnener Stimme, »wollte einfach nur leben und glücklich sein. Und das war sie auch. Doch dann lernte sie diesen Mann kennen, der ihr den Kopf verdreht hat, und zwar derart heftig, wie einem sonst nur die sizilianische Sonne das Hirn herausbrennen kann.«

Alessia grinste innerlich bei der Vorstellung.

»Und Sie kennen diesen *Signore* nicht, dessentwegen Sophie –?«

»Nein, den Namen hat sie uns nie gesagt«, fiel Florian Spatz ihr ins Wort.

»Was glauben Sie, warum sich Sophie als Mann verkleidet hat?«

»Hat sie?« Morsch zuckte die Schultern und sah irritiert zu seinem Mitbewohner.

»Der Grund ist doch wohl klar«, meinte Spatz. »Sie wollte ihren Freund unerkannt ausspionieren. Mehr von ihm erfahren.«

Ja, dachte Alessia, das war ihr jetzt auch klar.

Als nächstes rief Alessia in der Rechtsmedizin an und kündigte einen Besuch zur Identifizierung von Sophie Baumann an. Zu den beiden Männern gewandt: »Da Sie beide hier vor Ort die Einzigen sind, die das Opfer persönlich kannten, bitten wir Sie um die Identifizierung von Sophie Baumann. Meine Kollegin Lara Bellini wird mit Ihnen ins Krankenhaus fahren.«

»Und danach sind wir entlassen?«, vergewisserte sich Morsch.

»Selbstverständlich. Danach dürfen Sie gehen, wohin Sie möchten.«

Seit zehn Minuten waren sie mit der Vernehmung fertig. Lara Bellini war mit den beiden Männern zu Dottor Fasullo gefahren. Alessia und Giuliano blieben im Vernehmungszimmer sitzen.

»*Allora*, lass uns mal zusammentragen, was wir haben. Sophie Baumann war bildhübsch. Eine Schönheit.«

»Und reich«, erläuterte Giuliano.

»Für Sophie Baumann gab es keine Barrieren, keine verschlossenen Türen, kein *No*«, ergänzte Alessia.

»Sie liebte das Leben und die Menschen«, führte Giuliano weiter aus.

»Sie war zwar verrückt, aber herzlich. Man musste sie einfach mögen.«

»Sie sagte, was sie dachte. Sie war ehrlich, nicht hinterhältig und niemals gemein.«

»Warum also hat sie jemand umgebracht, dieses rundum perfekte Geschöpf?«, schloss Alessia.

»Vielleicht genau deswegen?«

Sie sahen sich an.

»Wir wissen ja nun«, dachte Giuliano ihre These weiter, »dass Sophie Baumann vor ihrem Tod unerkannt jemanden beobachtet hat oder beobachten wollte.«

»Und zwar einen Mann«, spann Alessia weiter, »in den sie verliebt war. Aber warum unerkannt?«

Sie sah ihren Vice an, der sich die Nase rieb.

»Ich sag's dir. Sophie Baumann liebte ihn – aber sie traute ihm nicht, wollte sicher gehen, bevor sie in Rom alles aufgab.«

Zurück in ihrem Büro, zeigte sie Giuliano die Phantom-Zeichnung. Seine Augen weiteten sich.

»Au weia«, war sein erster Kommentar. »Das könnte Probleme geben.«

Alessia stöhnte aufgesetzt.

»Du kennst ihn also auch?«

»Nur vom Hörensagen.«

Giuliano legte die Zeichnung zurück auf den Schreibtisch.

»Morgen überraschen wir ihn, also sei bitte pünktlich. Und bis dahin«, zog Alessia ihn auf, »kannst du dich deinem gebrochenen Herzen widmen.«

»Womit hab ich nur so viel Verständnis verdient?«

Er grinste breit, herzte zum Abschied Celina und ward nicht mehr gesehen. Alessia nahm ihr Kind auf den Arm und bedankte sich bei Elvira.

»Ich habe zwar erst wenig über ihn erfahren«, erklärte ihre rechte Hand und zog ein betrübliches Gesicht. »Aber was ich bisher so herausgefunden habe …« Sie ließ das letzte Wort im Raum schweben. »O Commissario, das könnte eine harte Nuss für Sie werden.«

18

Am Morgen trafen sie gleichzeitig vor der Questura ein. Alessia musste ein Lachen unterdrücken, als sie Giulianos Gesicht mit den aufgerissenen Augen sah, während er aus seinem Wagen stieg. Alessia parkte in der schmalen Lücke zwischen seinem und einem anderen Fahrzeug und nahm ihren Helm vom Kopf. Giuliano starrte sie an.

»Das meist du nicht ernst, Commissario?« Er schielte auf den zweiten Helm, der am Lenkrad der Vespa hing. »Doch, du meinst es ernst. Ich sehe es an deinen Augen. O nein, dabei ging's mir heut schon viel besser.«

Alessia nahm den Helm vom Lenkrad und reichte ihn Giuliano.

»Für dich, deponier ihn so, dass du ihn jederzeit griffbereit hast.«

»Heilige Madonna. Fahren wir damit etwa jetzt in die Madonie?« Entgeistert schüttelte er den Kopf.

»Würde eine solche Fahrt auf dem Soziussitz deinem seelischen Chaos etwa weiteren Schaden zufügen?«, witzelte Alessia, die sich nicht sicher war, ob ihr Vice tatsächlich verwirrt war oder nur so tat, um sie aufzuziehen. Wie auch immer, dachte sie und beruhigte ihn. »Der Roller ist nur für den Stadtverkehr gedacht.«

Sie hatte keine Lust, sich weiterhin während der Hochsaison mit dem Wagen durch die engen Straßen Cefalùs zu quälen, nur um kurz irgendwo hin zu müssen.

»Da bin ich ja beruhigt.« Giuliano schien es aufrichtig zu meinen. Alessia zauberte währenddessen eine hübsch eingepackte Pralinenschachtel unter dem Sattel hervor.

»Ist das etwa für mich?«, fragte Giuliano erfreut. Sie grinste ihn derart spöttisch an, dass er sich fast beleidigt abwandte. Er trottete in die Questura und trug seinen Helm am Arm wie eine

Damenhandtasche. Alessia musste bei dem Anblick unwillkürlich schmunzeln. Er war ein netter Kerl, auch wenn seine Seele zurzeit etwas schief hing. Alessia zog den Schlüssel ab und schaute versonnen auf den Roller. Er gehörte Carlo Nannini, dem Mann von *zia* Anna, der ihn aber nicht mehr benutzte und ihr spontan zur Verfügung gestellt hatte. Als Alessia gestern Abend endlich mit Celina an dem rostroten Haus der Nanninis oberhalb des Meeres angekommen war, hatte *zia* Anna schon erwartungsvoll in der Tür gestanden. Neben ihr und wenige Zentimeter kleiner, ihr korpulenter Mann. Carlo war ein Sizilianer mit herzensguten braunen Augen und sonnenverwitterter Haut.

Celina hatte sich beim Anblick der Fremden an ihre Mutter gedrückt. Erst nachdem sie ihrer kleinen Tochter haarklein erklärt hatte, wer diese Menschen waren und was sie von ihnen zu erwarten hatte, war Celina bereit gewesen, mit ihr das Haus zu betreten. Auch Alessias Vater war da gewesen, aber er hatte sich zurückgehalten und gewartet, bis seine Enkelin von sich aus auf ihn zukam. Alessia wusste, dass er seinem Enkelkind ein guter *nonno* sein würde. Als nach dem gemeinsamen Abendessen das Eis getaut war, fühlte sich Celina schon recht wohl inmitten der neuen Familie. Am Ende war ihr Töchterchen derart aufgekratzt gewesen, dass sich Alessia mit ihr ins Bett gelegte hatte, damit das Kind zur Ruhe kam. Umgeben von etlichen Schmusetieren war Alessia mit dem Gedanken, dass Celina bei Anna und Carlo Nannini gut aufgehoben war, vor ihrer Tochter eingeschlafen – und niemand hatte sie mehr geweckt.

Auf dem Weg in ihr Büro ging Alessia rasch bei Lara Bellini vorbei. Sie erzählte, dass die beiden Mitbewohner Sophie Baumann wie erwartet identifiziert hatten. Auf dem Rückweg in die Stadt hätten sie dann geweint. Alessia konnte es ihnen nicht verdenken, sie mussten sie wirklich sehr gemocht haben.

Elvira saß schon hinter ihrem Schreibtisch. Sie hatte gestern Abend nicht wie ihre Kollegen Feierabend gemacht, sondern noch mindestens eine Stunde im Internet über die Person auf dem Phantombild geforscht. Trotzdem hatte sie leider immer noch nicht viel mehr zu bieten. Alessia bedankte sich trotzdem herzlich und überreichte ihr die Pralinen. Elvira erhob sich, wurde rot und bedankte sich überschwänglich. Alessia wehrte den Dank bescheiden ab und ließ sich die Unterlagen geben. Zusammen mit dem Phantombild steckte sie die dürftigen Resultate in eine Mappe.

»Wir nehmen jetzt doch nicht etwa den Roller?«, wollte Giuliano wissen, als sie eine halbe Stunde später die Questura verließen.

»Ich wusste gar nicht, dass du so verrückt darauf bist.«

»Wann kann ich dich sonst mal von hinten umarmen, meine Commissario?«

»Du bist wirklich ganz schön schräg.«

Während Giuliano das Zivilfahrzeug vor dem *Kalura* parkte, schaute Alessia auf die Uhr. Es war kurz vor neun. Als sie ausstiegen, drang fröhliches Lachen zu ihnen herüber. Eine Gruppe Männer und Frauen in Fahrradkleidung rüstete sich trotz der Hitze für eine Radtour. Alessia schüttelte den Kopf. Sie war froh, wenn sie sich momentan nicht mehr als nötig bewegen musste.

Da Curcios Büro noch verwaist war, erkundigte sich Alessia zunächst bei dem Rezeptionisten, den sie als Zeuge Toto kennengelernt hatte, nach seinem Kollegen Pietro. Er hatte Sophie Baumann ihre Unterkunft gezeigt, jetzt schlief er aber wohl noch. Gerade als sie darum bitten wollte, ihn zu wecken, hörte sie energische Schritte auf dem gefliesten Boden. Sie schaute über die Schulter. Der Hotelchef kam rasch näher und nickte ihr lächelnd entgegen.

»*Buongiorno,* Commissario, schon so früh auf den Beinen?«, begrüßte Gerrit Curcio sie. Alessia schüttelte seine ausgestreckte Hand und zeigte auf Giuliano.

»Vice-Commissario Carasini kennen Sie ja schon. Wir hätten noch einige Fragen.«

»Und, Commissari, dabei vielleicht Lust auf Kaffee?«

Curcio führte sie auf die Terrasse, die nahezu voll besetzt war.

»Ist der Blick nicht überragend?«, flüstere Alessia ihrem Vice zu, der hinter ihr stand und ebenfalls aufs Meer schaute.

»*Fantasticamente*«, murmelte er in ihrem Rücken.

Alessia sog den unvergleichlichen Ausblick in sich auf, bis Curcio sie zu einem Tisch am Ende der Terrasse winkte. Eine Bedienung brachte ihnen Kaffee. Alessia überlegte, wie sie dem Hotelier unverfänglich ihre Fragen stellen konnte, ohne dass ihr Vice vielleicht unüberlegt dazwischenfuhr. Sie warf ihm einen Blick zu, um ihm zu signalisieren, sich nicht einzumischen. Giuliano schien zu verstehen. Sie wandte sich Curcio zu.

»Ich wollte mich noch einmal für Ihren Einsatz bedanken. Sie kennen Gaspare Ferrante offenbar recht gut, Signor Curcio. *Vero*?«, begann Alessia.

»Er schuldete mir noch etwas«, grinste Gerrit sie an. »Ist alles gut gegangen?«

Sie war nicht in der Stimmung, ihn weiter einzuweihen, so nickte sie knapp.

»Und wie lange kennen Sie ihn schon?« Alessia hoffte, dass ihre Frage beiläufig klang. Aber Curcio schien etwas zu wittern. Er warf ihr einen merkwürdigen Blick zu.

»Stimmt denn etwas nicht? Wird das hier ein Verhör?«, fragte er erstaunt.

»Nur einige Routinefragen«, begründete Giuliano und nahm einen Schluck von seinem Kaffee.

»Unsere Väter kannten sich gut«, antwortete Curcio zögerlich, als wollte er nicht zu viel verraten. »Sie hatten zusammen eine Fischfabrik, das ist aber schon etliche Jahre her. Gaspare kenne ich eher flüchtig, wie man sich hier halt so kennt. Ein netter Kumpel, wenn man es so ausdrücken will, und gutmütig.« Curcio lachte leise. »Gaspare soll eines Tages, wie er mir mal in einer Weinlaune verraten hat, eine reiche Sizilianerin aus Agrigent heiraten. Eine Herrin über große Oliven- und Zitronenplantagen. Nur …«, Gerrit schwieg plötzlich und verzog das Gesicht, als hätte er etwas Vertrauliches preisgegeben.

»Nur?«, hakte Alessia nach.

»Nun ja, schließlich möchte er sie auch lieben, und auf Sizilien finden sich Liebe und Geschäft nicht gerade leicht.«

Auch Sophie Baumann war reich gewesen, dachte Alessia, aber eben keine Sizilianerin. Sie wollte Curcio fragen, ob Gaspare seines Wissens Sophie Baumann gekannt habe, ließ es dann aber. Sie wollte ihn nicht unnötig auf ihren Verdacht hinweisen. Deshalb schwenkte sie in eine andere Richtung.

»Ich bin Gaspare Ferrante wirklich überaus dankbar, dass er mich nach Rom geflogen hat. Und dafür, dass Sie es in die Wege geleitet haben, Signor Curcio. Ich nehme an, dass Ferrante Sie ab und an schon hier im Hotel besucht?«

Curcio setzte vor Erstaunen seine Kaffeetasse ab. »Mich besuchen? Warum sollte er das? Wir haben wenig miteinander zu tun. Ich habe ihn seit mehr als drei Monaten nicht mehr zu Gesicht bekommen. Aber wie gesagt, er schuldete mir noch einen Gefallen. Und mein Anruf wegen Ihres Fluges war seit Langem wieder mein erster Kontakt zu ihm.«

Alessia merkte, dass sie in Sachen Ferrante bei Curcio nicht mehr weiterkam.

»Sie vermuten doch etwas, Commissario?«, erkundigte sich Curcio argwöhnisch.

»Reine Routinefragen«, wiederholte Giuliano mit einem Seitenblick auf Alessia.

Gerrit grinste. »Wer's glaubt«, brummte er.

Hoffentlich macht er jetzt nicht völlig dicht, überlegte Alessia. Doch bevor sie das Gespräch in eine andere Richtung lenken konnte, erschienen die Söhne Noah und Aaron am Tisch und Gerrit Curcio wandte sich ihnen zu.

»*Ciao*, ihr beiden«, grüßte er seine *bambini* und tätschelte ihre Wangen.

Beinahe hätte Alessia die Kinder gefragt, ob sie heute im Meer gebadet hatten, besann sich aber rasch. So lächelte sie ihnen einfach nur zu, während sie sich eine kindgerechte Konversation überlegte. Zu ihrem Glück erschien Angelo Digati, schaute betrübt in die Runde und legte seinem Chef mit ernster Miene die Tageszeitung vor. Die Titelseite nahm fast vollständig eine provozierende Frage ein.

SIND AUSLÄNDISCHE URLAUBER AUF SIZILIEN NOCH SICHER? MORD AN EINER DEUTSCHEN!

Alessia schluckte. Die Worte von Vice-Questore Borsellino fielen ihr wieder ein, mit dem sie noch kurz telefoniert hatte, bevor sie zu Tante und Onkel gefahren war. »Die Presse wird sich wie ein Rudel reißender Wölfe auf uns stürzen, wenn wir nicht bald den Täter liefern. Cappelletti, sammeln Sie Material, bevor hier wilde Gerüchte wuchern. Schaffen Sie mir Ergebnisse heran«, hatte er sie regelrecht angefleht.

»Es gibt noch zu viele lose Fäden«, hatte sie geantwortet.

»Dann knüpfen Sie sie zusammen, Commissario Cappelletti.« Alessia wusste inzwischen, wenn Borsellino einen Mitarbeiter so förmlich bei seinem Namen nannte, war es mit seiner Geduld nicht mehr weit her.

Porca vacca, fluchte sie jetzt in sich hinein, verdammt noch mal. Sie stand unter Druck. Einen Moment starrten alle sprachlos auf die dicken Lettern. Nach einiger Zeit fühlte Alessia die Augen der beiden Kinder auf sich gerichtet und spürte, dass sie etwas fragen wollten. Sie lächelte die Jungen warmherzig an und fragte, ob es den beiden heute besser gehe. Wie aus der Pistole geschossen, bombardierten sie sie daraufhin mit ihren Fragen.

»Commissario, haben Sie den Täter schon? Warum nicht? Wissen Sie denn noch nicht, wer es war …«, und so fort.

Alessia beschwichtigte die beiden, erklärte, dass sie eifrig suche und sie bestimmt erführen, wenn der Täter der Polizei ins Netz gegangen sei. Nachdem sich die Jungen getrollt hatten, sprach Curcio sie auf die Titelstory der Zeitung an. Aber Alessia stand nicht der Sinn danach, mit ihm darüber zu diskutieren, deshalb fragte sie rasch nach Pietro, erklärte, dass sie ihn unbedingt sprechen müsse und falls er noch schlief, solle man ihn wecken. Curcio zückte sein Handy und rief die Rezeption an.

»Er ist gerade gekommen«, teilte er ihr anschließend mit. Alessia nickte ihrem Vice zu. Die beiden erhoben sich und bedankten sich bei Curcio für den Kaffee.

»Ich wollte Sie gerade anrufen«, versicherte Pietro Castellano der Commissario, als sie die Rezeption erreichten. Er war ein mittelgroßer Mann mit ebenmäßigen Gesichtszügen und freundlichen dunklen Augen, die angesichts des tragischen Geschehens ernst dreinblickten.

»Ich war in den Bergen bei meinen Großeltern und habe nichts mitbekommen. Schrecklich, einfach *terribile.*«

Alessia stellte ihre obligatorischen Fragen.

»Nein, ich kannte sie nicht mehr als alle anderen hier, aber ich habe ihr Netbook repariert, so ein kleines pinkfarbenes.«

Alessia hob elektrisiert die Augenbrauen und schaute zu Giuliano. Er zuckte unbemerkt mit den Schultern.

»Es hatte einen kleinen Absturz«, erzählte Pietro weiter.

»Und haben Sie es noch?«, entfuhr es Alessia.

Pietro schüttelte den Kopf.

Das wäre auch zu schön gewesen.

»Ich habe es ihr am frühen Abend …«, Pietro geriet ins Stottern, »als das schreckliche, ich meine, als sie ums Leben kam, zurückgegeben. Sie war unten auf der Badeterrasse und hat es gleich ausprobiert. Wir haben uns dann noch etwas unterhalten.«

»Erinnern Sie sich an die Uhrzeit?«

»Muss so um sieben Uhr herum gewesen sein. Gianni tauchte dann auf, und da bin ich gegangen.«

»Meinen Sie Rizoto, den Bademeister?«, vergewisserte sich Giuliano.

Auf dem Rückweg in die Questura war Alessia frustriert. Für einen Moment hatte sie gehofft, eine Spur gefunden zu haben. Aber das pinkfarbene Netbook blieb wie vom Erdboden verschluckt. Auch die Handyortung hatte nichts gebracht. Vermutlich hatte der Mörder beides mitgenommen und zerstört.

19

»Und, was meinte unser schicker Staatsanwalt?«, fragte Giuliano, nachdem Alessia das Telefonat beendet hatte.

»Er möchte nach drei Tagen Ermittlung endlich Ergebnisse sehen. Wir hätten schließlich noch nicht Ferragosto.«

»Apropos Ferragosto. Hast du da schon was vor? Ich muss dich leider für eineinhalb Wochen allein lassen.« Giuliano grinste freudig. »Badeferien mit Silvia.«

Der 15. August, Ferragosto, ist der italienischste aller Feiertage und gilt als der heißeste Tag im August. So heiß, dass Kaiser Augustus seinerzeit bestimmte, dass nicht nur die Römer, sondern auch die Sklaven an diesem Tag nicht zu arbeiten brauchten. Um Ferragosto herum befindet sich beinahe das ganz Land in den Ferien. Das bürokratische und wirtschaftliche Leben liegt brach, Geschäfte sind zu, Behördenurlaube und Werksschließungen werden in diese Wochen gelegt.

»Na, dann werde ich hier wohl alleine die Stellung halten. Hoffentlich haben wir bis dahin zumindest eine heiße Spur.« Eigentlich freute sich Alessia auf den freien Tag, den sie nur mit Celina und ihrer neuen Familie verbringen wollte. »Komm, lass uns noch ein wenig dafür tun. Machen wir uns auf zu den Ferrantes.«

Eine Weile fuhren Alessia und Giuliano von Cefalù aus am Meer entlang Richtung Osten. Kurz hinter S. Ambrogio bog Giuliano rechts in die *Strada statale*, die Staatsstraße 286, die hoch in den *Parco delle Madonie* führte. Das Madonie-Gebirge begann an der Küste und stieg rasch über zweitausend Meter an. In mäßigem Tempo folgten sie der oft schwer zu befahrenen Straße Richtung Castelbuono. Sie gelangten weiter ins Hinterland in immer größere Höhen. Die Sonnenstrahlen durchströmten die karge, bizarre Landschaft der Madonie. Keine Menschenseele war zu sehen. Seit einer halben Stunde waren sie unterwegs. Nur zwei Autos waren ihnen begegnet. Die Commissario hatte den Eindruck, die Zeit stehe still.

»Wenn wir jetzt eine Autopanne haben«, meinte Alessia angesichts der Abgeschiedenheit, »dann sind wir erst einmal aufgeschmissen. Haben wir hier überhaupt Handyempfang?«

»Immer mal wieder«, lachte Giuliano belustigt über ihre Sorge.

Die Commissario zeigte aus dem Seitenfenster.

»Dort ist die Stelle, wo Sophie Baumanns Kappe gefunden wurde.«

»Was noch nicht aussagt«, erwiderte ihr Vice, »dass Sophie tatsächlich hier gewesen ist.«

»Das weiß ich auch«, reagierte Alessia ein wenig gereizt von der belehrenden Antwort. Aber er hatte ja recht. Nichts bewies bisher, dass Sophie Baumann hierher gefahren war und warum auch immer sie sich ihrer Kappe entledigt hatte.

»Da müsste es sein.«

Giuliano parkte den Wagen wenig später seitlich des Tores. Abseits der Straße tauchte rechts von ihnen ein prächtiges, von Olivenplantagen umgebenes Anwesen auf. Alessia spähte aus dem Beifahrerfenster die schmale Einfahrt hinauf, die zum Haus führte. Hier konnte niemand so einfach reinspazieren. Das gesamte Grundstück schien mit einem hohen Maschendrahtzaun eingefriedet zu sein, der Zugang lag gut geschützt hinter einem mannshohen gusseisernen Rundbogentor. Durch seine Gitterstäbe war lediglich die Seitenfront des Gebäudes mit den ebenerdig eingebauten Garagen zu sehen. Eine der Garagen stand offen und gab den Blick auf das Heck eines knallroten Fiat Barchetta frei. Außerhalb des Portals, eingelassen in die kniehohe Begrenzungsmauer, erblickte die Commissario einen Briefkasten, eine Klingel mit Namensschild und eine Kamera. Sie stiegen aus, und die Hitze ließ sie die Köpfe einziehen. Dabei war es erst halb elf. Sie schauten sich um.

»*Ah, è un podere bello. Mi piace molto*«, meinte Giuliano schwärmerisch, als er an das Tor des »schönen Anwesens« herantrat, das ihm spontan sehr gut gefiel.

»*Pronto?*«, meldete sich auf ihr Läuten eine weibliche Lautsprecherstimme. Alessia blickte direkt in die Kamera, stellte sich aber nur mit ihrem Namen vor und fragte nach Gaspare Ferrante. Die Stimme reagierte nicht. Alessia und Giuliano sahen sich stirnrunzelnd an. Nach längerem Warten schlug schließlich der Summer an. Das Tor öffnete sich wie von Geisterhand. Die beiden Commissari schritten hindurch, und sofort fing sie eine weitere, am Haus angebrachte Überwachungskamera ein.

»Ob drinnen wohl auch noch Leibwächter sind?«, vermutete Alessia mit Blick auf die Linse am Haus.

»In diesen Kreisen und dann noch hier einsam in der Madonie muss man wohl Angst haben«, grinste Giuliano.

Sie gingen bis zu den Garagen vor, folgten dem gepflasterten Weg nach rechts, dann um die Hausecke nach links, bis sie vor einer weißen Doppeltür aus Glasbausteinen standen. Aber niemand war zu sehen, und niemand stand in der Tür, um sie zu erwarten. Alessia läutete erneut. Jetzt erschien ein Schatten und schloss von innen die Tür auf. Vor ihnen stand eine junge Signora. Sie war äußerst attraktiv und vielleicht Mitte zwanzig. Ihre braunen Haare waren im Nacken zusammengebunden. Die junge Frau legte den Kopf schief und zog ihre Brauen hoch, ganz offensichtlich die unausgesprochene Frage, was die beiden Fremden von den Bewohnern des Hauses wollten.

»Ein tolles Anwesen, die Olivenbäume –«, weiter kam Alessia nicht. Die Signora fuhr ihr mit einem kühlen Lächeln dazwischen.

»Grazie. Sind Sie gekommen, um das loszuwerden?«

Das reicht, dachte Alessia und zückte ihren Dienstausweis. Die Frau schaute gleichmütig darauf, als hätte sie nichts anderes erwartet. Alessia hatte fast den Eindruck, als wäre sie für die

Signora keine Unbekannte. Sicher hatte auch sie die Pressekonferenz im Fernsehen gesehen.

»Sind Sie eine Ferrante?«, fragte Alessia etwas barsch.

»*Prego*, kommen sie mit.« Ohne Alessia zu antworten, bat die junge Frau die Besucher mit einer Handbewegung herein.

Staunend folgten die Commissari der jungen Dame durch eine herrschaftliche Eingangsdiele, die von einer riesigen Glaskuppel überdacht wurde. Sie reflektierte die Sonnenstrahlen in blitzenden Farben. Inmitten des mit Marmor gekachelten Raumes plätscherte ein Springbrunnen. Durch eine Rundbogenöffnung gelangten sie von der Diele direkt auf eine Terrasse von beträchtlichem Ausmaß mit üppiger Mittelmeervegetation. Wunderschöne Blumen und Kakteen in riesigen Terrakottakübeln standen scheinbar wahllos herum, aber Alessia entdeckte System darin. Der Duft von Zitronen und Olivenbäumen kroch ihr in die Nase.

So möchte ich auch gern wohnen.

»Gaspare, Commissario Cappelletti für dich.«

Alessia fragte sich, warum die junge Frau einen warnenden Unterton angeschlagen hatte. Drei Augenpaare drehten sich den beiden Beamten entgegen. Am Frühstückstisch saßen Gaspare und ein älteres Paar. Gaspare erhob sich mit einem fragenden Blick. Er schien erstaunt über ihren Besuch. Genau wie bei ihrer ersten Begegnung am Flughafen Palermo bewegte er auch jetzt erst zeitverzögert seine Mundwinkel nach oben. Es schien fast, als würde er stets vorher überlegen, ob sein Gegenüber ein Lächeln wert sei.

Alessia entschuldigte sich für das unangemeldete Erscheinen und erklärte, sie sei dienstlich hier. Ihr war die Situation etwas unangenehm. Dieser Mann hatte ihr einen großen Gefallen erwiesen. Das dankte sie ihm noch immer von Herzen. Und nun erschien sie hier mit einer ungeheuren Verdächtigung. Verdächtigung? Wie kam denn diese Idee so plötzlich in ihr hoch? Oder war es gar nicht plötzlich? Versuchte ihre Intuition ihr schon länger etwas mitzuteilen? Nein, korrigierte sie sich sofort. Sie suchten ihn als Zeugen auf, nur als Zeugen.

»Commissario Cappelletti, was kann ich diesmal für Sie tun?«, fragte Gaspare in einem neutralen Ton.

»Wir ermitteln in einem Mordfall und hätten ein paar Fragen an Sie, Signor Ferrante, die Sie als Zeuge vielleicht beantworten können. Könnten wir Sie kurz alleine sprechen?«

Alessia sah, dass er mit der jungen Dame, die ihnen die Tür geöffnet hatte, einen Blick tauschte.

»Mordfall?«, wiederholte er, als käme ihm das Wort zum ersten Mal in seinem Leben unter. Aber statt weiter darauf einzugehen, deutete er zum Tisch.

»Ich darf Ihnen meine Eltern vorstellen, und das«, er wies auf die junge Frau, die sie eingelassen hatte und nun wieder mit am Tisch saß, »ist meine Cousine Tiziana Paxiani. Ich habe vor ihnen nichts zu verbergen.«

Bene, bene.

Er bat Alessia und ihren Vice, Platz zu nehmen, und bot ihnen einen Cappuccino an. Alessia winkte dankend ab.

»*Allora*«, Gaspare blieb ebenfalls stehen, »als Zeuge für einen Mord also?«

Alessia schlug ihr Dossier auf. Eine Weile blätterte sie geschäftig in den wenigen Unterlagen herum. Er sollte ruhig glauben, sie hätten so einiges über ihn in Erfahrung gebracht. Wie dürftig die Informationen waren, brauchte er ja nicht zu wissen. Die Familie Ferrante besaß die größten Zitronen- und Olivenplantagen der Region, samt einer Mühle, zu der auch die anderen Olivenbauern ihre Erträge brachten. Offiziell hatte sich kein Familienmitglied bislang etwas zuschulden kommen lassen. Was aber nicht hieß, dass Alessia das auch glaubte. Denn die Ferrante-Familie war reich und mit den Jahren wohl noch reicher an Einfluss geworden. Mittlerweile gehörte sie zu denen, die im Hintergrund die Fäden in der Hand hielten. Welches Ausmaß das hatte, darüber konnte Alessia nur spekulieren. Sie wusste, dass nicht nur hier auf Sizilien Vermögen gemacht wurden, indem man denen die Hände küsste und bis zum Anschlag irgendwo hineinkroch, die das Sagen hatten. Don Ferrante schien das gut verstanden zu haben. Aber Alessia war sich sicher, dass auch die Familie Ferrante noch heute geschickt einige Gesetze umschiffte.

»Wann soll ich als Zeuge etwas von einem Mord mitbekommen haben?« Gaspare schien die Zeit zu lang zu werden, in der sich Alessia mit ihren Unterlagen beschäftigte.

»Es geht um den Fall Sophie Baumann im Hotel *Kalura*.«

Gaspare schwieg überrascht. Oder tat er nur so?

»Signor Ferrante«, nutzte Giuliano die Zeit, »wo waren Sie am 31. Juli zwischen 20 und 23 Uhr?«

»Wie bitte? Wo ich als Zeuge war? Ich zumindest habe niemanden umgebracht, falls Sie das implizieren möchten.«

»Sagen Sie's einfach«, meinte Giuliano und lächelte breit.

»Warum wollen Sie das wissen? Ich habe nichts getan.«

»Reine Routinefrage«, setzte Giuliano rasch nach, »das fragen wir jeden, mit dem wir in dieser Sache sprechen.«

»Er war hier zu Hause«, mischte sich Gaspares Mutter, Signora Ferrante, ein. Sie wandte sich ihrer Nichte zu. »Tiziana, du warst doch auch hier.«

Die Angesprochene setzte plötzlich ein freundliches Lächeln in Richtung Alessia auf.

»Ich kann wirklich nicht auf Anhieb sagen, wo ich vor drei Tagen zu einer bestimmten Zeit war«, antwortete Tiziana und blickte zu Gaspare. Der kratzte sich die Stirn und schien angestrengt zu überlegen. Dann nickte er.

»Meine Mutter hat recht. Ich war hier.«

Alessia zog den Bildausschnitt von Sophie Baumann aus der Mappe und hielt ihn Gaspare hin.

»Kennen Sie diese Frau?«

»Wieso interessiert Sie das?« Gaspare schien nicht gewillt, ihre Fragen zu beantworten. Stattdessen strahlte er eine arrogante

Selbstsicherheit aus. Alessia musste aufpassen, nicht unwillkürlich einen Schritt zurückzutreten.

Zehn Königreiche für seine Gedanken.

»Das ist eine Deutsche aus Rom. Das Mordopfer Sophie Baumann«, erklärte Alessia, obwohl sie sicher war, dass er längst davon gehört hatte. Gaspare schüttelte nur gedehnt den Kopf. Er schien sich emotional anscheinend völlig in der Gewalt zu haben.

Das wollen wir doch mal sehen.

Alessia zückte ein Foto der Leiche mit den Gesichtsverletzungen, hielt es Gaspare Ferrante so nah wie möglich hin und sagte in dramatischem Ton. »Jetzt sieht sie so aus.« Dabei ruhten ihre Augen aufmerksam auf ihrem Gegenüber.

Aber selbst das grauenhafte Bild starrte er reglos an. Seine Cousine war anscheinend neugierig, denn Tiziana erhob sich vom Tisch, stellte sich neben Gaspare und besah sich die Aufnahme ebenfalls.

»Schrecklich«, murmelte sie und schien ergriffen. »Wir haben in der Zeitung gelesen, was ihr zugestoßen ist. Aber«, sie machte eine kurze Pause, »was soll mein Cousin mit dieser Deutschen zu tun haben?« Sie lächelte Alessia honigsüß an.

Gaspares Eltern beanspruchten, ebenfalls die Fotos zu sehen, doch Gaspare reichte sie der Commissario ohne Kommentar zurück. Alessia übergab die Bilder Giuliano, der sie wiederum dem Ehepaar Ferrante zeigte. Auch die beiden schüttelten die Köpfe. Alessia wartete immer noch auf irgendeine Reaktion von Gaspare. Aber er schien nichts zu sagen zu haben. Und als er doch endlich den Mund aufmachte, blieb Alessia um ein Haar die Luft weg.

»Ich bin erschüttert über dieses Verbrechen, Commissario Cappelletti. Aber wie können Sie so unsensibel sein, mir und meiner Familie ohne Vorwarnung so etwas Grauenhaftes zu zeigen?«

Alessia versuchte, sich den aufkommenden Ärger nicht anmerken zu lassen, dennoch klang ihre Antwort schärfer als geplant.

»*Scusi*, ich wollte Ihnen nicht zu nahe treten. Ich hatte Sie um ein Gespräch unter vier Augen gebeten. Und nun muss ich auf die Beantwortung unserer Frage bestehen: Waren Sie am 31. Juli abends zwischen 20 und 23 Uhr im Hotel *Kalura*?«

Gaspare setzte ein überaus erstauntes Gesicht auf.

»Im *Kalura* war ich schon ewig nicht mehr«, behauptete er überzeugt.

Alessia dachte an die Zeugenaussage von Beate Schlich und Hermann Klauser. Hatte sich das Paar vielleicht doch getäuscht? Alessia wünschte es sich beinahe. Ausgerechnet auf den Menschen, der ihr so geholfen hatte, musste sie jetzt losgehen. Jeder andere wäre ihr tausendmal lieber gewesen. Sofort rief sie sich zur Ordnung. Ließ sie sich etwa von ihm ins Boxhorn jagen? Giuliano kam ihr zum Glück zur Hilfe.

»Wir machen es Ihnen etwas leichter, Signor Ferrante«, erklärte er und zog das Phantombild aus Alessias Mappe hervor. »Kommt Ihnen diese Person bekannt vor?«

Giuliano hielt die Zeichnung so hoch, dass auch das Ehepaar Ferrante einen Blick darauf werfen konnte. Sie starrten auf das Gesicht des Mannes und bekamen ihren Mund nicht mehr zu. Tiziana, die noch immer neben Gaspare stand, riss ihre Augen weit auf. Gaspare fasste sich als Erster.

»Wo haben Sie denn das her? Das ist ja der Gipfel der Unverfrorenheit. Haben Sie das etwa auch der Presse vorgelegt?«, empörte er sich.

»*No*, das war nicht mehr nötig«, versicherte Giuliano. »Können Sie sich wirklich nicht erinnern, im *Kalura* gewesen zu sein?«, hakte er nach.

Gaspare schüttelt den Kopf.

»Wir machen es Ihnen noch etwas leichter«, nahm Alessia Giulianos Vorgehensweise auf.

»Sie wurden gesehen. Dieses Phantombild ist nach Zeugenaussagen entstanden. Und wir müssen jeder Spur nachgehen, was Sie sicherlich verstehen. Wir möchten Sie lediglich als Zeugen befragen.«

Alessia vernahm Schritte, die sich vom Rundbogen her näherten. Ein älterer Mann, geschmackvoll gekleidet, mit einer Lederhaut und einer Nase wie ein Horn, erschien auf der Bildfläche. Seine kleinen runden Augen schauten misstrauisch hinter einer Brille in die Runde.

»Was geht denn hier vor?«, fragte er gebieterisch.

»Das ist mein Großvater, Don Santino Ferrante«, beeilte sich Gaspare, ihn vorzustellen.

Sieh an, der Freund des Bürgermeisters, dachte Alessia. Sie nannte ihren Namen und ihren Status. Ehe sie dazu kam, ihren Vice ebenfalls bekannt zu machen, herrschte Don Ferrante schon dünkelhaft in ihre Richtung: »Und der Signore?«

»Ich gehöre zur Commissario«, meinte Giuliano und setzte ein arrogantes Grinsen hinzu. »Freut mich, die Ehre zu haben, den Olivenbaron Santino Ferrante persönlich kennenzulernen«, verkündete er mit theatralischem Gehabe. »Olivenbaron«, wiederholte er, »so nennt man Sie, Don Ferrante, doch allgemein.« Nach einem kurzen Räuspern fügte er hinzu. »Wie mir zu Ohren gekommen ist.«

Wo ist ihm das denn zu Ohren gekommen? Und wieso weiß ich davon nichts?

»Das ist Vice-Commissario Giuliano Carasini«, versuchte Alessia es im Plauderton, um die gespannte Atmosphäre zu entschärfen. Aber es schien nichts zu nützen. Der Don hatte schon seine faltenreiche Stirn gekräuselt.

»*Prego*, was führt Sie in unser Haus?«

Sein Enkel Gaspare informierte ihn. Daraufhin riss Don Ferrante dem Vice-Commissario die Phantomzeichnung aus der Hand und besah sie sich, wobei er in großem Maße erzürnt wirkte. Alessia glaubte, der Alte würde gleich Sturm laufen, derart hatte sein Gesicht Farbe angenommen.

»Das soll mein Enkel sein?«

»Erkennen Sie ihn nicht?«, erkundigte sich Alessia in ruhigem Ton und scheinbar erstaunt. Einerseits wollte sie auf keinen Fall einen Eklat, dachte an den Vice-Questore. Andererseits spürte sie seine Abneigung ihr gegenüber und bemerkte seine grenzenlos kalten Augen, mit denen er sie musterte. Alessia besaß ein ausgeprägtes Gefühl für Gefahr. Mit jeder Faser konnte sie spüren, wie gefährlich ihr der Don werden konnte. Deshalb schaute sie ihn offen und herausfordernd an.

»Wir suchen Ihren Enkel als Zeugen in einer Mordsache, das ist alles«, versuchte sie die Situation zu entschärfen. Don Ferrante drückte ihr das Phantombild so abrupt in die Hand, dass Alessia ihn verdutzt ansah.

»*Per un attimo*«, sagte er, unterstrichen von einer brüsken Geste, die klarmachte, dass es jetzt reichte, drehte sich auf dem Absatz um und marschierte ins Haus zurück, während er murmelte: »Ich rufe jetzt den Bürgermeister an.«

»Wir wollten Sie nicht in die Flucht schlagen«, rief ihm Giuliano hinterher. Alessia schaute ihn tadelnd an. Mit seiner jovialen Art war er ihr in den knapp drei Arbeitstagen zwar ans Herz gewachsen, aber ihr Vice ließ schon an seinem Gesicht alle Welt erkennen, was er dachte und fühlte. Er war immer mit vollem Herzen dabei, egal, worum es ging Leider war das in ihrem Beruf meistens nicht angebracht. Aber Giuliano vereinte in sich alle Charaktereigenschaften der Inselbewohner. Gott sei Dank schien der Don ihn nicht mehr gehört zu haben oder hatte es nicht hören wollen.

»Signor Ferrante«, versuchte Alessia es erneut bei Gaspare. »Es ist mir genauso unangenehm wie Ihnen, aber wir müssen einen Mord aufklären, es –«

Gaspare machte eine abwehrende Handbewegung.

»*Mio Dio*, ich verstehe Sie ja, trotzdem sind Sie bei mir an der falschen Adresse. Ihre Zeugen müssen sich getäuscht haben. Vielleicht haben sie mich anderswo gesehen und ihre Erinnerung auf das Phantombild projiziert.«

Seine Vermutung klang so hahnebüchen, dass Alessia beinahe laut aufgelacht hätte. Ihm war anscheinend hier nicht beizukommen.

»Wir können Sie auch aufs Präsidium bitten, wenn Sie das bevorzugen?«

In diesem Moment erschien Don Ferrante wieder mit einem triumphierenden Gesicht. Alessia ahnte schon, was sie erwartete. Rasch warf sie ihrem Vice einen Blick zu. Er schien das Gleiche anzunehmen. Alessia ließ sich von Don Ferrante das Telefon in die Hand geben und hielt sich den Hörer ans Ohr. »*Pronto?*«, sagte sie mit verhaltener Stimme. Sie wusste nicht, ob sie über das Gebaren des Dons erstaunt oder verärgert sein sollte.

»Ich hatte eben einen Anruf vom Bürgermeister«, vernahm sie ihren Chef. »Er wollte wissen, was Sie sich da gerade erlauben, Cappelletti.«

Alessia wollte sich schon rechtfertigen, als ihr auffiel, dass die Stimme des Vice-Questores weder aufgebracht noch tadelnd geklungen hatte.

»Kommen Sie erst einmal zurück ins Präsidium. Ich glaube, wir müssen reden.«

»*Sì*, Vice-Questore«, hielt Alessia sich knapp und reichte den Hörer zurück. Danach drehte sie sich langsam zu Gaspare um. »Ich frage Sie nun ein letztes Mal, kannten Sie Sophie Baumann?«

»*No*«, versicherte er nach einigem Zögern.

20

»*Banda maledetta!*«, schimpfte Giuliano. »Verdammte Bande! Die stecken doch alle unter einer Decke. Alles fauler Zauber. Das wird sich in diesem Land niemals ändern, beim heiligen Franz von Assisi nicht!« Er schlug mit der Faust aufs Lenkrad und äffte Don Ferrante nach: »Ich rufe den Bürgermeister an.«

Sie waren noch keine fünf Minuten unterwegs, als Alessias Handy bimmelte.

»Commissario«, erklang Elviras Stimme, »Sophie Baumanns Handydaten sind gerade gekommen. Der Bademeister Rizoto war nicht der Letzte, mit dem sie telefoniert hat, sondern –

»Was Sie nicht sagen. Raus damit!«, redete Alessia ihr ungeduldig rein.

»Commissario, Sie werden es nicht glauben. Der letzte Anrufer war unser Phantombild.«

»Gaspare Ferrante?«, bemühte sich Alessia ruhig zu klingen. »Welche Uhrzeit?«

Sie lauschte. »Heilige Madonna, ich kann's kaum glauben, *grazie, grazie* Elvira.«

»Umdrehen, *immediatamente*!«, rief Alessia ihrem erstaunten Vice zu. »Ferrante scheint doch unser Mann zu sein!«

Noch während Giuliano den Wagen auf der schmalen Straße wendete, informierte Alessia Vice-Questore Borsellino. Ohne sie zu unterbrechen, hörte er sich an, was sie zu sagen hatte. Anschließend gab er ihr mit auf dem Weg: »Gehen Sie sensibel vor.«

Sensibel, dachte Alessia. Sie war nicht einmal ihrer Tochter gegenüber sensibel genug, wie sollte sie das dann mutmaßlichen Verbrechern gegenüber sein? Sie seufzte aus tiefem Herzen.

»*Tutto a posto?*«, fragte ihr Vice mit einem besorgten Seitenblick.

Sie fanden die Familie Ferrante noch immer vereint auf der Terrasse vor. Keiner von ihnen schien es fassen zu können, die Polizei innerhalb kurzer Zeit wieder im Haus zu haben. Don Ferrante drohte, noch einmal den Bürgermeister einzuschalten, wenn sie sich nicht sofort trollten und die Familie in Ruhe lassen würden. Alessia machte dieses dreiste und arrogante Verhalten der Polizei gegenüber wütend.

Als wären wir Ungeziefer.

Sie nahm sich unter großer Mühe zusammen und erklärte in einem neutralen Ton: »Es gibt Neuigkeiten.«

Alessia fixierte Gaspare, der sie wiederum gespannt ansah. Eine kaum wahrnehmbare Unruhe schien in ihm aufzusteigen. Begann seine Selbstkontrolle etwa zu bröckeln?

»Signor Ferrante, warum haben Sie abgestritten, das Mordopfer Sophie Baumann gekannt zu haben?«

»Bitte?«, fragte er betont überrascht. Doch seine Stimme klang nicht mehr so selbstbewusst wie beim vorherigen Besuch.

»Haben Sie doch, oder?«

Alessia hörte Giuliano durchatmen. Bevor ihm wieder eine unpassende Bemerkung entschlüpfte, sagte sie schnell: »Ich kann Ihrem Gedächtnis weiter auf die Sprünge helfen. Sie haben Sophie Baumann am 31. Juli um zwanzig vor acht abends auf ihrem Handy angerufen.«

»Warum?«, verlangte Giuliano eine Antwort.

Gaspare wurde blass und erhob sich umständlich.

»Und weiter«, fügte Giuliano hinzu, »warum haben Sie uns das verschwiegen?«

»Ich rufe unseren Anwalt, du sagst kein Wort!«, befahl Don Ferrante seinem Enkel mit einem herrischen Blick auf die beiden Commissari.

Von wegen, dachte Alessia.

»Wir müssen Sie, Signor Ferrante, bitten, mit in die Questura zu kommen«, ordnete sie lächelnd an.

In der Questura angekommen, hatten Alessia und Giuliano als Erstes überlegt, wie sie weiter vorgehen sollten. Wenn sie sich sofort auf Ferrante stürzten, könnten sie vielleicht noch etwas aus ihm herausbekommen, bevor sein Anwalt auftauchte. War der *avvocato* erst einmal da, verschlossen sich die Münder der Klienten meist sehr rasch. Doch nun ließen sie Gaspare schon eine Viertelstunde unter Bewachung im Verhörzimmer schmoren. Es war eine Taktik. Die Warterei versetzte die zu Verhörenden in Unruhe und machte sie williger, wenn sich dann ihre Fantasieängste im Verhör nicht bestätigten.

Der Vice-Questore hatte nach den neusten Erkenntnissen keine Einwände mehr gehabt, sich Gaspare Ferrante vorzunehmen, und das in einem lauten, hektischen Telefongespräch mit dem Bürgermeister geklärt. Das Stadtoberhaupt hatte trotzdem gedroht, den Dirigente Generale zu informieren, was Dottor Borsellino zwar geärgert hatte, er aber nicht verhindern konnte.

»Wenn Sie wollen, verbinde ich Sie sofort mit dem Präsidenten«, fauchte er ins Telefon, dachte aber anscheinend nicht daran, denn er hatte unmittelbar danach aufgelegt. Alessia, die dem Gespräch beigewohnt hatte, hatte in sich hineingegrinst.

»*Allora*, ich glaube, wir sollten jetzt anfangen. Ich kann meine Neugier kaum noch beherrschen«, erklärte Giuliano mit todernstem Gesicht und einem Espresso in der Hand. »Was meinst du, Alessia, bringen wir ihm einen mit?«

Lara Bellini, die aufgefordert war, an der Vernehmung teilzunehmen, gab vor, noch wichtige Papiere erledigen zu müssen. Alessia wunderte sich. Die junge Kollegin drängte sich doch sonst in alles hinein, wieso schien sie das spannende Verhör nicht zu interessieren?

»Was hältst du eigentlich von unserer Kleinen?«, fragte Alessia ihren Vice auf dem Weg zur Vernehmung.

»Sie ist seit gut drei Jahren hier. War vorher im einfachen Dienst tätig. Ihre Beförderung habe ich nie so recht verstanden.«

»Sie scheint ziemlich ehrgeizig zu sein.«

Giuliano zuckte desinteressiert mit den Schultern. Er schien mit seinen Gedanken schon beim Verhör zu sein. Alessia grübelte noch einen Moment darüber nach, ob Lara Bellini sich deshalb so unfreundlich gab, weil sie vielleicht mit einer weiteren Beförderung gerechnet und nun eine Chefin vom Festland vor die Nase gesetzt bekommen hatte. Dann wandte auch sie sich gedanklich dem Verhör zu.

Kaum waren die beiden Commissari in den kahlen und spärlich möblierten Raum getreten, schoss Gaspare Ferrante von seinem Stuhl hoch. Lauthals erklärte er ihnen, dass er mit seiner Zeit Wichtigeres anzufangen hätte, als hier dumm zu warten.

»Das Ganze wird sowieso ein Nachspiel für Sie beide haben«, verkündete er zum Schluss.

»*Piano, piano*, ganz langsam«, wies ihn Giuliano zurecht. Dann stellte er ihm den mitgebrachten Espresso vor die Nase und erhielt dafür ein knappes Nicken, was wohl *grazie* heißen sollte. Anschließend kippte Gaspare das italienische Lieblingsgetränk mit einem Zug herunter.

»Was ist mit meinem Anwalt?«

»Ihr Anwalt wird bald hier sein«, ertönte unvermittelt die Stimme des Vice-Questore, der zur Tür hereinkam. »Sie wissen doch, dass er aus Palermo kommt und nicht fliegen kann wie Sie.«

Alessia blickte auf. Anscheinend wollte Dottor Borsellino der Vernehmung beiwohnen. Aus Neugier? Aus Vorsicht? Um sie zu testen oder traute er ihr als Neuling und Nichtkennerin der sizilianischen Insiderszene nicht zu, mit einem Mitglied der wichtigen Ferrante-Familie angemessen umzugehen? Zu gern hätte Alessia ihn einfach gefragt. Borsellino aber nahm sich einen Stuhl und setzte sich ein wenig abseits.

»Nur zu!«, forderte der Vice-Questore sie auf.

Giuliano hatte sich an die Wand gelehnt und beobachtete Ferrante von der Seite. Alessia nahm gegenüber von Gaspare Ferrante Platz und schlug ihre Mappe auf. Noch einmal überflog sie für einen endlos scheinenden Moment Elviras spärliche Ausdrucke. Gaspare hatte sich auf seinem Stuhl zurückgelehnt und schien in Gedanken versunken.

»Kann mal jemand die Klimaanlage höher drehen?« Dottor Borsellino sah Giuliano an, der wiederum schaute zu Alessia, die ihm zunickte. Mit einem »Bin schon unterwegs« drehte Giuliano an dem Regler neben der Tür und sofort begann das Gerät unter der Decke, kräftig zu blasen.

»*Perchè*, warum??!«, erregte sich Gaspare Ferrante so unerwartet, als wäre er mit dem einsetzenden Rauschen des Ventilators aus einer versunkenen Welt wieder an die Oberfläche getaucht.

»Ich wollte da nicht mit hineingezogen werden. *Dio mio*, und umgebracht habe ich sie schon gar nicht!«

»Sind Sie der Mann, dessentwegen Sophie Baumann nach Sizilien gekommen ist?«, fragte Alessia. Sie hatte keine Lust, auf das Lamento einzugehen.

Gaspare schwieg. Alessia wartete geduldig.

»Ich hatte doch keine Ahnung. Ich wusste doch nicht, dass sie auf Sizilien war«, antwortete Gaspare nach einer Weile, als hätte er erst darüber nachdenken müssen. Obwohl sowohl Alessia als auch Giuliano mittlerweile wussten, warum Sophie Baumann nach Sizilien gekommen war, fragten sie Gaspare trotzdem darüber aus, gespannt darauf, was er antworten würde.

»Wir haben nachgewiesenermaßen die Kappe der Ermordeten in der Nähe Ihres Wohnortes gefunden, Signor Ferrante. Wir vermuten, dass Sophie Baumann am Tag ihrer Ermordung versucht hat, sich unerkannt Ihrem Anwesen zu nähern. Haben

Sie sie vielleicht sogar gesehen? Vielleicht einen jungen Mann in lässiger Kleidung?«

Gaspare schüttelte den Kopf.

»Oder können Sie zumindest erklären, warum Sophie Baumann so etwas getan hat?« Giuliano ließ nicht locker. »Sie muss doch einen Grund gehabt haben, heimlich nach Sizilien zu kommen, sich zu verkleiden und in die Madonie zu fahren. Exakt dorthin, wo Sie, Signor Ferrante, wohnen, oder soll ich sagen, residieren?«

»*Mio dio*, woher soll ich das wissen? Was stimmt, ist, dass ich sie um die von Ihnen genannte Uhrzeit angerufen habe. Ich vermutete Sophie aber in Rom und war völlig überrascht darüber, dass sie in Cefalù war. Und das ist die Wahrheit. Nach dem Gespräch bin ich sofort zu ihr ins *Kalura* gefahren. Sophie wollte unten auf der Badeterrasse auf mich warten. Als ich hinkam, war sie schon tot.« Er fuhr sich mit den Händen durch sein abgespanntes Gesicht und legte dann eine Hand aufs Herz. »Das müssen Sie mir glauben.«

»Müssen müssen wir gar nichts«, herrschte Giuliano ihn an.

Gaspare verlegte sich auf die Mitleidstour.

»Ich, ich war total durcheinander, das können Sie sich ja wohl vorstellen, oder? Fix und fertig! Ich konnte nicht mehr denken! Ich bin einfach davongelaufen. Als Sophie mich anrief, war ich in Cefalù unterwegs, und deshalb schnell oben im *Kalura*. Kaum zehn Minuten später.«

»Das wäre dann um kurz vor acht gewesen«, stellte Alessia fest.

»Kann sein.«

»Und wie lange haben Sie sich bei der angeblich schon Toten aufgehalten?«

»Nicht angeblich«, fuhr Gaspare sie an. »Keine drei Minuten.«

»Die Tatzeit liegt zwischen zwanzig und dreiundzwanzig Uhr. Fällt Ihnen auf, Signor Ferrante, dass Sie da genau hineinfallen?«

Ferrante schaute sie groß an.

»Dann hat die Rechtsmedizin sich eben geirrt. Das ist doch sowieso nicht exakt zu sagen.«

»Täuschen Sie sich da nicht.« Außerdem sprach im Moment zu viel gegen Gaspare Ferrante, als dass Alessia ihm glauben konnte.

»Als ich ankam, schien niemand unten auf der Terrasse zu sein«, versuchte Gaspare sich weiter zu verteidigen.

»Ich habe leise ihren Namen gerufen, bin suchend umhergegangen. Ich konnte nicht glauben, dass sie mich versetzt hat. Und plötzlich sah ich jemanden seitlich hinter dem Felsen liegen. Ich wusste in der ersten Sekunde, dass es Sophie war. Es traf mich wie ein Blitzschlag, verstehen Sie das?«

Als er Alessia bei diesen Worten ansah, wurde er ihr wieder sympathischer, und sie verstand genau, was er meinte. Vielleicht konnte man ihm doch glauben?

»Und weiter?«

Gaspare zuckte die Schultern. »Ich hab dagestanden, auf sie hinuntergestarrt und nichts verstanden. Und dann bin ich einfach weg.«

Jetzt löste sich Giuliano von der Wand und nahm Gaspare ins Kreuzverhör. Alessia ließ ihn gewähren, und auch der Vice-Questore hielt sich zurück. Giuliano stellte zigmal unterschiedlich formuliert die gleichen Fragen und erhielt jedes Mal etwas variiert die gleichen Antworten.

»Verdammt noch mal«, verlor Gaspare schließlich die Nerven. »Ich habe sie geliebt!«

»Noch einer«, entfuhr es Giuliano.

Ferrante warf ihm einen tödlichen Blick zu. Giuliano aber schien nicht beeindruckt. Der Vice-Questore räusperte sich. Giuliano schien zu verstehen. Er zog sich einige Schritte zurück und schnaufte. Am liebsten hätte er den arroganten Ferranteschnösel, wie er ihn für sich betitelte, weiter in die Mangel genommen.

Eine Weile senkte sich gedämpftes Schweigen über sie. Mit vor Selbstmitleid triefender Stimme und gesenktem Kopf erklärte Gaspare in die Stille hinein: »Ich wollte Sophie Baumann heiraten. Sie meiner Familie vorstellen.« Dann hob er den Kopf und sah von einem zum anderen. »Aber verstehen Sie, alles *piano*, eins nach dem anderen. Und dann ist sie auf einmal tot. Jemand hat sie umgebracht, und ich weiß nicht, warum. Ich kann mir einfach keinen Reim darauf machen.«

»*Allora*, also, Ihre Familie, Ihre Eltern hatten noch keine Ahnung von Ihren Heiratsplänen mit einer Deutschen. Wusste sonst jemand davon?«

»Nicht direkt, ich habe mal kurz mit meiner Cousine über Sophie gesprochen, ihr gesagt, dass ich sie kennengelernt habe, weiter nichts.«

»Uns ist zu Ohren gekommen«, wagte sich Alessia vor, »dass Sie auf Wunsch Ihrer Familie eine reiche Sizilianerin heiraten sollen. Könnte es sein –«

»Wer hat Ihnen denn diesen Quatsch erzählt?«

Alessia nahm nicht an, dass Gerrit Curcio sich das aus den Fingern gesogen hatte.

»Sie meinen, Commissario, meine Familie hat sie umbringen lassen, um einer Heirat zuvorzukommen, obwohl sie gar nichts von meinen Plänen wusste? Das ist doch lächerlich. *No*«, bestätigte Gaspare dann mit entschiedener Stimme, »es wusste noch niemand.«

Wenn es stimmte, verlief eine vielversprechende Spur im Sand.

»Wie wäre die Reaktion Ihrer Familie gewesen, wenn sie von Ihren Heiratsplänen erfahren hätte, Signor Ferrante?«, forschte Alessia trotzdem weiter. Gaspare sah sie einen Augenblick irritiert an.

»Nun, es wäre schwierig geworden, aber letztendlich hätten sie meine Entscheidung akzeptiert.«

Wieder traf Alessia dieser irritierte Blick.

»Worauf wollen Sie eigentlich hinaus?«

»Falls doch etwas durchgesickert ist, wovon Sie keine Ahnung hatten, dann könnte es doch sein, dass –?«

Von einem Moment auf den anderen glänzten Gaspares dunkle Augen wie im Fieber. Lodernde Wut sprang Alessia daraus entgegen.

»Bei allem Respekt, Commissario Cappelletti, jetzt lehnen Sie sich aber ein bisschen sehr weit aus dem Fenster. Überlegen Sie, was Sie sagen und mit wem Sie es zu tun haben!«

Mafia, schoss es Alessia durch den Kopf.

»Wir müssen alle Möglichkeiten in Betracht ziehen«, erwiderte sie ruhig und freundlich, wenngleich sie ihn am liebsten geschüttelt hätte, einfach die Wahrheit auszuspucken. Aber was war die Wahrheit?

»Alle Möglichkeiten«, schimpfte Gaspare, »aber doch nicht, dass Sie meine Familie eines Mordes beschuldigen!«

»Wir beschuldigen niemanden. Wir ermitteln nur«, schaltete sich der Vice-Questore nun doch ein. Alessia fühlte sich bestärkt, ihre nächste Frage zu stellen.

»Könnten vielleicht gewisse Ihrer Freunde «, umschrieb sie die Mafia, »damit zu tun haben?«

»*Non ha senso!*«, war die grobe Antwort. »Wann kommt mein Anwalt?«

Hoffentlich noch nicht so bald, wünschte Alessia. Aber leider vergeblich. Die Tür ging auf und ein forscher, dynamisch wirkender Mann in den mittleren Jahren betrat den Raum und füllte ihn mit seiner Präsenz gleich voll aus. Wie es sich für einen Italiener gehörte, der etwas auf sich hielt, war er modisch geschmackvoll gekleidet, und man sah ihm seinen lukrativen Beruf gleich an. Er stellte sich als Dottor Vincenzo Albarra vor. Sowohl der Vice-Questore als auch Giuliano begrüßten ihn mit distanzierter Freundlichkeit. Aus ihrer Reaktion schloss Alessia, dass das Verhör vorbei war.

»*Allora*, meine Damen und Herren Commissari, ich denke, mein Mandant hat seine Pflicht als Zeuge erfüllt und alles gesagt, was er weiß. So wie ich informiert bin, besteht kein weiterer Grund, ihn –«

Dottor Borsellino winkte ab, er schien keine Lust zu haben, sich weitere Ausführungen anzuhören.

»Nehmen Sie ihn mit. Aber es wird ihm nicht wehtun, sich weiter zur Verfügung zu halten.«

»Signor Ferrante«, erhob Alessia ihre Stimme, als die beiden schon an der Tür waren, »haben Sie eigentlich keine Tiere, zum Beispiel Hunde?«

»Was soll denn die Frage?«, fuhr der *avvocato* sie an.

Gaspare schüttelte dennoch den Kopf. »Ich hätte gern welche, Commissario, aber Großvater ist allergisch auf –«

»Halten Sie doch Ihren Mund«, forderte *avvocato* Albarra seinen Mandanten ärgerlich auf und zog ihn aus dem Raum.

Dottor Borsellino schaute in die betrübten Gesichter seiner beiden Untergebenen. Alessia reagierte als Erste.

»Irgendwie glaube ich nicht, dass Ferrante der Täter ist, aber er hat etwas mit dem *omicidio* zu tun. Ich weiß allerdings noch nicht, auf welche Weise.«

»Sagt das dein Bauch, ich meine, deine Intuition«, verbesserte sich Giuliano sofort, »oder dein Verstand?«

Alessia verdrehte die Augen und hoffte, dass ihr Chef jetzt nicht darauf ansprang. Der Vice-Questore schnaufte durch.

»Wenn er etwas damit zu tun hat, dann finden Sie es heraus, Cappelletti, und beweisen Sie es. Die Ferrantes habe Freunde in der Politik, im Stadtrat, einfach überall.«

»*Cazzo!* Sie sind wie Blutsauger.« Giuliano brachte es in seiner Rage auf den Punkt. Alessia stellte sich rasch neben ihn und strich ihm beruhigend über den Arm, während der Vice-Questore sie bat, diskret vorzugehen.

»Nicht einer Ihrer Schritte darf an die Presse gelangen. Das könnte, ach was rede ich, das hätte ein peinliches Nachspiel für uns alle, glauben Sie mir.«

»*Alla fine è tutta una cazzata!*« Am Ende ist alles für den Arsch. »Ich könnte kotzen«, war Giulianos Kommentar.

»Aber bitte nicht hier«, meinte Borsellino, grinste und machte sich auf den Weg zurück in sein Büro. An der Tür drehte er sich noch einmal um.

»Was sollte eigentlich die Frage nach den Hunden?«

»Reine Intuition«, meinte Alessia und lächelte vielsagend.

»O ja, Chef, damit hat sie's«, gab Giuliano immer noch verärgert zum Besten.

Nacheinander verließen sie den Vernehmungsraum, um ihre Büros aufzusuchen. Unterwegs blieb Giuliano plötzlich stehen.

»Da fällt mir doch ganz dunkel etwas ein. Es liegt schon mehr als ein Jahr zurück und hat irgendetwas mit der Familie Ferrante zu tun gehabt. Wir sollten mal Lara Bellini fragen.«

»*Bene, bene*, nach der Mittagspause, mein *padre* und meine *zia* warten mit dem Essen, und«, Alessia hielt einen Augenblick inne und lächelte, »ich hab noch eine Tochter, die mich viel zu wenig zu Gesicht bekommt.«

21

»*Papà*, du bist doch ein Ursizilianer«, begann Alessia. Sie hatte ihren Vater in seinem Geschäft abgeholt, um mit ihm zu Carlo und Anna in die *pausa pranzo* zu fahren. Mit Celina hatte Alessia gerade telefoniert und sich angekündigt.

»*Sì, sì*«, bestätigte ihr Vater mit Herzblut. »*Perchè?* Warum fragst du?«

»Und du lebst seit deiner Geburt vor mehr als, ich weiß nicht genau …«

»Zweiundfünfzig Jahren«, ergänzte ihr Vater.

»Auf der Insel.«

»*Sì*, worauf willst du hinaus?«

»Dann weißt du sicher auch etwas über die Familie Ferrante?«

Zu ihrer Überraschung lachte ihr Vater auf.

»Kaum. Ich weiß, dass sie reich sind. Dass sie feinen Zwirn tragen. Dass beinahe sämtliche Olivenbauern der Provinz ihre Ernte in die Ferrante-Mühle bringen, aber das ist auch schon so gut wie alles.«

Alessia holte Luft.

»*Perchè?*«, fragte ihr Vater erneut.

»Ich möchte wissen, was es mit dieser Familie auf sich hat.« Sie lachte kurz auf. »Immerhin habe ich schon herausgefunden, dass sie über den Bürgermeister verfügt, als wäre er ihre private Marionette.«

»Ach Kind«, seufzte ihr Vater, »wir leben in Italien, eine dreckige Hand wäscht die andere. Und wenn auch Tausende von Bestechungsfällen aufgedeckt werden, bleibt dennoch das Krebsgeschwür der Korruption in unserer Gesellschaft bestehen. Meiner Meinung nach sind zu viele Menschen gierig und moralisch verdorben. Denk doch nur an den Zampano in Rom, der die Gesetze ändert, wie er sie braucht. Es sind Schandgesetze.«

Alessia trat auf die Bremse, weil vor ihr frech und ohne nach rechts und links zu sehen ein Motorrollerfahrer aus einer Seitenstraße auf ihre Fahrbahn einfuhr.

»*Cretino*«, fluchte sie mit kräftiger Stimme.

Ihr Vater warf ihr einen erstaunten Blick zu und grinste breit.

»*Papà*, das weiß ich alles, aber –«

»Was weißt du schon von Sizilien?«

Da hatte er recht.

»Hier ist alles möglich. Die Familie Ferrante kann sauber sein oder eben nicht. Wer weiß das schon. Aber feiner Zwirn und Mafia gehören auf Sizilien zusammen. Du warst sechs Jahre, etwas älter als Celina, als es in Palermo jährlich über 250 Morde gab, die die Mafia zu verantworten hatte. Erst als 1992 Falcone und Borsellino von der Mafia umgebracht wurden, änderte sich etwas. Und warum? Weil Frauen und Kinder danach auf die Straße gingen und *basta* schrien. Wir Sizilianer sind bescheiden und schon glücklich, dass die wahnsinnige Töterei nachgelassen hat.«

Für eine Weile fuhren sie schweigend die Strada Ferla hinauf.

»Und dreizehn Jahre war ich, als Falcone und Borsellino umgebracht wurden. Ich erinnere mich, dass *Mamma* furchtbar entsetzt war. Sie hat in mir die Leidenschaft geweckt, Polizistin zu werden. *Mamma* war eine ihrer Besten.«

»Sie war in allem eine der Besten«, murmelte ihr *padre* traurig. Und Alessia wusste, dass er an die verlorenen Jahre dachte.

»Hat deine Mutter je wieder geheiratet?«

Alessia spürte, wie schwer ihm diese sechs Worte gefallen waren.

»No.«

»Dann bist du also gänzlich ohne Vater aufgewachsen.«

Nun klang seine Stimme noch trauriger als vorher.

»Nicht ganz. Mutter hatte einen Freund. Einen Kollegen von der Drogenfahndung. Aber sie haben nie geheiratet. Sie wollte es nicht. Sie haben auch nicht zusammengelebt.« Alessia lächelte und sah ihren Vater kurz von der Seite an. »Aber er war immer für uns da. Und er war mir ein Freund. Er war ein guter Vaterersatz.« Sie griff die Hand ihres Vaters. »Und trotzdem habe ich dich immer vermisst.«

Wie zum Dank für ihr Bekenntnis spürte Alessia seinen starken Händedruck. Danach ließen sie sich los, als sei alles gesagt. Die Gedanken der Commissario schweiften wieder zum Mordfall Sophie Baumann. Wie konnte sie effektiv weiterermitteln, ohne der Familie Ferrante und ihrem Umfeld auf die Füße zu treten? Und was war mit Gaspare Ferrante? Wenn er die Wahrheit gesagt hatte, konnte er lediglich wegen Behinderung polizeilicher Ermittlungen drangenommen werden. Verdammt, fluchte sie innerlich.

Ihr Handy signalisierte einen Anruf aus der Questura.

»Alessia«, hörte sie Elvira, »um sechzehn Uhr ist eine Lagebesprechung im Büro des zuständigen Staatsanwalts in Termini Imerese angesetzt. Treffpunkt für euch um halb vier an der Questura, ihr fahrt dann zusammen. Der Vice-Questore bittet um Pünktlichkeit, Commissario.«

Alessia seufzte und bugsierte den Wagen durch die schmale Einfahrt auf den Parkplatz neben *zia* Annas Haus. Lagebesprechung? Wurde der Dirigente Generale doch vom Bürgermeister instruiert, wie er dem Vice-Questore angedroht hatte? Und der Präsident hatte sich an den Staatsanwalt gewandt, der sich nun wieder an sie wandte, um seinen Unmut weiterzugeben?

Im Schatten des ausladenden Ampelschirms saßen sie auf der Dachterrasse des Nannini-Hauses hoch über dem Meer. Es war heiß, keine Wolke am Himmel und kaum ein Lüftchen regte sich. Der Ausblick war gleichermaßen berauschend wie von der Panoramaterrasse des *Kalura*. Von dieser Seite zeigten sich die etwa fünfhundert Meter Luftlinie entfernt liegende Caldura-Bucht und das herrschaftlich auf dem Felsen thronende *Kalura* aus einem völlig neuen Blickwinkel. Selbst die leer stehende Ferienanlage *Coast House* ließ einen gnadenlosen Blick auf ihre Hässlichkeit zu.

Das *Kalura* lenkte Alessias Gedanken allerdings sogleich wieder zu Sophie Baumann.

Nicht jetzt! Jetzt ist meine Tochter dran.

Der amüsante Anblick, wie Celina neben ihr mit den Spaghetti kämpfte, wischte Sophie Baumann fort. Ungeniert lachte die Kleine sie mit ihrem verschmierten Mündchen an. Wäre da nicht der belastende Einstieg in ihren neuen Job, hätte Alessia sich wohl so gut wie schon lange nicht mehr gefühlt. Sie hoffte, dass kein Wermutstropfen je diese Familienidylle trüben würde. *Zia* Anna schenkte ihr ein Glas leichten Sommerweins ein. Ihr Lächeln, die Art, wie sie ihre Nichte ansah, berührte Alessia wie selten zuvor etwas. Sie hatte ihren Hafen gefunden. Sie war angekommen, hatte ein neues Zuhause für Celina und sich selbst bekommen. Nun brauchte sie nur noch eine passende Wohnung, damit sie ihr Kind abends heimholen konnte. Sie warf ihrem Vater einen dankbaren Blick zu. Er musste ihre Gefühle erahnt haben. Spontan ergriff er über Celinas Schoß hinweg die Hand seiner wiedergefundenen Tochter und drückte sie mehrmals. Tiefe Dankbarkeit erfüllte Alessia in diesen Sekunden.

Für die nächsten zwei Stunden war Alessia abgelenkt und dachte nicht mehr an ihre Arbeit. Sie wunderte sich, dass es ihr gelang, vollkommen abzuschalten. Um Viertel nach drei machte sie sich widerwillig auf den Weg zurück in die Questura.

Die ganze Sache dauerte nicht länger als zwanzig Minuten. Alle waren sie versammelt. Vice-Questore Manfredi Borsellino, Commissario Alessia Cappelletti, Vice-Commissario Giuliano Carasini, Inspettrice Lara Bellini, Staatsanwalt Frederico Amalfi, dieser kleine grauhaarige Sizilianer und der Untersuchungsrichter Renzo Bandini. Der zuständige Staatsanwalt Amalfi saß hinter seinem mächtigen Schreibtisch. Trotz des Schalkes in seinen Augen, den

Alessia noch vom Tatort in Erinnerung hatte, bemühte er sich, der Sache entsprechend eine ernste Miene aufzulegen.

»Ich hatte«, eröffnete er die Versammlung, »heute in der heiklen Angelegenheit Ferrante einen höchst delikaten Anruf der obersten Stelle«, erklärte er.

Der Untersuchungsrichter Renzo Bandini hatte in einem der Besuchersessel Platz genommen und kämpfte mit seiner Stirnlocke. Immer wieder wischte er sie mit einer herrischen Handbewegung aus seinem Gesicht, aber die Locke schien ein Eigenleben zu besitzen. Alessia amüsierte sich innerlich. Sie stand mit ihrem Vice nahe der Tür, während Borsellino in einem Sessel neben dem Untersuchungsrichter Platz genommen hatte. Eine flachbrüstige Sekretärin mit vollen roten Lippen servierte Espresso. Alle im Raum schienen nach diesem *caffè* zu lechzen.

»Was haben wir also bisher?«, schallte die Stimme hinter dem Schreibtisch durch den Raum, nachdem alle mit einer Tasse versorgt waren. »Commissario Cappelletti?«

Alessia drehte das Tässchen in ihren Händen, räusperte sich, kreuzte die Blicke ihres Vice und des Vice-Questore und besann sich, wer sie war.

»*Allora*«, antwortete sie mit fester Stimme, »den Mörder noch nicht!«

Schlagartig blickten alle sie an. Aber was erwarteten diese Leute eigentlich? Sie wusste es nicht.

»Wir haben aber etliche Hinweise, Zeugen, die Gaspare Ferrante am Mordabend im Hotel *Kalura* die Treppe von der Badeplattform haben hocheilen sehen. Er ist zurzeit unser Hauptverdächtiger.« Der Untersuchungsrichter schien darüber nicht sehr begeistert.

»*Bene, bene*«, brachte er sich ein, »es wäre besser, wir fänden einen anderen, einen, der es wirklich war.«

»Sie glauben also nicht an seine Schuld?«, hakte Vice-Questore Dottor Borsellino nach.

»Warum sollte seine Aussage falsch sein?«, setzte der Richter dagegen.

»Es kann doch durchaus so gewesen sein, wie er es zu Protokoll gegeben hat. Für seine Schuld brauchen wir Beweise. Eindeutige Beweise.«

Meine Güte, regte sich Alessia innerlich auf. So schlimm war es ja in Rom nicht gewesen, obwohl da auch politischer Klüngel herrschte. Aber derart offensichtlich hatte sie noch nie jemand ausgebremst.

»Ferrante hat schon einmal gelogen. Warum sollte er es nicht wieder tun?«, ließ sie die Runde wissen. »Er ist meiner Meinung nach eindeutig mit der Tatzeit in Verbindung zu bringen«, führte sie weiter an. »Und nur, weil er einflussreich ist, können wir diese Tatsache nicht einfach ignorieren.«

Alessia wunderte sich einmal mehr, dass ihre neue Arbeitsstelle es schaffte, sie innerhalb von nur drei Tagen derart zu frustrieren.

»Was ist mit dem E-Postfach des Opfers?«, erkundigte sich der Staatsanwalt. »Noch nichts gekommen?«

»Der Untersuchungsrichter hat erst heute Morgen den Beschluss dazu rausgegeben«, erinnerte ihn Alessia.« Sie schüttelte den Kopf. »Wir warten drauf«, und fügte hinzu, dass die Ortung des Handys bisher erfolglos war. »Aber wir haben immerhin die zuletzt geführten Gespräche vom Handyprovider erhalten.«

Schließlich ordnete der Staatsanwalt an, Gaspare Ferrante dezent observieren zu lassen. »Ich wiederhole«, und schaute dabei den Vice-Questore an, »dezent – wen immer Sie dazu abstellen.«

»Selbstverständlich.«

»Und schicken Sie Kollegen mit einem Foto des Hotelwagens los, mit dem das Opfer am Mordtag unterwegs war. Sie sollen die Nachbarschaft befragen. Vielleicht hat doch jemand was gesehen.«

Irgendetwas mussten sie ja beschließen. Aber Alessia versprach sich nichts davon. Was würde das mehr bringen als das, was sie schon durch den Fund der schwarzen Srixonkappe erfahren hatten? Doch sie hielt es für klüger, ihren Mund zu halten, und berichtete nur noch, dass Kollegen bereits auf dem Berg gegenüber der Kalurabucht unterwegs waren, um Anwohner zu befragen.

»Wie das?«, wollte der Staatsanwalt wissen. Also erzählte die Commissario von Gerrit Curcios Erlebnissen bei seinen Tauchgängen nach dem Anker in der Kalurabucht und trug mit der Geschichte etwas zur Erheiterung der ernsten Situation bei.

Der Richter schien tatsächlich mehr als amüsiert. »Vielleicht lag tatsächlich jemand gerade während der Tatzeit mit dem Feldstecher im Fenster.«

»Und wenn«, erwähnte Alessia, »frage ich mich, warum hat er sich bis dato nicht gemeldet?«

Sie erntete nur Stirnrunzeln und fragende Blick.

»Leider gibt es am Wohnort Ferrante nicht so viel Nachbarschaft«, warf Giuliano ein.

»Egal, tun Sie einfach, was wir besprochen haben.«

Staatsanwalt Amalfi schaute in die Runde.

»Im Übrigen lassen wir die Zwirngesellschaft vorerst in Ruhe, es sei denn, es kommen weitere Beweise für eine Tatbeteiligung hinzu, *basta*. Wegen dieser dürftigen, in keiner Weise haltbaren Ergebnisse«, verkündete er weiter, »liebäugele ich nicht unbedingt mit weiteren Kontakten mit der Obrigkeit.«

Alessias Handy meldete sich. Als sie auf das Display sah, wurde sie rot und drückte die Austaste. Auf die fragenden Blicke der Männer reagierte sie lächelnd mit einem Schulterzucken. »Hat sich schon erledigt.«

Als sie das Büro des Staatsanwaltes verließen, klingelte es erneut. Jetzt nahm sie den Anruf entgegen.

»Cosimo, was willst du? Ich bin mitten in einem Meeting«, informierte sie ihn aufgebracht. »Ich melde mich heute Abend.«

Ehe er reagieren konnte, hatte sie die Verbindung unterbrochen. Rasch wandte sie sich an Lara Bellini, die hinter ihr lief. »Sie waren recht schweigsam, ist Ihnen nichts eingefallen?«

Bellini schüttelte den Kopf. Sie schien nicht ganz bei der Sache zu sein.

»Schnappen Sie sich einen Kollegen, besorgen Sie sich ein Foto des Wagens und dann auf zur Befragung in die Madonie.«

Bellini starrte durch sie hindurch, nickte dann aber.

»Heute noch«, setzte Alessia hinterher. Kurz überlegte sie, ob sie die Ferrante-Sache, von der Giuliano gesprochen hatte, anschneiden sollte. Die Commissario zögerte zu lange, so war Bellini schon an ihr vorbeigelaufen. Alessia gab sich dennoch einen Ruck.

»*Un momento!*«, rief sie der Kollegin nach.

Bellini warf erst einen Blick über die Schulter, verlangsamte aber dann ihren Gang und blieb schließlich zögernd stehen. Nach wenigen Schritten stand Alessia vor ihr.

»Ist der Name Ferrante nicht schon einmal bei polizeilichen Ermittlungen gefallen?«, formulierte Alessia ganz vorsichtig. Lara Bellini verlor an Gesichtsfarbe. Alessia ließ sie nicht weiter nachdenken, sondern ordnete an, sie möge ihr sofort, noch vor ihrer Abfahrt, die Akten auf den Schreibtisch legen. Die Ispettrice zögerte.

»Ist noch etwas?«, fragte Alessia. Statt einer Antwort machte sich Lara Bellini davon.

»*Vieni*, komm, wir fahren kurz beim *L'elite* vorbei auf einen Kaffee«, schlug Giuliano vor.

»Wir hatten doch gerade erst einen«, wandte Alessia ein. Aber dann landeten sie doch dort. Die Bar in der Via Roma war, egal zu welcher Zeit, gut besucht. Die Commissari lächelten in die Runde, denn alle Blicke waren sofort auf sie gerichtet. Und dann bestellten sie sich drinnen sogar jeweils einen doppelten Espresso und verzogen sich damit in die rosa Sessel.

Über ihnen an der Wand lief der Fernseher und brachte gerade weitere Nachrichten über das Verbrechen an der Deutschen. Beide lauschten gespannt, was die Presse heute aus den stockenden Ermittlungen herausholte.

»Was machen wir jetzt, Commissario? Wie gehen wir weiter vor?«, fragte Giuliano gedämpft, um keine Aufmerksamkeit zu erregen, als der Bericht vorüber war. Alessia antwortete ebenfalls mit gesenkter Stimme.

»Die Lagebesprechung war nicht sehr ergebnisreich. Ich glaube, Amalfi und Bandini wollten lediglich wissen, wie und was wir mit Gaspare Ferrante angestellt haben und was wir vielleicht sonst noch zu bieten haben.«

»Und was haben wir sonst noch zu bieten?«

Eine berechtigte Frage.

Alessia trank einen Schluck, gähnte und schielte zu der *Torta al Limone* in der Auslage. Ihr Blutzuckerspiegel war ziemlich abgesackt. Sie kämpfte mit ihrer Lust auf den leckeren Zitronen-Ricotta-Kuchen und hatte sich gerade entschlossen, heldenhaft zu verzichten, als Giuliano sich ein Stück bestellte. Alessia sah ihn groß an. »Dann für mich auch bitte.«

Mit Heißhunger verspeisten sie beide das Gebäck. Danach fühlte sich Alessia besser. Sie wurde wieder wacher und konnte sich gedanklich erneut dem unleidlichen Geschehen zuwenden, als Giuliano meinte: »Das Gute an dem Fall ist, dass er mich vollkommen von meinem Herzschmerz ablenkt. Ich denke mehr an Sophie Baumann als an Silvia.«

»Gibt es da denn was Neues?«

Giuliano schüttelte den Kopf. »Kein Lebenszeichen, aber sie liebt mich, das weiß ich genau. Ich könnte es auch so wie du ausdrücken: Das sagt mir mein Bauch.«

Alessia lachte. »Dann wird es stimmen. Dann kommt sie zurück. Wir warten jetzt auf Sophies E-Mail-Daten. Vielleicht gibt es ja da einen Hinweis. Ansonsten …«

»Ansonsten machen wir jetzt Feierabend«, beendete Giuliano den Satz.

»Zieht es dich zu Silvia? Willst du sie suchen?«, lachte Alessia. Einerseits wollte sie ihn noch nicht gehen lassen. Anderseits aber würde Celina sich freuen. Ich könnte mit ihr in die Stadt gehen, überlegte Alessia, etwas bummeln, ein Eis essen … Diese Gedanken verbesserten sofort ihre Laune.

Giuliano setzte sie an der Questura ab. Alessia lief zu ihrem Roller, stülpte den Helm über und schwang sich auf das Zweirad. Als sie das Tor passierte, sah sie Giuliano aus dem Wagen steigen. Er hatte kurz hinter der Questura angehalten. Alessia stoppte ihre Vespa und sah ihm erwartungsvoll entgegen, gespannt, was er noch auf dem Herzen haben würde.

»Commissario, irgendetwas stimmt nicht. Irgendetwas haben wir übersehen«, verkündete er und rang seine Hände. Das vermutete sie selbst schon länger. War er deswegen ausgestiegen, um ihr das zu sagen? Alessia zog ihren Helm wieder vom Kopf.

»Sophie Baumann kommt auf die Insel«, erläuterte Giuliano, »heimlich. Sie will heiraten. Will vorher prüfen, was es mit diesem Mann auf sich hat. Ob es stimmt, was er ihr womöglich von sich erzählt hat. Sie verkleidet sich, fährt zu seinem Wohnort und dann muss dort irgendetwas passiert sein. Auf dem Heimweg fliegt die Kappe in den Graben. Warum? Aus Wut? Aus Frust? Oder ist sie ihr bei offenem Seitenfenster einfach vom Kopf geweht? Was weiß ich. Die Frage ist, was hat sie entdeckt? Hat sie vielleicht sogar mit Ferrante gesprochen? Sie kommt verdrießlich und deprimiert, wie der Zeuge Angelo Digati aussagte, am Hotel an und lässt ihre Verkleidung im Hotelmüll entsorgen.«

»Vielleicht hat sie sich von Gaspare Ferrante verraten gefühlt?«, überlegte Alessia. Aber Giuliano ging nicht darauf ein.

»Was wäre die naheliegende Schlussfolgerung? Sie hat entweder etwas entdeckt, ist erwischt worden, oder sie war sogar in ein Streitgespräch, mit wem auch immer, verwickelt.«

»*Bene*, dann lass uns mal etwas fantasieren«, schlug Alessia vor. »Vielleicht ist sie ja seiner Cousine Tiziana begegnet, die ihr irgendetwas erzählt hat. Oder Sophie Baumann hat sie nur gesehen und geschlossen, dass es Gaspare Ferrantes Frau ist?«

»Wir sollten seine Cousine fragen«, meinte Giuliano richtig.

Plötzlich schoss Alessia eine heiße Welle durch den Magen. Mein Gott, wie konnte ihr so ein Fehler passieren? Sie musste ihre Gedanken besser beisammenhalten. Sie musste ihre private Katastrophe außen vor lassen. *Mio Dio*, gerade machte sie einen schlechten Job. Sie überlegte. Abends war Gaspare Ferrante, wie er ausgesagt hatte, in Cefalù gewesen. Aber … *che palle!* Was für ein Mist! Schließlich formulierte sie laut, was sie zu überprüfen vergessen hatte: »Wo war Gaspare Ferrante in der Zeit gewesen, in der Sophie Baumann in der Madonie unterwegs war?«

Hatte Giuliano recht und Sophie Baumann war Ferrante tatsächlich begegnet?

»O Commissario«, Giuliano rollte die Augen. »*Imbarazzante.*«

»*Sì*, das ist wirklich peinlich«, gab Alessia freimütig zu.

»Commissario, ich werde das sofort klären. Bin schon unterwegs.«

»Augenblick Giuliano. Warte! Ruf Lara Bellini an. Sie ist doch sowieso schon dorthin unterwegs. Sie soll …, nein, besser nicht. Wir machen das selbst. Ich komme mit.«

»Sie haben doch eine kleine Tochter, Alessia. Das schaffe ich schon allein und zwar«, er grinste sie breit an, »ganz dezent und diskret«, fügte er bissig in aussagekräftiger Mimik hinzu.

22

Prisca Moretti stand auf dem Aktendeckel. Der Name sagte Alessia nichts. Nachdem Giuliano sie vor der Questura aufgehalten hatte, war sie kurz entschlossen in ihr Büro zurückgegangen, um nachzusehen, ob Lara Bellini ihr die Akte herausgesucht hatte. Sie war dünn und enthielt lediglich eine Vermisstenmeldung. Auf dem beigelegten Foto lachte Alessia eine junge Frau mit langen dunklen Haaren und einem hübschen Gesicht an. Die Daten gaben an, dass sie aus Palermo stammte, 24 Jahre alt war und am 21. Juni 2010 vermisst gemeldet worden war. Zuletzt gesehen auf Sizilien in Cefalù. Da es sich um eine erwachsene Frau handelte, war nicht weiter nachgeforscht worden. Der letzte Eintrag war vor einem halben Jahr. Darin teilten die Eltern mit, dass ihre Tochter bis heute nicht wieder aufgetaucht war. Alessia schüttelte den Kopf. Was konnte dieser Fall mit Gaspare Ferrante zu tun haben? Darüber schwieg sich die dünne Akte aus. Kein Hinweis, der auf eine Verbindung schließen ließ. Alessia rief ihren Vice an und fragte nach.

»Da sollte etwas über Ferrante in der Akte stehen«, erklärte er. »Frag die Bellini, die hat das damals bearbeitet, soviel ich weiß.«

Alessias nächster Anruf galt der Ispettrice.

»Ich weiß auch nur das, was in der Akte steht. Und übrigens, die Befragung der Nachbarschaft war bisher leider negativ.«

Das hatte sich Alessia ohnehin gedacht.

»Aber wir sind noch dran, Commissario.«

»Wen haben Sie bei sich?«, wollte Alessia wissen.

»Assistente Carlos Mizuni.«

Danach rief sie erneut Giuliano an.

»Ich bin noch nicht bei Ferrante angekommen«, meinte er, »so schnell geht's nicht.«

Sie bat ihn, Gaspare ganz behutsam nach einer Prisca Moretti zu fragen.

»Behutsam, behutsam«, alberte er missgestimmt nach.

Da Elvira nicht mehr im Büro war, versuchte Alessia selbst, im Internet etwas über die Vermisste herauszubekommen.

Und tatsächlich.

Mit großen Augen starrte sie auf den Monitor. »Ach, sieh mal einer an.« Auf einem Empfang, an der Seite von Gaspare Ferrante, strahlte die junge Frau mit ihm um die Wette. In vertrauter Geste hatte sie sich bei ihm eingehängt.

Die beiden waren ein Paar.

In der Folge stieß sie auf eine Zeitungsmeldung über das plötzliche Verschwinden der jungen Frau kurz vor der Verlobung mit Gaspare Ferrante. Außerdem fand sie einige Fotos, auf denen die Vermisste in verschiedenen Posen zu sehen war, sowie eine exakte Beschreibung und ein paar interessante Informationen. Suchmeldungen und Hilferufe der Familie über Internet und Zeitung. Doch was Alessia am meisten wunderte: Sie fand nicht eine einzige Polizeifahndung. Nun war sie gespannt, wie sich Gaspare auf Giulianos Frage nach der Vermissten äußern würde. Würde er zugeben, dass er schon einmal kurz davor gewesen war zu heiraten? Sie schaute auf die Uhr, wenn sie noch mit Celina was unternehmen wollte, dann musste sie sich ranhalten.

Gerade hatte Alessia erneut ihren Helm übergestülpt und sich auf den Roller geschwungen, als ihr Blick vor dem noch geschlossenen Einfahrtstor der Questura an einer Passantin hängen blieb. Eine zierliche junge Dame mit lockigen schwarzen Haaren, aufgeworfenen Lippen so rot wie eine vollreife Kirsche und von oben bis unten exklusiv gekleidet. Aufmerksam inspizierte sie durch die Gatterstäbe hindurch die parkenden Wagen unter den Orangenbäumen. Intuitiv wusste Alessia, wer die Frau war. Sie startete den Motor und wartete, bis sich das Tor vor ihr aufgeschoben hatte. Dann gab sie Gas. In diesem Moment streckte die Signora ihren Arm aus. Alessia wollte ausweichen und geriet ins Schlingern.

»*Mannaggia!*«, fluchte sie lauthals, als sie ihren Roller zum Stehen brachte. »Beinahe hätte ich Sie umgefahren.«

Alessia wartete auf eine Entschuldigung der jungen Frau, die auf sie zugeeilt kam, doch stattdessen fragte sie, als wäre nichts geschehen: »*Scusi*, arbeiten Sie hier?«

»Um das herauszufinden, laufen Sie mir beinahe ins Fahrzeug? Sind Sie verrückt?«

Aber die junge Dame schien sich nicht beeindrucken zu lassen.

»Ich suche Vice-Commissario Giuliano Carasini. Wo finde ich ihn?«, erkundigte sie sich aufgeregt.

Alessia war wütend, und das nicht nur, weil sie einfach nicht hier wegkam.

»Wo Sie ihn finden?« wiederholte sie aufgebracht. »Bei der Arbeit natürlich. In der Madonie!«, setzte sie genüsslich hinterher.

»Aber ich muss ihn dringend sprechen!«

Alessia bemerkte, wie die Signora sie genauer musterte und dann die Frage stellte, auf die Alessia schon gewartet hatte.

»Sind Sie etwa die neue Commissario?«

Alessia nahm ihren Helm ab. Ihre Antwort erübrigte sich damit.

»Ja, Sie sind es!«, schien die junge Frau regelrecht zu triumphieren. »Genauso hat er sie beschrieben. Seitdem Sie hier sind, muss –«

»Ich weiß«, unterbrach Alessia sie, »muss er richtig arbeiten.«

Die junge Frau stutzte überrascht, dann lachte sie offen und herzlich, reichte Alessia die Hand und stellte sich als Silvia Albano, Giulianos Verlobte, vor.

»Er hat Ihnen doch sicher von mir erzählt, *vero*?«

Das konnte Alessia mehr als bestätigen.

»Und«, fragte Silvia keck, »wollen Sie etwa länger auf Sizilien bleiben?«

Alessia verstand den Hinweis.

»Bis zu meinem Lebensende«, versetzte sie Giulianos Verlobten einen kleinen Hieb. »Aber«, ergänzte sie versöhnlich, »wir haben nicht täglich einen Mord« – hoffentlich. Alessia stülpte ihren Helm wieder über. Zum Abschied nickte sie der Signora zu, gab diesmal richtig Gas und wäre beinahe über den Lenker geschossen.

Kaum war sie bei den Nanninis angekommen, ließ sich Alessia mit Celina von Anna wieder nach Cefalù reinfahren. Celina sah in ihrem weißen Schneewittchenkleid und dem passenden Hütchen allerliebst aus. Ihr Töchterchen an der Hand, schlenderte Alessia ein Stück über den Lungomare und zeigte Celina den Strand, wo sie beide den Sonntag verbringen würden. An jedem Stand der zahlreichen Straßenverkäufer blieben sie stehen und schauten sich die Auslagen an. Schließlich erstand Alessia bei einem tiefschwarzen Afrikaner für ihre Tochter ein schickes Armband aus seiner Heimat.

An der Piazza Duomo setzten sie sich auf eine Bank zu zwei älteren Männern, die laut gestikulierend über das Kräftemessen zwischen Justiz und Politik in Rom diskutierten. Celina hüpfte mit ihrem Eis vor ihnen herum, damit sie ihr neues Armband bewundern sollten. Eine lärmende Schulklasse flutete die Piazza. Alessia ließ einfach alles auf sich wirken, versuchte, sich innerlich zu öffnen und zu genießen. Für einen Moment schloss sie die Augen und dankte dem Himmel für ihre Entscheidung, nach Sizilien gegangen zu sein. Sie schwor sich, die Vergangenheit tief in den hintersten Schubladen ihres Gehirns zu begraben.

Mit Giulianos Handyanruf drängte sich wieder einmal ihr Beruf in das Privatleben.

»*Allora* Commissario, hör zu. Punkt eins, Ferrante war am Mordtag den ganzen Tag in einer geschäftlichen Besprechung im *Sea Palace* in Cefalù. Sein Alibi ist wasserdicht. Agente Paulo Zucci hat es vorhin persönlich überprüft.«

»Also kann Sophie Baumann ihn während ihres Besuches in der Madonie nicht getroffen haben.«

»*Essattamente*, genau. Punkt zwei, er hat zugegeben, Prisca Moretti zu kennen, aber sie hätte ihn schon vor mehr als einem Jahr verlassen.«

»*Bene*, immerhin. Und weiter?«

»Nichts weiter, das war alles. Sein Gesicht hättest du mal sehen müssen, als ich ihn nach Moretti gefragt habe«, witzelte Giuliano und wollte wissen: »Hätte er denn mehr sagen müssen?«

»Nun ja, immerhin war er mit ihr verlobt.«

»Ach ja? Wenn du mich vorher besser informiert hättest, dann …« Er klang verstimmt.

»*Scusa*.« Da hatte er recht. Sie waren ein Team. Sie hätte ihn anrufen müssen, nachdem sie Prisca Moretti im Internet entdeckt hatte. Aber nur nicht weiter darauf eingehen, dachte sie und fragte nach Punkt drei.

»Punkt drei ist, dass ich leider Tiziana Paxiani nicht angetroffen habe.«

»Gut, dann schieben wir das auf morgen. Schönen Feierabend, Giuliano.«

Sie wollte gerade ausdrücken, als ihr noch etwas einfiel.

»Giuliano!!«

»Chef?«

So hatte er sie noch nie genannt. Er schien tatsächlich angesäuert zu sein. Vielleicht würde sich das nach ihren nächsten Worten ändern.

»Deine Verlobte«, in das Wort legte sie eine genüssliche Betonung, »sucht dich ganz verzweifelt.«

»Meine Verlobte? Was du nicht sagst, *grazie*.« Der Unmut war wie weggewischt. Mit dieser Nachricht hatte Alessia ihren kleinen Fehler wieder ausgeglichen. Sie lächelte amüsiert vor sich hin und freute sich mit ihm.

Nachdem sie ihr Telefonat beendet hatte, fiel ihr auf, dass es neben ihr auf der Bank ruhig geworden war. Den beiden alten Sizilianern schien der Gesprächsstoff ausgegangen zu sein, dachte Alessia, als einer sie plötzlich ansprach.

»Sie sind doch die neue Commissario?«, meinte er und machte dabei ein Gesicht, dass Alessia fast gelacht hätte. Celina quetschte sich auf ihren Schoß. Strahlend verkündete sie, dass ihre *Mamma* Mörder jagte.

Nach einem längeren Abstecher ins Geschäft ihres Vaters, einer ausgiebigen Konversation und einem weiteren Eis für Celina stiegen sie an der verabredeten Stelle an der Piazza C. Colombo wieder in Annas gelben Fiat. Kaum waren sie auf der Via Gibilmanna unterwegs, als ihnen ein Auto entgegenkam, von dem Alessia glaubte, es zu kennen. Nach einem raschen Blick in das offene Fahrzeug forderte sie Anna hastig auf, zu wenden und dem roten Wagen zu folgen. »Bitte!«, fügte sie noch hinzu, als sie Annas irritierten Blick auffing. Anna nutzte die nächste Lücke und drehte.

»Lässt du uns jetzt etwa an deiner Arbeit teilhaben? Du willst doch wohl nicht zusammen mit deiner Tochter eine Verfolgung aufnehmen?«

»Doch«, erklärte Alessia bestimmt. Das durfte sie sich nicht entgehen lassen. In dem Wagen saßen Ispettrice Lara Bellini und Ferrantes Cousine Tiziana Paxiani. Sofort rief sie Assistente Mizuni an.

»Bei der Befragung hat sich nichts weiter ergeben, Commissario. Wir haben uns dann getrennt«, informierte er sie.

»Ihr solltet euch nicht trennen!«

»Aber als die Paxiani auftauchte, sagte die Ispettrice, ich solle schon fahren.« Und zu seiner Entschuldigung fügte er noch hinzu. »Sie ist mir gegenüber weisungsbefugt.«

»*Non te la prendere*, Mizuni!«

»Ich mach mir auch nichts draus, Commissario Cappelletti,« antwortete Mizuni treuherzig.

23

Sie folgten dem Wagen über die Via Maestro V. Pintorno bis hinunter zur Uferstraße Lungomare G. Giardina und diese weiter entlang bis fast ans Ende. Hier parkte der rote Sportwagen. Aber niemand stieg aus.

»Wenn ich doch jetzt Mäuschen sein könnte«, ließ Alessia verlauten. *Zia* Anna stöhnte. Celina begann, ungeduldig zu werden und wollte nach Hause. Alessia vertröstete sie, noch ein wenig zu warten. *Mamma* müsse doch Mörder jagen. Das schien Celina wieder etwas Geduld zurückzugeben.

Ispettrice Bellini und Tiziana Paxiani schienen sich hier verkriechen zu wollen. Anscheinend wollten sie nicht zusammen gesehen werden. Alessia ärgerte sich darüber, dass Bellini ihr verschwiegen hatte, Gaspare Ferrantes Cousine zu kennen.

Warum?

Auf der anderen Seite, dachte Alessia, wieso hätte sie ihr das sagen sollen? Nur, weil sie das Phantombild erkannt hatte? Das war kein Grund. »Also reg dich ab, Alessia«, murmelte sie sich zu. Trotzdem spürte sie, dass irgendetwas hier nicht stimmte. Und deshalb standen sie jetzt hier.

Anna hatte in geringer Entfernung ebenfalls angehalten. Plötzlich aber startete der rote Fiat wieder, drehte und fuhr den gleichen Weg zurück. Als der Wagen an ihrem Fahrzeug vorbeikam, rutschte Alessia rasch auf dem Beifahrersitz nach unten. Und Celina wollte wissen, ob man so Mörder jagte. Alessia musste lachen.

Sollte sie sich weiter an den Wagen hängen und das Überraschungsmoment nutzen oder bis morgen warten und Bellini dann zur Rede stellen? Noch während Alessia sich die Frage stellte, wusste sie, dass sie ihre Neugier nicht bis zum nächsten Tag im Zaum halten konnte. Sie bat Anna, dem Wagen weiter zu folgen.

Zu Alessias Überraschung führte sie der rote Barchetta zum Hotel *Kalura*. Hier angekommen, entließ sie *zia* Anna mit Celina und versicherte, bald nachzukommen. Aber Alessia wusste, für sie selbst könnte sich der Feierabend noch ein wenig hinausziehen.

Der rote Fiat war direkt auf den Parkplatz links vom Hoteleingang gefahren, wo sich die Küche befand. Hoffentlich kommt mir ihr Wagen nicht wieder entgegen, dachte Alessia, als sie mit schnellen Schritten dem Fahrzeug folgte. Als sie um die Ecke bog, sah sie die beiden Frauen zur Treppe gehen. Mit sicherem Abstand folgte sie ihnen und stellte fest, dass es der Weg war, über den der Zeuge Klauser und seine Freundin Gaspare Ferrante hatten verschwinden sehen. Die Commissario stieg hinter ihnen die gesamte Treppe bis zur Badeterrasse hinunter. Wollte Lara Bellini etwa Ferrantes Cousine den Tatort zeigen? Was hatte das alles zu bedeuten? Alessias Neugier wuchs.

Auf der Badeplattform klaubten die letzten Sonnenanbeter ihre Sachen zusammen. Hier erinnerte nur noch eine Kreidezeichnung an den Fundort der Leiche. Bellini und Tiziana schlenderten bis zum Ufer und blieben stehen, direkt gegenüber den spitzen Felsen, die vor ihnen aus dem Meer ragten. Alessia hätte gern gewusst, worüber sie sich leise unterhielten. Auf einmal schienen sie sich nichts mehr zu sagen zu haben, starrten eine Weile aufs Meer, ehe sie begannen, sich auf der *Terrazza* umzusehen.

Alessia saß auf dem letzten Treppenabsatz etwas versteckt hinter zwei leeren Sonnenliegen und hoffte, dass die Frauen sie nicht entdecken würden. Es sah nicht danach aus. Bellini zeigte Tiziana den Tatort, das war offensichtlich. Eine Weile schauten sie schweigend auf die Stelle, ehe sie sich abwandten und vertieft in ein Gespräch auf Alessia zugingen, die sich inzwischen erhoben hatte und regungslos darauf wartete, dass die Frauen sie erkennen würden.

Die Ispettrice und Tiziana Paxiani blieben abrupt stehen und starrten Alessia an. Sie schienen derart sprachlos, die Commissario hier anzutreffen, dass sie beide an Farbe verloren.

»*Buonasera*, meine Damen«, grüßte Alessia, »wen von Ihnen beiden hat es denn an den Tatort zurückgezogen?«

Bellini lief rot an, während Tiziana sich anscheinend wieder gefangen hatte und die Ruhe selbst schien.

»Werden Sie nicht unverschämt, Commissario Cappelletti«, musste sich Alessia von der sich hochnäsig gebenden Tiziana rügen lassen. »Es steht jedem frei, hierher zu kommen. Oder gibt es da jetzt ein neues Gesetz, das dies verbietet?«, fragte sie spitz.

Alessia spürte ihren Unmut steigen. Sie musste sich sehr zusammennehmen. Wenn sie doch nur könnte, wie sie wollte.

»Natürlich nicht, Signora Paxiani. Aber Sie müssen zugeben, dass dies doch merkwürdig wirkt.«

Die Ispettrice schien ihre Stimme wiedergefunden zu haben.

»Signora Paxiani ist sehr bestürzt über die Ermordung der Deutschen. Sie wollte die Stelle sehen, an der es passiert ist, das ist alles.«

»*Allora*«, begann Alessia, »wo wir hier schon so nett beisammen sind, hätte ich da noch einige Fragen.«

Die Ispettrice sah ihre Chefin nervös an. Lara Bellini schien tapfer bemüht, gelassen zu bleiben. Tiziana Paxiani allerdings schaute der Commissario erwartungsvoll und auffallend stur ins Gesicht. Die Ispettrice ergriff das Wort.

»Ich war noch nicht dazu gekommen, Ihnen mitzuteilen, dass ich mit der Cousine von Gaspare …«

Gaspare? Sie hatte ihn beim Vornamen genannt, wunderte sich Alessia, schwieg aber.

»… die Schulbank gedrückt habe.«

»Richtig«, ergänzte Tiziana, »wir kennen uns schon viele Jahre und haben uns länger nicht gesehen. Und dann treffen wir uns doch heute in der Madonie. So ein Zufall aber auch«, lächelte sie.

»Ispettrice Bellini, haben Sie Ihrer Schulfreundin das Foto des Wagens gezeigt?«

Bellini schluckte. Doch ehe sie antwortete, sprang Tiziana ein.

»Ich habe sowohl das Foto als auch das Auto selbst gesehen«, verkündete sie selbstbewusst. Doch durch den Blick der Ispettrice wurde Tiziana im selben Moment klar, dass sie wohl einen Fehler gemacht hatte. Alessia fixierte Ispettrice Bellini.

»Und wieso haben Sie mir erklärt, die Befragungen seien negativ gewesen? Und auch Mizuni meinte das.«

»Wir haben erst im Wagen darüber gesprochen«, fand Tiziana die Lösung, »Laras Kollege war da schon weg.«

Lara nickte zustimmend. Alessia glaubte ihnen kein Wort, behielt das aber bei dem Gedanken an eine diskrete Ermittlung für sich.

»*Bene*, dann erzählen Sie mal, wann und wo Sie das Fahrzeug des Opfers gesehen haben.«

Tiziana seufzte.

»Ich konnte doch nicht ahnen, dass die Person darin gleich ermordet wird. Sie wissen doch, dass unsere Familie da nicht mit hingezogen werden möchte. Wir sind nicht schuld an ihrem Tod.«

Alessia hätte am liebsten die Augen verdreht. Diese Frau besaß eine unerklärliche Art, die Alessia aggressiv machte.

»Also noch mal, wann und wo …?«

Tiziana winkte ab. Dann zuckte sie die Schultern und erzählte, was sie nachmittags am Tag des Verbrechens vor ihrem Haus beobachtet hatte. »Mehr kann ich Ihnen nicht sagen«, schloss sie ihre Aussage.

»Und das ist wirklich alles?«, forschte Alessia trotzdem weiter. Es gab keinen konkreten Anlass, Tiziana Paxiani nicht zu glauben. Doch Alessia glaubte ihr nicht. Zudem signalisierte ihre Intuition, dass es da noch einen Aspekt gab, über den sie bisher nicht gesprochen hatten. Die Cousine von Gaspare Ferrante verschwieg etwas. Aber was? Wollte sie nur Gaspare schützen oder die gesamte Familie?

Ich werde es schon noch herausfinden.

Alessia bedankte sich. Zu Lara Bellini gewandt erklärte sie: »Wir reden morgen in der Questura.«

Die Ispettrice bekam wieder Farbe im Gesicht.

Diesmal ging Alessia durch das Foyer zurück und traf prompt auf Gerrit Curcio. Er fragte spontan, ob sie zum Abendessen bleiben wolle, aber Alessia lehnte ab.

»Ein andermal«, meinte sie leichthin, worauf der Hotelchef sie gleich festnageln wollte. Ob sie Cefalù denn schon etwas kennengelernt habe. Wenn sie erlaube, würde er gerne als Führer fungieren. Dann wechselte er abrupt das Thema. »Haben Sie schon eine Spur? Ich hatte wegen des Mordes vier Abreisen, eine Familie mit zwei Kleinkindern und drei ältere Paare.«

»Das tut mir leid«, meinte Alessia.

»Sie befürchteten, hier nicht mehr sicher zu sein. Einige Gäste vermuten, wie ich hörte, der Täter könnte ja auch einer der Hotelgäste sein, spaziert jetzt hier unbehelligt herum und wartet schon auf sein nächstes Opfer.«

»Nicht die kleinste Spur führt bisher zu den anwesenden Hotelgästen.«

Aber davon schien Gerrit Curcio nichts wissen zu wollen. »Die Ecke unten auf der Badeterrasse wird komplett gemieden, alles drängt sich rechts des Felsens. Es wird Zeit, dass Sie den Fall lösen, Commissario.«

»Danke für den Tipp, ich bin dann mal weg«, reagierte Alessia spröde und entfernte sich im Laufschritt. Curcio folgte ihr, bis er sie eingeholt hatte.

»Haben Sie schon mal im *La Botte* gegessen?«, fragte er. »Gute Küche, fast wie bei uns«, fügte er hinzu und grinste breit.

»Hört sich gut an. Ich komme darauf zurück«, versicherte Alessia und legte noch einen Zahn zu. Aber Curcio schien noch etwas auf dem Herzen zu haben, denn er hielt Schritt, holte Luft, bewegte seinen Mund, aber es kam nichts heraus. Schließlich blieb er stehen, und auch Alessia sah sich genötigt, anzuhalten.

»Was gibt es denn noch? Ist Ihnen zu Ferrante noch etwas eingefallen?«

»*Scusi*, Commissario, ich wollte Sie nicht verärgern.«

Er zuckte betrübt die Schultern und gestikulierte hilflos mit den Händen. Ein feinfühliger Mann, dachte Alessia.

»Sagen Sie, Signor Curcio, –«

»Nennen Sie mich doch Gerrit. Sie können dabei ja beim Sie bleiben«, unterbrach er sie.

»Sagen Sie, Gerrit, wissen Sie etwas von einer Prisca Moretti, mit der Gaspare Ferrante verlobt gewesen sein soll?«

»Eine schlimme Sache«, antwortete er zu ihrer Überraschung, und Alessia ließ sich daraufhin bereitwillig von ihm zu einem Glastisch im Foyer führen.

»Wollen Sie einen Espresso?«, fragte er.

Alessia nickte. Er zückte sein Handy und orderte in der Bar zwei *caffè*.

»Was wissen Sie über diese Verlobung?« erkundigte sich Alessia.

»Es schien Probleme mit der Familie gegeben zu haben. Ich sagte Ihnen ja schon, Gaspare sollte möglichst die Tochter eines reichen Plantagenbesitzers heiraten.«

»*Sì*, das erwähnten Sie.«

Angelo brachte zwei Kaffeetässchen. Alessia bedankte sich bei ihm, während er ihr verschwörerisch zulächelte, sodass sie schmunzeln musste.

»*Allora*, eines Tages war sie verschwunden. Es hieß, die beiden hätten sich getrennt. Aber Prisca Moretti ist nie bei ihrer Familie aufgetaucht. Das ist sie wohl bis heute noch nicht. Ist jetzt über ein Jahr her. Ob damals polizeiliche Ermittlungen stattfanden und was daraus geworden ist, entzieht sich meiner Kenntnis, Commissario.«

Alessia kippte ihren Espresso hinunter und erhob sich. Curcio sprang ebenfalls auf.

»Sie wollen schon gehen?«

»Gerrit, ich muss einen Mörder finden. Das haben Sie mir doch selbst dringend ans Herz gelegt und außerdem …«, sie lächelte ihn an, »ich habe noch Familie.«

»Ihre wiederholten Fragen nach Ferrante, Commissario«, beeilte sich Curcio zu sagen, »haben die etwas mit dem Mord in meinem Hotel zu tun? Wo könnte denn da eine Verbindung, eine Gemeinsamkeit liegen?«, fragte er mit gerunzelter Stirn. »Haben Sie womöglich Ferrante in Verdacht?«

Alessia sah ihn mit neutraler Miene an und ließ sich nichts entlocken.

»Signor Curcio, Gerrit, bitte verstehen Sie, ich kann leider –«

»Commissario Cappelletti«, fiel ihr Curcio ins Wort, schmunzelte aber dabei, »Sie sagen mir nicht alles, *vero*? Ich sehe es in Ihren Augen.«

»Ach was! Nun muss ich aber wirklich gehen.«

Curcio begleitete sie hinaus.

»Aber das mit dem Essen halten wir fest, ja?«

»Ich denk drüber nach«, meinte Alessia und lachte ihn an. Er war ihr mehr als nur sympathisch. Und er war geschieden, lebte allein, wie sie gleich am ersten Tag ihrer Begegnung erfahren hatte.

Quatsch, was denke ich da? Jetzt werd nicht albern, du hast gerade eine Beziehungsschlappe hinter dir. Aber dennoch …, vielleicht später einmal.

Den Abend verbrachte Alessia mit Celina, ihrem Vater und der Nannini-Familie. Sie studierte die Wohnungsanzeigen, kuschelte mit ihrer Tochter, und als Celina endlich glücklich und zufrieden eingeschlafen war, rief Cosimo an. Heilige Muttergottes, durchfuhr es Alessia. Sie hatte versprochen, sich abends zu melden.

Das war ihr völlig durchgegangen. Sie wollte sich schon entschuldigen, doch er ließ sie gar nicht zu Wort kommen.

»Ich bin in Palermo am Flughafen, kannst du mich abholen?«

Es klang mehr nach einem Befehl als nach einer höflichen Frage. Alessia schnappte nach Luft. Er war einfach gekommen. Ohne vorherige Ankündigung. Ohne zu fragen, ob es ihr recht sei. Ohne Rücksicht, ganz, wie es seine Art war. Wie hatte sie das jemals an ihm lieben können?

»Was erzählst du denn da für einen Mist?«, reagierte Alessia entrüstet. »Wiederhol das noch mal.«

»*Sì, amore mio.* Ich bin in Palermo am Flughafen.«

»Und was willst du hier?«

»Ich habe Sehnsucht nach Celina. Ich vermisse sie, ich …«

»Meinetwegen. Aber abholen, vergiss es! Ich bin todmüde und Lust dazu habe ich auch keine. Wie wär's mit einem Taxi?«

»*Dio mio*, das kostet mehr als 140 Euro.«

»Du verdienst doch gut!«

»Heilige Rosalia, ich bin nur ein Staatsdiener.«

»Dann bleib, wo du bist.«

Sie drückte die Austaste und rechnete jeden Moment mit einem erneuten Anruf. Als es tatsächlich klingelte, fluchte sie gleich in die Muschel. Aber es war Elvira, die sie mit einem vorwurfsvollen »Aber Commissario« rügte.

»Bist du etwa noch im Büro?«, fragte Alessia erstaunt.

»Wir haben die E-Mails von Sophie Baumann, die noch im Postfach des Providers waren.«

»Und? Mach's nicht so spannend.«

»Sophie Baumann hatte oft E-Mail-Verkehr mit Volker Dresen. Ging meistens um geschäftliche Dinge. Aber auch häufig um Privates wie zum Beispiel, warum sie ihn verlassen hat. Und in seiner letzten Nachricht zwei Tage vor ihrem Tod schrieb er, er wünschte, sie würde zu ihm zurückkommen. Er liebe sie immer noch und so fort. Sophies letzte E-Mail an Dresen schickte sie einen Tag vor ihrem Tod. Sie wollte sich mit ihm am Sonntag, dem 31. Juli frühabends, also an ihrem Todestag, in Cefalù im *Kalura* treffen.«

»Na, das ist mir ja einer. Ist nach Sophie Baumann mit einer neuen Frau verlobt und hätte am liebsten seine Exverlobte zurück. Aber hat er die Baumann jetzt getroffen? Wir müssen diesen Mann unbedingt finden.«

»Mit Gaspare Ferrante«, fuhr Elvira fort, »gingen ausschließlich Liebesmails hin und her. Von einem baldigen Treffen der beiden war in keiner der E-Mails die Rede, aber sobald Ferrante wieder in Rom gewesen wäre, wollte er sich zwei Tage für sie freinehmen. Letzter Status. Soll ich das ausdrucken?«

»Warte erst mal. Gibt es noch was, Elvira?«

»*Sì, sì,* ich war noch nicht fertig, Commissario. Und zwar eine interessante E-Mail. Vor fünf Tagen schrieb ihr jemand, dass sie die Finger von Gaspare Ferrante lassen soll, er sei bereits an den Teufel vergeben.«

»Soll das ein Witz sein?«

»Möglich, Commissario.«

»Ich wusste doch, dass es weitere Ferrante-Überraschungen geben würde.«

»Den Absender haben wir überprüft. Vielleicht hat sich tatsächlich jemand einen Scherz erlaubt, denn die angegebene Anmeldeadresse beim Provider existiert nicht in Palermo. Auch der Name scheint rein fiktiv.«

»Verstehe. Wie ist der Name, Elvira?«

»Lionora Pericle. Soll ich nachforschen, Commissario?«

Alessia dachte einen Moment nach. Diese Person könnte unter Umständen zum Mörder führen oder es sogar sein. Aber etwas in ihr flüsterte, sich darin nicht zu verrennen.

»Versuchen Sie es, Elvira, aber ich glaube kaum, dass wir die wahre Identität dieses Absenders herausfinden werden, also vergessen sie es doch lieber erst einmal. Ich komme vielleicht darauf zurück.«

Wenngleich diese Nachricht im Augenblick nicht viel brachte, jubelte Alessia trotzdem innerlich, weil es der erste Hinweis darauf war, dass Sophie Baumann jemandem im Weg gewesen war. Jemand, der ebenfalls Gaspare Ferrante im Visier hatte. Jemand, der ein Motiv hatte. Na endlich. Jemand, der ihn zum Teufel schicken wollte. Schwebte Gaspare Ferrante in Lebensgefahr? Wenn ja, warum?

24

Kurz vor Mitternacht verabschiedeten sich Alessia und ihr Vater von *zia* Anna und Carlo. Sie hatten in der lauen Luft einen angenehmen Abend auf der Terrasse verlebt und viel über früher geplaudert. Ihr Problem mit Cosimo hatte Alessia verdrängt und auf morgen geschoben. Aus den Erzählungen ihres Vaters erhielt Alessia an diesem Abend einen erschöpfenden Einblick in das damalige Leben ihrer Eltern. Wieso hatte ihre Mutter nie darüber gesprochen? Erst jetzt verstand Alessia, wie verletzt ihre *Mamma* gewesen sein musste, dass sie die Zeit auf Sizilien tief in sich vergraben hatte.

Vor dem Gemüseladen trennten sich Alessia und ihr Vater rascher als vorgehabt, denn ein Anruf störte die Abschiedsszene. Ihr *padre* winkte ihr zu, während er in der Haustür verschwand und Alessia das Gespräch annahm. Es war die Zentrale der Questura, einer der diensthabenden Beamten.

»Commissario Cappelletti?«, hob sich seine Stimme zu einer Frage an.

»*Sì*«, murrte sie, »was gibt es denn mitten in der Nacht?«

»Auf die Ispettrice Lara Bellini ist geschossen worden.«

»Was?«

Nachdem sich Alessia von dem Schreck erholt hatte, fragte sie den Kollegen, ob er den Vice-Questore benachrichtigt hätte.

»Er ist bereits auf dem Weg zu Bellinis Haus.«

»Und Carasini?«

»Der weiß auch Bescheid, das heißt: Ich hab es seiner Freundin gesagt. Die war am Telefon.«

Alessia konnte sich Silvias schmollendes Gesicht lebhaft vorstellen.

»Berichten Sie.«

»Die Kollegin Bellini ist im Krankenhaus, wird grad operiert. Sie wurde vor ihrem Haus angeschossen. Die Kollegen sind vor

Ort, Spurensicherung, Richter und Staatsanwalt sind benachrichtigt.«

Alessia schrieb sich gerade die Adresse auf, da meldete sich schon ihr Vice. Sie verabredete sich mit Giuliano an der Questura, um mit einem Wagen zum Tatort zu fahren. Giuliano war teufelswütend, als sie sich trafen.

»Ich weiß nicht, wann das letzte Mal in Cefalù auf einen Polizisten geschossen wurde. Ich frage mich, was hier eigentlich vorgeht? Verdammt noch mal«, knurrte er, »ich bin so geladen, dass ich am liebsten jemandem den Hals umdrehen würde.«

»Ich glaube«, sagte Alessia, »die Letzte, mit der Bellini gesehen wurde, ist Tiziana Paxiani.«

»Die nehmen wir uns morgen vor«, knurrte Giuliano, »aber so richtig.«

Alessia gähnte. »Hast du was zu trinken?«

Giuliano reichte ihr eine Wasserflasche. Alessia spürte einen dicken Kloß im Hals. Ein Gefühl von Beklemmung und Ohnmacht schnürte ihr fast die Kehle zu. Und sie fühlte, dass sie sich mit jedem Tag mehr ihren Grenzen näherte. Von wegen ruhiger Job! Ein kleiner Erfolg wäre nicht schlecht. Dabei fiel ihr etwas ein.

»Was ist eigentlich mit Baumanns Ex-Verlobtem, hast du ihn erreicht?«

»*No.* Er geht nicht ans Telefon. Er ist eben in Urlaub. Die Firma hat auch nur seine Handynummer.«

Die Commissari verließen Cefalù und fuhren die Via Groce Parrino Colla entlang. Ispettrice Bellini wohnte außerhalb des Städtchens bei ihren Eltern im Obergeschoss eines ansehnlichen Hauses mit Pool nahe einem Wald. Wie Alessia erfuhr, waren die Eltern der Ispettrice im Krankenhaus bei ihrer Tochter. Aber ihr Bruder stand aufgelöst vor dem Haus, sprach mit Vice-Questore Borsellino und sah den Beamten bei ihrer Arbeit zu. Kurze Begrüßung mit dem Chef, jeder äußerte sein Entsetzen und schwor laut, den oder die Täter dingfest zu machen. Morgen früh würden die Kollegen ausschwärmen und ganz Cefalù auf der Suche nach den Bastarden auf den Kopf stellen. Bekannte Kriminelle, Vorbestrafte, die üblichen Verdächtigen, alle würden sie in der Questura ausgequetscht werden. Und wenn sie den Mund nicht aufmachten, würde es auch schon mal zu kleinen Handgreiflichkeiten kommen. Bei Mord oder versuchtem Mord an Polizisten war die Wut im Bauch der Kollegen übermächtig, ihre Nerven dünn wie Zahnseide.

Vom Bruder der Ispettrice erfuhr Alessia, dass ein Schalldämpfer benutzt worden war. Eine Erklärung, weshalb niemand den Schuss gehört hatte. Gefunden wurde Bellini erst, nachdem sie sich zur Haustür gerobbt und mit letzter Kraft um Hilfe gerufen hatte. Ihr Glück war, dass ihr Bruder gerade im Flur gewesen war und sie gehört hatte.

Nach einer kurzen Besprechung mit dem Chef, dem Richter und dem Staatsanwalt verabredeten sich alle für den nächsten Morgen um acht Uhr an Bellinis Bett.

»Wir fahren jetzt auch nicht mehr ins Krankenhaus, *vero*? Wir warten doch bis morgen?«, wollte Giuliano ängstlich wissen, nachdem sich die große Runde aufgelöst hatte.

»*Onestamente?*«

»*Sì*, ganz ehrlich.«

»Ich bin zwar platt wie eine Flunder, aber ich …«

»*O no*, Commissario, bitte nicht«, stöhnte Giuliano überzogen qualvoll auf. »Es ist gleich ein Uhr durch. *Sono stanco morto*, ich bin todmüde«, schimpfte er.

»Ich auch«, bemerkte Alessia trocken, »aber schlafen kann ich jetzt nicht und zudem, mein Bauch …«

»Heilige Madonna, fahren wir da etwa jetzt hin, nur weil dein Bauch spricht? Allmählich beginne ich, mich gegen die Macht deines Unbewussten aufzulehnen.«

In der Folge fluchte er sich durch sämtliche Heilige Siziliens, dass selbst Alessia staunte.

»Ich dachte, du hättest dich schlauer gemacht?«

»Ich weiß inzwischen alles über Intuition und sprechende Bäuche. Doch ich hasse es, wenn ich mir die Nacht um die Ohren schlagen muss und wahrscheinlich nichts dabei herauskommt. Weil um diese Zeit sowohl meine linke Hirnhälfte für das konzentrierte Denken als auch meine rechte, die für Intuition zuständig ist, schon längst in die verdiente Nachtruhe unterwegs sind.«

»Ich kann nun mal meine innere Stimme nicht verleugnen. Und die sagt mir, dass der Mord an der Baumann und jetzt der Anschlag auf Bellini verdammt noch mal zusammenhängen. *Madonna mia!* Und du weißt das eigentlich auch.«

»Wenn, dann hängt es auch morgen noch zusammen.«

»Was zum Teufel ist hier eigentlich los? Was wird hier gespielt?!«, wetterte Alessia völlig erschöpft mit blank liegenden Nerven los. Giuliano schien darauf keine Antwort zu wissen. Folglich schwieg auch Alessia. Als sie ihm endlich sagen wollte, dass sie doch besser bis morgen warten sollten, hatte Giuliano schon den Weg zum Krankenhaus eingeschlagen.

Das Krankenhaus oberhalb Cefalùs war ein riesiger Glaskasten aus mehreren Gebäuden. Alessia eilte über den langen, überdachten Eingangsweg bis zur Pforte, stellte sich vor und fragte nach Ispettrice Bellini.

Vor der geschlossenen Tür der Intensivstation nickten ihr zwei wachhabende Kollegen in Uniform zu. Das Ehepaar Bellini lief unruhig vor den Polizisten hin und her. Von ihnen erfuhr Alessia noch einmal, was ihr der Bruder schon ausgesagt hatte.

»Sie hat die Operation gut überstanden, aber wir können doch nicht einfach heimfahren«, erzählte Lara Bellinis Mutter. »Wer schießt denn auf mein Kind?«, jammerte sie emotionsgeladen und warf einen flehenden Blick zur Decke. Alessia klopfte ihr mitfühlend die Schulter.

Nachdem sie die Klingel betätigt, ihren und Giulianos Namen genannt hatte, sprang die Tür zur Intensivstation auf. Ein Dottor Enzo Lo Mauro stellte sich vor und informierte sie sogleich, dass die Patientin nicht vernehmungsfähig sei und die Polizei sich bis morgen gedulden müsse.

»Sie ist schwer verletzt. Der Schuss ging knapp an der Herzspitze vorbei und hat den Lungenflügel gestreift«, erklärte der Arzt.

Alessia aber redete so lange auf ihn ein, bis der Arzt sie einen Blick auf die verletzte Kollegin werfen ließ. Giuliano blieb zurück.

Eingehüllt in einen grünen Kittel und mit Mund- und Kopfschutz näherte Alessia sich kurze Zeit später dem Bett von Lara Bellini. Von Schläuchen umgeben, frisch operiert, lag sie leblos in den schneeweißen Laken. Alessia sah ein, dass es keinen Zweck hatte, und wollte sich schon abwenden, als die junge Polizistin die Augen öffnete. Alessia beugte sich tief über sie.

»Wer war es?«

Die anwesende Schwester versuchte, Alessia an der Schulter vom Bett zurückzuziehen. Doch sie entwand sich ihr und beobachtete Bellini. Die Ispettrice schüttelte langsam den Kopf, ehe ihr die Augen wieder zufielen. Alessia bewegte sie sanft an der Schulter, bis Lara Bellini sie wieder öffnete.

»*Prego*, Commissario«, brachte sich die Schwester energisch ein. »Es ist genug. Verlassen sie das Zimmer.«

»Tiziana …«, hauchte Bellini plötzlich, »hat mich damals …«

»Hat Tiziana auf Sie geschossen?«

»Commissario!«, mahnte die Schwester.

»Halten Sie den Mund, Schwester«, entfuhr es Alessia und achtete danach nicht weiter auf sie.

Lara schüttelte ganz leicht den Kopf.

»Was ist mit Tiziana?«

»Hab ihr geholfen vor … einem Jahr, ich …« Der Ispettrice blieb die Luft weg. »Prisca Mo…«

»Prisca Moretti? Hat sie auf Sie geschossen?«

Lara drehte wieder ganz leicht den Kopf von links nach rechts.

»Ich weiß nicht, keine Ahnung …«, brachte sie noch mühsam hervor, ehe sie die Augen nicht mehr offen halten konnte und ihr Kopf zur Seite fiel. Die Apparatur begann, hektisch zu piepsen. Die Schwester schob Alessia wütend aus dem Zimmer. Der Arzt stürzte herein und warf ihr einen tadelnden Blick zu. Hoffentlich habe ich sie jetzt nicht auf dem Gewissen, dachte Alessia besorgt, als sie die Schutzkleidung ablegte. Damit könnte ich nicht leben.

Nach dem kurzen Aufenthalt an Laras Bett gingen Alessia und Giuliano schweigend nebeneinanderher Richtung Parkplatz. Ihr Vice wartete geduldig, bis sie ihn endlich über das Resultat ihres Besuches informierte. Als sie im Auto saßen, hörte er ihr ohne sie zu unterbrechen zu, bis Alessia plötzlich innehielt und sich zu ihm drehte. Giuliano schaute sie erwartungsvoll an, denn Alessia machte ein Gesicht, als wäre der Rest ihres Lebens verhagelt.

»Und wenn ich Bellini jetzt umgebracht habe mit meiner Fragerei?«

Giuliano zog die Brauen hoch.

»Ich war zu dreist. Aber sie faselte etwas von Tiziana und Prisca Moretti, dieser vermissten Person. Irgendetwas ist mit den dreien gelaufen. Damit haben wir wieder einen Ansatzpunkt.«

»Dann fragen wir doch die Paxiani«, schlug Giuliano müde vor. Aber *domani* – morgen«, setzte er noch nach.

Daraufhin seufzte Alessia so inbrünstig, dass Giuliano sie spontan in den Arm nahm und für einen Augenblick, nicht zu lange, an sich drückte. Als Alessia sich wieder in ihren Sitz zurückzog, sagte sie nur: »Danke Giuliano. Und jetzt fahren wir wirklich nach Hause.«

25

Acht Uhr hatte der Vice-Questore gesagt. Seit einer halben Stunde quälte Alessia die Frage, ob sie nun aufstehen oder noch etwas liegen bleiben sollte? Erneut drehte sie sich um, gähnte laut und sehnte sich ins Land der wohligen Träume. Träume?, dachte sie erschrocken. Ein Albtraum in Gestalt ihres Exfreundes Cosimo stand ihr heute noch bevor. Sie wälzte sich wieder auf die andere Seite. *Dai*, steh auf! Obwohl, auf Sizilien war man nicht so streng mit den Uhrzeiten. Hier gab es immer Spielraum. Aber wenn sie nun später ankam als ihr Chef? *O no*. Alessia quälte sich mühsam aus den Kissen. Sie hatte nicht mehr als vier Stunden Schlaf gehabt. Wie sollte sie da funktionieren? Die Hitze lähmte sie jetzt schon. Und es war erst Viertel vor acht.

Alessia parkte ihren Roller nahe am Krankenhausportal.

Als sie an der Intensivstation ankam, hätte sie sich in den Hintern beißen können. Weit und breit waren weder der Vice-Questore noch Giuliano zu sehen. Ihre Uhr zeigte halb neun. Was tun? Natürlich hineingehen. Aber diesmal würde sie ihr kleines Diktiergerät hereinschmuggeln und es nicht wie bei ihrem ersten Besuch letzte Nacht in der Tasche lassen, die sie im Umkleidebereich hatte deponieren müssen. Alessia läutete und stand kurz darauf vor einem schwarzen Arzt in einem weißen Kittel. Alessia stellte sich vor und informierte ihn darüber, dass gleich noch Kollegen kämen. Dottor Ohama, wie er sich ihr bekannt machte, erklärte ihr die Verhaltensweisen auf der Intensivstation. Geduldig hörte Alessia zu und nickte ein paarmal.

»Außerdem hat man ausdrücklich angeordnet, Sie nicht mit der Kranken allein zu lassen.«

Alessia verkniff sich eine Antwort, sie hatte mit so etwas gerechnet. Stattdessen folgte sie ihm, schlüpfte in die Schutzkleidung, verstaute ihr eingeschaltetes Diktiergerät und stand endlich vor Lara Bellinis Bett. Gott sei Dank schien sie keinen weiteren Schaden wegen des gestrigen Besuchs und der Befragung genommen zu haben. Aber sie schien auch nicht zu sich zu kommen. Obwohl der Arzt ihren Zustand für einigermaßen stabilisiert erklärt hatte. Auf der Intensivstation stand keine Sitzgelegenheit zur Verfügung. Alessia appellierte still an ihre Ausdauer. Dr. Ohama hatte sich seitlich des Bettes gegen die Wand gelehnt und beobachtete die Commissario mit wachem Auge.

Bellini bewegte sich. Alessia beugte sich zu ihr.

»Lara? Können Sie mich verstehen?«

Die Ispettrice nickte schwach.

»Hören Sie die Glocken und die Böllerschüsse?«, fragte sie kaum hörbar.

Alessia nickte. Es war mittlerweile neun Uhr.

»Ich muss Ihnen etwas sagen«, hauchte Bellini ihr zu. »Ich bin schuldig.« Danach schloss sie die Augen.

Was war das jetzt wieder für eine Aussage? Bezog sie sich auf die Akte Ferrante und das Verschwinden dieser Prisca Moretti? Alessia stöhnte leise und sorgte sich um die Kollegin. Wie konnte man sie befragen, ohne ihren Gesundheitszustand zu beeinträchtigen? Bellini schlug die Augen wieder auf.

»Die beiden haben sich damals gestritten und …«

»Welche beiden?«, fragte Alessia geschwind.

»Tiziana und Prisca. Der Don hat sich dann um Prisca Moretti gekümmert.«

Diese Worte waren schon wieder zu viel für Bellini. Ihre Augen schlossen sich erneut.

»Don Ferrante?«, fragte Alessia trotzdem nach.

»*Sì.*«

»Wie gekümmert?«

Alessia spürte den Windhauch der Tür. Der Vice-Questore und Giuliano traten mit dem Staatsanwalt und dem Untersuchungsrichter im Gefolge ins Zimmer, alle eingehüllt wie sie selbst. Dr. Ohama versperrte ihnen sofort mit erhobenen Handflächen den Weg zum Krakenbett.

»*Scusi*, Dottore«, intervenierte der Staatsanwalt, »um den Täter zu finden, müssen wir die Kollegin einiges fragen.«

»Die Commissario ist doch schon dabei. Bitte nicht alle.«

»Sie spricht«, flüsterte Alessia, sobald Dr. Ohama sich wieder an die Wand gelehnt hatte. Der Vice-Questore wollte trotzdem wissen, wie es seiner verletzten Untergebenen ging, und gab erst Ruhe, nachdem Alessia ihm mit gedämpfter Stimme berichtet hatte, was inzwischen passiert war.

»Entsorgt, *lupara bianca*«, kam es unvermittelt aus Bellinis Mund. Die drei Commissari sahen sich an. Der Staatsanwalt runzelte die Stirn und Richter Bandini nickte bedächtig.

»Wenn es ein Mafiamord war, bei dem man die Leiche hat verschwinden lassen, dann steckt Don Ferrante hinter dem Tod von Prisca Moretti«, murmelte der Richter.

»Wir dachten auch alle, sie wäre tot«, raunte die Ispettrice. Einen Moment sagte keiner etwas und Bellini waren erneut die Augen zugefallen.

»*Che?* Was? Wie? Sie dachten …«, stutzte Alessia.

»Prisca Moretti ist wieder aufgetaucht«, flüsterte Lara Bellini nach einer Weile.

Alle im Raum, einschließlich Dr. Ohama, sahen sich an.

»Ich verstehe nicht …« Alessia schüttelte den Kopf. »Wieder aufgetaucht …? Was meinen Sie damit? Woher wissen Sie das, Bellini?«

Ihr Atem ging schwer.

Ich bin zu schnell, das war zu viel für Bellini.

»Tiziana hat sie gesehen. Sie war zu Tode erschrocken.«

Richter Bandini beugte sich zum Staatsanwalt.

»Bei der Durchführung der Tat scheint etwas schiefgegangen zu sein«, vermutete er.

»Und ich …,« quälte sich die Ispettrice weiter, »habe damals die Vermisstenanzeige bearbeitet, mich bestechen lassen von

Tiziana und den Ferrantes, ihren Namen da rauszuhalten, einfach nicht zu erwähnen.«

Bellinis Beförderung, dachte Alessia sofort, und sicher hat sie auch noch eine Menge Geld bekommen.

»Ich ... mitgeholfen, es zu vertuschen. Mich schuldig gemacht. Ich ...« Bellini begann zu weinen. »Meinen Beruf entehrt. So kann ich nicht weiterleben. Ich habe zu Tiziana heute gesagt, dass ich das alles nicht mehr aushalte.« Sie seufzte erschöpft.

»Schsch ..., ruhen Sie sich aus«, beruhigte Alessia die Verletzte. »Alles Weitere besprechen und regeln wir, wenn Sie wieder gesund sind.«

»Ich brauche jetzt einen Cappuccino und was Süßes für Nerven und Magen«, befand Giuliano. Der Vice-Questore, schon mit den beiden Justizkollegen vorauseilend, drehte sich um und nickte zustimmend. Aber die beiden aus Termini Imerese herbeigeeilten Amalfi und Bandini verabschiedeten sich wegen dringender Termine.

»Bist du mit dem Roller hier, Commissario?«

»Glaubst du, ich bin gelaufen?«

»*Bene*, dann sehen wir uns unten.«

Der Verkehr in der Via Roma schien deutlich dichter zu sein als sonst. Und wie es aussah, benutzten selbst die Fußgänger heute alle diese Straße, als sei sie die einzige im Ort. Da sie in dem Abschnitt, in dem die Questura lag, eine Einbahnstraße war, konnte sie nicht von der Via Mazzini angefahren werden. Es galt also, einen Bogen über die Via Prestisimone und die Via Fermi in die Via Roma zu schlagen. So war es Alessia, als sie mit ihrem Roller in die Via Roma fuhr, nicht möglich zu sehen, was sich weiter vorne an der Questura abspielte. Als Einzige der Commissari konnte sie ihr Gefährt direkt vor der Bar *L'elite* abstellen. Aber auch Giulianos kleiner Fiat fand rasch eine Lücke. Er stellte ihn einfach quer. Borsellino ließ sich aus dem Streifenwagen absetzen. So trafen sie fast alle gleichzeitig am verabredeten Ort ein.

Sie waren nicht die Einzigen, die die Lust auf einen morgendlichen Cappuccino in die Bar getrieben hatte. Das Getränk allein war schon eine halbe Mahlzeit. Jeder der Gäste schickte ein »*Buongiorno*« und einen fragenden Blick in ihre Richtung. Der Vice-Questore besaß als Sohn eines ermordeten Mafiarichters schon deswegen einen weit über die Grenzen Siziliens hinausreichenden Bekanntheitsgrad. Aber auch Alessia und Giuliano waren mittlerweile lokale Berühmtheiten.

Sie nahmen gleich in der Ecke rechts des Eingangs in den Sesseln Platz. Hier waren sie etwas abgeschieden und hatten keine Mithörer. Wie immer und fast überall in den Bars lief der Fernseher. Einer der Nachrichtensender brachte erste Meldungen über die angeschossene Polizistin. Sowohl der Tatort mit dem Haus der Bellinis als auch das Krankenhaus wurden gezeigt. Ein Polizeireporter befragte den Sohn der Familie Bellini, der mit geschwollener Brust Auskunft gab und den Abschaum der Insel verfluchte. Alle Anwesenden in der Bar schauten daraufhin wie ferngesteuert in Richtung der Commissari.

»Ich fürchte«, folgerte der Vice-Questore richtig, »da steht uns bald eine weitere Pressekonferenz ins Haus.«

»Vielleicht hat Don Ferrante ja Sophie Baumann ebenfalls *entsorgt* oder besser *entsorgen lassen*«, begann Alessia, ohne weiter auf seine Bemerkung einzugehen. »Ich frage mich nur, warum sie erstochen und nicht erschossen wurde. Das ist in diesem Milieu doch üblicher. Jedenfalls in den Fällen, die ich kenne, ist das Opfer erschossen worden.«

»Du sprichst hier von einem Mafiamord, hab ich das richtig verstanden?«, hakte Giuliano nach.

»Es ist immerhin nicht auszuschließen. Ich könnte mir vorstellen, dass die Mafia in Cefalù nicht nur Urlaub macht, wie so schön behauptet wird. Ab und an scheint es nötig, diesen sogenannten Urlaub, je nach Stand der Dinge, zu unterbrechen.«

Alessia wandte sich zu Giuliano. »Was ist eigentlich aus der Befragung der Berganwohner geworden?«

»Genau, das wollte ich dir noch sagen, ich hätt's nicht vergessen, wenn es was gebracht hätte. Und bevor du nach den Hotels fragst, Sophie Baumann hat in drei weiteren vorgesprochen, aber überall Absagen erhalten. Sie ist also rein zufällig im *Kalura* gelandet.«

»*Grazie* für deine prompten Informationen.«

Alessia bemerkte, wie der Vice-Questore Giuliano einen leicht rügenden Blick zuwarf.

»Wir sollten uns mit dem Staatsanwalt und dem Richter kurzschließen, bevor wir weitere Schritte unternehmen«, schlug Borsellino vorsichtig vor.

»Meinen Sie, Richter Bandini stellt uns einen Haftbefehl für Don Ferrante aus?«, fragte Alessia. Augenblicklich wusste sie, dass sie mit dieser Frage weit übers Ziel hinausgeschossen war, und lächelte belustigt. Und wie sie vermutet hatte, schien keiner ihrer beiden Kollegen ernsthaft daran zu glauben. Nur Giuliano reagierte verstimmt.

»Das Frustrierende an unserem Beruf ist, selbst wenn wir einen Haftbefehl haben, die Ganoven tatsächlich vor Gericht kommen und, nehmen wir den besten Fall an, auch verurteilt werden, sind sie nach ein paar Monaten wieder draußen. Die wissen genau, wie man es anstellen muss, schlüpfen durch die Korruptionslöcher des Systems zurück in die Freiheit.«

Alessia sah ihren Vice mitfühlend an. Er hatte ihr aus der Seele gesprochen. Schon öfter hatte Alessia über dieses grundsätzliche Problem in der Strafverfolgung, vor allem, wenn es um Mafiosi ging, Diskussionen mit Kollegen geführt. Die Verbrecher waren meist schnell wieder auf freiem Fuß, fühlten sich mächtiger denn zuvor, weil sie sich bestätigt sahen, und lachten über die Polizei, die ihnen im Grunde nichts anhaben konnte. Oftmals verfügten die Verbrecher über hervorragende Kontakte zu einflussreichen

Politikern. Halfen ihnen, Wahlen zu gewinnen, indem sie ihnen Stimmen beschafften. Die staatlichen Kräfte, die sich mit aller Macht gegen das Verbrechen einsetzten, waren häufig machtlos, weil andere staatliche Kräfte wiederum dagegen arbeiteten. Nur allzu oft mussten die Ermittler zähneknirschend zusehen, wie die Gangster frei und selbstverständlich mit ihren Gesetzesverstößen fortfuhren und andere um ihr Geld und im schlimmsten Fall um ihr Leben brachten. Es gab Momente, in denen es Alessia schwerfiel, an die Gerechtigkeit zu glauben, die sie einst in den Polizeidienst geführt hatte. An die zahlreichen Überstunden und die gefährlichen Umstände, in denen Polizisten ihr Leben riskierten, mochte sie erst gar nicht denken.

Alessia bemerkte, wie still die beiden neben ihr geworden waren. Auch sie schienen sich mit schweren Gedanken zu plagen. Dottor Borsellino ergriff als Erster wieder das Wort.

»Es stellen sich einige Fragen«, begann er. »Erstens, wo steckte diese wieder aufgetauchte Prisca Moretti das letzte Jahr über? Zweitens, wo ist sie jetzt? Womöglich befindet sie sich erneut in Gefahr. Drittens, wieso ist sie ausgerechnet zum jetzigen Zeitpunkt wieder aufgetaucht?«

Alessia hatte auch einiges auf der Zunge gehabt, wollte aber nicht unhöflich erscheinen und den Vice-Questore während seiner Aufzählung unterbrechen.

»Viertens, wir müssen Prisca Moretti dringend finden und fünftens wird uns nichts anderes übrig bleiben, als Don Ferrante und seine Sippschaft zu verhören. Commissario Cappelletti, Sie sagten doch, im Internet gäbe es Fotos der Dame.«

»Wir haben auch eines in der Vermisstenakte.«

»*Bene*, dann geben wir eine Fahndung nach Prisca Moretti raus.«

»*Sì*, Vice-Questore, aber lassen Sie uns erst mit den Ferrantes sprechen.«

Eine gute halbe Stunde besprachen sie das weitere Vorgehen. Dabei stellte sich heraus, dass nicht nur Alessia ein wenig Bammel davor hatte, in diese heikle Angelegenheit vorzudringen.

Wenn bei der Familie Ferrante tatsächlich mafiöse Verstrickungen vorlagen, hatten sie alle nichts Gutes zu erwarten und begaben sich womöglich in Gefahr. Deswegen schlug Alessia noch vor, die Anti-Mafia-Behörde zu involvieren.

»Erst sollten wir nachweisen, dass die Ferrantes tatsächlich einer mafiösen Vereinigung zugehören oder mit der Mafia zusammenarbeiten«, erwiderte der Vice-Questore und bezahlte großzügig die Rechnung.

»Immerhin hat Don Ferrante gute Kontakte zum Bürgermeister, wie wir schon erfahren haben. Und wer weiß, zu welchen machtvollen Politikern er sonst noch so Verbindung hat«, sorgte sich Alessia, als ihr Privathandy einen ersten Gruß schickte. Sie ließ die Melodie fast völlig abspielen. Das Display signalisierte Cosimo.

»Willst du nicht rangehen?«, meinte Giuliano von der Musik genervt.

»*Buongiorno*«, zischte sie in die Muschel.

»Alessia, *mi tesora …*«

»Nenn mich nicht Schatz, verdammt.«

Sie ging langsam hinter den anderen her zum Ausgang.

»Ich bin in Cefalù. Ich will Celina sehen. Wo ist sie?«

Alessia zögerte mit der Antwort.

»Hör zu«, versuchte Cosimo sie zu beschwichtigen. »Ich will sie nur besuchen.«

Trotzdem hatte Alessia Sorge, Cosimo könnte sie einfach mit zurücknehmen. Aber was würde ihm das bringen? Er war nicht dumm und genauso Polizist wie sie selbst.

»Wie lange bleibst du?«, lenkte sie erst einmal ab.

»Zwei Tage, dann muss ich zurück.«

Gottlob.

Seine Einladung zum Abendessen lehnte sie ab. Und zu reden gäbe es nichts mehr, bekräftigte sie.

»Alessia, *ti amo.*«

»Was du nicht sagst, und das fällt dir jetzt ein, dass du mich liebst?«

»Ich verstehe, dass du verletzt bist. Es tut mir leid und kommt nicht wieder vor«, ließ er sie in einem Ton wissen, als sei damit alles wieder gut. Alessia lachte laut auf. Die beiden Kollegen liefen einige Meter vor ihr Richtung Questura und drehten sich beide um. Alessia blieb stehen. Langsam geriet sie in Rage.

»Ich weiß schon, warum ich dich nicht geheiratet habe.« Sie schnaufte vor Erregung.

»Aber ich will dich und eine Familie. Ich will Celina«, beteuerte er ihr und hatte nun einen einnehmenden Ton gewählt.

»Familie? Wird der Herr etwa älter und ruhiger? Sehnt sich sein bestes Stück nicht mehr nach fremden Frauen? *Cazzo*, das kannst du deiner Großmutter erzählen!«

Schließlich nannte sie ihm aber doch die Adresse der Nanninis und unterbrach die Verbindung, um gleich darauf *zia* Anna anzurufen und ihr Cosimos Besuch anzukündigen.

»Gib gut auf Celina acht«, legte sie ihr ans Herz.

Der Vice-Questore und ihr Vice Giuliano waren schon im Präsidium, als Alessia am Tor ankam. Die beiden Kollegen mussten sich regelrecht durchgekämpft haben. Schaulustige hatten sich rund um die Questura versammelt und beobachteten neugierig das Treiben, denn an der Questura ging es zu wie im Taubenschlag. Die Nachricht des versuchten Mordes an der Polizistin Bellini war inzwischen in aller Munde. Die Presse versuchte, jeden, dessen sie habhaft werden konnten, vor die Mikrofone und Kameras zu zerren und mit Fragen zu überschütten. Zornige Autofahrer hupten, weil sie nur im Schneckentempo in der verstopften Via Roma vorankamen. Schließlich schob sich Alessia durch die Menge hin zum Personeneingang.

»Commissario, Commissario Cappelletti!«

Die Reporter stürmten hinter ihr her durch das kleine Eingangstor. Es stand absichtlich offen, damit der Pförtner nicht ständig den Knopf drücken musste. Alessia wiegelte die aufdringliche Presse mit den Händen ab, rief »No comment!« und eilte im Laufschritt die Treppe zur Questura hinauf. Drinnen gaben sich polizeibekannte Gesichter die Klinke in die Hand. Es sah nicht besser aus als vor dem Gebäude. Hier allerdings wimmelte es nicht nur vor kleinkriminellem Abschaum. Bisher hatte Alessia in diesem Gebäude noch nie so viele Polizisten auf einen Haufen gesehen. Wo kamen die nur alle her?

In ihrem Büro führte Alessia zunächst ein weiteres Gespräch mit *zia* Anna. Cosimo war angekommen und hatte vor, mit Celina in Cefalù zu frühstücken.

»Er will ihr etwas Schönes kaufen und sich damit einschmeicheln«, witzelte Anna.

»Und«, platzte Giuliano herein, »fahren wir jetzt in die Madonie und holen uns eine Genugtuung ab?«

Alessia beendete das Gespräch mit Anna und wandte sich dem unangenehmen Auftritt im Hause Ferrante zu. Im Geiste sah sie alles genau vor sich. Allein der Name beschwor in ihr unschöne Gedanken herauf. Sie hatte keine Lust, sich wieder von dieser Familie zurechtweisen zu lassen. Um sich genug Rückendeckung zu verschaffen, stand sie eine Minute später vor dem Vice-Questore. Er lächelte vielsagend, als amüsiere er sich über ihre Befürchtungen.

»Cappelletti«, begann er mit ernster und beschwörender Stimme, vergessen Sie nie, dass Sie erstens auf der richtigen und zweitens auf der, wenn auch nur scheinbar, mächtigeren Seite stehen.«

Alessia wusste, was er damit sagen wollte. Leise fluchte sie vor sich hin und verließ das Chefbüro. Kurz darauf schickte sie vier uniformierte Kollegen in zwei Streifenwagen los, um die drei Familienmitglieder des Ferrante-Clans zur Vernehmung in die Questura bringen zu lassen.

Ihr nächster Anruf sollte dem Krankenhaus gelten, um sich nach dem Befinden der Ispettrice Lara Bellini zu erkundigen.

Alessia blickte zu Giuliano, der vor der Espressomaschine stand und seine goldene Uhr mit Spucke und einem Papiertaschentuch säuberte. Sie übergab ihm kurz entschlossen den Auftrag, im Krankenhaus anzurufen. Gedanklich widmete sie sich nun der bevorstehenden Vernehmung. Giuliano wählte am zweiten Telefon die Krankenhausnummer, als das Schreibtischtelefon anschlug. Alessia meldete sich. Gleich darauf gab sie Giuliano ein Zeichen, aufzulegen. Gebannt lauschte sie der Stimme des Arztes, der ihr eine unglaubliche Nachricht überbrachte. Im Verlauf des Gespräches verlor sie mehr und mehr an Farbe.

»Wie konnte das passieren?«, kam es Alessia kaum hörbar über die Lippen. »*Come?*«

Darauf schien der Arzt auch keine Antwort zu wissen.

»Wir haben sie noch reanimiert, aber es war zwecklos. Tut mir leid, Commissario Cappelletti.«

»Was ist mit den Eltern?«

Ein wenig erleichtert erfuhr Alessia, dass sie im Krankenhaus unter Betreuung standen. Alessia musste gespenstisch aussehen, denn Giuliano starrte sie an, als wäre sie eben der Hölle entsprungen. Und als sie endlich langsam den Hörer auflegte, erkannte sie, dass er sie während des Gespräches aufmerksam beobachtet hatte.

»Alessia …?«

Sie seufzte und wehrte schon instinktiv ab, damit er ja nicht noch einmal auf die Idee kam, sie in den Arm zu nehmen.

»Lara Bellini ist tot«, sagte sie ergriffen. Lauter und mit festerer Stimme fügte sie hinzu: »Sie hat sich sämtliche Schläuche und Kabel vom Körper gerissen. Das hat ihr Herz nicht überlebt.«

Giuliano setzte sich. Alessia stand auf.

»Ich stand wirklich auf der Leitung«, schlug sich Alessia vor den Kopf. »Die Ispettrice hatte ihren *suicidio* im Krankenhaus angekündigt, nur ich hab es nicht kapiert.« Sie schlug sich noch einmal vor die Stirn. »*Mamma mia*, wieso hab ich ihre Aussage nicht richtig gedeutet, dann würde sie wahrscheinlich noch leben. Sie wollte sterben, weil sie sich schuldig fühlte.«

»*Un panico*«, murmelte Giuliano.

»*No*, Vice, es war keine Kurzschlusshandlung. Sie hat es gewollt! Geplant! *Mannaggia!*«, fluchte Alessia laut auf. »Unsere wichtigste Zeugin!«

Permanent hatten zwei Polizisten vor ihrem Krankenzimmer gewacht. Und jede halbe Stunde hatten sie ins Zimmer geschaut, ob alles in Ordnung war. Bellini war immerhin so klar gewesen, diese Zeitspanne zu nutzen.

Alessia ließ Giuliano allein mit seiner Trauer um die tote Kollegin und verließ das Büro, um den Vice-Questore über Lara Bellinis Ableben zu informieren. Er konnte seine Erschütterung um die verstorbene Mitarbeiterin kaum verbergen, und die Wut auf gewisse Leute ließ ihn beinahe die Fassung verlieren.

»Schnappen Sie sie«, legte er ihr nahe. »Und noch etwas, bitte verschweigen Sie vorerst Bellinis Tod vor den gleich zu vernehmenden Ferrantes und vor allem vor der Presse.«

Das hätte sie sowieso getan. Wenn die Verbrecher, die auf ihre Kollegin geschossen hatten, wussten, dass sie ihr Ziel doch noch erreicht hatten, würden sie mit Sicherheit alles abstreiten.

»Aber wir sollten die Staatsanwaltschaft informieren«, erklärte der Vice-Questore.

Was für ein Tag.

Dabei hatte er gerade erst angefangen. Wenn das mit den unangenehmen Ereignissen in diesem Tempo weiterging, brauchte sie bald Aufbauspritzen. Das war ja heftiger als in Rom. Immer noch völlig erschüttert über die entsetzliche Nachricht war Alessia auf dem Weg zurück in ihr Büro, als hinter ihr ein Kollege ihren Namen rief. Im Schlepptau ein Pärchen.

»Die Herrschaften möchten zu Ihnen, Commissario Cappelletti.«

Giuliano, der gerade dabei war, Papiere durchzusehen, blickte auf, als Alessia mit dem Paar in ihr Büro trat. Sie stellte ihren Vice vor, woraufhin der fremde Mann in fast fließendem Italienisch sagte: »*Io sono* Volker Dresen und das ist meine Verlobte Marina Faller.«

»Ach was«, entfuhr es Alessia. Erst hatten sie diesen Menschen nirgendwo erreicht und nun stand er unerwartet vor ihr. Also hatte er etwas auf dem Herzen.

Alessia bot ihnen auf den beiden maroden Stühlen vor ihrem Schreibtisch Platz an. Sie selbst lehnte sich, wie Giuliano auf der anderen Seite, an ihren Schreibtisch.

»Sie sprechen sehr gut italienisch«, lobte Alessia und erfuhr, dass Sophie Baumanns Firma Geschäfte mit Italien pflegte. Für Alessia war Volker Dresen der Urtyp des deutschen Mannes. Schlank, groß, blond und blauäugig. Er besaß eine charismatische Ausstrahlung, die sein gut geschnittenes Gesicht noch unterstrich. Nur seine Augen standen ein wenig zu eng beieinander, was ihn ernster erscheinen ließ, als er vielleicht war. Selbst sein Lächeln konnte das nicht ausgleichen. Der fast Dreißigjährige trug eine saloppe weiße Freizeithose, dazu ein kurzarmiges Polo in einem hellen Orange. Alessia stellte sich Sophie neben ihm vor. Sie wären ein hübsches Paar gewesen.

»*Bene, bene*«, murmelte Alessia, als ihr auffiel, wie Dresens Verlobte sie aufmerksam musterte. Marina Faller strahlte mit einer schönen Haut, Make-up, Lippenstift und lackierten Nägeln in passender Farbe. Ihre Nase war leicht stupsig, was sie auf eine gewisse Weise niedlich wirken ließ. Ihre brünetten Haare lagen lockig auf den Schultern. Gekleidet war sie mit einer weißen Bermuda und einem knallgelben Top. Eine Kombination, die sowohl ihre Haarfarbe als auch ihre Bräune besonders hervorhob.

»*Allora*, wir haben Sie schon gesucht, Signor Dresen, aber ihr Handy war dauernd ausgeschaltet«, erklärte Alessia unverblümt.

Dresen entschuldigte sich. Er sei in Urlaub. Die Firma würde ihn sonst täglich mit irgendetwas belästigen, was genauso gut warten könne.

»Lesen Sie denn keine Zeitung? Sehen Sie keine Nachrichten?«, wunderte sich Alessia.

Dresen wand sich.

»*Naturalmente*, aber nicht jeden Tag. Wir sind in Urlaub, so haben wir erst zwei Tage später von Sophie ...«, seine Stimme brach.

»Und warum haben Sie sich nicht gleich darauf gemeldet, wenn Sie etwas zu sagen haben? Deswegen sind Sie doch jetzt hier?«

Volker Dresen druckste ein wenig herum.

»Sie bekämen es so oder so heraus«, äußerte er schließlich. »Ich ... «, er blickte zu seiner Verlobten, »wir wollten den Urlaub damit verbinden, Sophie in Rom besuchen, um ihr ins Gewissen zu reden.«

»Weswegen?«

Wusste er von dem neuen Freund seiner Ex-Verlobten? Alessia nahm automatisch an, dass es darum ging.

»Und, haben Sie sie in Rom getroffen?«, fragte Giuliano.

»Wir haben sie aufgesucht, aber mit ihr sprechen ..., dazu kam es ja nicht mehr.«

Dresen bekam feuchte Augen. Ehe Alessia weiterfragen konnte, warum sie mit Sophie Baumann sprechen wollten, brachte sich Marina Faller ein.

»Sie hatte die Absicht, die Firma an die Kanadier zu verkaufen. Volker«, Marina Faller stockte einen Moment, »ich meine, die ganze Firma war deswegen wie aufgescheucht. Keiner schien sie zur Vernunft bringen zu können.«

»Warum wollte sie verkaufen?«

»Die Schwester ihres Vaters«, fuhr Dresen fort, »lebt in Kanada. Und ist mit einem Firmenmogul verheiratet. Sie besitzt dreißig Prozent der Aktien. Sophie wollte ihr ihre siebzig Prozent verkaufen, die Firma abstoßen, damit sie mit nichts mehr etwas am Hut hatte.«

»Hätten Sie dadurch Ihren Job verloren, Signor Dresen?«

Er zuckte mit den Schultern. »Wahrscheinlich nicht nur ich.«

»Sie hatten häufig Mail- und Telefonverkehr mit Sophie Baumann?«

»Sicher, es gab oft Geschäftliches zu klären«, erläuterte Dresen.

Dieser Mann hätte ein Tatmotiv, dachte Alessia. Musste Sophie Baumann sterben, weil sie ihre Firma verkaufen wollte? Aber sie deshalb umzubringen, wäre unsinnig. Und einen unterbemittelten Eindruck machte Dresen auf keinen Fall. Außerdem, Sophie Baumann besaß keine Nachkommen, somit fielen ihre siebzig Prozent Aktienanteil bei ihrem Tod ohnehin an die in Kanada lebende Tante.

Alessia dachte einen Augenblick nach. Sollte sie Dresen zu diesem Zeitpunkt schon fragen, warum er verschwieg, dass er sich mit Sophie in Cefalù treffen wollte? Sollte seine jetzige Verlobte davon nichts wissen? Alessia entschloss sich, noch etwas damit zuwarten.

»Wir stellen die Frage jedem, der mit Sophie Baumann Kontakt hatte«, begann sie. »Wo waren Sie beide am Sonntag, dem 31. Juli zwischen 20 und 23 Uhr?«

Nun war sie gespannt auf die Antwort.

Das Paar senkte den Kopf und schien angestrengt zu überlegen.

»In Palermo«, Dresen schaute seine Verlobte an, »oder, Schatz? Das war doch der Tag, nicht wahr?«

Seine Verlobte bestätigte das mit einem Nicken.

»Einen Tag vorher wollte ich Sophie sprechen. Da waren wir ja noch in Rom und morgens dort an ihrer Wohnung.«

»Das stimmt, ich war dabei«, gab Marina Faller an.

»Aber dann haben wir von einer Hausbewohnerin erfahren, die sich um die Blumen kümmert«, erzählte Dresen weiter, »dass Sophie in Cefalù ist und ihre Mitbewohner ebenfalls nicht da seien. So ähnlich hat sie sich geäußert.«

»Wusste Sophie Baumann, dass Sie sie in Rom aufsuchen wollten?«

»Nein, ich …«

»Eben«, sagte Alessia, »denn Sie hatten sich doch in Cefalù mit ihr verabredet. *Vero?* Wieso haben Sie dann schon vorher in Rom versucht, sie zu treffen?«

Aufmerksam beobachtete sie die Reaktion der beiden. Aber sie hatten sich entweder gut im Griff, oder Alessia erzählte insbesondere Marina Faller nichts Neues.

»Wir wollten eigentlich so schnell wie möglich weiter nach Messina, das war der Grund, dann hätte ich das Treffen in Cefalù ausfallen lassen können.«

»Es ging ja nun aus einer E-Mail zwischen Ihnen und Sophie Baumann Ihre Verabredung in Cefalù hervor. So frage ich Sie, waren Sie nun an ihrem Todestag in Cefalù und haben sich getroffen?«

»*No*, Commissario. Es ist mir etwas dazwischen gekommen.«

»Und was?«

»Wir haben von Rom am Samstagmittag eine Maschine nach Palermo genommen. Wir wollten Sophie ja in Cefalù treffen. Ich konnte ja nicht ahnen, dass sie …« Volker Dresen versagte die Stimme.

»Wie gesagt, am Samstag waren wir in Palermo. Aber am nächsten Morgen, an dem Tag, an dem wir uns verabredet hatten, erhielt ich den Anruf eines italienischen Geschäftspartners. Ich musste überraschend, obwohl es Sonntag war, in der Früh noch mal zurück nach Rom wegen dringender Geschäfte. Ich bin erst spät abends zurück in Palermo gewesen.«

Alessia schaute Marina Faller an. »Können Sie das bestätigen?«

»*Sì*, Commissario, und ich habe mir an dem Sonntag Palermo angesehen. Abends war ich im Hotel *Ucciardhome*, Via Enrico Albanese, wo wir übernachtet haben.«

»Zeugen?«

Beide nickten und gaben an, wer sie wann wo gesehen haben könnte.

Ehe Alessia die beiden entließ, bat sie Volker Dresen und Marina Faller noch darum, wenn möglich, einige Tage in Cefalù zu bleiben, falls noch Fragen auftauchen würden.

»Ich könnte Ihnen das Hotel *Kalura* empfehlen. Traumhafte Aussicht.«

»Auf ein rasches Lebensende, Commissario?«, scherzte Marina Faller. Sogleich schlug sie sich auf den Mund und entschuldigte sich mehrmals über ihre vorlaute Äußerung.

Alessia starrte den beiden nach, die aufgestanden und zur Tür gegangen waren.

»Und lassen Sie bitte Ihr Handy eingeschaltet, Signor Dresen.«

Er wandte sich an der Tür zu ihr um. »*Naturalmente*, Commissario«.

»Puh«, meinte Alessia, als die Tür hinter ihnen ins Schloss fiel, und fuhr sich mit der Hand durch den Pony.

26

Es galt, alle Personen, die auch nur im Geringsten mit Sophie Baumann in Kontakt gestanden hatten, abzuchecken. Über Volker Dresen hatte Alessia schon Daten vorliegen. Aber es wäre nicht schlecht, auch einiges über seine Verlobte zu erfahren. Sie beauftragte Elvira, die Datenbank nach Marina Faller zu durchforsten. Dann setzte Alessia sich an ihren Schreibtisch und schwieg fünf Minuten, ehe sie ihrem Vice ihre Gedanken und Schlussfolgerungen mitteilte, die ihr bei der Befragung gekommen waren.

»Es wäre also dumm gewesen, Sophie Baumann wegen des Verkaufs der Firma umzubringen.«

Giuliano hatte ihr zwar aufmerksam zugehört oder wenigstens so getan, aber anscheinend beschäftigte ihn etwas anderes. Irgendwie unruhig bereitete er sich einen Kaffee.

»Mehr Sorgen als Dresen und Faller bereiten mir die drei, die gleich hier sitzen werden«, gestand er.

»Mach mir auch einen«, bat Alessia, als ihr Telefon klingelte.

»*Sì*, Vice-Questore, sofort.«

»Der Chef will eine Telefonschaltung mit der Staatsanwaltschaft und dem Richter«, informierte Alessia ihren Vice. Sie nahmen sich beide ihren Kaffee und begaben sich in das Büro von Borsellino. Die Telefonverbindung mit Termini Imerese zu Richter Bandini und Staatsanwalt Amalfi stand schon. Nach der Begrüßung der beiden Kollegen am anderen Ende der Leitung erwartete Alessia, dass Borsellino als Erstes über den Tod der Polizistin Lara Bellini sprechen würde. Soviel Alessia wusste, hatte er die Justizkollegen, entgegen seiner Absicht, noch nicht darüber informiert. Aber nichts dergleichen geschah. Stattdessen bat er sie, über den neuesten Stand der Ermittlungen zu berichten. Also setzte Alessia verwundert Richter und Staatsanwalt darüber in Kenntnis, ohne Bellinis

Tod zu erwähnen. Das sah sie nicht als ihre Aufgabe an. Bandini wollte nochmals haarklein wissen, was die Ispettrice genau ausgesagt hatte.

»Aber Sie waren doch dabei, Dottor Bandini«, wandte Alessia erstaunt ein. Plötzlich erkannte sie, dass er Zeit schinden wollte, um zu überlegen, ob er es riskieren sollte, einen Haftbefehl gegen Don Ferrante auszustellen. Welche Kontakte pflegte der Don zur Justiz? Ein Fehler seitens des Richters könnte einen empfindlichen Knick in seiner Karriere nach sich ziehen. Während Alessia noch darüber nachdachte, spielte sie das Band ab.

»Die Moretti ist doch wieder aufgetaucht«, überlegte Richter Bandini am Ende der Aufnahme laut. »Also könnte Lara Bellini mit ›entsorgen‹ auch gemeint haben, dass er Prisca Moretti nur ihrer Freiheit beraubt hat.« Bandini räusperte und fügte hinzu: »Was natürlich nicht minder schlimm ist.«

Alessia musste zugeben, dass dieser Gedankengang des Richters nicht abwegig war.

»Ispettrice Bellini muss gegen Ferrante und die Paxiani aussagen«, forderte der Richter. »Wann wäre sie dazu in der Lage?«

Nun musste der Vice-Questore aber allmählich mit der tragischen Nachricht herausrücken. Alessia warf ihm einen fragenden Blick zu. Er nickte und wollte gerade ansetzen zu sprechen, als Bandini erneut die Stimme erhob. Somit lauschten sie zunächst dem Richter.

»Commissario Cappelletti, Sie sollten vorab die Beschuldigten zu den Vorwürfen befragen. Nötigenfalls können Sie sie vierundzwanzig Stunden festhalten, und wenn erforderlich, kann ich Ihnen innerhalb der Zeit einen Haftbefehl ausstellen.«

Alessia stöhnte leise auf. Wenn er erst erfuhr, dass Bellini tot war, würde es weder vorher, mittendrin noch hinterher einen Haftbefehl geben. Wie sehr wünschte sie sich einen Richter mit Wut im Bauch, der der Polizei den Rücken frei hielt und sich nicht so zögerlich gab. Zudem fragte sie sich, wann der Vice-Questore endlich mit der Wahrheit herausrücken würde. Der schien nun ebenfalls der Meinung zu sein, dass es an der Zeit war.

»Ich muss Ihnen leider mitteilen, dass die Kollegin Lara Bellini soeben verstorben ist.«

Auf der anderen Seite der Leitung folgte ein langes Schweigen.

»An den Verletzungen?«, wollte der Untersuchungsrichter endlich wissen. Aber er wartete nicht auf Antwort, sondern führte sogleich weiter aus: »Dann kriegen wir die Schweine wegen Mordes an einer Polizistin dran.«

Der Vice-Questore atmete durch. Alessia konnte sich gut vorstellen, wie schwer es ihm fiel, die Wahrheit zu sagen. Bellinis Suizid rief Sprachlosigkeit hervor, denn durch die Leitung war nur hin und wieder ein Räuspern zu hören. Schließlich war es der Staatsanwalt, der als Erster fluchte. Und der Richter wollte wissen, ob es wirklich nachgewiesener Suizid war. Alessia bestätigte es ihm und erwähnte, dass Bellini im Krankenbett noch geäußert hatte, mit ihrer Schuld nicht weiterleben zu können. Alessia dachte an den Moment zurück. Sie hatte geglaubt, Bellini hätte damit gemeint, nicht mehr in der alten Weise ihr Leben fortzuführen. So wie sie es auch Tiziana am Abend ihres Zusammenseins, am Abend des Anschlages, erläutert hatte. Niemals wäre Alessia auf die Idee gekommen, dass Bellini von Selbstmord gesprochen hatte. Dafür könnte Alessia sich jetzt noch ohrfeigen.

Zunächst zornig über diese Entwicklung der Dinge, zeigte sich nun der Staatsanwalt ungeduldig, was die Ermittlungen im Mordfall Baumann betrafen. Alessia wechselte mit dem Vice-Questore und Giuliano einen Blick.

»Ich weiß«, versicherte Borsellino, »die Zeit rennt uns davon, aber meine Commissari tun ihr Bestes.«

»Dann ist ihr Bestes nicht genug!«, herrschte Amalfi zurück. »Es kann doch nicht so schwer sein, in eurem kleinen Cefalù einen Mörder zu finden.«

Mit unnahbarem Gesicht saß Alessia da. Sie wollte nicht zulassen, dass die Last ihres Berufes sie in solchen Augenblicken erdrückte. Waren ihre Mühen wirklich derart vergeblich gewesen, dass sie sich jetzt so etwas anhören musste?

»*Allora*, Dottor Amalfi, jetzt lassen Sie den Quatsch und bleiben Sie bitte sachlich«, reagierte der Vice-Questore unwirsch.

Wenigstens einer.

»Schon gut, schon gut«, wiegelte Amalfi ab, »war auch nicht ernst gemeint. Aber die Schüsse auf die Ispettrice – ich könnte aus der Haut fahren.«

Alessia überlegte derweil hin und her, ob sie ihre Vermutung äußern sollte, oder ob sie sich damit nur lächerlich machte.

Und wenn schon.

Sie haderte mit diesem arroganten Staatsanwalt, der nur auf seinen persönlichen Erfolg aus zu sein schien. Schnell den Mörder liefern, damit ich in die Zeitung komme und eine Stufe höher klettern kann auf der Karriereleiter.

Du hast falsche Gedanken.

Stattdessen begann sie, sich den Staatsanwalt vorzustellen, diesen kleinen, grauhaarigen Sizilianer mit dem Schalk in den Augen. Er war ihr nicht wie ein typischer Selbstdarsteller vorgekommen.

Also wagte sie es und achtete darauf, sich vorsichtig auszudrücken.

»Ich habe schon mehrmals darüber nachgedacht, ob der Mord an Sophie Baumann, das Wiederauftauchen von Prisca Moretti sowie ihr damaliges Verschwinden etwas miteinander zu tun haben könnten.«

Der Vice-Questore wollte etwas sagen, doch Alessia bedeutete ihm, sie aussprechen zu lassen. Er ließ sie gewähren.

»Ich weiß, im Moment spricht noch nichts konkret dafür, aber mein Gefühl –«

Abrupt hielt sie inne, sah zu Giuliano, weil sie befürchtete, er könnte eine witzige Einlage wegen ihres Bauchgefühls bringen. Sie warte, aber es kam nichts. Erleichtert zwinkerte sie ihm zu. Er nickte kaum merklich.

»Wir brauchen Fakten, keine Gefühle«, entgegnete Richter Bandini, »aber trotzdem, was sagt denn Ihr Gefühl?«

»Dass der Mord an Sophie Baumann, Morettis Verschwinden und die Schüsse auf Bellini miteinander zusammenhängen. Das sagt nicht nur mein Gefühl, es liegt, wenn man es genau betrachtet, auf der Hand.«

»Es ist Ihr Gefühl und es liegt auf der Hand?«, sinnierte der Richter laut.

»Okay, komme ich zu den Tatsachen! Fakt ist, dass Moretti verlobt war mit Gaspare Ferrante. Dass sie vor gut einem Jahr plötzlich verschwunden ist und es blieb«, Alessia atmete durch, »bis heute. Dass Ispettrice Bellini glaubte, Moretti sei tot. Warum? Sie muss gewusst haben, dass Moretti beseitigt worden ist. Entsorgt, wie sie sich ausgedrückt hat. Und es ist anzunehmen, dass auch Tiziana Paxiani davon wusste. Nach Bellinis Aussage soll Paxiani völlig überrascht und erschrocken darüber gewesen sein, Prisca Moretti lebend zu sehen.«

»Oder überhaupt nach einem Jahr wiederzusehen«, warf der Richter ein, wobei er die Betonung auf das letzte Wort legte.

»Auch möglich«, gab Alessia zu, redete aber gleich weiter. »Sophie Baumann war Morettis Nachfolgerin. Gaspare Ferrante wollte Baumann heiraten, wie er ausgesagt hat. Sie wird ebenfalls ›entsorgt‹. Oder besser gesagt ermordet, genau wie es Ispettrice Bellini im Fall Moretti angenommen hat. Nur dass Prisca Moretti irgendwie überlebt hat. Im Gegensatz zu Moretti ist im Fall Sophie Baumann allerdings merkwürdig, dass Gaspare Ferrantes Familie laut seiner Aussage noch gar nichts von seinen Absichten wusste, Sophie Baumann heiraten zu wollen. Wieso wurde sie dann umgebracht? Und genau das macht mich stutzig. Es ist das, was sich in den beiden Fällen nicht zusammenfügt. Es sei denn, Gaspare hat gelogen und seine Familie hatte doch Kenntnis von seinen Heiratsplänen. Oder sie haben es herausgefunden.«

Es klopfte. Ein Uniformierter öffnete die Tür, blickte durch den Spalt und meldete das Eintreffen der vorgeladenen Personen.

27

Alessia drängte sanft auf ein rasches Ende der Telefonbesprechung, da sie befürchtete, der Anwalt aus Palermo könnte schon unterwegs sein. Wäre er erst einmal da, hätten sie keine Chance mehr auf ein ordentliches Verhör. Inzwischen wusste sie von Kollegen, dass Dottor Vincenzo Albarra eine halbseidene Figur, ein Staranwalt mit lohnenden Beziehungen war. Ein *avvocato*, der mit harten Bandagen kämpfte und vorwiegend Mitglieder der ehrenwerten Gesellschaft verteidigte. Die Staatsanwaltschaft Palermo hielt schon lange ein Auge auf ihn. Doch bisher schien sich der Anwalt noch keinen Regelverstoß geleistet zu haben, der einen Zugriff erlaubt hätte.

Als die beiden Commissari aus dem Büro des Vice-Questore traten, hörten sie die donnernde Stimme von Don Santino Ferrante, der sich hitzig über die Vorladung beschwerte. Alessia grinste ihren Vice an. Und sie sah, wie Giuliano sich kampfeslustig die Hände rieb und dabei murmelte: »Das kann ja heiter werden.«

»Nicht«, meinte Alessia, »dass gleich der Bürgermeister hier steht, bevor wir auch nur ein Wort mit den Beschuldigten gewechselt haben.«

Drei Polizisten separierten Don Ferrante, seinen Enkel Gaspare sowie seine Enkelin Tiziana, indem die Beamten jedem einen eigenen Raum zuwiesen.

Alessia und Giuliano nahmen sich die Personen der Reihe nach vor und spielten ihnen die Bandaufnahme mit der Aussage Lara Bellinis vor. Es stellte sich das ein, was Alessia insgeheim befürchtet hatte. Konfrontiert mit den Aussagen der Ispettrice, verfielen die Beschuldigten in dumpfes Schweigen. Starrten wie abgesprochen mit ausdruckslosen Mienen auf den Tonträger vor ihnen, der lediglich die Stimmen der Commissario und ihres Vice aufnahm.

»Don Santino Ferrante, stand Lara Bellini auf Ihrer Lohnliste?«

Schweigen.

»Haben Sie Sophie Baumann und Prisca Moretti umbringen lassen?«

Schweigen.

»Sind Sie Mitglied einer kriminellen, sprich Mafia-Organisation wie der Cosa Nostra oder der Stidda?«

Erwarte ich wirklich, dass er darauf antwortet?

Schweigen.

»Tiziana Paxiani, haben Sie Bellini bestochen, im Fall Moretti die Nachforschungen einzustellen und den Namen Ferrante herauszuhalten?«

Schweigen.

Alessia stieß mit ihren Fragen gegen eine Betonwand. Lediglich Gaspare Ferrante machte schließlich seinen Mund auf. Wohl auch, weil er anscheinend verwirrt war. Seine Rolle erschien Alessia unklar. Fast schmunzelnd hörten sie und ihr Vice sich die Beteuerungen an, wirklich keine Ahnung zu haben, was in seiner Familie vor sich ginge. Alles, was er über das Verbrechen an Sophie Baumann wisse, habe er ausgesagt. Von allem anderen habe er keine Ahnung. Und das schwor er beim Leben seiner *Mamma*. »Sie glauben doch nicht im Ernst, dass mein Großvater Menschen töten lässt, Commissario Cappelletti?«

Als nach einer Stunde und fünfundvierzig Minuten *avvocato* Albarra in der Questura erschien, ging die ganze Prozedur von vorne los. In seiner Anwesenheit wiederholte Alessia die Vorwürfe gegen seine Mandanten.

»Die Behauptungen dieser Polizistin entsprangen ihrem komatösen Zustand und sind weder ernst zu nehmen noch glaubwürdig«, legte Albarra den erstaunten Commissari Cappelletti und Carasini nahe.

»Sie haben auf Dauer keine Chance, *avvocato*«, erregte sich Giuliano. »Wir werden die Ispettrice weiter befragen, sobald sich ihr Zustand gebessert hat«, log er so überzeugend, als hätte er vergessen, dass die Möglichkeit gar nicht mehr gegeben war.

Es klopfte. Vice-Questore Borsellino winkte Alessia heraus.

»Wir lassen die Ferrantes gehen«, teilte er entschlossen und für Alessia überraschend mit.

»Bei der heiligen Rosalia, das kann doch wohl nicht wahr sein! Womöglich verschwinden sie in ein unbekanntes Versteck und machen von dort aus weiter«, regte sie sich auf. Dottor Borsellino hob beschwichtigend beide Hände. Aber das konnte Alessia nicht beruhigen.

»Hat sich etwa der Bürgermeister wieder eingeschaltet?«, begehrte sie auf. »Oder gar das Ministerium? Kaum dass Bellini ihrer Schulfreundin Paxiani gegenüber geäußert hat, nicht mehr mitzumachen, weil sie das alles nicht mehr aushält, wird versucht, die Ispettrice umzubringen. Damit hat man ihr so viel Angst eingejagt, dass sie sich was antat. Ich glaube, diese Angst war der Hauptgrund dafür, sich umzubringen.« Alessia schnaubte vor Empörung. »Ich würde am liebsten alle sofort einbuchten«, fauchte sie. Nach kurzem Luftholen fügte sie hinzu: »Bei Gaspare allerdings scheint mir einiges noch nicht ganz klar.«

»Cappelletti, *prego*, kommen Sie wieder runter. Die Verdächtigen nützen uns draußen mehr. Selbst wenn morgen in den Zeitungen über Bellins Tod berichtet wird, weil wir dies nicht mehr länger verheimlichen können. Die Beschuldigten werden observiert.«

»Die lachen sich doch ins Fäustchen!«, regte sich Alessia weiter auf. Auch wenn sie innerlich kochte, der Vice-Questore hatte recht. Es war besser, die Ferrantes zu beschatten und die Faust in der Tasche zu lassen.

»Gehen wir in die *pausa pranzo?* Mir reicht es fast schon für heute«, murrte Giuliano.

»*Bene*, geh ruhig«, gestattete Alessia ihm, »ich muss jetzt mal ein weinig allein sein.«

Die Worte waren noch nicht verklungen, als ihr Privathandy mit der noch gewöhnungsbedürftigen Melodie anschlug. Cosimo.

Noch immer geladen, meldete sich Alessia. Doch dann vernahm sie Celinas piepsige Stimme: »*Mamma*, wir sind hier, *Mamma*, gehst du mit uns essen, bitte, bitte.«

Tatsächlich standen die beiden vorm Tor der Questura, das sich gerade aufzog, weil Giuliano mit seinem Wagen durchfuhr, gefolgt von einem weißen Fiat mit zwei Streifenbeamten in Zivil, die zur Observation der Ferrantes abgestellt waren.

Celina hüpfte freudig an der Hand ihres Vaters auf und ab, und Cosimo strahlte mit seinem ganzen geballten Charme.

Die vierzig Lebensjahre sah man ihm nicht an. Mit der dunklen Kurzhaarfrisur wirkte er überaus jugendlich. Sein angenehmes Äußeres wurde durch seine lässig-schlichte Garderobe untermauert. Niemand würde ihn auf Anhieb für einen Commissario Capo, einen Polizeihauptkommissar, halten. Als Alessia auf die beiden zuging, bemerkte sie einmal mehr, wie viel Ähnlichkeit zwischen Cosimo und Celina bestand.

Die Kleine hat uns schon lange nicht mehr zusammen erlebt. Dio mio, sie liebt uns doch beide. Und ich schaue tagtäglich in sein Gesicht, wenn ich meine Tochter anblicke.

Cosimo führte sie zu seinem Leihwagen. Eine Viertelstunde später trafen sie, wie Alessia es vorgeschlagen hatte, am *Kalura* ein. Auf dem Weg durch das Foyer zur Terrasse fragte Alessia an der Rezeption nach, ob Volker Dresen und seine Verlobte tatsächlich hier abgestiegen waren. Dies wurde ihr bestätigt.

Auf der *Terrazza* saßen nur wenige Mittagsgäste. Die meisten Hotelgäste hielten sich entweder unten auf der Badeplattform am Meer oder am Stadtstrand von Cefalù auf.

Sie wählten einen Tisch direkt an der Balustrade. Die kleine Celina schien weder von der *Terrazza* noch von der Aussicht beeindruckt zu sein. Sie rannte lieber umher und flirtete mit den Kellnern. Aber Cosimo, wie Alessia feststellte, war angetan vom Ambiente und schien sich nicht sattsehen zu können. Die Luft war ungetrübt und schmeckte nach Meer, der Himmel darüber war so klar und von einem Blau, dass es in den Augen stach. Vom Wasser her wehte ein lauer Wind, der die Haut streichelte. Bis tief in die Lungen sog Alessia die Luft ein, und für einen Moment dachte sie an Rom im Sommer. Stickig und mitunter so heiß, dass sie sich von Schatten zu Schatten geflüchtet hatte, wenn sie die klimatisierten Räume des Präsidiums verlassen musste. Trotzdem liebte Alessia diese Stadt mit ihrem scheinbar chaotischen Straßenverkehr, mit ihrem munteren, von unruhiger Aktivität geprägten Leben, das oft an den Nerven zerrte. Im Moment allerdings vermisste sie das alles nicht, auch wenn sie hier in Cefalù sogar mehr Stress hatte als jemals in Rom.

»Wieso hier?«, fragte Cosimo, nachdem sie ihr Essen bestellt hatten. »Du hast doch einen Grund? Willst du mir den Tatort zeigen?«

»*No*, keinen Grund«, log sie, »außer, dass ich gerne hier sitze.«

Cosimo grinste sie vielsagend an. Er hatte ihre wahre Intention, an diesem Ort zu sein, durchschaut. Schließlich kannte Cosimo sie länger als zehn Jahre. Insgeheim hoffte Alessia, die Nähe des Tatorts würde sie inspirieren, Geistesblitze schicken oder bislang verdeckte Gedanken oder Möglichkeiten ans Licht locken. Plötzlich erhellte sich Alessias Gesicht.

»Welch toller Gedanke ist dir denn grad gekommen?«, wollte Cosimo auch sofort wissen.

»Wie aufmerksam, bis vor Kurzem hättest du das gar nicht bemerkt.«

»Alessia …«

»Cosimo – sag lieber nichts.«

Ihre Idee war, Cosimo über die Stidda auszufragen. Jemand Kompetenteres konnte ihr gar nicht über den Weg laufen. Schließlich arbeitete er in Rom bei der DIA, der *Direzione Investigative Antimafia*, einem nationalen Kriminalamt zur Bekämpfung der Mafia und anderer Formen der organisierten Kriminalität. Als die Väter der DIA galten die von der Mafia ermordeten Richter Giovanni Falcone und Paolo Borsellino.

Es schien wohl doch ein Wink des Himmels zu sein, mit ihm zum Essen beisammenzusitzen. Und wenn sie schon mal hier waren, warum sollte sie ihm nicht vorher noch den Tatort zeigen? Bis das Essen kam, würde es noch einige Zeit dauern. Als sie ihm den Vorschlag machte, nahm er Celina auf den Arm. Während des Abstiegs über die endlos scheinende Treppe zum Meer hinunter blieben sie immer wieder stehen. Und Alessia war sicher, dass auch Cosimo vom Anblick des türkisfarben schimmernden Meeres ergriffen war. Unten angekommen, drehte Alessia sich gleich an der letzten Stufe nach links Richtung Felsen.

»Dort, hinter dem Felsen«, zeigte sie Cosimo die Stelle. Nach einigen Schritten hatte sie den Tatort erreicht. Alessia blieb fast die Luft weg. Genau dort lagen in ihren Liegestühlen Volker Dresen und Marina Faller. Die Augen geschlossen, die Gesichter zur Sonne gedreht. Auf diese beiden war Alessia nun gerade nicht erpicht. Sie gab Cosimo ein Zeichen, drehte sich auf der Stelle um und ging voran zur Treppe. Verdutzt folgte ihr Cosimo mit Celina. Erst auf dem Weg nach oben erklärte Alessia ihm ihren überraschenden Abgang.

»Irgendwie finde ich es makaber, dass sie genau an der Stelle liegen.«

Sollte ihr das womöglich etwas sagen?

Nach dem Essen stellte sie Cosimo ihre Frage.

»Was weißt du über die Stidda?«

»Stidda?«, wiederholte Cosimo überrascht. »Es hätte mich nicht gewundert, wenn du etwas über die Cosa Nostra wissen willst, aber die Stidda?«

»Was ist so anders an ihr?«

»Nun, wir wissen allgemein wenig über diese Organisation. Eine kleine, rätselhafte, etwas schwammige mafiöse Vereinigung. Entstanden ist sie um 1850 herum in der Gegend von Gela und Agrigento. Ihre Verbindungen reichen von Campofranco über Mussomelli, Sutera, Barrafranca, Pietraperzia bis in den Raum Catania und Siracusa. Die Stidda ist eher netzartig und weniger hierarchisch strukturiert als die Cosa Nostra, aber genauso gewalttätig wie sie. Viele wechseln meistens dann zur Stidda über, wenn sie das brutale Diktat der Mafiabosse wie zum Beispiel Totò Riina nicht mehr ertragen konnten. Riina, wie du sicher weißt, war der dritte Don Corleone, Pate und Boss der Bosse. Soviel mir bekannt ist, ist die Stidda sowohl auf dem italienischen Festland, in Mailand, Genua, Turin, als auch in Deutschland und anderen Ländern aktiv. Du erkennst die Mitglieder an einem kleinen fünfzackigen Stern, den sie sich zwischen Daumen und Zeigefinger der rechten Hand tätowieren. Durch viele Verhaftungen vor etlichen Jahren ist ihre Mitgliederzahl geschrumpft. Was aber nicht heißt, dass die Stidda nicht im Verborgenen aktiv ist. Francesco Marino Mannoia war der erste Kronzeuge, der 1989 mit dem Richter Falcone über die Stidda gesprochen hat. Sie ist nicht zentralisiert und die Bosse sind nicht bekannt und es gibt keine Kommission wie bei der Cosa Nostra. Die Stidda macht Geschäfte mit der Mafia, und dann wieder bekämpfen sie sich, wie zum Beispiel Anfang 1990 in einem blutigen Krieg zwischen der Cosa Nostra und der Stidda mit mehreren Hundert Toten. Aber die Stidda ist, soviel ich weiß, nicht in diesem Bereich der Insel tätig. Und in Catania ist sie nur schwach vertreten, dann schon eher in der weiteren Umgebung von Agrigent.«

Agrigent, schoss es Alessia beim Namen dieser Stadt durch den Kopf. Sollte nicht Gaspare Ferrante eine reiche Frau aus Agrigent heiraten, wie Gerrit Curcio ihr gesagt hatte? Sollte die Stidda sich wieder nach oben arbeiten? Und sollte Don Santino Ferrante der Drahtzieher sein?

28

»Was suchst du jetzt eigentlich, Alessia?«

Cosimo konnte Fragen stellen. Statt ihm zu antworten, bedankte sie sich für die interessante Einführung in die Stidda.

»Ich kann bisher noch nicht beweisen, ob Don Ferrante einer kriminellen Organisation angehört, was allein schon strafbar wäre, aber er bewegt sich meines Erachtens im kriminellen Milieu.«

»Eigentlich seid ihr ja für die Mafiajagd nicht zuständig. Ihr sollt einen Mord aufklären, und wenn sich da mafiöse Verbindungen auftun, dann gebt das am besten an die Mafiafahndung weiter.«

»Soweit bin ich doch noch gar nicht«, verteidigte sich Alessia. »Ich weiß, wie ich zu arbeiten und was ich zu tun habe«, ärgerte sie sich über seine Belehrung. Cosimo schien ihre Verstimmung zu spüren.

»Dann lass doch über die Datenbank alle Verzweigungen der Familie überprüfen und durchleuchten«, versuchte er, sie zu versöhnen.

»Ist schon angewiesen. Zudem warten wir auf den richterlichen Beschluss für eine Telefon- und Handyüberwachung.«

Alessia sah Benita Curcio auf die Terrasse treten und den Tisch am Rande besetzen. In ihrem Gefolge waren ein schlanker weißhaariger und ein korpulenter Mann. Kurz darauf brauste auch Gerrit Curcio in Begleitung seiner Kinder durch das Restaurant auf die *Terrazza*. Alessia schaute ihm entgegen. Er trug Jeans und ein blassblaues Hemd, an dem die oberen drei Knöpfe offen standen. Lässig wie eh und je, genau wie sie ihn kennengelernt hatte. Als er sie erblickte, erhellte ein breites Lächeln sein Gesicht. Sogleich eilte er an ihren Tisch. Alessia stellte Cosimo als das vor, was er war. Ihr Exfreund und Vater ihrer Tochter.

Hoffentlich fragt Curcio mich jetzt nicht über die Ermittlungen aus, sorgte sich Alessia und kam ihm zuvor.

»Sobald es entscheidende Neuigkeiten im Fall Sophie Baumann gibt, erfahren Sie es als Erster, Signor Curcio.«

Damit hatte sie ihm den Wind aus den Segeln genommen.

»Ach, bleiben Sie doch bei Gerrit, Commissario. Und Sie und Ihre Begleitung sind natürlich meine Gäste, bestellen Sie so viel und so reichlich wie Sie möchten.«

Nachdem sich Alessia und Cosimo mit einem herzlichen »*Grazie*« für die Einladung bedankt hatten, gesellte sich Gerrit Curcio einige Tische weiter zu seiner Familie.

»*Allora*, noch mal, Alessia, was suchst du eigentlich?«

»Den Mörder von Sophie Baumann, verdammt, was soll die Frage?«

Cosimo runzelte die Stirn. Alessia stöhnte manieriert.

»Und den Attentäter von Bellini und Klarheit darüber, was mit Prisca Moretti geschehen ist.«

»Du verzettelst dich. Gib was ab.«

»Ach, haben wir denn noch jemanden in der Truppe?«, fragte sie ironisch. »Und ich kenne mich nun mal im Moment mit all diesen Details besser aus als jemand anderes.«

Celina kletterte auf ihren Schoß, trank hastig von ihrem Apfelsaft und war im nächsten Moment schon wieder bei Aaron und Noah am Tisch der Familie Curcio.

»Irgendetwas gefällt mir nicht. Verdammt! Ich hab was übersehen«, klagte Alessia von Herzen. »Da kommt noch was! Verflixt! Ich spüre es in den kleinsten Verästelungen meiner Adern.«

»Wir dürfen gespannt sein.«

»Vielleicht kenne ich Sophie Baumanns Mörder ja schon, hab sogar mit ihm gesprochen und weiß es nicht, weil die sizilianische Sonne wieder einmal versucht, mir das Gehirn wegzuglühen.«

»Alessia, nun entspann dich. Ich wollte mich eigentlich mit dir über uns unterhalten, *amore mio.*«

»Da hab ich aber jetzt gar keine Lust drauf«, gab Alessia offen zu. »Es ist vorbei, Vergangenheit, *finito*!«

Bei allen Heiligen, nein. Sie würde ihm niemals mehr vertrauen können. Das Beste wäre eine neue Liebe. Sofort! Die würde Cosimo endgültig aus ihrem Kopf und ihrem Herzen vertreiben. Aber wo sollte sie so schnell eine neue Liebe herzaubern?

Alessia vertrieb den kurzen Tagtraum und wandte sich wieder Sophie Baumann zu.

»Manchmal denke ich, ich stehe kurz vor der Aufklärung, dann bin ich wieder Mondphasen davon entfernt«, gab sie geradeheraus zu. Ihre Augen ruhten auf dem endlosen blaugrüntürkisen Meer. Sie hörte Celina am Tisch der Curcio lachen. Registrierte gedankenverloren, wie der *Cameriere* den Tisch abräumte und Cosimo *due Caffè ristretti* bestellte, nickte, als der Kellner fragte, ob das Essen gut war.

»Alessia, hallo …?«

Sie schaute ihn an, in seine tiefbraunen Augen, die so wundervoll lügen konnten. Und diesen Ton in der Stimme pflegte er früher stets anzuschlagen, wenn er sie hatte verführen wollen. Damals hatte es sie glücklich gemacht. Verzehrt hatte sie sich nach ihm. Alessia streckte sich plötzlich. Vorbei, endgültig vorbei!, maßregelte sie sich.

Wieder im Präsidium, druckte Alessia in ihrem Büro ein aussagekräftiges Foto von Prisca Moretti aus dem Internet aus. Dann stellte sie sich breitbeinig vor die Tafel mit den anderen Fotos zur Tat an Sophie Baumann und denen vom Anschlag auf die Ispettrice. Ihre Hände auf den Hüften gestützt, starrte Alessia eine längere Weile auf die Bilder, ehe sie das Foto von Prisca Moretti dazuheftete. Etwas ging ihr durch den Kopf. Sie ging zu ihrem Schreibtisch, nahm sich ein leeres weißes Blatt und schrieb mit großen Buchstaben *Prisca Moretti, 21. Juni 2010,* das Datum ihres Verschwindens, sowie *31. Juli 2011*, den Tag ihres Wiederauftauchens, darauf. Anschließend heftete sie das Blatt an die Tafel neben Morettis Foto. Erst jetzt hatte sich für Alessia der Kreis geschlossen.

Der Nachmittag in der Questura verlief im Gegensatz zum Morgen ruhig. Allmählich hielt wieder der Alltagstrott Einzug. Die Befragungen der Kollegen im Fall Bellini hatten leider nichts gebracht. Keiner der Vorgeladenen schien auch nur andeutungsweise eine Ahnung zu haben, worin die Kollegin verwickelt gewesen war. Stattdessen sorgte sich der ein oder andere der Ganoven um mögliche Streitereien zwischen den Familienclans der Insel, die sich ausgerechnet im beschaulichen Cefalù abzuspielen drohten.

Kurz vor Feierabend erschien Elvira und berichtete, was sie über Marina Faller erfahren hatte.

»Ein unbeschriebenes Blatt. Keine Vorstrafen, höchstens eine Kleinigkeit, die aber einiges über sie aussagen könnte.«

»Mach's nicht so spannend, Elvira.«

»*Allora*, als 14-Jährige hat Marina Faller ihre jüngere Stiefschwester aus Eifersucht krankenhausreif geschlagen und wurde von ihrer Mutter und ihrem Stiefvater zur ›Belohnung‹ in ein Internat abgeschoben. Zweimal hat Faller versucht, abzuhauen und unterzutauchen. Wurde aber jedes Mal von der Polizei wieder eingefangen. Ende gut, alles gut, schließlich bestand sie ihr Abitur und absolvierte eine Ausbildung zur Verpackungsdesignerin. Dabei hat sie Volker Dresen kennengelernt.«

»Auch eine Heimkarriere kann von Erfolg gekrönt sein«, schmunzelte Cappelletti.

»Sie hat ihren Weg gemacht«, schloss Elvira das Thema. Anschließend plauderten die beiden Frauen über ihre Familien. Elvira erzählte vom Tod ihres Mannes vor einem Jahr. Und wie schwer es sei, mit ihrem 15-jährigen Jungen allein zurechtzukommen, alles richtig zu machen als Alleinerziehende. Das konnte Alessia gut nachvollziehen, und sie vertraute ihr die Geschichte mit Cosimo an, den sie beinahe geheiratet hätte. Die beiden Frauen lernten sich ein Stück weit näher kennen, und zum Schluss lud Elvira ihre Vorgesetzte spontan zu sich nach Hause aus. Alessia nahm freudig an.

»Wenn alles vorbei ist«, lächelte sie Elvira zu.

Alessia mochte ihre rechte Hand. Vielleicht entwickelte sich ja eine echte Freundschaft. Alessia seufzte leicht. Sie sehnte sich nach einem Chiara-Ersatz, vermisste die vertrauten Gespräche mit ihrer Freundin aus Rom über die alltäglichen Freuden und Sorgen.

Nachdem Elvira wieder in ihrem Arbeitszimmer verschwunden war, kontaktierte Alessia die beiden Kollegen, die mit der Beschattung der Ferrantes beauftragt waren. Sie meldeten nichts Neues. In der Dunkelheit, so teilten sie mit, wollten sie das Haus und die Umgebung näher in Augenschein nehmen.

»Bitte mich sofort benachrichtigen, wenn sich auch nur ein Grashalm bewegt«, ordnete Alessia an.

Ihr Feierabend näherte sich. Aber all zu viel Hoffnung, ihn entspannt genießen zu können, hegte sie nicht. Sie dachte an Celina. Für sie wollte Alessia versuchen, abzuschalten. Und dann …, ach herrje. Die Freude auf ihr Kind bekam einen Dämpfer. Cosimo.

Alessia verspürte keine Lust auf weitere Stunden mit ihm. Stattdessen vertrödelte sie mehr Zeit als nötig in der Questura. Als sie sich endlich entschlossen hatte zu gehen, schob ihr ein Polizist zwei bekannte Kriminelle zur Vernehmung in Sachen Bellini ins Büro. Giuliano schlurfte mit grimmiger Miene hinterher.

»Diese beiden Kandidaten müssten wir noch vernehmen«, sagte er.

Alessia schloss kurz die Augen. Das war's vorerst mit dem Feierabend.

»Ich mach das schon, Commissario.«

Sie lächelte ihrem Vice dankbar zu, nahm hinter ihrem Schreibtisch Platz und kreuzte die Arme vor die Brust. Selbst wenn er die Befragung übernahm, gehen wollte und konnte sie auf keinen Fall.

Giuliano und die beiden Vorgeladenen boten ihr das verblüffende Theaterstück einer verbalen Auseinandersetzung, untermalt mit wütenden Gesten auf beiden Seiten, garniert mit Bekreuzigungen, der Anrufung aller Heiligen der Insel, Flüchen und Geschimpfe.

Giuliano zog alle Register der Vernehmungskunst. Zunächst versuchte er ein Vertrauensverhältnis aufzubauen, bot Zigaretten und Kaffee an und appellierte vergeblich an das Gewissen seiner Gegenüber. Die beiden Männer, zwei äußerlich grundverschiedene Brüder, die, wie Alessia allmählich heraushörte, in unsaubere, aber nicht nachweisbare Machenschaften im Immobiliengeschäft verwickelt zu sein schienen, waren fünfundzwanzig und dreißig Jahre alt. Der eine kleinwüchsig mit vielleicht gerade einem Meter sechzig, einem scharfen Mundwerk und verschlagenem Gesicht. Der andere im Gegenzug höher gewachsen. Mit seinen weichen Gesichtszügen wirkte er wie ein großer Junge, der niemandem etwas zuleide tun könnte. Sie sagten viel und nichts aus.

»Commissario, ich weiß nichts, bei meiner Familie, Commissario«, versicherte der Kleinere, die flache Hand auf der Brust mit einem Gesichtsausdruck, der einem fast das Herz brechen konnte.

»Schauspieler hättest du werden sollen«, fluchte Giuliano. Er schien alle Mühe zu haben, nicht völlig aus der Haut zu fahren. »Da kommen einem wirklich die Tränen, wenn man diese Antworten hört.« Dabei warf er Alessia einen Blick zu und wandte sich sogleich wieder an die beiden Männer. »Natürlich, natürlich. Ihr macht hier die drei Affen, nicht wahr? Am Ende wisst ihr nicht mal mehr, wie ihr heißt, wer euer Vater ist, wo ihr wohnt und mit wem ihr verheiratet seid. Ihr beide habt nichts gesehen, nichts gehört, ihr seid plötzlich taub und stumm.«

Irgendwann reichte Alessia das Spektakel, denn es schien zu keinem Ergebnis zu führen. Als sie Ansätze machte, sich einzuschalten, bedeutete Giuliano ihr gestenreich, sich nicht einzumischen. Alessia hielt dann auch tatsächlich den Mund. Aber hinterher würde sie ihm die Leviten lesen. Das langte ihr jetzt.

»Commissario Cappelletti«, erläuterte ihr Giuliano ganz förmlich mit erregter Stimme. »Sie stammen aus Rom, da sind Ihnen die hiesigen Verhältnisse der Polizeiarbeit noch nicht ganz vertraut. Und Sie kennen die Sizilianer nicht. Auch wenn die Angst vor der Mafia die Insel nicht mehr beherrscht wie noch vor zwanzig Jahren, an das Schweigegebot, Cappelletti, halten sich die meisten immer noch. Über eine systematische Einschüchterung durch viele Jahrzehnte ist die *Omertà*«, er schaute den beiden Ganoven abwechselnd in die Augen, »nicht wahr, ist doch so? – mit der Insel und ihren Bürgern tief verwurzelt. Hab ich recht?«

Beide senkten die Häupter, was Alessia als eine stumme Zustimmung deutete. Doch plötzlich hob der Größere den Kopf und sagte nur ein Wort. »Olivenbaron.«

»Was du nicht sagst«, vernahm Alessia noch die Stimme ihres Vice, danach hörte sie dem weiteren Vernehmungsverlauf nicht mehr konzentriert zu. Zu ihrem Erstaunen war ihr Vice eben ihr gegenüber ins *Sie* zurückgefallen. Was war nur in ihn gefahren? Und zum Donnerwetter, was ihr Giuliano aufgebracht an den Kopf geworfen hatte, traf Alessia nicht nur als Polizistin, sondern auch in ihrem Herzen. Sie wusste wie jeder, dass die Polizei nach Angriffen auf Polizisten oder deren Ermordung härtere Seiten aufzog und alles vorlud, was sich in der einschlägigen Szene herumtrieb. Was das andere betraf, hatte ihr Vice recht. Sie musste sich mehr mit der Geschichte Siziliens beschäftigen. Sie hatte viel zu wenig Ahnung von der Heimat ihrer Vorväter. Alessia Cappelletti war bereit, ihre Wurzeln anzunehmen. Sie wollte eine Sizilianerin werden.

Das Verhör blieb – bis auf den Hinweis auf den Olivenbaron, womit sicherlich Ferrante gemeint war – erfolglos. Zum Schluss schickte Giuliano die beiden Unterweltler mit einem leichten Fußtritt, der beabsichtigt nur knapp sein Ziel verfehlte, zur Tür in die Arme des herbeigerufenen Polizisten. Alessia grinste, denn sie war sicher, dass ihr Vice am liebsten kräftig hingetreten hätte.

Wie selbstverständlich blieb Cosimo im Hause Nannini, nahm am Abendessen teil und brachte ebenfalls wie selbstverständlich Celina ins Bett. Alessia ließ ihn gewähren.

»Morgen muss ich zurück, meine Kleine«, vernahm Alessia aus dem Kinderzimmer seine zärtliche Stimme, »aber wir sehen uns bald wieder.«

Sie gönnte es ihrer Kleinen, hoffte aber dennoch, dass es nicht allzu bald sein würde.

Die Sonne war mittlerweile längst untergegangen.

Hoffentlich fährt er nun in sein Hotel.

Sie wollte nur noch in ihre Wohnung und ab ins Bett. Apropos Wohnung. Bisher war sie nicht dazu gekommen, eine geeignete Bleibe für Celina und sich selbst zu suchen. Das schlechte Gewissen rührte sich, hatte aber keine Chance, sich festzusetzen. Sie war zu fertig. Wie sie befürchtet hatte, lud Cosimo sie noch auf einen Drink in Cefalù ein und schlug vor, dass sie ihn mit dem Roller hinterherfahren solle. Sie ließ sich schließlich dazu überreden. Immerhin hatte er einige Pluspunkte bei ihr gesammelt. Wie rührend er sich um Celina kümmerte, hatte Alessia beeindruckt. Wenn sie es auch nicht wirklich zugeben wollte.

Aber bevor sie aufbrechen konnten, kam ihr das Verbrechen in Gestalt eines Anrufes der Ferrante observierenden Kollegen zuvor. Die Commissario setzte sich sofort mit ihrem Vice in Verbindung.

»Du störst uns beim Kindermachen«, beschwerte sich Giuliano. »Wir haben gerade angefangen.«

»Ach, willst du etwa heiraten?«

»Ich will nur einen Sohn. Aber Spaß beiseite, *che cos'è?*« Was gibt es?

»Es tut sich was in der Madonie. In zehn Minuten treffen wir uns an der Questura. *Allora sbrigati!*«

»Ja, ja, ich beeil mich.«

Gleich darauf unterrichte sie den Vice-Questore telefonisch über ihr Vorhaben.

»Seien Sie vorsichtig und halten Sie sich lieber zurück, wenn auch nur der Hauch von Unsicherheit aufkommt. Lassen Sie sich zu nichts hinreißen. Das gibt nur Ärger.«

»*Bene, bene.*«

»Und noch etwas, den Staatsanwalt halten wir vorerst aus dieser kleinen Mission heraus.«

»*Capisco.*«

»Ich hoffe, liebe, reizende Kollegin, du hattest einen guten Grund. Ach was rede ich. Einen außergewöhnlich guten Grund, mich aus der Umarmung der Liebe zu reißen«, mimte Giuliano Protest, als sie gut zehn Minuten später in einem Zivilfahrzeug von der Questura in die Madonie aufbrachen.

»Ich lege meine Hand dafür nicht ins Feuer, aber der Kollege sagte, es bewege sich mehr als nur ein Grashalm.«

»Hä?«

»Ach, nichts, schon gut«, schmunzelte Alessia. »Nun ras nicht so, sonst bringst du uns vorher noch um.«

Giuliano ging vom Gas.

»Heilige Madonna! So langsam nun auch wieder nicht. Fahr einfach ein bisschen schneller als normal.«

»Wenn du mir sagst, wie das geht, dann gerne, sonst fahre ich so, wie es mir passt, *basta*!«

Eine knappe halbe Stunde später parkte Giuliano den Wagen etwas abseits der Azienda Ferrante. Hier wartete schon einer der Observierer auf sie, Assistente Marco Ranzino.

»Die Familie hat sich im Garten versammelt«, berichtete er. »Mein Kollege, Assistente Portera, hat sich über die hintere Mauer geschlichen, um etwas herauszubekommen. Und danke noch für den Tipp, Commissario, dass keine Hunde vorhanden sind.«

Giuliano zog ein Gesicht. »Ach deswegen die Frage auf dem Commissariato, kluges Mädchen.«

Alessia ging nicht darauf ein, obwohl es sie ärgerte, von ihm Mädchen genannt zu werden. Manchmal nahm Giuliano sich ihr gegenüber zu viel heraus. Doch jetzt ging es um etwas Wichtigeres. Sie würde ihm schon noch die Flügel stutzen.

Zunächst schlichen sie am Maschendrahtzaun entlang, bis sie zur Mauer kamen. Assistente Ranzino wies auf eine bestimmte Stelle.

»Hier macht die Mauer einen Bogen. Dieses schmale Stück wird von der Überwachungskamera ausgespart. Schauen Sie, Commissario, passen Sie auf«, er zeigte auf einen weiteren Punkt. »Da hat die Kamera Sie schon wieder im Visier.«

»*Grazie*«, bedankte sich Alessia und forderte ihn auf, wieder vor zur Straße zu gehen und achtzugeben. Alessia dachte kurz nach. Der Garten galt nicht als Wohnung und fiel auch nicht unter den erweiterten Wohnungsbegriff.

Das musste reichen.

Alessia wandte sich an Giuliano. »Du bleibst bitte direkt hier an der Mauer. Ich klettere mit Portera rüber. *Allora,* Kollege, mach mir die Räuberleiter.«

29

Streng blickte Don Santino Ferrante seinen Enkel Gaspare an.

»Wie lautet ein altes sizilianisches Sprichwort?«

Gaspare schluckte einmal kurz. In der nächsten Sekunde leierte er. »*Nun tèniri amicizia cu li sbirri ca cci perdi lu vinu e li sicarri.*«

»Genau, Gaspare, geh keine Freundschaft mit Polizisten ein, weil du dann deinen Wein und deine Zigarren verlierst. Kurz: Lass dich lieber nicht mit der Polizei ein«, proklamierte sein Großvater. »Und wenn du das doch weißt, wieso hältst du dich dann nicht daran, Gaspare?«

Gaspare straffte den Brustkorb, hob den Kopf und kämpfte gegen seine anschwellende Wut an. Wie er es hasste, wenn Großvater ihn wie einen kleinen Jungen behandelte. Und dann auch noch vor den Augen anderer! Unerträglich. Aber weder er noch sonst jemand in der Familie lehnte sich gegen den alten Don auf.

»Erst fliegst du eine Polizistin nach Rom und dann bringst du sie auch noch ins Haus«, schalt ihn der Don, wobei hochgradige Unzufriedenheit in sein Gesicht geschrieben stand.

Die aufgeladene Atmosphäre drohte Gaspare fast zu erdrücken, nicht nur, weil er das in der Luft flirrende Unheil ahnte. Bei einem raschen sondierenden Blick zu Tiziana bemerkte er aus den Augenwinkeln, dass der Don mit finsterer Miene zwischen ihnen beiden hin- und hersah. Gleich wird er etwas sagen, dachte Gaspare. Was aber der Don dann verlauten ließ, hatte Gaspare allerdings nicht erwartet.

»Warum habt ihr mich angelogen?«

Erstaunt blickten Gaspare und Tiziana ihren *nonno* an.

»Ja, angelogen«, wiederholte der Don, »als ich euch einen Tag nach der Bluttat an dieser Deutschen gefragt habe, ob ihr beide darin verstrickt seid?«

»Sind wir auch nicht«, erklärte Tiziana mit ruhiger, ernster Stimme.

»Nicht?«

Das darauf folgende Schweigen dauerte länger, als der Don es anscheinend ertragen wollte.

»Was hattet ihr dann an dem Abend bei ihr im *Kalura* zu suchen?!«, herrschte er sie an.

Nicht die gesamte Familie Ferrante war bei dieser Besprechung am späten Abend anwesend. Die drei, Don Santino, sein Enkel Gaspare und seine Enkelin Tiziana, waren unter sich. Sie hatten sich weit hinten in den Garten zurückgezogen. Dahin, wo man eigentlich alle Widrigkeiten des Lebens vergessen, allen Ärger abstreifen, die würzige Luft atmen, den Geruch der Ölbäume aufsaugen und den unergründlichen, geheimnisvollen Schwingungen der Madonie lauschen sollte.

Wie ein schützendes Segel warf der fast fünfzehn Meter hohe, krumme, knorrige Olivenbaum seine reich verzweigten Blätter über die drei Mitglieder der Ferrantefamilie unter ihm, die steif in der gemütlichen Sitzgruppe saßen. Gedimmte, verschiedenfarbige Steinleuchten, die durchdacht im Garten platziert waren, tauchten den Schauplatz in ein stimmungsvolles Licht.

Woher wusste der Don, überlegte Gaspare angestrengt, dass er und Tiziana an dem besagten Abend mit Sophie unten auf der Terrasse des *Kalura* gewesen waren? Ein unglaublicher Gedanke stieg in ihm auf, doch Gaspare schüttelte ihn sofort wieder ab. Stattdessen sah er sich vor seinem geistigen Auge hier mit Sophie sitzen, guten sizilianischen Wein trinken. Sah sich und seine Liebste, wie sie einander verliebt in die Augen blickten, sich küssten und unter dem ewigen Olivenbaum liebten. Als das Bild wieder verschwand, fuhr er sich verwirrt mit der Hand über die Stirn. Mein Gott, dachte er verzweifelt, warum musste sie nach Sizilien kommen? Er hätte noch viel Zeit gebraucht, um den Weg in die Familie Ferrante für sie zu ebnen. Und dass es gefährlich war, hatte er gewusst. Nicht aber, dass er bescha–

Der unglaubliche Gedanke von eben hatte sich den Weg in seine Gedanken zurückerobert. Der Verdacht, dass der Don ihn hatte beschatten lassen. Dieses Misstrauen seitens seines *nonno* verletzte Gaspare tief. Wie hätte er ahnen können, dass sie auf der Badeterrasse beobachtet worden waren und nun er, Tiziana und auch Prisca von der Gnade des Dons abhingen? Gaspare schaute verstohlen zu Tiziana. Während sie und Prisca an dem Abend über den kleinen öffentlichen Strand geflüchtet waren, war er selbst die Treppe zum Hotel hochgehetzt.

Bei der Erinnerung versuchte Gaspare, den Kloß in seinem Hals herunterzuschlucken. Im Augenblick konnte er nicht mehr nachvollziehen, wie er sich so kopflos hatte verhalten können. Vielleicht würde Sophie noch leben, wenn er vor Ort geblieben und nicht panisch davongerannt wäre. Das alles war dermaßen hässlich und frustrierend. Die Szene am Meeresstrand des *Kalura* stand ihm nun wieder deutlich vor Augen. Wie eine Außerirdische hatte er Prisca an dem Abend auf der Badeplattform angestarrt. Hatte sich gefragt, was mit ihr passiert war. Zwar war ihr Gesicht unter dem Hut und der Sonnenbrille kaum zu sehen gewesen, aber dennoch hatte er bemerkt, dass damit etwas nicht stimmte. Hatte sie einen Unfall gehabt? Sich vor ihm geschämt? Sich deswegen aus dem Staub gemacht? Noch heute Nacht wollte er erfahren, was passiert war. Und vor allem, wo sie sich jetzt aufhielt. Einer der Schergen des Dons hatte die beiden Frauen geschnappt, nachdem sie oben am *Coast House* neben dem *Kalura* angekommen waren. Aber Tiziana hatte ihm entkommen und sich verstecken können. Kannte sie etwa den Mörder von Sophie Baumann?

Der Don schaute fragend von einem zum anderen. Schien auf Erklärungen zu warten. Doch weder sein Enkel noch Tiziana zeigten sich dazu in der Lage. Gaspare lauschte dem Zirpen der Grillen.

»Fang an, Gaspare.«

Er schreckte hoch.

»Stichwort: Sophie Baumann«, verlangte der Don ungeduldig.

Gaspare setzte sich aufrecht. Seine Wut auf den Don köchelte in ihm. Langsam begann er, seine Geschichte mit Sophie Baumann zu erzählen. Was hatte er schon zu verlieren? Nachdem er dem Don alles gebeichtet hatte, schüttelte der unmissverständlich den Kopf und griff nach seinem Weinglas. Er nippte mehrmals daran, als würde er den Inhalt zum ersten Mal in seinem Leben kosten. Tiziana trank hastig und Gaspare überlegte, ob er ebenfalls einen Schluck nehmen sollte, ließ es dann aber. Er wollte einen klaren Kopf behalten.

Endlich gab der Don zu verstehen: »Du bist jetzt alt genug, Gaspare. Ich habe es satt und will keine Geheimnisse mehr vor dir haben. Aber dazu später mehr.« Dann wandte er sich seiner Enkelin zu. »Nun zu dir, Tiziana. Erzähl es ihm.«

Gaspare heftete seinen Blick auf seine Cousine. Sie rührte sich nicht. Von Kindheit an kannte er sie und wusste, dass sie sich im Augenblick innerlich sammelte und bemühte, ruhig und stark zu wirken. Schließlich sprach sie mit klarer Stimme.

»Prisca und ich hatten uns damals vor einem Jahr gestritten. In der Küche. Es ging erst um Banales. Dann nur noch um dich, Gaspare.«

Erstaunt zog er die Brauen hoch und zeigte mit zusammengespitzten Fingern auf seine Brust.

»Vor lauter Wut«, fuhr Tiziana fort und schwieg plötzlich. Nach einer kurzen Pause, in der sie versuchte, ihre Erregung zu beherrschen, ließ sie verlauten: »Das Ganze tut mir heute noch leid. Ich …«, sie schluckte, »ich hatte mich völlig vergessen, schnappte mir ohne zu überlegen die beiden Topflappen und schüttete Prisca mit einem Schwall das kochend heiße Spaghettiwasser ins Gesicht.«

Einen Augenblick waren nur die Grillen zu hören.

»Du hast was?«

Gaspare war aufgesprungen. Mit ausgebreiteten Armen stand er vor Don Santino und Tiziana und stammelte immer wieder: »Ich fass es nicht.«

Tiziana erhob sich, ging zu ihm, wollte ihre Hand auf seine Schulter legen, doch Gaspare schüttelte sie ab. Sie blieb jedoch dicht neben ihm stehen und murmelte: »Es tut mir so leid. Ich war so eifersüchtig auf sie, weil sie dich haben konnte und ich nicht, nur weil ich deine Cousine bin. Ich liebte dich schon als kleines Mädchen. Du warst mein Held, mein Alles. Wie gern wäre ich eines Tages für immer Dein gewesen.«

Entsetzt und überrascht von Tizianas Gefühlen entfernte sich Gaspare einige Schritte von ihr. Unvermittelt kam ihm ein Gedanke. Hatte Tiziana, nachdem sie dem Handlanger des Großvaters entkommen war, die Situation genutzt und vor Eifersucht Sophie Baumann erledigt? Er wollte sich das nicht vorstellen. Nicht Tiziana. Sie war doch keine Mörderin. Gaspares Gedanken schwirrten durch seinen Kopf wie eine Schar Vögel.

Die raue Stimme des Dons erscholl: »Das war noch nicht alles, Tiziana, erzähl es ihm. Er soll es wissen.«

Gaspare stieß erst die Luft und dann einen Fluch aus.

»Verdammt, ich bitte darum!«

Tiziana wandte sich zur Seite und schaute zu Boden, als würde sie sich schämen.

»Als ich merkte, was ich getan hatte, bin ich zu *nonno* gelaufen und habe ihn um Hilfe gebeten. In der Küche brüllte Prisca so laut, das werde ich niemals vergessen. Ich wusste, dass *nonno* sowieso nicht mit deiner Wahl einverstanden war.« Tiziana warf Gaspare einen flehenden Blick zu, als würde allein dieses Faktum ihre Tat rechtfertigen. »Genau wie du es in deinem Innern auch wusstest, Gaspare.« Sie stockte.

»Weiter Tiziana«, trieb der Don sie an.

»Meine Attacke hat Großvater zum Anlass genommen, Prisca aus dem Weg zu räumen.«

»Heilige Madonna«, murmelte Gaspare und wandte den anderen seinen Rücken zu. Ungläubig schlug er die Hände vor sein Gesicht. Er wollte nicht, dass sie seine Tränen sahen. Erst jetzt wurde Gaspare klar, wie bitterernst sein Großvater es gemeint hatte, als er ihm nahelegte, die Frau zu heiraten, die er für ihn ausgewählt hatte.

Die Plantagenerbin Elena Ciotta aus Agrigent.

Gaspare hatte sie schon einige Male geschäftlich getroffen und fand sie grässlich. In diesen Sekunden beschloss er, niemals zu heiraten. Denn dies schien offenbar das Todesurteil für alle Frauen zu sein, für die er sich entschied. Aber Moment, Prisca lebte doch! Was war geschehen? Gaspare drehte sich um: »Irgendetwas muss dabei ja schief gegangen sein.«

Der Don antwortete in einem sachlichen Tonfall. »Ja. Bis vor vier Tagen dachte ich, Prisca Moretti wäre tot. Als meine Männer sie am Abend im *Kalura* sahen, waren sie mehr als überrascht.«

Gaspare konnte seine Augen nicht von Don Santino nehmen. Immer noch ungläubig fragte er: »Du hast wirklich den Auftrag gegeben, Prisca umzubringen, weil sie dir nicht in den Kram passte? Und dasselbe hast du mit Sophie Baumann getan?«

Gaspare, völlig aus dem inneren Gleichgewicht gebracht, glaubte, sich in der nächsten Minute übergeben zu müssen. Er konzentrierte sich darauf, ruhig zu atmen. Also hatte Commissario Cappelletti gar nicht so falsch gelegen mit ihrer Vermutung. Als sich sein Magen etwas beruhigt hatte, musste er es herausschreien: »Wo ist Prisca? Hast du jetzt erledigen lassen, was damals nicht geklappt hat?«

»Jetzt beruhige dich, Gaspare!«

Der Don schüttelte den Kopf. »Sie ist gut und sicher untergebracht.«

»Wo? Wo?«, schrie Gaspare, doch er bekam keine Antwort.

Eines hatte er plötzlich klar vor Augen. Bei dem Gedanken schwindelte es ihn. Sein Großvater schreckte tatsächlich vor Mord nicht zurück. Nachdem er den Don nun in einem anderen Licht sah, hatte Gaspare keinen Schimmer mehr, wie es mit ihm selbst und seinem Leben weitergehen sollte. In diese Fußstapfen wollte er nicht treten. Morden konnte und wollte er nicht. Der Don schien tiefer im mafiösen Netz verstrickt zu sein als Gaspare je angenommen hatte. Niemand in der Familie schien zu ahnen, wie es tatsächlich aussah. Bis auf Tiziana, durchfuhr es Gaspare. Sie musste etwas gewusst haben, sonst wäre sie nicht in ihrer Not zu ihm gelaufen. Aber wie sah es mit seinen Eltern aus? Wussten sie mehr? Oder war er, Gaspare, der einzige, der von allem keine Ahnung hatte. Keine Ahnung haben sollte? Ihm zog sich der Magen zusammen. All die Jahre hatte er dem großen Don vertraut, seinem *nonno*, der immer für ihn da gewesen war, der ihn beschützt und geschult hatte, sowohl im Unternehmen als auch für das Leben. Der die Familie über alle Schwierigkeiten hinweg zusammengehalten hatte. Wie konnte ein solcher Familienmensch derart grauenhafte Dinge tun? Gaspare starrte seinen Großvater an. War das tatsächlich noch sein *nonno*? Der ihm einmal versichert hatte, mit der Mafia keine Geschäfte machen zu wollen?

»Hast du ein Killerkommando auf Sophie angesetzt, das sie an dem Abend ermorden sollte? Hast du sie ermorden lassen?«, hakte Gaspare mit lauter und erregter Stimme abermals nach. »Sophie lebte noch, als wir flohen. Hast du sie beschatten lassen, genau wie mich?«

»Egal, wie und wer es zu Ende geführt hat. Es gibt sie nicht mehr, und das ist alles, was du wissen musst, *basta*!«

Gaspare schnappte nach Luft. So harte Worte aus dem Mund seines Großvaters. Auch daran wollte sich Gaspare nicht gewöhnen müssen.

»Wie meinst du das?«, fragte er, vor Zorn verwirrt.

»Nimm es so an, wie ich es dir sage. Mehr erfährst du nicht von mir.«

Der Don räusperte sich, schwieg kurze Zeit, räusperte sich erneut und begann, mit ruhiger Stimme zu sprechen.

»Nun zu etwas weitaus Wichtigerem, Gaspare.«

Was kann es denn Wichtigeres geben?, dachte Gaspare empört.

»Du, mein Enkel Gaspare Ferrante, wirst mein Nachfolger sein. Und du wirst die Geschäfte in meinem Sinne weiterführen. So, wie ich sie dir übergebe.«

»In diese kriminellen Fußstapfen werde ich nicht treten, das schwöre ich dir bei allen Heiligen unseres Landes. Und ich will keine ›Brüder‹, keine ›Freunde‹ und auch zu keiner Familie, keinem Clan oder was weiß ich gehören. *Nonno*!«

»Willst du meine Arbeit und die deines Urgroßvaters den Bach runtergehen lassen? Willst du dich in Gefahr bringen, du dummer Junge?«

Jetzt reichte es Gaspare.

»Ich bin kein Junge mehr und schon gar nicht dumm«, schleuderte er dem Don an den Kopf.

»*Ci sei o ci fai?*«, fuhr ihn der Don an. Sitzt du auf deinen Ohren, oder willst du mich nicht verstehen?

Gaspare sog die Luft ein, bevor er den Don leise in einem scharfen Ton aufforderte: »*Non farmi incazzare.*«

»Du, du treibst mich bald zur Weißglut, Gaspare!«

Sein Großvater füllte ebenfalls seine Lungen, ehe er betont ruhig befahl: »Nächste Woche lernst du meine Freunde kennen. Wir reisen nach Agrigent.«

»Ich trete nicht der Cosa Nostra bei! Niemals! Lieber verzichte ich auf alles und gehe fort«, erwiderte Gaspare harsch. Der Don schaute ihn maßregelnd an. Aber Gaspare war stolz auf sich, dass er es zum ersten Mal gewagt hatte, sich dem Don zu widersetzen. Noch gestern hätte er sich das nicht vorstellen können.

»Du brauchst auch nicht der Cosa Nostra beitreten, Gaspare. Ich rede von der Stidda.«

30

Versteckt hinter dem einen Meter entfernten dicken Olivenbaum hatten Alessia und Portera das gesamte Gespräch belauscht. Weil sie keine Wanzen benutzt hatten, war dafür kein richterlicher Beschluss nötig gewesen. Somit konnten sie später nicht belangt werden.

Vorsichtig tastete Alessia nach ihrer Beretta unter der Jacke. Fast drohte ihr Jagdinstinkt, sie zu überwältigen. Sollten sie einfach losstürmen, ohne zu wissen, was hinter der nächsten Ecke auf sie wartete? Die Extremsituation setzte ihre körpereigene Droge frei, die Endorphine schärften ihre Wahrnehmung. Vier zu drei, wägte sie ab. Ihre Kollegen waren ebenfalls bewaffnet, da müsste eine Festnahme klappen. Also brauchte sie die Squadra Volante, das Überfallkommando, nicht zu rufen. Andererseits hatte ihr der Vice-Questore mitgegeben, mit Bedacht zu handeln. Hin und her gerissen biss sie sich auf die Lippe. Bis die Squadra Volante hier war, würde mindestens eine halbe Stunde vergehen. Andererseits könnte es ohne die Kollegen vom Überfallkommando für ihre Leute und sie selbst gefährlich werden, vor allem, wenn sich auf dem Grundstück bisher nicht ausgemachte Männer Don Ferrantes befinden sollten. Selbst wenn Don Ferrante eine Waffe neben sich liegen hatte, wovon Alessia jedoch nicht ausging, war wiederum das Überraschungsmoment auf ihrer Seite.

Kurz entschlossen rief sie den Vice-Questore an und raunte ihm ihre Absicht durch die Muschel. Ehe er wieder seine Ermahnungen loswerden konnte, sagte Alessia rasch, sie müsse das Gespräch beenden. Sie gab Portera neben sich ein Zeichen. Er trat daraufhin so dicht an sie heran, dass sie ihm ins Ohr flüstern konnte. Anschließend schlich er zu Giuliano an die Mauer. Alessia hörte die leisen Geräusche. Kurz darauf war Portera mit Giuliano und Ranzino wieder an ihrer Seite. Angespannt lauschten sie, denn einige Meter vor ihnen spielte sich gerade eine unschöne Szene ab. Nachdem Gaspare noch kurz vorher gegen den Don aufbegehrt hatte, vernahmen sie jetzt sein wütendes, verzweifeltes Weinen. Hörten, dass der Don seinem Enkel das Wort *mammone* entgegenschleuderte und das Muttersöhnchen aufforderte, endlich ein Mann zu werden. Tiziana blieb still. Aber sie trank nervös das vierte Glas Wein.

Unvermittelt, Alessia zuckte zusammen, brüllte der Don: »Hör endlich auf zu heulen! *Cocco di mamma!*«

Alessia stand unter Hochspannung. Sie mussten jetzt sofort zuschlagen. Für ein paar Sekunden dachte sie an ihre kleine Tochter, dann schob sie den Gedanken beiseite. Sie musste sich auf die gefährliche Situation hier konzentrieren. Es war ihr Job und sie wollte ihn gut machen. Aber es war ihr klar, dass sie ihre Kollegen und sich selbst einem hohen Risiko aussetzte und dafür bestimmt auch vom Vice-Questore einiges zu hören bekommen würde. Geräuschlos drehte sie sich ihren Kollegen zu und flüsterte: »Denkt dran, dass sich auf dem Grundstück womöglich Bewacher aufhalten. Haltet die Augen offen.«

Noch einmal holte Alessia tief Luft.

»Zugriff«, hauchte sie.

Danach lief alles wie am Schnürchen. Jeder wusste, was er zu tun hatte. Mit gezogenen Waffen verteilten sie sich blitzartig und hatten in der nächsten Sekunde die drei Personen in der Sitzgruppe unter dem knorrigen Olivenbaum im Halbkreis umzingelt. Völlig überrascht blieben die drei einfach sitzen. Die beiden außenstehenden Assistenti Portera und Ranzino drehten sich leicht ab und ließen aufmerksam ihre Augen kreisen, ob sich aus dem Hinterhalt jemand näherte. Alessia hatte sich vor Don Ferrante postiert.

»Santino Ferrante, ich nehme Sie fest wegen des Verdachts auf Auftragsmord und Zugehörigkeit zu einer kriminellen Vereinigung. Gaspare Ferrante und Tiziana Paxiani, Sie nehme ich fest wegen Behinderung der Ermittlungen in einem Mordfall sowie unterlassener Hilfeleistung.« Auf Tiziana würde zudem eine Anklage wegen schwerer Körperverletzung gegen Prisca Moretti warten. Anschließend nahm Alessia sich wieder den Don vor. Sie stellte sich nah vor ihn, sah ihm in die Augen und fragte: »Wo ist Prisca Moretti?«

Schweigen.

Sie wiederholte ihre Frage gegenüber Gaspare und Tiziana, obwohl Alessia wusste, dass sie wahrscheinlich und Gaspare bestimmt keine Ahnung hatten, wo sich die Frau aufhielt.

»Abführen!«

Die Handschellen klickten. Alessia schob ihre Waffe wieder ins Holster unter ihre Jacke und wunderte sich, warum sie über diesen Fang nicht so recht glücklich war.

Telefonisch berichtete sie dem Vice-Questore vom Erfolg der Mission. Im gleichen Atemzug forderte sie Verstärkung für die Hausdurchsuchung, die Suche nach Prisca Moretti und für die Bewachung von Gaspares Eltern an. Sie standen verwirrt im Flur und starrten dem Don, ihrem Sohn und Tiziana nach, die von Beamten eskortiert zu den Wagen geführt wurden. Alessia wies Assistente Ranzino an, so lange vor Ort zu bleiben und das verstörte Ehepaar Ferrante im Auge zu behalten, bis die Ablösung kam.

Alessias größte Sorge war Prisca Moretti. Sie mussten sie finden. Wenn sie überhaupt noch lebte, befand sie sich womöglich in höchster Gefahr. Der Don hatte behauptet, sie sei sicher und gut untergebracht. Nur wo? Hier auf dem Anwesen?

Akribisch durchsuchte Alessia das große Wohnhaus von oben bis unten. Sie fand weder eine geheime Kammer noch unterirdische Verliese noch irgendetwas, wo jemand versteckt gehalten werden konnte und sich auf Rufen nicht meldete. Aber vielleicht hatte sie in ihrer Müdigkeit etwas übersehen. Oder Moretti war gar nicht hier im Haus, sondern irgendwo bei Komplizen untergebracht.

Als die Kollegen gegen dreiundzwanzig Uhr eintrafen, fuhr sie mit Portera, der herzhaft neben ihr gähnte, zurück in die Questura.

Der Vice-Questore war noch im Präsidium. Er hatte auf Alessia gewartet und nahm sie sofort beiseite. Alessia wusste schon, was auf sie zukam.

»Das hätte ins Auge gehen können, Cappelletti. Das nächste Mal in derartigen Situationen dulde ich keine Alleingänge mehr. Es steht nicht umsonst ein Überfallkommando mit den entsprechend qualifizierten Leuten zur Verfügung.«

Er hatte ja recht, aber sie hatte die Lage doch richtig eingeschätzt. Es war mehr als gut gegangen. Und vielleicht hing es mit ihrem Reizpegel zusammen, dass sie etwas spitz fragte: »Halten Sie mich nicht für qualifiziert, Vice-Questore?«

Er sah sie an, zog die Brauen hoch und meinte tadelnd: »Cappelletti!«

Wie bei ihrer ersten Vorladung waren die Festgenommenen sogleich voneinander getrennt worden. Mit den Worten »Morgen früh reden wir Tacheles«, wünschte Alessia jedem Einzelnen persönlich eine angenehme Nachtruhe in ihren Zellen der Questura.

Zum Schluss setzten sich alle noch einmal kurz zusammen. Borsellino, Alessia, Giuliano und die Assistenti Portera und Ranzino. Noch immer in einer angespannten Erregung berichteten sie dem Chef über den Ablauf der Festnahme. Ließen wieder und wieder einzelne Bilder vor den Augen des Vice-Questore entstehen, und egal, wie fertig sie zu dieser späten Stunde waren, keiner von ihnen hätte im Augenblick schlafen können.

»Die Staatsanwaltschaft«, so der Vice-Questore, »ist aufgrund der Schwere der Tat von mir informiert worden. Die Beschuldigten müssen spätestens morgen dem Haftrichter vorgeführt werden. Ich habe schon mit ihm gesprochen. Es sieht gut aus mit einem Haftbefehl.«

Alessia war erleichtert, sorgte sich aber dennoch.

»Und was ist mit dem Bürgermeister? Dem Ministerium? Oder womöglich gibt es irgendeinen Abgeordneten in Rom?«

Borsellino stöhnte nur auf. Alessia fragte sich, ob er sich ebenfalls Gedanken darüber machte, oder ob es die Verzweiflung darüber war, Polizist auf Sizilien zu sein.

31

Als Alessia die Haustür ihres Appartements in der Via Dietro Castello erreichte, staunte sie über die Maßen. Auf dem Boden davor hockte, Alessia schaute zur Sicherheit zweimal hin, Cosimo. Er sprang hoch, als sie vor ihm stand.

»*Finalmente!*«

»Was heißt hier endlich? Hat dein Hotel schon geschlossen, oder was suchst du hier?«

Alessia klang gereizt.

»*Bella mia* …«

Alessia verdrehte die Augen und schloss unbeirrt die Haustür auf, während Cosimo versuchte, sich zu erklären.

»Morgen bin ich wieder in Rom. Ich musste dich noch einmal sehen.«

Sie drehte sich zu ihm um, als er Anstalten machte, hinter ihr den Hausflur zu betreten.

»Jetzt hast du mich ja gesehen«, erwiderte Alessia barsch. »Lass mich in Ruhe, ich bin fix und fertig und morgen ist ein neuer anstrengender Tag.«

Sie schob ihn zurück, aber er griff hart nach ihrem Arm.

»Soll ich schreien, Commissario Capo?«, knurrte Alessia ihn mit funkelnden Augen an.

Cosimo lockerte daraufhin den Griff, ließ sie aber nicht los. Das Licht im Hausflur erlosch. Ehe Alessia den Schalter erneut drücken konnte, presste Cosimo sie an die Wand und suchte ihren Mund. Alessia war derart verblüfft, dass sie es zunächst geschehen ließ. Sie spürte, wie ihr Bauch sich zusammenzog und ihr Herz schneller schlug. Alles in ihr signalisierte, sich einfach fallenzulassen. So wie früher. Zumal sie nach diesem Tag keine Kraft mehr hatte, sich gegen ihn zu wehren. Und es tat gut, begehrt zu werden. Um Haaresbreite hätte sie ihrer

Gefühlsregung nachgegeben, aber in der Sekunde, als sich ihre Zungen berührten, stieß Alessia ihn weg. Sie hatte allerdings keine Chance, davonzukommen, als er ihren Kopf zwischen seine kräftigen Hände presste und sie anstarrte.

»*Amore mio, tu sei tutto per me*«, murmelte er und versuchte erneut, seinen Mund auf ihre Lippen zu drücken.

Alessia drehte den Kopf weg.

»Ach, auf einmal bin ich alles für dich. Du kommst zu spät damit. Jetzt scher dich zum Teufel, *cazzo*! Und wenn du das nächste Mal Celina besuchen willst, meldest du dich rechtzeitig an.« Alessia riss sich von ihm los, stieß ihn aus dem Flur und knallte die Tür zu.

»Puh.«

Sie horchte. Keine Schritte, die sich entfernten. Wollte er die Nacht vor ihrer Haustür verbringen, bis er sie herumgekriegt hatte? Zuzutrauen wäre es ihm.

»Alessia«, hörte sie ihn durch die Tür ihren Namen hauchen. Tiefkehlig, weich und samtig. »*Ti adoro.*«

Auf der anderen Seite der Tür schloss Alessia die Augen.

Plötzlich betet er mich an. Zu spät, zu spät, mein Lieber.

»Hast du den Mörder von Sophie Baumann?«, versuchte Cosimo nun eine neue Strategie.

Ganz schön clever, dachte Alessia. Er kannte sie. Natürlich drängte es sie danach, über den Ermittlungserfolg zu sprechen. So wie früher in Rom, wenn sie abends bei Wein, Pasta und Brot auf seiner kleinen Terrasse hoch über der Stadt zusammensaßen und den vergangenen Arbeitstag analysierten. Die Sehnsucht nach dieser harmonischen Zeit mit Cosimo quetschte ihr Herz zusammen. Spontan riss sie die Tür wieder auf.

»Ach verdammt, komm hoch auf einen Kaffee.«

Cosimo strahlte wie Celina sonst nur unter dem Weihnachtsbaum.

Kurze Zeit später saßen sie in der winzigen Küche an dem Klapptisch zwischen Umzugskartons und anderem Krempel, dem Alessia noch keinen Platz zugewiesen hatte. Wann auch?

Ein wenig verlegen schlürften sie den aufgebrühten Kaffee. Dass er nicht besonders schmeckte, schien Cosimo nicht zu stören. Alessia hatte ihm gerade alles über die Festnahme der Ferrantefamilie erzählt.

»Wieso«, knüpfte er an ihr Gespräch an, »hast du ein komisches Gefühl? Wieso bist nicht glücklich über den Erfolg?«

Alessia verzog das Gesicht.

»Ist es dein Bauch?«, gab Cosimo keine Ruhe.

»Eher so ein Instinkt. Ein innerer Impuls, dass etwas nicht in Ordnung ist. Dass es noch nicht vorbei ist. Verstehst du das?«

»Natürlich ist es noch nicht vorbei«, beteuerte Cosimo. »Allerdings, den Auftraggeber hast du, und das ist schon viel wert. Aber die Täter laufen noch frei herum und warten auf den nächsten Befehl, und der kann auch aus dem Knast kommen.«

»Nein, das ist es nicht. Es ist eine andere Stimmung, ein fremdes und doch irgendwie vertrautes Befinden. Ich kann es noch nicht exakt benennen. Das hat nichts mit den Tätern zu tun. Wenn die hinter Schloss und Riegel sind, kommen andere und machen weiter. Das wissen wir beide. So gesehen wird es nie vorbei sein.«

Alessia hob den Kopf. Cosimo starrte ihr ins Gesicht.

»*Che cosa?*«, fragte Alessia und bedauerte einmal mehr, schwach geworden zu sein. Wo sollte das hinführen? War sie nicht mit diesem Mann, dem Vater ihrer süßen Tochter, fertig? Ein für allemal? Noch während sie das dachte, wusste Alessia, dass sie sich in die Tasche log. Und als könne Cosimo ihre Gedanken lesen, sagte er mit tiefer, weicher Stimme: »*Mi amore*, auch mit uns wird es nie vorbei sein. Egal, wohin du flüchtest. Ich werde immer deinen Spuren folgen.«

Dabei schaute er sie mit einem Gesichtsausdruck an, der nicht einmal sämtliche Heiligen von Sizilien kaltgelassen hätte.

»Und den Spuren unserer Tochter, die wir beide über alles lieben.«

Bei den letzten Worten blickte er sie beschwörend an. Alessia konnte sich nicht dagegen wehren, dass sie das Gefühl beschlich, das einzige weibliche Wesen auf diesem Planeten für ihn zu sein. Als sie sich damals kennengelernt hatten, erinnerte sie sich in dem Augenblick, hatte er ihr täglich dieses Gefühl vermittelt. Wehmütig wollte sie losweinen, wollte sich anlehnen, umarmt werden, geliebt werden. Wollte, dass alles wieder so war wie noch vor einigen Monaten. Wie zu Anfang sollte es wieder sein. Aber das war eine Illusion. Dumme Gedanken. Dumme Gefühle. Tränen kullerten über ihre Wangen. Sie kniff die Augen zusammen, hörte Cosimo aufspringen, den Klappstuhl umkippen, ihn um den winzigen Tisch eilen, sah ihn auf die Knie gehen, um sie im nächsten Moment in die Arme zu schließen. Alessia ließ es geschehen. Sollte es ihr doch für heute Nacht egal sein. Was würde sie sich schon vergeben? Morgen würde sie ihm wieder zeigen, dass sein Platz nicht mehr an ihrer Seite war. Morgen würde er wieder weit weg sein und keine Gefahr mehr für sie darstellen.

Was dann geschah, raubte ihr beinahe die Sinne. Er hob sie vom Stuhl und trug sie zielsicher, als kenne er ihre Wohnung in- und auswendig, ins Schlafzimmer. Behutsam, als wäre sie aus feinem Porzellan, ließ er ihren Körper auf das rote Laken gleiten. Ausgerechnet rote Bettwäsche hatte sie gestern Morgen aufgezogen, durchfuhr es sie. Sie rechnete nicht damit, dass er nun ging und sie ihrer verdienten Nachtruhe überließ. Einen Moment verharrte er vor ihrem Bett, schien unschlüssig, dann allerdings passierte endlich das, was Alessia erwartet, ja sich insgeheim erhofft hatte, wenn sie ehrlich zu sich selbst war. Aus der Küche fiel schwaches Licht in den Schlafraum, gerade soviel wie nötig, um eine heimelige Atmosphäre zu zaubern. Cosimo legte sich neben sie und manövrierte seinen Arm unter ihren Kopf. Alessia wandte ihm mit geschlossenen Augen ihr Gesicht zu. Sie hatte Angst, ihn anzusehen und sich in seinen Augen zu verlieren. Aber war sie das nicht schon längst?, fragte sich Alessia. Die vergangenen Monate in Rom war sie Cosimo konsequent aus dem Weg gegangen, wollte ihm keine Gelegenheit geben, sich ihr mehr als unbedingt nötig zu nähern. Was hatte sie nur geritten, diesen Vorsatz so unvermittelt über Bord zu werfen? Der Gedanke hatte noch nicht ganz ihren Kopf verlassen, als Cosimo sich über sie beugte, ihren Mund suchte, seinen Körper sanft fordernd an ihren schmiegte und sie mit heißblütigen Küssen überzog. Alessia spürte seine harte Erektion.

Nur diese eine Nacht. Nur heute Nacht.

Und endlich konnte sie ihr Herz und ihren Schoß öffnen und dachte dabei, wenn die Sonne aufgeht, ist alles vorbei.

Dann bin ich wieder mit Celina alleine.

32

Am nächsten Morgen verschliefen sie beide und schlugen erst die Augen auf, als die Glocken zu läuten begannen und Böllerschüsse über Cefalù zu Ehren des Santissimo Salvatore erschallten. Gleichzeitig, fast wie abgepasst, rief Giuliano an. Belustigt über ihr Verschlafen informierte er sie, dass die Ferrante sehnsüchtig auf den Beginn des Verhörs warten würden. Alessia sprang aus dem Bett. Fluchend eilte sie ins Bad. Ein verwirrter Cosimo jagte hinter ihr her.

»Mein Liebling, was ist los!? Warum springst du nach dieser wundervollen Nacht einfach aus dem Bett? Warum schimpfst du?«

Alessia wusch sich flüchtig, verließ das Bad, wieder gefolgt von Cosimo, dem sie immer noch eine Antwort schuldig blieb. Schweigend zog sie an, was ihr gerade in die Finger kam. Cosimo stand mit ausgebreiteten Armen vor ihr und wollte wissen, was sie so aufregte.

»Zieh dich erst mal an. Ich muss los, du kommst doch alleine klar, *vero*?«

Sie eilte zur Tür. Cosimo folgte ihr bis in den Hausflur und noch die ersten Stufen hinunter, bis sie sich zu ihm umdrehte und lachte.

»Mamma mia, wenn jetzt jemand kommt – zieh dir was an.«

»*Bella*, wir telefonieren. *Ti amo, ti amo!*«, schallte es noch durch den Hausflur, als Alessia längst draußen war und schon auf ihrem Roller saß. Als sie davonfuhr, schaute er aus dem Fenster und warf ihren einen Handkuss zu.

»*Ciao bella, a presto!*«

Nein, dachte sie, hoffentlich nicht bis bald.

Als Alessia an der Questura ankam, weilten ihre Gedanken noch bei den leidenschaftlichen Stunden der vergangenen Nacht.

Nun aber war es Zeit, alles Private beiseitezuschieben und sich auf den Job zu konzentrieren.

Im Büro des Vice-Questore hielten Alessia und Giuliano eine erste kurze Besprechung zum Fall Baumann/Ferrante ab. Mürrisch nahm Alessia zur Kenntnis, dass bei der weiteren Durchsuchung der vergangenen Stunden im Haus Ferrante weder Prisca Moretti noch Waffen noch sonst etwas Verräterisches gefunden worden war, was die Beschuldigungen untermauerte.

Don Ferrante arbeitet sauber und akribisch.

Zunächst konfrontierte Alessia jeden der Festgenommenen einzeln mit den Schuldvorwürfen. Sie wusste, wovon sie redete, hatte sie doch alles mit eigenen Ohren angehört. Die Mauer des Schweigens war allerdings dicker, als sie erwartet hatte.

»Ich bestehe auf meinen Anwalt, ohne ihn sage ich nicht eine Silbe«, waren die einzigen Worte, die sie allen entlocken konnte. Also schickte man nach Dr. Albarra, der allerdings von Palermo aus eine Weile brauchen würde, um hier zu sein. Diese Zeit wollte Alessia für die Vernehmung Gaspares nutzen. Er schien ihr geständig zu wirken. Zunächst ließ sie ihn mit Cappuccino und Teilchen versorgen. Sie selbst gönnte sich nur einen Cappuccino. Wie schon einmal saßen sie sich gegenüber. Das Aufnahmegerät sirrte leise auf dem Tisch zwischen ihnen. Und Giuliano stand wie immer an der gleichen Stelle an die Wand gelehnt, die Beine gekreuzt, die Arme über der Brust verschränkt.

»Signor Ferrante, Sie sagten gestern Abend, Sophie Baumann hätte noch gelebt, als sie gegangen sind? Was ist vorher auf der Badeplattform des Hotels *Kalura* passiert? Was?«

Gaspare schien zu überlegen, ob er sprechen sollte. Aber er zögerte.

»Reden Sie! Wir bekommen es so oder so heraus. Es dauert nur etwas länger. *Allora*. Erleichtern Sie Ihr Gewissen. Sie haben doch noch eines, *vero*?«

Alessia streifte aus den Augenwinkeln ihren Vice und wartete geduldig. Giuliano schaute an die Decke. Wie sie ihn kannte, würde er Gaspare am liebsten am Kragen packen und die Antworten aus ihm herausschütteln.

»Haben Sie Angst vor Ihrem Großvater? Oder wovor fürchten Sie sich?«, versuchte die Commissario es mit ruhiger Stimme und erreichte immerhin, dass Gaspare tief durchatmete.

Komm schon, komm schon, versuchte Alessia ihn mit der Kraft ihres Geistes zu beschwören. *Diamine!* Verflixt!

»*Madonna santa*«, begann Gaspare so unvermittelt, dass Alessia ihn eine Sekunde überrascht anschaute. »Ich weiß überhaupt nicht, was in meiner Umgebung los ist«, stöhnte Gaspare. »Was in meine Familie gefahren ist.«

»Was war mit Sophie Baumann?«, lenkte Alessia ihn sogleich in die gewünschte Richtung.

»Bis zum Telefonat stimmt alles, was ich Ihnen erzählt habe.«

»Aber dann fingen Sie an, uns zu belügen?«

»*Sì*, Commissario. Ich war nicht ehrlich.«

Verlegen verstummte er, legte die Handflächen gegeneinander und hielt sie wie zum Gebet vor seinen Mund.

»Wie war es dann?«, drängte ihn Alessia.

»Als ich auf der Badeplattform des *Kalura* ankam, war eine Frau bei Sophie. Ich dachte mir nichts dabei, bis ich glaubte, sie zu erkennen. Ich war völlig überrascht. Mehr noch erschrocken. Durcheinander, denn es war Prisca, Prisca Moretti, mit der ich verlobt war und die plötzlich verschwunden gewesen war.«

»Und haben Sie sich, Signor Ferrante, nicht darüber gewundert, die beiden Frauen zusammen anzutreffen? Wussten Sie, dass sie sich kannten? Wieso sie sich getroffen haben?«

»Commissario, ich weiß nicht mehr, was genau ich gedacht oder gefühlt habe. Ich war konsterniert. Ich kam nicht zum Denken. Es geschah dann alles so schnell. Erst später habe ich überlegt.«

»*Bene*, erzählen Sie weiter. Was ging alles so schnell?«

»Es gab einen Disput. Prisca machte mir Vorwürfe, sie im Stich gelassen zu haben. Ich konnte von ihrem Gesicht nicht viel erkennen, aber ich glaube, sie sah furchtbar aus. Aber ich habe das alles gar nicht so schnell in meinem Kopf umsetzen können. Erst als Großvater später …« Gaspare hielt einen Moment inne und senkte den Kopf. »Wie vom Donner gerührt stand ich da, starrte Prisca an und beteuerte, sie damals gesucht zu haben, dass ich nicht verstanden habe, warum sie mich verlassen hat. Und dass ich von dem, was ihr geschehen ist, keine Ahnung gehabt habe. Hatte ich ja auch tatsächlich nicht, aber sie glaubte mir nicht.« Gaspare schüttelte den Kopf. »Ich vergaß beinahe, dass Sophie die ganze Zeit schweigend dabeistand. Und während ich Prisca anstarrte, erschien auf einmal Tiziana. Ich fragte mich noch, wieso die beiden hier waren. Niemand wusste von meinem Treffen mit Sophie. Erst später erfuhr ich, dass Sophie und Tiziana sich an dem Tag schon einmal begegnet waren und Tiziana ihr gefolgt war. Meine Cousine bestätigte Prisca ebenfalls, dass ich bis heute völlig ahnungslos über das gewesen sei, was damals geschehen ist. Jedenfalls reagierte Prisca heftig und gereizt auf Tiziana, aber zu dem Zeitpunkt wusste ich ja noch nicht, was Tiziana ihr angetan hatte. Prisca fragte, wieso wir sie alle für so dumm hielten? Nannte mich Verräter unserer Liebe und drohte mir mit der Faust. Mit einem Mal ging alles rasend schnell. Ich kann es nicht mehr genau wiedergeben, mich genau erinnern. Plötzlich hielt Prisca ein Messer in der Hand und versuchte, damit auf mich einzustechen. Ich hörte Sophie ›No, no‹ schreien, und wie der Blitz war sie auf einmal zwischen mir und Prisca.«

Was hatte Sophies Mitbewohner Florian Spatz gesagt?

Das, was ihr lieb und teuer war, hätte sie mit ihrem Leben verteidigt. Sie würde sich vors Messer werfen.

War das tatsächlich der Fall gewesen? Die Verletzungen im Gesicht deuteten darauf hin. Aber wer hatte ihr dann endgültig den Tod gebracht?

»Erstatten Sie Anzeige gegen Prisca Moretti wegen versuchter Körperverletzung?«

Gaspare sah sie so ungläubig an, dass eine Antwort überflüssig war.

»Aber Sie wissen, dass es sich um ein Offizialdelikt handelt, und der Staat, hat er Kenntnis davon wie in Ihrem Fall, es auch verfolgt, selbst, wenn keine Anzeige vorliegt.«

Gaspare nickte schwach.

»Sprechen Sie weiter.«

»Das Messer traf Sophie im Gesicht. Ich versuchte, sie wegzuziehen, aber Sophie war schon reflexartig ausgewichen. Sie hielt sich die Hände vor den Kopf, stand einige Sekunden wackelig auf den Beinen, und ich breitete die Arme aus, um sie zu halten. Schaute dabei fassungslos von Prisca zu Tiziana. Ich glaube, keiner von uns hatte so richtig erfasst, was gerade passiert war. Ehe ich Sophie auffangen konnte, knickten ihr die Beine ein. Sie sackte zu Boden. Ich beugte mich zu ihr hinunter, als ich Tiziana im Befehlston sagen hörte: ›Weg hier! Alle weg hier!‹ Ein Kommando, auf das wir ohne zu überlegen hörten.«

Alessia schüttelte den Kopf über dieses Verhalten. »Und dann haben Sie alle Sophie Baumann einfach liegen lassen. Unterlassene Hilfeleistung, das wissen Sie.«

»Ich schäme mich furchtbar dafür. Ich war feige. Ich war kopflos. Wovor ich Angst hatte, weiß ich eigentlich gar nicht. Meine Reaktion ist mir heute ein Rätsel.«

»Aber die Stiche im Gesicht haben Sophie Baumann nicht umgebracht«, bemerkte Alessia.

»Ich weiß«, antwortete Gaspare zu ihrer Verblüffung. »Als ich zur Besinnung kam, bin ich wieder runter zur Terrasse, wollte ihr helfen, aber da war sie schon tot.«

»Wieso haben Sie nicht sofort die Polizei angerufen, verdammt noch mal?«

Gaspare knickte mit dem Oberkörper ein. Beschämt senkte er seinen Kopf.

»Erledigen die Handlanger Ihres Großvaters ihren Job mit Scheren?«, fragte Alessia unvermittelt.

Gaspare sah sie verständnislos an. »Was meinen Sie?«

»Schon gut, vorerst. Machen wir eine Pause.«

Alessia trat auf den Korridor und ließ ihren Vice mit Gaspare alleine. Bevor sie zum Nachdenken kam, erschien Anwalt Albarra, als wäre die Questura seine Bühne. Ein Assistent folgte ihm ergeben wie ein Hündchen. Albarra selbst fegte den Flur entlang auf sie zu. Ehe er sie fragen konnte, deutete Alessia auf die Tür, hinter der Don Santino Ferrante saß. Ohne anzuklopfen öffnete Albarra schwungvoll die Tür. Alessia folgte dem *avvocato* ins Zimmer. Der wachhabende Polizist entfernte sich mit einem kurzen Nicken. Don Ferrante schnellte beim Eintreten des Anwalts mit einem vorwurfsvollen »*Finalemente*« von seinem Stuhl hoch. Die beiden Männer begrüßten sich mit einem brüderlichen Schulterklopfen. Alessia sah ihnen interessiert dabei zu, bis sich der *avvocato* ihr zuwandte.

»Ich würde gerne mit meinem Mandanten alleine reden, Commissario Cappelletti.«

Alessia zuckte mit den Schultern, verzog sich wieder auf den Flur und lehnte sich eine Weile an die Wand. Grüßte die Kollegen, die vorbeikamen und ihr herzlich zulächelten, während sie überlegte, wie sie weiter vorgehen sollte. Hier warten und in fünf Minuten einfach wieder hineingehen? Nein, das durfte sie nicht. Sollte sie stattdessen noch einmal mit Tiziana reden? Oder Gaspare? Nein, ihr Mann, glaubte Alessia, war Don Santino Ferrante. Also verharrte sie an die Wand gelehnt mit einem Gefühl, dass gleich etwas passieren würde. Nach weniger als fünf Minuten trat der Assistent des Anwalts mit einem denkwürdigen Gesicht aus dem Vernehmungszimmer. Mit flinken Schritten eilte er Richtung Ausgang, während Albarra seinen Kopf durch die Tür streckte und ihm nachsah. Herausfordernd lächelte Alessia den Anwalt an.

»Ist Ihrem Kollegen beim Anblick des Abschaums schlecht geworden?«

Der *avvocato* bedachte sie daraufhin mit einem verachtungswürdigen Grinsen.

Wieso können sich Anwälte und Polizei nie leiden?

»Commissario, *per favore*, setzen Sie die Vernehmung für eine Stunde aus. Mein Assistent wird bald zurück sein und Ihnen etwas präsentieren.«

»Na, dann bin ich aber neugierig auf Ihre Präsentation.«

Es dauerte nicht einmal eine Stunde. Und was der Assistent ihr präsentierte, erstaunte Alessia erheblich. Offensichtlich glaubte der Anwalt, einer Polizistin im Staatsdienst ungestraft ein X für ein U vormachen zu können. Kurzerhand schickte sie Albarras Assistent mit seiner Präsentation in Begleitung eines Polizisten in einen anderen Raum. Kaum war er weg, stellte sie sich vor Don Ferrante und Albarra.

»Sagen Sie, verehrter *avvocato*, wo haben Sie die Dame so schnell aufgetrieben?«

»Das war nicht schwer. Wussten Sie nicht, dass Signora Moretti als Gast in einer der Ferienwohnungen meines Mandanten wohnt?«, deklamierte der Anwalt genüsslich.

»Was Sie nicht sagen«, knurrte Alessia und wusste genau, dass er log. »Dann hören wir doch mal, was die Dame zu sagen hat.«

Prisca Moretti war blass. Ihr Gesicht und Teile des Halses waren durch Narben entstellt. Mit einer großen Sonnenbrille versuchte sie, der Außenwelt zu trotzen. Alessia war klar, dass Moretti ihre Brille auch während des Verhörs nicht abnehmen würde. In dem schlichten, dunkelgrauen Kleid sah sie aus wie eine Trauernde. Wahrscheinlich, sagte sich Alessia, lebte die junge Frau in ständiger Trauer um ihr verlorenes Leben. Ein Polizist trat ein und brachte Kaffee. Moretti sah den Mann nicht an, als sie sich bedankte, sondern hielt den Kopf weiter gesenkt. Alessia schaltete das Diktiergerät ein, als es klopfte. Auf der Türschwelle erschien der *avvocato*, nickte seinen Assistenten heraus und setzte sich selbst neben Prisca Moretti.

Als wäre er mit der Signora schon lange vertraut, legte er seine Hand auf ihre Schulter. In einem schmeichelnden Ton, der ihr vermitteln sollte, dass niemand hier ihr etwas anhaben könnte, forderte er sie auf zu sprechen.

Alessia lehnte sich gespannt in ihrem Stuhl zurück und verschränkte die Arme vor der Brust. Die Szenerie war ihr nicht geheuer. Wie aufgezogen nannte Moretti ihren Namen und ihre persönlichen Daten. Im Anschluss daran entstand eine längere Pause. Der Anwalt hatte seine Hand von ihrer Schulter genommen, tastete sich aber jetzt vorsichtig wieder heran und tätschelte den Rücken seiner Mandantin, als wollte er sagen: »*Nun mach schon.*«

»Ich möchte ein Geständnis ablegen, Commissario«, erklang dann auch prompt Prisca Morettis Stimme. Alessia schluckte. Sie löste ihre verschränkten Arme und setzte sich aufrecht.

»*Bene*, was möchten Sie gestehen?«, fragte Alessia, obwohl sie annahm, es zu wissen. Ihre Frage sollte mehr ein Hinweis an Prisca Moretti sein, sich genau zu überlegen, was sie vorzuhaben schien.

»Ich habe Gaspare Ferrante mit dem Messer angegriffen.«

»Das wissen wir bereits.«

»Und dabei Sophie Baumann verletzt.«

»Das wissen wir ebenfalls. Gibt es noch etwas anderes?«

Prisca schaute zu Albarra. Der nickte ihr aufmunternd zu.

»Ich bin an dem Abend noch einmal zurück auf die Badeterrasse gegangen, weil ich nach Sophie Baumann sehen wollte. Sie hatte …, ich meine, sie stand an den Felsen gelehnt. Ich wollte ihr helfen, aber sie hat mich abgewehrt, hat mich beschimpft, dass sie mich ins Gefängnis bringt und so weiter. Da habe ich zugestochen. Ich habe sie umgebracht.«

»Ach«, war alles, was Alessia dazu sagte, während sie versuchte, sich die Worte des Rechtsmediziners zu dem Fall zu vergegenwärtigen. Jetzt ärgerte sie sich, dass sie den Obduktionsbericht nach dem Gespräch mit Dottor Fasullo nur noch überflogen hatte. Neben der Schere war ihr ein weiteres Detail merkwürdigerweise im Gedächtnis haften geblieben. Aber Alessia wollte ganz sichergehen, bevor sie sich weiter äußerte. Denn sie konnte nicht glauben, tatsächlich die Mörderin von Sophie Baumann vor sich zu haben. Oder doch? Alles war möglich.

»Signora Moretti, aus welchem Grund haben Sie, wie Sie vorgeben, Sophie Baumann getötet?«

»Weil sie mich so beschimpft hat und …« Moretti stockte. »Und weil ich nicht ertragen konnte, dass sie Gaspare Ferrante heiraten wollte.«

Das war ein Motiv. Aber wieso hat Moretti sie dann nicht gleich umgebracht? Wegen der beiden Zeugen? Irgendwie passte das nicht zusammen.

»Signora Moretti, Sie sagten, Sophie Baumann hätte am Felsen gelehnt, aufrecht gestanden, als Sie ihr die tödlichen Stiche versetzt haben?«

»*Sì*, Commissario.«

»Und Sie waren allein mit dem Opfer?«

»*Sì*.«

»Und Ihre Tatwaffe, Signora Moretti, war …?«

»Ein Messer, Commissario. Ich habe mehrmals zugestochen und es hinterher ins Meer geworfen.«

Die Taucher haben nur das Messer gefunden, das ich selbst ins Meer geworfen habe.

»Und Sie sind sicher, dass es ein Messer war?«

»Natürlich, Commissario, ich weiß doch, was ich in der Hand hatte.«

Da stimmt ja schon mal wieder etwas nicht.

Alessia wandte sich direkt an den *avvocato*. »Dottor Albarra, würden Sie mich bitte einen Augenblick mit Signora Moretti alleine lassen?«

Er zog die Brauen hoch, schaute zu Prisca Moretti, als wolle er sich bei ihr rückversichern. Sie nickte ihm zu. Er drückte die Brust durch und marschierte Richtung Tür. Hier angekommen, drehte er sich um.

»Signora Moretti, ich warte draußen. Sie können mich jederzeit rufen.«

Nun verschwinde endlich.

Moretti nickte zaghaft. Als die Tür hinter dem *avvocato* zufiel, atmeten sowohl Alessia als auch Prisca Moretti auf.

»Signora Moretti«, wagte sich Alessia vor. »Was hat Ihnen der Don für diese Aussage geboten? Womit hat er Sie gekauft, damit Sie den Mord an der Deutschen auf sich nehmen? Ein neues Gesicht? Die plastische Chirurgie leistet heute Enormes.«

Alessia schaute der jungen Frau direkt in das entstellte Antlitz. Gerne hätte Alessia in den Augen Morettis gelesen, was in ihr vorging. Leider verhinderte die dunkle Sonnenbrille das.

»Ich glaube Ihnen nämlich kein Wort.«

Wenn Alessia angenommen hatte, ihre Behauptung hätte Prisca Moretti in irgendeiner Weise berührt oder auch nur erreicht, so hatte sich die Commissario über alle Maßen getäuscht. Moretti saß regungslos vor ihr und starrte geradeaus. Wohin ihr Blick ging, konnte Alessia nicht einmal erahnen. Sie würde es aber nur zu gerne wissen.

»*Prego*, Signora Moretti, ich weiß, wie schwer es für Sie ist, aber könnten Sie vielleicht für einen kleinen Moment die Sonnenbrille abnehmen?«

Daraufhin zuckte es in Morettis Gesicht und Alessia fürchtete schon, ihre Frage sei ein Fehler gewesen, als Prisca Moretti langsam die linke Hand zum Gestell führte und die Brille von der Nase zog. Alessia hielt vor Entsetzen einen Moment die Luft an. Aber es kam noch schlimmer. Nachdem Moretti die Brille auf dem Schreibtisch abgelegt hatte, löste sie mit der rechten Hand den Knoten ihres Halstuches und streifte es ab. Alessia starrte auf eine schlecht verheilte Einschusswunde direkt neben dem Kehlkopf.

»*Madonna mia*«, stammelte die Commissario. »Sie haben sich tot gestellt, bis der Täter weg war. *Vero*?«

Nun schaute sie endlich der Signora in die Augen. Sie waren klar und Alessia konnte das Leid in ihnen sehen, das sie gerade heraufbeschworen hatte. Alessia hatte ein schlechtes Gewissen.

»Sie haben mich nach dem Schuss noch hinter einen Busch gezogen«, erzählte Prisca Moretti mit sehr leiser Stimme. »Ich war eine Weile ohnmächtig. Ich brauchte mich nicht tot zu stellen.«

»Wie ist es passiert, Signora Moretti, wie?«

»Es geschah auf dem Weg nach Hause zu meinen Eltern nach Palermo. Die Männer haben mich vor der Stadt abgefangen. Es waren zwei. Sie zerrten mich aus meinem Fahrzeug in ihren Wagen.« Moretti schien übermannt von ihren aufkommenden Gefühlen und legte eine Pause ein. »Sie verbanden mir die Augen und fuhren irgendwohin, wo kein Mensch sich je aufhalten würde. Dann rissen sie mir genüsslich die Augenbinde ab«, brachte sie noch hervor, ehe sie aufschluchzte.

»Können Sie die Männer beschreiben, Signora Moretti?«

Alessia reichte ihr ein Papiertaschentuch.

»Sie trugen Masken. Aber körperlich, meine ich fast, ähnelten sie denen, die am *Kalura* gelauert haben. Ich wollte mit meinen Eltern über die Vermählung mit Gaspare sprechen. Aber sie haben an dem Tag vergeblich auf mich gewartet. Den Rest kennen Sie ja sicherlich.«

»Aber wo waren Sie die ganze Zeit? Das ganze Jahr über?«

Ein Lächeln huschte über Priscas verunstaltetes Gesicht und ließ es noch bizarrer wirken.

»Ein Bauer hat mich gefunden, sonst wäre ich wohl verblutet. Er trug mich in sein Haus und seine Frau pflegte mich. Ich sprach die ganzen drei Monate, in denen ich bei ihnen war, kaum ein Wort. Sie sollten sich nicht beunruhigen. Später habe ich ihnen durch einen Kurier eine erhebliche Summe als Dank überbringen lassen.«

»Wo sind Sie dann hingegangen?«, wollte Alessia wissen.

Prisca Moretti zögerte mit der Antwort.

»Commissario Cappelletti, Sie müssen mir versprechen, nichts mehr in der Angelegenheit zu unternehmen.«

»Das kommt darauf an. Ich bin nicht frei, Signora Moretti.«

»Nach den drei Monaten im Haus des Bauern versteckte ich mich die restliche Zeit über bei meinen Eltern in Palermo.«

Alessia fiel es wie Schuppen von den Augen. Deswegen hatten die Eltern Moretti ihre Suche im Internet so plötzlich eingestellt. Sie hatten ihre Tochter zurück. Seelisch verwundet und körperlich entstellt.

»Das muss alles grauenhaft für Sie gewesen sein. Sie haben doch genug Schreckliches erlebt. Wollen Sie wirklich bei Ihrer aktuellen Aussage bleiben, Signora Moretti? Und den Rest Ihres Lebens im Gefängnis verbringen für etwas, das sie nicht getan haben?«

Ihr Gegenüber nickte entschieden und Alessia zersprang fast das Herz, als sie in das verschandelte Gesicht der Signora schaute und die makabere Entschlossenheit darin sah. Die junge Frau erschien ihr wie eine groteske Gestalt, die aus ihrer heilen Welt gefallen war.

»*Allora*, Signora Moretti, dass Sie trotz Ihres Geständnisses die Mörderin von Sophie Baumann sind, ist noch lange nicht ausgemacht. All das, was Sie vorgeben, getan zu haben, klingt für meine Ohren nicht wahrheitsgemäß.«

Für Alessia drohte ein Desaster in einer Katastrophe zu enden, wenn Moretti ihr Geständnis nicht zurückrief. Mit den Worten »*Un attimo*« eilte Alessia aus dem Zimmer. Draußen bat sie Elvira, ihr rasch den Obduktionsbericht von Sophie Baumann zu besorgen. Nach dieser kurzen Unterbrechung bemühte sich Alessia, das Verhör so taktvoll wie möglich fortzusetzen.

»Signora Moretti, Sie sind also noch mal zurückgegangen, sagen Sie?«

Moretti bestätigte mit einer leichten Kopfbewegung. Ihre Sonnengläser hatte sie noch nicht wieder aufgesetzt. Sie schien keine Scheu mehr vor Alessia zu haben. Aber als es heftig an die Tür klopfte, fand die Brille sekundenschnell wieder ihren Platz in Morettis Gesicht. Der *avvocato* fragte nicht, sondern trat einfach ein.

»Ich denke, Commissario«, bemerkte er lapidar, »das war lange genug.«

Alessia ignorierte ihn einfach, und auch seiner Mandantin schien es egal, ob er anwesend war oder nicht.

»Noch mal zurückgegangen«, wiederholte Alessia. »Wie war das möglich?«, forschte sie. »Sind Sie Don Ferrantes Männern ebenfalls entwischt wie Tiziana oder haben die Sie einfach zurückgehen lassen?« Nach einer Pause fügte Alessia gedehnt hinzu: »Oder haben die Männer Sie gar begleitet?«

Mit diesen Fragen schienen weder Moretti noch der Anwalt gerechnet zu haben. Offenbar war diese Scharade nicht sorgfältig genug vorbereitet, was darauf schließen ließ, dass der *avvocato* nicht von vornherein involviert war. Beklagter und Anwalt hatten sich die Geschichte mit Prisca Moretti vorhin erst ausgedacht, um den Kopf des Dons zu retten. Und anscheinend wussten weder Moretti noch Albarra, was die Polizei im Garten Ferrante gehört hatte.

Moretti schien sich inzwischen etwas überlegt zu haben.

»Ich hab mich losgerissen und bin einfach zurückgelaufen. Der eine suchte ja Tiziana, der andere ist mir gefolgt. Er tauchte aber erst auf, als ich die Frau schon umgebracht hatte. Der Kerl bedankte sich, weil ich seinen Job erledigt hätte.«

Das wiederum klang plausibel.

»Sie bleiben also bei Ihrer Aussage, Signora Moretti?«

Als nur ein leichtes Nicken folgte, erklärte Alessia der Signora, dass nun eine Zelle auf sie wartete.

Zu Albarra gewandt meinte sie ungehalten und ziemlich bärbeißig: »Ich nehme doch an, dass Sie im Auftrag des Dons ihre Verteidigung übernehmen.«

Auf dem Korridor eilte ihr Elvira entgegen. Sie zeigte Alessia theatralisch ihre leeren Hände und erklärte immer noch erstaunt: »Der Obduktionsbericht ist verschwunden, einfach nicht da, weder schriftlich noch im Computer.«

Ob das noch Ispettrice Bellinis Werk war?

»So peinlich es auch ist«, entgegnete Alessia, »fordern Sie von der Rechtsmedizin eine Kopie an.«

Elvira rauschte davon. Alessia sah ihr nach und völlig unpassend für diesen Augenblick rief sie ihr nach: »Wollen wir uns nicht endlich duzen?«

Elvira drehte sich um, lachte und nickte mehrmals.

»*Sì*, Commissario.«

Vergeblich hatte Alessia bei Don Ferrante nach dem Symbol der Stidda, einem kleinen dunklen Fleck mit fünf grünen Zeichen in einem Kreis zwischen Zeigefinger und Daumen der rechten Hand, gesucht. Vielleicht war er noch nicht dazu gekommen, sich das Zeichen setzen zu lassen, weil er sich noch mit der Organisation in Catania im Aufbau befand. Die Kollegen und auch sie selbst waren gespannt, wie es in dieser Sache weitergehen würde. Sie hatte die Antimafia-Behörde über den Fall informiert. Mit der Option, ihn weiterhin zu beschatten, würden sie ihn und seine Familienmitglieder bis zum Prozess der anderen Rechtsverstöße ziehen lassen. Wenn auch gerichtliche Schritte gegen sie eingeleitet wurden, waren es nicht die, für die Alessia gekämpft hatte. Don Ferrante hatte Sophie Baumann beseitigen lassen wollen, hatte Killer auf sie angesetzt. Die Ironie des Schicksals schien ihm den Mord abgenommen zu haben. Das war perfide.

Alessia saß allein an ihrem Schreibtisch und lauschte auf ihr Inneres. Wieso rumorte dieses eigenartige Gefühl in ihr? Fast so stark, dass sie Bauchschmerzen bekam. Sich ihre Eingeweide zusammenzogen wie vor einer Prüfung. Immer wieder schüttelte sie den Kopf. Die Tatwaffe, laut Dr. Fasullo eine Schere, fehlte in der ihr von Prisca Moretti aufgetischten Geschichte. Was um alles in der Welt bewog Moretti dazu, einen Mord auf sich zu nehmen? War sie mit dem Tod bedroht worden, wenn sie nicht spurte? Auch wenn das Leben Prisca Morettis anscheinend nicht mehr viel zu bieten hatte, so hing sie doch sicherlich daran und wollte nicht am Ende noch ermordet werden.

Wenig später trafen sich alle im Büro des Vice-Questore. Er gratulierte Alessia zu ihrem Erfolg. Doch sie winkte ab.

»Du siehst nicht glücklich aus, Commissario«, bemerkte Giuliano. »Im Übrigen, ich bin es auch nicht.«

Borsellino erhob sich hinter seinem Schreibtisch und gesellte sich zu seinen beiden stehenden Mitarbeitern.

»Wir haben immerhin die Mörderin von Sophie Baumann. Was Don Ferrante betrifft, den übernimmt ja nun die Anti-Mafia-Behörde. Da gehört diese Angelegenheit auch hin. Wir haben unsere Aufgabe, den Mörder bzw. die Mörderin von Sophie Baumann zu finden, erfüllt.«

Alessia hob wie in der Schule die Hand, um etwas zu sagen.

»Wir sollten mit der Festnahme von Prisca Moretti noch nicht an die Öffentlichkeit gehen.«

Dottor Borsellino zog die Stirn in Falten. »*Perché no?*«

»Lassen Sie uns wenigstens bis morgen warten, bis Moretti dem Haftrichter vorgeführt wurde. Vielleicht überdenkt sie ja alles noch einmal.«

»Cappelletti, ich mache mir Sorgen. Sie scheinen nicht zu glauben, dass Moretti die Täterin ist, *vero*?«, hinterfragte der Vice-Questore.

»Prisca Moretti behauptet, ihr Tatwerkzeug sei ein Messer gewesen. Unser Rechtsmediziner Dottor Fasullo hat nachgewiesen, dass es mit großer Wahrscheinlichkeit eine Schere war. Ich kann mir nicht vorstellen, das Dottor Fasullo sich getäuscht hat. Zudem …« Alessia legte die rechte Hand auf ihren Bauch und schaute dabei von Borsellino zu Giuliano.

Ihr Vice grinste sofort.

»Dottore, wenn der Bauch meiner Chefin sich meldet, stimmt was nicht.«

33

Alessia staunte nicht schlecht, als sie und Giuliano zur Mittagspause die Questura verließen. Vor dem Tor lag die Presse auf der Lauer. Einer der Journalisten rief sogleich: »Stimmt es, Commissario Cappelletti, dass Sie den Mörder der Deutschen haben?«

Ein anderer wollte wissen: »Stimmt es, dass es eine Frau war?«

»Wer, *porca madonna*, hat die informiert?«, zischte Alessia ihrem Vice geladen zu.

»Wer wohl?«

»Albarra, *pezzo die merda*«, murmelte Alessia vor sich hin.

»Damit hat dieser Drecksack Don Ferrante erst mal wieder aus der Schusslinie genommen«, murmelte Giuliano zurück.

Mit gezwungenem Lächeln schoben sich die Commissari unter Blitzlichtgewitter zum Wagen. Sie beeilten sich, einzusteigen, schlugen die Türen zu und fuhren im Schritttempo auf das sich langsam aufschiebende Tor zu. Die Meute der Journalisten konnte nicht warten, bis es sich ganz geöffnet hatte, denn sie zwängten sich schon durch den ersten schmalen Spalt auf den Hof der Questura und klopften an die Seitenfenster.

Ich muss jetzt etwas sagen.

Alessia ließ das Fenster auf ihrer Seite ein Stück herunterfahren und rief den Journalisten zu: »Wir haben eine mutmaßliche Verdächtige, das ist alles. Und weiter kein Kommentar.« Sie ließ das Fenster wieder hochfahren.

»Jetzt sind wir doch wegen der Presse in den Wagen gestiegen, um zu flüchten«, fluchte Giuliano. »Ich wollte nur irgendwo eine Kleinigkeit essen.«

»Was hältst du vom *La Botte*? Das Essen dort soll gut sein, wie mir Signor Curcio verraten hat. Fast so gut wie im *Kalura*«, fügte sie scherzend hinzu.

Sie parkten den Wagen an der Piazza C. Colombo. Das *La Botte* lag in der entgegengesetzten Richtung in der Via Veterani, einer Seitenstraße am Ende des Corso. Über die Via Amendola erreichten Sie den Corso. Es war Freitag, der 5. August. Überall in Cefalùs Straßen erklang Musik. Buden waren aufgebaut, die Leckereien anboten. Menschen schoben sich über den Corso, lachten und freuten sich ihres Lebens. Die Mittagshitze, die ein leichter Schirokko noch verstärkte, schien den Feiernden nichts auszumachen. Im Vorbeigang stattete Alessia ihrem Vater, der gerade über die Mittagszeit seinen Laden schloss, einen kurzen Besuch ab. Sie stellte ihm Giuliano vor und versprach, ihn zum Abendessen bei *zia* Anna abzuholen.

Giuliano und Alessia traten durch die offenstehende Eingangstür. Was das Essen betraf, schien Gerrit Curcio recht zu behalten, denn das *La Botte* war auch um die Mittagszeit stark frequentiert. Ein freundlicher, gut aussehender *cameriere* im blitzweißen Hemd und schwarzer Hose wies ihnen in der mittleren Reihe einen Zweiertisch zu. Beeindruckt blickte Alessia sich dezent um. Durch die weißen Tischdecken und die dunkelbraunen Holzstühle vermittelte das Restaurant eine vornehme Gemütlichkeit. Die entsprechend dekorierten Einzelstücke an Schränken und Regalen sprachen von einer eigenwilligen Individualität und die sonnenorange gestrichenen Wände boten Platz für zahlreiche Gemälde südländischer Art.

»Für mein Dafürhalten«, äußerte sich Giuliano mit einem Blick in die Getränkekarte, »können wir uns nach diesem Vormittag getrost ein gutes Glas Rotwein gönnen.«

»Nur eines?«, lachte Alessia und schaute sofort wieder ernst. »Irgendetwas passt nicht«, sagte sie nachdenklich.

»Wie wär es mit einem Nero d'Avola?«

Alessia nickte nur. Hauptsache, er schmeckt, dachte sie. Und das konnte man von diesem Wein erwarten.

»Was passt nicht? *Dio mio*«, ging Giuliano erst jetzt auf sie ein, »wir haben die Mörderin und wir haben ihr Geständnis. Du würdest am liebsten die ganze Familie Ferrante hochgehen lassen. Aber mir scheint, sie sind im Mordfall Baumann raus.«

»Aber der Don hatte den Auftrag gegeben, Moretti zu ermorden. Und er wollte ebenfalls Sophie Baumann beseitigen, wobei ihm allerdings jemand mit einer Schere zuvorgekommen ist«, beharrte Alessia.

»Somit«, erwiderte Giuliano, »hat in beiden Fällen die Ausführung durch seine Handlanger nicht geklappt. Die eine lebt und sitzt und die andere wurde nicht –«

»Angeblich nicht«, fuhr ihm Alessia dazwischen.

»*Bene,* angeblich nicht von Ferrantes Männer umgebracht. Natürlich könnten wir Don Ferrante allein für die Mordaufträge einbuchten, aber überlassen wir die weiteren Ermittlungen den Mafiajägern.«

»Das beruhigt mich ungemein«, knurrte Alessia und trank einen großen Schluck von dem schweren sizilianischen Rotwein. Dabei blickte sie mit zusammengekniffenen Augenbrauen über den Rand des Weinglases hinweg Giuliano an. Er zog seine Brauen daraufhin ebenfalls zusammen, nahm sein Glas und prostete ihr zu. Gleichzeitig stellten sie ihre Gläser ab und schauten sich an.

»*Che cos'è?*«

»Was ist?«, wiederholte Alessia seine Frage. »Der Witz ist, dass wir, die Polizei, jetzt Prisca Morettis Unschuld beweisen müssen. Es unsere Aufgabe ist, nachzuweisen, dass sie, warum auch immer, den Mord auf sich genommen hat.«

»Aber es könnte doch so gewesen sein, wie sie gesagt hat, wieso nicht? Für mich ist ihr Motiv einleuchtend. Überleg doch mal. Der Mann, den sie liebt oder geliebt hat, dessentwegen sie jetzt missgestaltet ist, will jemand anderen heiraten. Eine Frau, die so bildhübsch ist, wie sie es vor dem Anschlag war.«

»*Si – no.* Jetzt überleg du doch mal, Giuliano. Moretti und Gaspare haben sich über ein Jahr nicht gesehen. Für ihn war sie plötzlich verschwunden. Er hat sie gesucht, nicht gefunden, gedacht, sie hätte ihn verlassen. Sie kann unmöglich erwartet haben, dass Gaspare sich in der ganzen Zeit nicht nach einer anderen Frau umsieht. Letztendlich hat Moretti es sogar gewusst, woher sollte sie sonst eine Ahnung von Sophie Baumann gehabt haben? Moretti hat sich fast die ganze Zeit in der Nähe, in Palermo bei ihren Eltern, verkrochen. Es war leicht für sie, unerkannt nach Cefalù oder auch mal in die Madonie zu fahren. Sie hat sich bestimmt auf dem Laufenden gehalten.«

Alessia zog die Kopie des Obduktionsberichtes aus der Tasche, den Elvira ihr kurz vor Mittag übergeben hatte.

»Giuliano, du glaubst doch nicht wirklich, dass Moretti die Mörderin ist, *vero*? Das ist doch alles abgekartet. Die halten uns für blöd. Die verarschen uns. Allen voran dieser schmierige arrogante Anwalt.«

»Aber im Moment müssen wir es so stehen lassen. Und wenn es dir den Schaum vor den Mund treibt.«

Alessia war schon in den Obduktionsbericht vertieft. »Hier, Giuliano, steht, dass das Mordwerkzeug mit ziemlicher Sicherheit kein Messer war, und Fasullo erhärtet seinen Befund durch eine klare Begründung, die sich auf die Wundränder in der Brust –«

»*D'accordo*, ich hab den Bericht gelesen. Aber vielleicht hat Fasullo sich ja geirrt?«

»Ein Rechtsmediziner, der sich irrt und ein Messer nicht von einer Schere unterscheiden kann? Also das habe ich in meinen Berufsjahren noch nicht erlebt, und du weißt selbst, dass es sehr, sehr unwahrscheinlich ist.«

Wenn Giuliano nichts mehr zu antworten wusste, zog er seine Schultern fast bis zu den Ohren und machte ein hilfloses Gesicht.

Alessia las weiter und stieß auf die Stelle, die ihr schwach in Erinnerung geblieben war. Wenn das Opfer bewegungsunfähig gewesen war und sich mit ziemlicher Sicherheit in einer waagerechten Haltung befunden hatte, konnte Moretti nicht die Täterin sein, denn sie behauptete, Sophie habe am Felsen gestanden. »Ich glaube nicht«, schilderte Alessia ihre Gedanken weiter, »dass Moretti ihre Aussage aus Angst gemacht hat.«

»Sondern …?«

Alessias Stimme wurde dunkel und leise. »Dazu hat die Frau zu viel verloren. Wovor sollte sie noch Angst haben?«

»Vielleicht ihr Leben zu verlieren?«

»Das habe ich auch schon in Erwägung gezogen, und da ist auch was dran, schließlich hängt der ärmste Wurm an seinem Leben. Ich bin aber überzeugt, dass Moretti ein anderes Motiv hat, und zwar eines, bei dem es nicht um sie selbst geht.«

»Wieso bist du da so sicher?«, grollte Giuliano verhalten.

»Geh ich dir auf die Nerven, lieber Vice?«

Giuliano verdrehte bühnengerecht die Augen und grinste dabei so unverhohlen, dass Alessia fast mitschmunzeln musste.

Dann kam die bestellte Pasta und sie begannen, hungrig zu essen, als Alessia plötzlich einwarf: »Ich überlege die ganze Zeit, wo wir noch ansetzen können. Oder wieder. Sag mal, wurden alle Bewohner des gegenüberliegenden Felsen vom *Kalura* angetroffen und befragt?«

Giuliano schaufelte gerade den Rest seiner Cannelloni in den Mund und nickte. Schluckte und antwortete.

»So viel ich weiß, ja. Aber warte mal, ich meine …« Er hielt inne, stöhnte und sagte pathetisch. »*No*, nichts mit warte mal. Alle Anwohner mit Sicht auf *Kalura* wurden befragt.«

Alessia schaute auf ihre Uhr.

»Dann lass uns jetzt zahlen und noch zum Hotel fahren.«

»*Perchè?* Willst du dich bei Curcio für den tollen Restaurant-Tipp hier bedanken?«

Draußen hatte der Schirokko zugelegt. Wie ein heißes Tuch streifte er unablässig Alessias Körper. Giuliano band seine Haare mit einem schwarzen Haargummi zu einem winzigen Nackenschwänzchen zusammen, weil sie ihm ständig im Gesicht herumwehten.

»Am liebsten würde ich mich komplett ausziehen«, brummte er in seinen Dreitagebart, als sie die Portaltreppen zum Hotel hochstiegen.

»Eine ungeheurer aufreizende Vorstellung«, kommentierte Alessia und berührte ihn am Arm, damit er stehen blieb.

»Komm, wir gehen hinten an der Küche vorbei die Treppe herunter zur Badeplattform.«

»Verstehe, du willst dem Chef des Hauses wohl doch nicht begegnen, *vero*?«

Auf der Badeterrasse blieben sie zunächst am Treppenabsatz stehen. Alessia nahm mit Argusaugen die Badeplattform von links nach rechts ins Visier.

»Suchst du jemand oder was Bestimmtes?«, fragte Giuliano wie beiläufig, aber sie merkte an seinem Ton, dass er leicht angefressen darüber war, weil sie ihn im Ungewissen ließ.

»Oder, Commissario, bist du in geheimer Aktion hier und ich bin nur dein Schatten?«

»Ehrlich gesagt, weiß ich selbst nicht genau, warum wir hier sind.«

Im selben Augenblick hatte sie allerdings entdeckt, wonach sie insgeheim Ausschau gehalten hatte.

»Ah, dein Bauch spricht wieder. Und wir folgen seinen unspezifischen Aussagen.«

So wie sie selbst ihn entdeckt hatte, hatte auch Volker Dresen sie bemerkt. Er sprang mit beinahe jugendlichem Elan aus seinem Liegestuhl und kam auf sie zu.

»Aha«, murmelte Giuliano.

»Commissario Cappelletti. *Buongiorno*, ich wollte Sie schon anrufen und fragen, wie lange wir noch vor Ort bleiben müssen? Wir würden gerne weiter nach Messina.«

»Ach, tatsächlich? Wollen Sie nicht bis zum Schluss des Festes bleiben? Da wird einiges geboten, wie ich mir hab sagen lassen.«

»*Sì*, Commissario, aber meine Verlobte möchte das Hotel, den Ort dieser grausamen Tat, verlassen.«

»Verstehe. Aber es gibt noch mehr Hotels in Cefalù.«

»Ich denke, es ist besser, wir reisen ab. Zudem habe ich gehört, dass der Mord aufgeklärt wurde.«

»Wer sagt das?«, fragte Alessia scharf.

»Der Rezeptionist hat es uns vor einer Stunde erzählt«, erwiderte Dresen mit einem Mal leicht verunsichert.

»Also gut. Sie können nach Messina, aber halten Sie sich telefonisch weiter zur Verfügung und bleiben Sie, wenn möglich, noch einige Tage auf Sizilien.«

Dresen nickte, aber da hatte sich Alessia schon wutschnaubend umgedreht, eilte die Stufen hinauf an die Rezeption und verlangte nach Gerrit Curcio. Lächelnd und sichtlich erfreut, sie zu sehen, kam er die Treppe von seinem Büro herunter auf sie zu und streckte ihr schon von Weitem die Hand entgegen.

»Commissario, *congratulazione*. Wir sind alle sehr erleichtert.«

»Woher wissen Sie davon?«

Ihr Ton war zu barsch. Erstaunt schaute Curcio sie an.

»Stimmt was nicht? Gaspare Ferrante rief mich an und erzählte mir, dass die Mordtat in meinem Hotel aufgeklärt ist, mehr nicht. Er wollte mich wohl beruhigen.«

»Sie hätten mich ja wenigstens anrufen und nachfragen können.«

»Es stimmt also nicht?«

»Ja und nein. Wir haben eine mutmaßliche Täterin«, korrigierte Alessia.

34

Prisca Moretti erschien Alessia deprimiert und auf eine sorgenvolle Weise lethargisch, als sie am Nachmittag nochmals versuchte, die Wahrheit zu ergründen. Alessia hatte die Vernehmung wie ein vertrautes Gespräch gestaltet. Doch konnte sie auch auf diese Weise keinen Erfolg verbuchen. Giuliano war währenddessen auf ihre Anweisung hin mit zwei Polizisten im Berg unterwegs. Sie sollten sich explizit nochmals die Anwohner der Häuser vornehmen, von denen aus die Kalurabucht deutlich zu beobachten war. Giuliano hatte zwar gemault und auch Alessia versprach sich nichts davon, aber immerhin wurde etwas unternommen, was allemal besser war, als herumzusitzen und abzuwarten.

Wie erwartet, lieferte Giuliano ihr am Abend per Telefon einen negativen Bericht. Er war nicht mehr in die Questura gekommen, und auch Alessia verließ heute Abend einmal pünktlich das Präsidium. Sie wollte ihren Vater holen, als ihr einfiel, dass sie zu früh dran war. Er musste seinen Laden noch bis mindestens zwanzig Uhr geöffnet halten. Also rief sie ihn an und fuhr dann alleine zu den Nanninis, wo sie sich mit Celina eine erholsame Pause auf der Terrasse gönnte, wobei Alessia ständig hinüber zum *Kalura* schaute.

Gegen halb neun erschien ihr Vater und *zia* Anna tischte das Abendessen auf. Alessia hatte kaum vom Risotto gekostet, für das Anna berühmt war, als das Diensthandy anschlug. Es war der diensthabende Kollege aus der Questura. Während er sprach, verlor Alessia alle Farbe aus dem Gesicht.

»Ich komme sofort«, hörte sie sich sagen, während sie im Kopf schon die Folgen dessen durchspielte, was der Kollege ihr eben mitgeteilt hatte.

In der Questura herrschte helle Aufregung. Giuliano war schon vor Ort, als Alessia erschien. Und auch Vice-Questore Dottor Borsellino eilte gerade zur Tür herein. Morettis Zellentür stand offen. Die Inhaftierte lag auf dem Rücken am Boden der Zelle, um sie herum standen ein Arzt und zwei Polizisten mit entsetzten Gesichtern. Alessia, Giuliano und der Vice-Questore gesellten sich hinzu.

»Die Staatsanwaltschaft ist verständigt«, hörte Alessia einen der Polizisten sagen. Sie konnte nicht glauben, was sie sah. Das durch Narben entstellte Gesicht Prisca Morettis war nur noch blutiger Brei. Sie hatte das Gesicht so oft gegen die Wand geschlagen, bis sie ohnmächtig geworden und verblutet war. Und damit auch nichts schief ging, hatte sie sich vorher noch mit einer Rasierklinke die Pulsadern aufgeschnitten. Wie sehr musste Moretti ihr verunstaltetes Gesicht gehasst haben, dass sie es endgültig zerschlagen hatte. Alessia war zu geschockt, um zu fragen, ob denn niemand in der Questura das Hämmern gehört hatte und wieso Moretti eine Rasierklinke in ihre Zelle schmuggeln konnte. Sie starrte stumm auf die Leiche.

Erst Bellini, jetzt Moretti. Sie ließen die Selbstmordrate in Cefalù weiter steigen. Merkwürdig. Ein unentwegtes Gedankenkarussell drehte sich im Kopf der Commissario. Nun galt Moretti endgültig als Mörderin von Sophie Baumann. Nach Meinung Alessias war Prisca Moretti geopfert worden, um Don Ferrante von jeglicher Beteiligung reinzuwaschen. Alessia wusste, dass sie mit ihrer Aussage darüber, was sie im Garten gehört hatte, nicht durchkommen würde. Albarra würde nachweisen, dass sie sich einfach verhört hatte. Der Fall Baumann würde abgeschlossen werden, *basta*. Ganz im Sinne der Mächtigen.

Kurz darauf saß Alessia in ihrem Büro und grübelte. Sie musste sich noch einmal Tiziana Paxiani vornehmen. Sie hatte ausgesagt, dass sie sich am Mordabend vor der Verfolgung der Männer ihres Großvaters in einem der Häuser der maroden Ferienanlage *Coast House* verkrochen hatte. Und zwar, wie Tiziana eindrucksvoll geschildert hatte, in einem alten verkommenen Wäschekorb mit unendlich vielen Spinnen darin, sodass sie vor Ekel beinahe den Verstand verloren hätte. Den Wäschekorb wollte sich Alessia auf jeden Fall ansehen. Doch jetzt erschien es ihr dazu zu spät. Was war mit ihr los? Die Zeit hatte für sie noch nie eine Rolle gespielt. War sie dabei, zu resignieren? Alessia fuhr sich durch ihren Pony und stöhnte so laut, wie sie nur konnte, da sie sich allein glaubte.

»Brauchst du wieder meine starken Arme?«

Sie hatte Giuliano nicht hereinkommen hören.

»Bei allen Heiligen, was schleichst du hier so rum? Willst du mich umbringen? Das könnte jetzt ganz schnell passieren.«

Giuliano kam näher und setzte sich auf die Schreibtischkante. Alessia lehnte sich in ihrem Stuhl zurück. Einen Moment schloss sie die Augen, aber dann schaute sie ihn offen an. Das, was sie fühlte, schien ihr ins Gesicht geschrieben. Giuliano schüttelte den Kopf.

»Du willst doch nicht aufgeben? Nicht du. So wie ich dich kennengelernt habe. Ich wäre bis ins Mark enttäuscht von dir.«

»*Grazie* für die aufbauenden Worte. Aber was bleibt mir jetzt anderes übrig?«

»Wir nehmen uns Montagmorgen noch mal die Paxiani zur Brust?«

Alessia sah ihn groß an. »Seit wann kannst du Gedanken lesen?«

Giuliano lachte. »Wir ergänzen uns eben prima. Du hast es mit dem Bauch und ich mit den Gedanken.«

Alessia sprang mit einem Mal auf, schnappte sich ihre Tasche, schaute voller Elan ihren Vice an und sagte: »*Andiamo*, fahren wir zum *Coast House*.«

»Und was wollen wir da jetzt noch?«

»Schauen, ob es einen Wäschekorb mit Spinnen darin gibt.«

»Wäschekorb? Spinnen?«

Sie leuchteten den verfallenen Bungalow, den Tiziana als ihr Versteck angegeben hatte, komplett aus. Und Gaspare Ferrantes Cousine hatte nicht gelogen. Giuliano richtete den Kegel der Taschenlampe auf das Spinnengewimmel im Wäschekorb. Nachdenklich meinte er: »Wenn sie hier drin gehockt und so lange gewartet hat, bis sie vor den Mannen des Dons sicher sein konnte, könnte sie anschließend genauso gut noch mal rüber zur *Terrazza* gelaufen sein und Sophie Baumann erstochen haben.«

Alessia nickte, während sie wie hypnotisiert die Spinnen beobachtete.

»Frauen sind mir ein Rätsel«, erläuterte Giuliano weiter und nahm endlich den Lichtstrahl vom Korb.

»Wir sollten Tiziana mal nach ihrem Scherensortiment befragen«, äußerte Alessia. »Und jetzt lass uns endlich Feierabend machen.«

Am Wagen angekommen, grinste Giuliano sie übers Autodach hinweg an.

»Noch einen Absacker im *Kalura*?«

»Warum nicht? Aber ich gehe keinen Schritt mehr zu Fuß.«

Also legten sie die paar Meter bis zum Hotel mit dem Auto zurück.

Der Schirokko hatte an Stärke verloren und um diese späte Uhrzeit eine angenehme Wärme zurückgelassen. Die meisten Hotelgäste überließen sich dem lauschigen Abend auf der Panoramaterrasse, tranken Wein und genossen die wohlige Atmosphäre unter einem sternenklaren Himmel. Alessia schaute sich um, aber von Curcio war nichts zu sehen. Giuliano war schon auf einen Tisch zugegangen und winkte sie herüber. Alessia setzte sich in Bewegung. Nach wenigen Schritten sprang ein

Mann von einem Tisch auf, den sie gerade passieren wollte. Volker Dresen stellte sich ihr in den Weg.

O nein.

»Commissario, wir reisen morgen Mittag ab. Nehmen Sie noch einen Drink mit uns?«

»Liebling«, meinte Marina Faller und Alessia dankte ihr für ihre rasche Auffassungsgabe und ihr Einfühlungsvermögen, »ich glaube, die Commissario ist nicht alleine hier.«

Marina Faller deutete verhalten zu dem Tisch, an dem Giuliano Platz genommen hatte. Alessia bedankte sich nochmals innerlich und nickte kurz.

»Gute Reise und wie gesagt, lassen Sie nur ja Ihr Handy eingeschaltet.«

Die nächsten Minuten schauten die Commissari auf das dunkle ruhige Meer. Kaum hörbar plätscherten Wellen an die Felsen der Kalurabucht. Angelo brachte ihnen den bestellten Absacker und lächelte der Commissario zu wie einer alten Freundin.

»Ich glaub, der mag dich, Alessia«, grinste Giuliano.

»Der Caipirinha ist köstlich, hmm, da könnte ich jetzt noch einige von vertragen«, schmatzte sie ungeniert und leckte sich die Lippen.

»Nur zu, wir sind nicht mehr im Dienst«, ermunterte sie ihr Vice. Alessia beobachtete ihn dabei, wie er sein Glas zur Hälfte leerte. Tatsächlich ein schöner Mann, dachte sie. Wenn sie zusammen unterwegs waren, amüsierten Alessia die vielen Blicke, die ihren Vice verschlangen. Und manche musterten noch rasch die Frau an seiner Seite.

In ihrer Hüfttasche vibrierte ihr Handy.

»Was sagtest du grade? Wir sind nicht mehr im Dienst? Dann wollen wir doch mal hören.«

Giuliano, der das Vibrieren anscheinend nicht gehört hatte, starrte sie einen Moment irritiert an. Er machte ein Gesicht, als sie das Telefon aus ihrer Tasche zog und sich meldete.

»Die Rechtsmedizin«, flüsterte sie Giuliano zu, ehe sie einen kurzen Moment zuhörte. »Das ist ja interessant, Dr. Fasullo, *grazie*, was steht denn drauf?« Diesmal lauschte Alessia etwas länger, bevor sie sagte: »Lassen Sie es uns zukommen.«

»Müssen wir wohin?«, wollte Giuliano sofort wissen. »Und was soll Dottor Fasullo uns zukommen lassen?«

»Wir haben es schriftlich. Moretti ist nicht die Mörderin von Sophie Baumann«, triumphierte Alessia.

»Ah«, Giuliano zog seine ebenmäßig geschwungenen Brauen zusammen.

Alessia rügte sich innerlich dafür, aber sie war stolz darauf, dass sie wieder einmal recht hatte, ihr Bauchgefühl sie nicht im Stich gelassen hatte. »Prisca Moretti hat eine Mitteilung auf einen *foglietto* geschrieben und im Schuh versteckt. Dottor Fasullo hat den Zettel eben gefunden.«

»Es gibt doch immer wieder Überraschungen. Und was steht drauf?«

»Ich zitiere«, sagte Alessia, »spitz die Ohren: *Musste Mord an S.B. auf mich nehmen, sonst hätten sie meine Eltern getötet. Retten Sie Ehre meiner Familie. Prisca Moretti.*«

»Sie hat also nicht draufgeschrieben, wer es war?«

Alessia starrte in den Himmel, als würde sie die Sterne zählen wollen, und drehte dabei versonnen ihr Glas in den Händen.

»Was ist mit dir, Kollegin Alessia? Du siehst aus, als würdest du dir das Hirn zermartern.«

»*Allora*«, begann sie, ihre Gedanken an ihren Vice weiterzugeben, »woher wissen wir, dass die Nachricht wirklich von Moretti stammt? Sie könnte ihr ja von jemandem in den Schuh gesteckt worden sein.«

»*Perchè?* Und wer sollte so etwas tun? «

»Jemand, der uns darauf hinweisen will, dass wir den wahren Mörder noch nicht haben. Jemand, der weiß, dass sie dazu gezwungen wurde, sich zu stellen. Jemand, der will, dass wir endlich den wahren Täter finden.«

Giuliano setzte eine Miene auf, als würde er schwer über etwas brüten.

»Wir können hier noch lange herumrätseln.«

Schließlich schien ihm aber etwas einzufallen. »Wir sollten die Schrift mit Morettis vergleichen.«

»Das sowieso. Ist dir der Caipirinha schon zu Kopf gestiegen?«

Um ihr zu verstehen zu geben, was er von ihrer Frage hielt, nahm Giuliano einen großen Schluck, bevor er antwortete.

»Gaspare Ferrante und Tiziana Paxiani sind diejenigen, die am nächsten mit Prisca Moretti in Verbindung stehen, ich meine, standen. Und die vielleicht wissen, was dahintersteckt. Auf der anderen Seite spricht die Aufforderung, die Ehre ihrer Familie zu retten, dagegen, dass ihr der Zettel in den Schuh geschmuggelt wurde. Ich denke eher, dass sie genau wusste, nach ihrem Suizid endgültig als Mörderin abgestempelt zu werden, in den Medien und in den Annalen der Kripo Cefalù. Es sei denn, wir beweisen das Gegenteil.«

»Klug gedacht.«

Alessia seufzte. Hob den Kopf, schaute ihren Vice an und schloss die Augen. Sie hoffte aus einem Anfall von Schwäche, er würde seine Arme um sie schlingen und sie trösten, wie er es schon einmal getan hatte.

Bin ich noch ganz bei Sinnen?

Sie war es nicht. Und dann hörte sie seine leise, raue Stimme an ihrem Ohr.

»Meine süße Commissario, du machst mir Sorgen.«

Gerade, als sie die Augen wieder öffnete, beugte sich Giuliano halb über den Tisch, schlang seine Arme um sie und zog sie kurz an seine Brust.

»Commissario Alessia, wir werden doch jetzt nicht aufgeben.«

»Nein«, erwiderte Alessia kaum hörbar, »obwohl wir wieder ganz von vorne anfangen müssen.«

Es war das erste Mal, dass sie Celina nur am Telefon *buonanotte* gewünscht hatte. Das erste Mal, dass sie abends nicht mehr bei ihr gewesen war. Der erste Tag auf Sizilien, an dem sie ihr Kind, seitdem es bei ihr lebte, nicht gesehen hatte.

Seit einer Stunde lag Alessia im Bett und fand keine Ruhe, geschweige denn Schlaf. Die Gedanken an Celina, an Prisca Moretti, an den wahren Mörder hielten sie wach. Hinter ihren geschlossenen Augen liefen wie in einem Film Bilder der Geschehnisse der vergangenen fünf Tage ab. In dieser kurzen Zeit war so viel passiert, dass sie manchmal glaubte, schon Jahre auf der Insel zu sein. Wie hatte sie das alles in den wenigen Tagen geschafft? Eine neue Stelle angetreten. Eine Mordermittlung übernommen. In einem Husarenritt Celina aus Rom zu sich geholt. Überraschend eine neue Familie gefunden. Einen Exfreund an den Fersen, der sich unerwartet und leider zu spät um sie bemühte. Zu all der Aufregung fügte der letzte Gedanke auch noch eine tiefe Traurigkeit hinzu. Ließ sie aufschluchzen und das dünne Bettlaken über den Kopf ziehen. Fast wünschte sie sich, Giuliano wäre bei ihr.

»*No, no*«, sagte sie laut.

Diese Sehnsucht entsprang lediglich ihrer momentanen Verzweiflung und des Gefühls, allein und verlassen zu ein. Sie war in ein tiefes Loch gefallen.

Dio Mio, bin ich fertig.

Eine Weile hielt sie die Augen gewaltsam geschlossen. Kniff sie regelrecht zusammen. Zählte Schäfchen. Betete. Wurde wütend, weil der Schlaf nicht kommen wollte. Beruhigte sich wieder, atmete durch. Dachte an morgen. Nichts nützte. Schließlich gab sie auf und ließ ihren Gedanken wieder freien Lauf.

Sie hatten etliche Verdächtige verhört. Geglaubt, unter ihnen den Täter zu finden. An den Türen der Mafia gekratzt. Den Bürgermeister Cefalùs verärgert, der sich bemühte, seinem fragwürdigen Freund Don Ferrante beizustehen.

Sie hatte versagt.

Alles umsonst, alles für nichts.

Als die Tränen rollten, sträubte sie sich nicht mehr dagegen. Aus einem Gefühl der Ausweglosigkeit heraus hätte sie am liebsten laut getobt. Im nächsten Moment überfiel sie eine Melancholie, wie sie noch niemals in ihrem Leben, nicht mal nach der Trennung von Cosimo, über sie gekommen war. Während die Tränen weiter strömten, nahm sie dieses Gefühl der Schwermut an. Eine Weile weinte sie nun schon still vor sich hin, als sie sich abrupt in ihrem Bett aufrichtete. Griff sich ein weiteres Papiertaschentuch, schniefte kräftig hinein und brüllte danach aus tiefem Herzen.

»*Cazzo! Cazzo!*« Verdammt und Scheiße!

Dabei schlug sie mit der Faust auf das Laken ein. Ihre ganz persönliche Art, sich abzureagieren. Die Nervosität der letzten Tage, die Anspannung der letzten Wochen, Monate und Jahre brach sich Bahn. »*Abbandonare?!*«, verkündete sie lauthals der gegenüberliegenden Wand. »Aufgeben!? Niemals, *quando mai*!«

Erschöpft fiel sie wieder zurück.

»Ich finde den verfluchten Mörder dieser Deutschen. Egal, wo er sich vergraben hat!«

Morgen, am Samstag, versuchte Alessia langsam emotional herunterzukommen, würde sie mit ihrer neuen Familie und vor allem mit Celina den Feierlichkeiten zu Ehren Santissimo Salvatores beiwohnen. Sich ablenken lassen durch das Spektakel, von dem sie bisher nur am Rande etwas mitbekommen hatte. Aber sie wusste jetzt schon, dass sie gedanklich weiterhin bei der Aufklärung des Mordes verweilen würde. Und morgen würde sie Prisca Morettis Eltern in der Rechtsmedizin treffen.

35

Alessias erster Gedanke am nächsten Morgen galt Celina. Noch aus dem Bett heraus rief sie ihre Tochter an. Zur Morgentoilette ließ Alessia den Fernseher laufen. Verdrossen hörte sie mit an, wie die Medien Berichte über Prisca Moretti in die Welt schickten. Sie die mutmaßliche Mörderin der Deutschen Sophie Baumann nannten und noch ausführlicher über Morettis Selbstmord in der Zelle der Questura Cefalù berichteten. In der Questura, dachte Alessia sofort, schien jemand zu sitzen, der seinen Mund nicht halten konnte. Immerhin schob der Nachrichtensprecher nach, dass bisher nichts durch die Behörden bestätigt sei.

Pünktlich um neun Uhr in der Früh und gleichzeitig mit dem Start der Böllerschüsse zum Fest des Santissimo Salvatore saß Alessia in einem Streifenwagen, um sich ins Krankenhaus chauffieren zu lassen. Dr. Fasullo war ebenfalls eingetroffen. Während er die Leiche zur Identifizierung durch die Eltern herbeiholen ließ, legte Alessia den Morettis den bei ihrer Tochter gefundenen Zettel vor. Denn die Commissario wusste, dass hinterher wahrscheinlich keiner der beiden mehr in der Lage dazu sein würde. Beide bestätigten, dass es sich um die Handschrift ihrer Tochter handelte. Die Eltern Moretti sahen schrecklich aus. Das Schicksal ihres einzigen Kindes, wie Alessia erfuhr, schien ihnen allen Lebensmut genommen zu haben.

»*Prego*, Sie müssen jetzt stark sein«, unterrichtete der Rechtsmediziner das Ehepaar. Alessia konnte es kaum ertragen, hinzusehen, wie Dr. Fasullo zögerlich und mit besorgtem Blick auf die Eltern der Toten das Laken von ihrem grauenhaft zertrümmerten Gesicht zog. Die Morettis traten näher heran, schauten kurz und wandten ihre Köpfe sogleich wieder ab. Signora Moretti hielt die Hand vor den Mund, als wolle sie einen Schrei unterdrücken.

Noch immer bedrückt traf Alessia am frühen Mittag wieder in ihrer Wohnung in Cefalù ein.

Nun war Freizeit angesagt. Alessia zog die zartrosa Shorts aus dem Schrank und entschied sich dazu für ein lachsfarbenes Spaghettitop. Anschließend verstaute sie ihre Badeutensilien und für den Abend eine Hose sowie eine dünne Jacke in ihrer Sporttasche. Als das erledigt war, setzte sie sich auf das Sofa und versuchte bewusst, sich auf den heutigen Tag mit ihrer Tochter und ihrer Familie einzustimmen. Gegen fünf Uhr nachmittags würde sie sich dann mit Elvira, deren Sohn und mit Giuliano und Silvia an der Mole am Piazza Marina treffen. Gemeinsam wollten sie sich das traditionelle *'Ntinna a mari* anschauen. Wenn sie das genießen wollte, musste sie jetzt die Gedanken an Sophie Baumanns Mörder, der sich noch immer auf freiem Fuß befand, beiseiteschieben. Ihr Herz öffnen für den heutigen Tag. Er bedeutete den Höhepunkt des Festes des heiligsten Erlösers, Santissimo Salvatore.

Mit freudiger Erwartung darauf, was der Tag noch bringen würde, kutschierte sie mit ihrem Roller zu *zia* Anna, über sich einen knallblauen Himmel. Vom Meer wehte eine leichte Brise über den Küstenort. Sie versprach allerdings kaum Abkühlung, wenn der Tag mit weiter ansteigenden Temperaturen fortschritt. Auf ihrer Vespa ließ Alessia den angenehmen Fahrtwind behaglich auf sich wirken, atmete tief die Luft ein, die, wie es ihr vorkam, leicht salzig schmeckte. Sie fühlte sich merkwürdig leicht. In ihr ein intuitives Gefühl, trotz der Niederlage ein Stück vorangekommen zu sein. Es war ein Gespür, das ihr während ihrer langen Ermittlertätigkeit vertraut geworden war. Es kam immer ganz plötzlich. Etwas Wahrnehmbares, das für sie eine bestimmte Bedeutung hatte, die sie aber nicht mit Worten beschreiben konnte. Es gehörte zu ihr wie die lagunengrünen Augen. Ihre Zuversicht richtete sie auf dieses Gespür, als sie auf der Parkfläche des Nannini-Hauses in der Strada Ferla ankam. Celina schien sie gehört zu haben, denn im nächsten Moment öffnete sich die Haustür und die Kleine lief ihr entgegen. Alessia umarmte sie und drehte sich mit ihr einige Male im Kreis. Es würde ein schöner Tag werden.

Celina hinten auf dem Roller, die Sporttasche vorne zwischen Alessias Beinen, fuhren sie nach einem ausgiebigen zweiten Frühstück die kurze Strecke bis zum öffentlichen Strand neben dem Hotel *Kalura*. Eigentlich hatte Alessia den Stadtstrand von Cefalù, die *spiaggia*, angepeilt, sich dann aber umentschieden, denn vom *Kalura* konnte sie schnell noch zu Annas Haus fahren, bevor sie sich mit den anderen an der Mole trafen.

Selbst die kleine Badebucht war gut besucht, obwohl der Kieselsand nicht gerade angenehm war. Ärgerlicherweise hatte sie Celinas Badeschuhe vergessen. So trug sie die Kleine bis ins Wasser, ehe beide sich einige Meter ins Meer hinauswagten. Celina hatte schon als Zweijährige das Schwimmen gelernt.

Kaum waren sie wieder zurück und hatten sich jede ein Handtuch gegriffen, um sich trocken zu rubbeln, rief die Questura an. Heute war sie wegen des Festes nur schwach besetzt. Leider war schon allen Mitarbeitern bekannt, dass Alessia selbst in ihrer Freizeit immer ihr Diensthandy dabeihatte. Also meldete sie sich leicht verstimmt über die unerwünschte Beeinträchtigung ihrer knappen Freizeit mit Celina. Eine diensthabende Polizistin stellte sich kurz vor und entschuldigte sich einige Male für die Störung, dann schien sie den Hörer weiterzureichen, denn Alessia vernahm eine weitere weibliche Stimme, die sich ebenfalls zunächst mit Entschuldigen aufhielt.

»Commissario, hier ist Dacia Arono. Wir wohnen auf dem Berg gegenüber der Kalurabucht.«

Alessia streckte die Brust durch und spitzte sofort die Ohren. All ihre Sinne waren augenblicklich in Alarmbereitschaft.

Jemand vom Berg.

»Es geht um diese schreckliche Tat an der Deutschen, Commissario. Mein Sohn Gino ist gestern erst wiedergekommen, er …«

»Und Sie sind jetzt an der Questura?«, unterbrach Alessia die Signora.

»*Sì*, Commissario! Wir waren wegen der heiligen Messe mit Bischof Vincenzo Manzella unten in Cefalù und sind anschließend hierher gekommen, und später wollen wir an die Mole zur *'Ntinna a mari.*«

Da wollte sie selbst ja auch hin. Vielleicht konnten sie sich dort treffen, doch Alessia verwarf den Gedanken sogleich wieder. Wie ihr Vice ihr erzählt hatte, würden Hunderte von Menschen dem Schauspiel beiwohnen.

»Signora Arono, bleiben Sie in der Questura, *per favore*. Ich bin in einer Viertelstunde bei Ihnen.«

Celina knurrte über den abrupten Abbruch des Badevergnügens. Aber nachdem Alessia ihr erklärt hatte, sie müsse einen Verbrecher jagen, war Celina einverstanden, sich rasch wieder zum Haus der Nanninis fahren zu lassen und bei *zia* Anna und *zio* Carlo zu warten, bis die *Mamma* zurückkam.

Sie warteten vor der Treppe der Questura. Dacia Arono verkörperte das, was Alessia sich unter einer richtigen italienischen *Mamma* vorstellte. Sie war um die vierzig Jahre, besaß ein hübsches Gesicht, aber ihr Körper war derart in die Breite gegangen, als hätte sie ein Dutzend Kinder geboren. Alessia ließ sich von Signora Arono die Hand durchschütteln. Dann schob sie den Jungen vor sich und stellte ihn als ihr zweites Kind Gino vor. Alessia schüttelte dem Halbwüchsigen die Hand.

»Ich hatte keine Ruhe mehr nach dem, was der Junge mir erzählt hat«, redete Signora Arono weiter auf Alessia ein, während sie die Treppen zu ihrem Büro hinaufstiegen.

»Vor einigen Tagen waren ja schon einmal Polizisten da und haben gefragt, ob jemand vom Berg aus vielleicht etwas beobachtet hat. Als aber gestern noch mal einer da war …«

Gut, dass ich Giuliano noch mal auf den Felsen geschickt habe.

»… hat mein Sohn seine Fragen auch gehört. Gino ist bei seinen Großeltern in Rom gewesen und gerade erst zurück. Von dem Mord hat er noch nichts gewusst.«

Alessia zwang sich, ruhig und professionell zu wirken, aber alles in ihr war in Aufruhr. Hatte dieser Junge vielleicht etwas gesehen, was die Aufklärung des Falls vorantreiben würde? Kam endlich etwas ins Rollen?

Nachdem Mutter und Sohn vor ihrem Schreibtisch Platz genommen hatten, forderte die Commissario den Jungen auf, zu erzählen. Doch bevor er den Mund öffnen konnte, kam ihm seine Mutter zuvor.

»Gino hat eine kleine Sternwarte zu Hause. Er starrt immer in den Himmel, die Sterne und den Mond an. Manchmal bekomme ich ihn kaum ins Bett.«

Alessia bedeutete ihr mit einer Geste, doch ihren Sohn sprechen zu lassen. Gino hatte kurze, schwarze Haare, eng anliegende Ohren und eine schöne gerade Nase, darunter volle Lippen und einen leicht dunklen Teint. Ein hübscher Junge, dachte Alessia, hat viel von der Mutter. Selbst die roten Wangen, mit denen sie beide vor ihr saßen.

»Ich habe auch noch einen Feldstecher, ich …«, Gino schaute verlegen zu seiner Mutter. »Ich soll's eigentlich nicht, aber manchmal nehme ich mir das *Kalura* vor und beobachte die Gäste auf der *Terrazza*.«

»Und das hast du auch an dem Sonntagabend, am 31. Juli, getan?«

Der Junge sah erneut seine Mutter an. Als sie ihm aufmunternd zulächelte, nickte er. Wahrscheinlich hatte er sich von ihr schon einige Standpauken anhören müssen, wenn er mal wieder die Hotelgäste anvisiert hatte, vermutete Alessia.

»Und? Was hast du gesehen?«

Gino verzog seinen Mund, als wollte er zum Ausdruck bringen, wie prekär die Sache für ihn sei.

»*Allora*«, begann er schließlich, »an dem Abend, es war ja noch nicht dunkel, hab ich so ein bisschen mit dem Fernglas über die *Terrazza* vom *Kalura* geschwenkt. Jede Menge Leute beim Abendessen. War langweilig, deshalb hab ich nach unten zum Meer gedreht. Einfach so. Ich wollte schon aufhören, da hab ich etwas vor die Linse bekommen ...«

Anstatt zu sagen, was er gesehen hatte, beteuerte Gino: »Also ich kann mit dem Feldstecher auch in der frühen Dämmerung noch ganz gut sehen.«

»Wie gut?«

Alessia verzweifelte, der Junge machte schon wieder eine Pause und blickte seine Mutter an, als wolle er von ihr eine Genehmigung einholen.

Alessia langte es.

»Signora, *prego*, könnte ich mit Ihrem Sohn alleine sprechen?«

Signora Arono kniff die Lippen zusammen. Diese Bitte schien ihr ganz und gar nicht zu gefallen. Aber sie erhob sich, richtete ihre strengen Augen auf ihren Sohn und mahnte ihn: »Erzähl mir nur keinen Unsinn.«

Endlich den Argusaugen seiner Mutter entkommen, entspannte sich Gino.

»Jetzt sag mir erst einmal deine Daten, Gino, Alter, Wohnort ...

»Gino Arono, fünfzehn Jahre, ich gehe aufs Gymnasium ...«

Alessia notierte alles und bedankte sich.

»*Allora*, wo waren wir stehen geblieben?«

Gino kratzte sich nervös die Nasenspitze.

»Ach ja, die Badeterrasse war leer, bis auf drei oder vier Leute.«

»*Bene*, noch mal von vorne. Wie gut kannst du mit dem Fernglas sehen?«

Alessia wusste leider nicht viel über diese optischen Geräte, fragte den Jungen aber trotzdem, was für ein Modell er denn besitze.

»Es ist ein supergutes Gerät«, erklärte Gino stolz. »Ein Arizona 10 x 50. Mein Onkel Pietro hat es mir aus Deutschland mitgebracht letzte Weihnachten. Er lebt in Dresden und arbeitet bei der Herstellerfirma, ich glaube DDoptics heißen die.«

»*Bene*, und was bedeutet 10 x 50?«

»Das heißt, dass es einen Gegenstand oder eine Person zehnfach vergrößert. Wie scharf und genau man sieht, kommt natürlich auf die Entfernung an.«

Alessia nickte und amüsierte sich, wie der Junge es sichtlich genoss, ihr, der Commissario, die Funktion eines Fernglases zu erklären.

»Zum Beispiel ist das *Kalura* von uns aus ungefähr 700 Meter Luftlinie entfernt. In dem Fall sehe ich es durch das Fernglas, als wären es nur 70 Meter.«

»Kannst du da auch Gesichter erkennen?«

Wohl weniger, überlegte Alessia sofort.

»Nein, nicht genau, aber ob die Personen etwas auf dem Kopf tragen, wie sie gekleidet sind oder ob sie etwas umhängen haben, in der Hand halten. Wie sie sich bewegen und so weiter.«

»Weißt du annähernd, wie spät es war?«

Gino senkte den Kopf.

»Lassen Sie mich überlegen. Es war der letzte Tag im Juli. Da ist die Sonne ungefähr um Viertel nach sieben untergegangen, das dauert drei bis vier Minuten.«

»Das weißt du alles so genau?«, wunderte sich Alessia.

»*Sì,* ich beschäftigte mich sehr mit Astronomie. Aber alles weiß ich auch nicht. *Allora*, es muss so gegen Ende der bürgerlichen oder auch zivilen Dämmerung gewesen sein. Die dauert ab Sonnenuntergang ungefähr 39 Minuten. Es muss so um acht

Uhr herum gewesen sein. Sie wissen ja, Commissario, dass man während dieser Dämmerungsphase noch recht gut sieht.«

Der Junge grinste sie etwas frech an, als wäre er sich nun seiner wichtigen Rolle bewusst. Zudem war seine Mutter außer Hörweite.

Was Gino ihr erzählte, stimmte mit der angegebenen Tatzeit des Rechtsmediziners überein.

»Wie viele Personen hast du gesehen? Erzähl einfach mal der Reihe nach.«

Alessia lehnte sich zurück und schenkte dem Jungen ihre ganze Aufmerksamkeit. Nach einer Weile unterbrach sie ihn und rekapitulierte.

»*Bene finora*, gut soweit, Gino, du hast also drei Frauen und einen Mann gesehen. Eine im weißen Kleid und mit langen, blonden Haaren. Eine weitere mit einem Hut und mit einem, wie du dich ausgedrückt hast, dunklem Etwas am Körper. So was wie ein Gewand oder Umhang.«

Gino nickte mehrmals.

»Und eine Dritte mit dunklen, zusammengebundenen Haaren, einer weißen Caprihose und einem grünen Pulli oder Ähnliches. Und der Mann hatte dichtes, dunkles Haar, eine weiße Hose und ein rotes Oberteil an. *Corretto?*«

»*Sì*, Commissario.«

»Und weiter, Gino?«

»Erst standen sie auf der Badeterrasse an der schmalen Stelle zwischen Felsen und Meer, sozusagen am Bug des Felsens, herum und schienen zu reden. Ich hab direkt draufgehalten. Mit einem Mal kam es mir vor, als würden sie streiten. Auf alle Fälle gab es ein Handgemenge und die Blonde im weißen Kleid ist gestürzt.«

Das war wahrscheinlich der Moment, überlegte Alessia, als Prisca Moretti mit dem Messer Gaspare Ferrante angriff und Sophie Baumann dazwischenging.

»Sie ist so blöd hinter den Felsen gefallen. Ich konnte sie nicht mehr sehen.«

Gino erzählte weiter. Was er berichtete, stimmte mit der Aussage Gaspares überein.

»Du konntest wahrscheinlich nicht erkennen, ob jemand von den Frauen etwas in der Hand hielt?«

»Dafür war ich zu weit weg. Da bräuchte ich vielleicht doch noch ein besseres Fernglas, obwohl«, vergaß er nicht zu erwähnen, »meines schon recht gut ist. Und dann stand auch noch plötzlich meine Mutter im Zimmer. Sie schimpft jedes Mal, wenn sie mich mit dem Feldstecher erwischt. Sie sagt immer, das macht man nicht.«

Alessia lächelte verhalten, stand auf und holte Gino ein Glas Sprudel aus dem Kühlschrank. Sie selbst bereitete sich einen Espresso. Der Junge bedankte sich höflich. Er schien eine gute Erziehung zu genießen. Meist waren sie in dem Alter flegelhaft und ungehobelt. Aber Gino wusste ganz offenbar, was sich gehörte.

»Und wann, nachdem deine Mutter wieder aus dem Zimmer war, konntest du das, was man eigentlich nicht macht, fortsetzen?«, fragte Alessia etwas belustigt, während sie sich wieder hinter den Schreibtisch setzte.

»Das weiß ich nicht so genau. Vielleicht fünf oder zehn Minuten später. Ich musste runter an die Haustür. Ein Freund wollte sich eine DVD ausleihen. Aber da ich sie schon verliehen hatte, ging es ziemlich rasch. Ich bin gleich wieder hochgerannt. Es hat mich richtig Mühe gekostet, das Fernglas durch den Sprint die Treppe hoch ruhig zu halten, denn wenn's wackelt, verringert das die Schärfe. Ich war ja neugierig, was sie weiter treiben würden. Aber da war nichts mehr.«

Das durfte nicht wahr sein. Schlagartig machte sich Enttäuschung in Alessia breit. Was hatte sie sich von diesem Jungen erhofft? Dass er ihr den Täter lieferte? Dabei wäre sie für Commissario Zufall mehr als offen und dankbar gewesen. Aber den Täter musste sie schon selbst finden.

»Wie gesagt, ich dachte, sie wären alle weg«, murmelte Gino mehr zu sich selbst. Dann fand er seine normale Stimmlage wieder. »Ich hab mit dem Glas die ganze Terrasse abgesucht und plötzlich, wieder an der einen Stelle angekommen, ging es weiter. Wie ein Gespenst, als wäre es dem Felsen entsprungen, tauchte jemand auf.«

Alessia schickte ein *Grazie* nach oben und fragte, wie spät es da gewesen sei.

Gino kräuselte seine glatte Stirn.

»Nicht viel später, vielleicht so halb neun, und diese Person benahm sich seltsam. Ich hab im ersten Moment geglaubt, dass es die Signora mit der Caprihose war. Aber dann irgendwie doch nicht.«

»Wie soll ich das verstehen?«

Gino holte tief Luft und schaute, als würde er nachdenken.

»Die weiße Schirmmütze hat sie vorher nicht auf dem Kopf gehabt. Die Hose stimmte, aber warten Sie mal, das Oberteil, es war auch etwas Helles, aber ich erinnere mich nicht mehr genau. Und Haare hab ich auch keine gesehen. Vielleicht war es ein Mann.«

Gino seufzte und machte mit einem Mal einen müden Eindruck. »Manchmal weiß ich nicht mehr, was ich wirklich gesehen oder mir nur eingebildet habe.«

»Gino, bitte denk nach, du warst wahrscheinlich Zeuge eines Mordes.«

»Aber ich hab doch nicht gesehen, wie die Frau umgebracht worden ist.« Die Stimme des Jungen klang fast empört. »Commissario, es ist eine Woche her. So genau hab ich nicht mehr im Kopf, was ich gesehen hab. Ich konnte ja nicht wissen, dass da jemand umgebracht wird, dann hätte ich mich vielleicht mehr angestrengt.« Gino setzte ein Gesicht auf, als würde er bedauern, sich überhaupt gemeldet zu haben.

»Warum hast du nicht sofort die Polizei gerufen? Das Ganze muss dir doch verdächtig vorgekommen sein?«

Voller Ablehnung verzog der Jugendliche seinen Mund. Es ließ ihn gleich um Jahre älter erscheinen.

»Ich ruf doch nicht gleich die Bullen, nur weil sich ein paar Leute streiten. Und wer denkt denn schon gleich an Mord? Davon hab ich bis gestern keine Ahnung gehabt. Ich war mit meinen Großeltern in Rom auf einem Ausflug. Da lesen wir keine Zeitungen, sehen kein Fernsehen oder hören Radio.«

»*Scusa*, ist ja auch nicht so schlimm«, versuchte Alessia sofort, den Jungen wieder auf ihre Seite zu bringen. »Ich habe dich unterbrochen.«

»Die Person, die da plötzlich auf der Bildfläche erschienen ist, hat sich mehrmals umgesehen und ist zu der Stelle gegangen, wo die blonde Frau gestürzt war.«

»Du hast sie nicht wieder aufstehen sehen?«

»*No.* Aber das kann sie ja in der Zeit getan haben, als ich unten war an der Haustür«, warf der Junge sehr richtig ein. »*Allora*, die Person stand da eben an dieser Stelle und hat nach unten geschaut. Ich dachte noch, was glotzt die sich da so lange an? Dann hat meine Mutter gerufen und ich hab für ein paar Sekunden das Fernglas gesenkt. Als ich wieder schauen konnte, hat sie sich umgesehen, sich hinter den Felsen gebückt, ich hab erst nur ihren Hintern gesehen, dann einen Arm, der über ihre Schulter in die Höhe schoss und schnell wieder runter.« Gino holte Luft. »Und das einige Male.«

»Hielt die Person etwas in der Hand, als sie flüchtete? *Scusa*«, verbesserte sich Alessia sofort, »Kleinteile konntest du ja nicht sehen.«

»*Esatto*, genau richtig, Commissario. Sie ist dann die Treppe hoch. Ob die blonde Frau noch hinter dem Felsen lag, konnte ich nicht sehen, das hab ich ja schon gesagt.«

»War das jetzt alles, Gino?«

Zu ihrer Überraschung schüttelte er den Kopf und fuhr fort: »Komisch war auch, dass kurz nach dieser Person eindeutig ein Mann aufgetaucht ist, der sich ebenfalls umgesehen hat und sich dann die Stelle hinter dem Felsen angeschaut hat und sich wieder davongemacht hat.«

Das könnte einer von Don Ferrantes Männern gewesen sein, denen angeblich Prisca Moretti die Tat abgenommen hat.

»Wie war der gekleidet?«

»Was Dunkles, Anzug oder Ähnliches, so genau konnte ich das jetzt nicht mehr sehen. Es ging schon fast auf die nautische oder mittlere Dämmerung zu.«

»Und wie lange dauert die?«, war Alessia jetzt wirklich neugierig.

»Mehr als eine Stunde, bis es in die nächste Phase, in die astronomische Dämmerung übergeht. Die dauert dann nochmal eineinhalb bis drei Stunden, bis es dann stockdunkel ist.«

»Da habe ich heute ja etwas dazugelernt«, lobte ihn Alessia.

»Ehrlich gesagt, ich bin nicht mehr draus schlau geworden, was das alles sollte«, beteuerte Gino. »Doch ich wollte unbedingt wissen, obwohl die Sicht ja immer schlechter wurde, ob die Frau noch da lag. Deswegen bin ich ins Zimmer meiner Schwester geschlichen, weil ich von dort einen schrägeren Winkel auf die Badeterrasse hab.«

»Und?«, fragte Alessia aufs Äußerste gespannt.

»Leider negativ, Commissario. Was ich aber noch gesehen hab, war, dass in dem Moment schon wieder ein Mann aufgetaucht ist, auch zu der Stelle gegangen ist, sich gebückt hat und erst nach einer Weile wieder die Treppe hochgelaufen ist. Ich dachte in dem Moment von der Kleidung her, dass es der war, der am Anfang auch dabei war.«

Gaspare? Der nochmals zurückgegangen war, um Sophie Baumann doch noch zu Hilfe zu kommen?

»*Grazie*, Gino, du hast uns einen großen Dienst erwiesen.«

»Finden Sie jetzt den Mörder?«

»Wenn du mir hilfst, bestimmt«, erwiderte Alessia und lächelte den Jungen an.

»Wir können deinem Gedächtnis etwas nachhelfen.«

Alessia sah auf die Uhr, was Gino sogleich zum Anlass nahm nachzufragen: »Wie wollen Sie meinem Gedächtnis nachhelfen?

Dauert das jetzt noch lange? Ich bin mit Freunden an der Mole verabredet.«

Dahin wollte sie ja auch. Da jedoch noch Zeit war bis zum Aufbruch, bat Alessia Gino, ihr zu folgen. Sie führte ihn in ein anderes Büro, wo ein Kollege sonst Fingerabdrücke abnahm, Fotos und weitere Daten von Personen und Verdächtigen aufnahm.

Eigentlich dumm von mir, ich weiß doch, dass er die Gesichter nicht erkennen konnte. Egal, Hauptsache, ich tue was.

Nacheinander legte sie dem Jungen Fotos von Tiziana, Gaspare, Prisca Moretti, Sophie Baumann, Florian Spatz, Gernot Morsch, Bademeister Gianni Rizoto vor und zum Schluss eines von Don Ferrante. Wie sie erwartet hatte, schüttelte Gino den Kopf.

»Sind das alle Verbrecher?«, fragte er neugierig.

»*No, no*, aber auch keine völlig unbescholtenen Bürger«, beeilte sich Alessia zu sagen.

»Den hab ich mal in der Zeitung gesehen, aber das ist schon länger her. Es ging um Oliven.«

Nachdem Alessia mit Gino noch die Handynummern ausgetauscht hatte, sagte sie: »*Bene*, Gino, dann machen wir morgen Folgendes –«

»Am Sonntag?«

»Verbrecher kennen keinen Sonntag.«

Der Junge hörte konzentriert ihrem Vorhaben zu und nickte zum Schluss aufgeregt.

36

»Auf Sizilien gibt es jede Menge lokale Heiligenfeste. Jeder Ort hat seinen Schutzpatron«, hatte ihr Giuliano erklärt. Und für Cefalù war es Santissimo Salvatore. Und am heutigen Samstag war der letzte Tag, der Höhepunkt der Feierlichkeiten. Wie ihr Giuliano ebenfalls erzählt hatte, ging das Fest auf das Erdbeben von 1783 zurück, das ganz Sizilien erschütterte. Aber dank der Gebete der Cefaludesi zum heiligsten Erlöser blieb ihre Stadt unversehrt. Ihr Vice hatte ihr noch einiges mehr über die Hintergründe berichtet, was Alessia aber inzwischen wieder vergessen hatte. Doch sie wollte sich auf jeden Fall ausführlich informieren, sobald sie dazu Zeit fand.

Der Samstag war gegen Nachmittag einer jener extrem heißen Augusttage geworden, an denen man die Hitze förmlich knistern hörte. Als Alessia zum königsblauen Himmel schaute, sah sie die heiße Luft flirren.

»*Che caldo infernale*, was für eine Affenhitze«, murmelte sie.

An der Mole war der Teufel los. Es herrschte eine Hektik, wie sie selbst bei einem Papstbesuch nicht schlimmer hätte sein können. Alessia versuchte, sich durch den Menschenauflauf zum Treffpunkt mit den anderen durchzuschieben. Immer wieder blickte sie über die Schulter, um nach ihrem Vater, *zio* Carlo mit Celina auf den Schultern und *zia* Anna zu sehen, die versuchten, ihr auf den Fersen zu bleiben. Endlich hatten sie die vereinbarte Stelle erreicht. Nach einer herzlichen Begrüßung mit Elvira und deren Sohn Enzo, Giuliano und Silvia platzierten sie sich rechts der Spielleitung, die an Klapptischen unter einem großen Sonnenschirm nahe dem Geschehen saß.

Alessia erschien es komisch, ihren Kollegen in Freizeitkluft zu sehen. Giuliano präsentierte, lediglich mit modisch karierten Badeshorts bedeckt, einen makellosen, braun gebrannten und perfekt rasierten Oberkörper. Und Silvia schlug alle um sie herum mit ihren knallroten knappen Shorts und dem schwarzen Bikinioberteil in Wonderbraoptik. Der ebenfalls knallrote Hut setzte ihrer Erscheinung buchstäblich die Krone auf. Alessia betrachtete die beiden aus den Augenwinkeln. Wie ein Hollywoodpaar, dachte sie und lächelte über den Anflug von Neid. Alessia selbst kam sich in ihren Shorts und dem Top regelrecht blass vor, obwohl sie trotzdem eine *bella figura* machte.

»Der beste Platz ist unten im Meer«, wusste Giuliano. Hier standen etliche Zuschauer in Gruppen bis zum Bauch im Wasser und vertrieben sich die Wartezeit mit dem, was Italiener am liebsten machen: Konversation. Alessia schob sich näher an den Kai. Nicht weit von ihr entfernt war am Ufer der Mole ein dicker Baumstamm mit Stützen angebracht, der frei fast horizontal übers Meer ragte. An seinem Ende flatterte die Fahne des Heiligen Erlösers, die es von den Bewerbern um den Titel zu holen galt. »Aber«, erklärte ihr Giuliano, »der Stamm ist dick mit Tierfett und Talg eingeschmiert, dass es nur so rutscht. In der ersten halben Stunde ist es unmöglich, das Ende des Stamms zu erreichen. Je mehr Durchgänge, umso besser wird es, und irgendeinem von den Jungs gelingt es dann, die Fahne zu erwischen.«

Eine bunte, muntere Gesellschaft hatte sich an der alten Marina versammelt. Die Menschen saßen, meist nur in Badekleidung, auf der meterhohen Kaimauer oder ließen am Ufer ihre Beine im Meer baumeln. Unzählige braun gebrannte Schaulustige, die viel Haut zeigten, bevölkerten in Booten und kleinen Jachten im Halbkreis den Schauplatz im alten Hafen. Andere schaukelten in Gummibooten oder auf Luftmatratzen. Etliche saßen auf den aus dem Meer ragenden Felsbrocken vor der Kulisse der Altstadt mit ihren windschiefen, verwitterten Häusern.

Der Lautsprecher kündigte zu Ehren des Santissimo Salvatore den Beginn an. 17 Konkurrenten buhlten um den Titel.

'Ntinna a mari, das traditionelle Spiel der Fischer, wurde auch im 229. Jahr von der Bevölkerung der Insel hoch geschätzt. Für die männlichen Teilnehmer war es gleichermaßen eine Herausforderung ihrer Geschicklichkeit und ihres Gleichgewichts. Nach dem alten Brauch war nur Söhnen aus Fischerfamilien gestattet, an dem Wettkampf teilzunehmen. Und meistens waren es jedes Jahr dieselben.

Für Alessia bedeutete es ein kribbeliges Vergnügen, zuzusehen, wie die Jungs versuchten, mit ulkigen Verrenkungen das Gleichgewicht zu halten. Aber wie Giuliano es angekündigt hatte, schaffte es in den ersten Runden keiner, auch nur in die Nähe der Fahne zu kommen. Kaum hatten sie den Stamm betreten, konnten sie sich auf dem glitschigen Untergrund nicht mehr halten und purzelten ins Meer. Einige von ihnen machten dabei zur Erheiterung der Zuschauer bewusst drollige Verrenkungen.

Aus der vierten Runde wäre beinahe Nino Papst als Gewinner hervorgegangen. Aber die Jury erklärte seinen Sieg wegen Ungenauigkeit für ungültig. Endlich schaffte es in der sechsten Runde Frederike Provence, sich die Fahne zu schnappen, ehe er kopfüber mit ihr ins Wasser abtauchte. Unter kreischendem Applaus, Hochrufen und einer aufgeregten Lautsprecherstimme, die immer wieder mit Begeisterung »Frederike, Frederike« schrie, stapfte der Sieger an Land.

Bei den Unmengen an neuen Eindrücken und der Freude, einen so wundervollen Tag mit ihrer neuen Familie und ihren Kollegen zu erleben, hatte Alessia den Fall Sophie Baumann beinahe vergessen. Wie fast alle Besucher war auch Alessia dem Wetter entsprechend spärlich bekleidet. Shorts und Top hatte sie gegen ein dünnes, langes Shirt ausgetauscht, durch ihre umgebundene Bauchtasche recht hübsch tailliert. Darunter trug sie immer noch ihren Bikini.

Um sie herum erscholl anhaltender Beifall. Die aufgewühlte Stimme des Sprechers donnerte mit ungeheuerlicher

Sprachgewalt durch die Lautsprecher, um das Publikum an der Siegerehrung teilhaben zu lassen. Gerade als der Sieger unter tosendem Jubel sein Preisgeld entgegennahm, spürte Alessia in der Bauchtasche ein Vibrieren. Langsam ebbte der Lärm um sie herum zum Glück etwas ab. Alessia hielt sich ein Ohr zu und lauschte mit dem anderen der aufgeregten Stimme des Jungen, mit dem sie noch vor zwei Stunden in der Questura gesessen hatte.

»Commissario, mir ist eben was ganz Wichtiges eingefallen, als ich den Mann mit der Umhängetasche gesehen hab. Eine schwarze Schultertasche. Ich erinnere mich, dass die eine Person an dem Abend auf der Badeterrasse so eine umhängen hatte. Ich hab's einfach vergessen.« Gino redete ohne Punkt und Komma. »Die Person hatte den Trageriemen quer über die Brust gespannt. Es war eine dunkle, könnte schwarz, dunkelblau oder braunschwarz gewesen sein.«

»*Momento*, Gino, *piano*. Du hast so eine Tasche gerade hier gesehen?«

»*Sì*, Commissario! Ein Mann hat sie umgehabt.«

»Gino, kam dir die Erscheinung bekannt vor? Könnte es der Mann vom Mordabend gewesen sein?«

»Ich weiß es nicht, Commissario. Ich wollte nur damit sagen, dass es mir in dem Moment, als ich den Mann gesehen hab …«

»*Bene, bene* Gino, hab schon verstanden.«

»Jetzt sind sie weg. Ich habe sie aber sofort angerufen«, meinte er fast traurig darüber. Sie verabredeten sich in zehn Minuten am Ende der Kaimauer.

Nachdem Alessia ihrem Vice von dem Gespräch mit Gino berichtet hatte, zog Silvia ein pikiertes Gesicht.

»Aber wir wollten doch jetzt alle zum Rathaus, die Parade anschauen und weiter zur Prozession.« Sie blickte bedeutungsvoll auf ihre Designerbadetasche. »Ich habe mir extra noch etwas

Besonderes für den Abend eingepackt«, murrte sie und hätschelte fast liebevoll ihre Tasche mit der Kleidung darin.

»*Mamma*, musst du schon wieder einen Verbrecher jagen?«, begehrte auch Celina auf.

Sie beratschlagten und beschlossen, sich alle gemeinsam zum verabredeten Ort aufzumachen, da sie sowieso daran vorbei mussten.

Während die anderen warteten, zogen sich Alessia und Giuliano mit Gino etwas auf die Seite zurück. Mit seiner Beschreibung des Mannes mit der Tasche war es allerdings nicht weit her. Der Mann trug Sonnenbrille und Schirmmütze und die Frau, um die er den Arm gelegt hatte, einen Sommerhut mit breiter Krempe und ebenfalls eine Sonnenbrille.

»Ich war neugierig und hab versucht, näher ranzugehen, um mir die beiden genauer anzusehen. Allerdings, durch das Gedränge konnte ich schlecht was sehen. Aber die Frau hatte furchtbar lange Ohrringe. So goldene, längliche Dinger, wie kleine Stangen, die ihr fast bis auf die Schulter reichten. Und – warten Sie, Commissario, sie hatte ja nur Shorts und ein Bikinioberteil an, deshalb konnte ich gut den Fleck auf der rechten Schulter sehen.«

»Einen Leberfleck?«

»*No*, mehr so was wie ein Feuermal, ungefähr so groß wie ein Eurostück.«

»Na, das ist doch schon eine ganze Menge«, lobte Giuliano und strich ihm über die Schulter. Alessia legte daraufhin den Arm um den Jungen.

»Gino, wir bleiben in Verbindung. Sollten dir die beiden nochmals über den Weg laufen, rufst du mich sofort an. Aber egal was passiert, es bleibt bei dem, was wir in der Questura verabredet haben.«

Auch während der Prozession weilten die Gedanken der Commissario nicht beim Schutzpatron, sondern bei Ginos

Ausführungen über den Mann, die Tasche und das Feuermal. Ganz tief in ihrem Hirn blinkte es. Ein Feuermal, wo hatte sie schon mal … Sie gab auf, jetzt würde es ihr bestimmt nicht einfallen.

Gegen Abend drohte Celina allmählich, schlappzumachen. Abwechselnd schulterten sie Giuliano, Alessias *padre* oder *zio* Carlo. Auf seinen Schultern ließ sie irgendwann den Kopf sinken und nickte ein. Am Strand von Cefalù und auf dem gesamten *Lungomare* herrschte ein unglaublicher Andrang. Alessia überlegte mit Blick auf Celina, ins nahe Appartement in die Via Dietro Castello aufzubrechen, um sich dort mit ihr ins Bett zu legen. Jedoch mit den ersten Böllerschüssen öffnete Celina die Augen. Und in den nächsten fünfzehn Minuten bot sich ihnen allen mit dem Feuerwerk am Nachthimmel über dem Meer ein einmaliger und aufregender Anblick. Der Abschiedsgruß an den Schutzpatron von Cefalù, Santissimo Salvatore.

Danach war für Alessia und Celina endgültig Schluss.

»Willst du morgen dabei sein, oder soll ich es alleine durchziehen?«, fragte Alessia ihren Vice beim Abschied leise, ohne dass Silvia ein Wort mitbekam.

»Du willst sie tatsächlich noch mal vorladen?« Giuliano schüttelte den Kopf. »Aber der Junge sagte doch heute Nachmittag etwas von einem Mann mit einer Tasche.«

»*Sì*, aber er hatte eine Frau dabei. Die Tasche kann auch ihr gehört haben.«

»Und er war nur der Träger? Ha, welcher *cretino* trägt denn seiner *amichetta* die Tasche?«, grinste Giuliano unverfroren und warf einen kurzen Blick zu Silvia hinüber. Stolz hielt sie ihre schicke Badetasche geschultert und unterhielt sich angeregt mit *zia* Anna, während Celina um die beiden herumhüpfte.

»Niemals würde ich auf die Idee kommen«, proklamierte Giuliano in seiner typischen Machoart, »ihr die Tasche zu tragen.«

Alessia bedachte seine Worte mit einem herzhaften *spaccone*. »Und seit wann bezeichnest du deine Verlobte als Tussi? Aufschneider.«

Giuliano legte auf eine spitzbübische Art den Kopf schief, schien aber nicht weiter darauf eingehen zu wollen. Stattdessen meinte er: »*Bene*, morgen ist Sonntag. Ich schlage vor, tu, was du nicht lassen kannst, und ruf mich einfach an, wenn du alleine nicht mehr weiterkommst.«

Alessia wäre beinahe aus der Haut gefahren, aber da zwinkerte ihr Giuliano schon zu. *Naturalmente*, mittlerweile müsste sie den Vogel Giuliano kennen.

37

Alessia saß in der Questura in ihrem Büro und wartete. Lange würde es nicht mehr dauern. Die Tür war nur angelehnt. So vernahm Alessia die Schritte der herannahenden Personen. Nur noch drei, zwei und ein letzter Schritt …

Flankiert von zwei Polizisten stand Tiziana Paxiani mit blitzenden Augen und kochend vor Wut in der Tür. Einer der Polizisten verpasste ihr einen leichten Schulterstoß. Sie stolperte zwei Schritte in den Raum, richtete sich wieder auf und blieb wie eine Granitsäule stehen.

»*Buongiorno*, Signora Paxiani.«

Alessia stand auf und bot ihr mit einer freundlichen Geste den Stuhl vor ihrem Schreibtisch an. Sie erntete ein zorniges Kopfschütteln. Tizianas Wangen waren unter der Gesichtsbräune gerötet, als wäre sie mehrmals geohrfeigt worden. Sie trug ein ausgefallenes orangefarbenes Kleid aus dünnem Leinen, dessen Oberteil ab Brusthöhe komplett in Spitze gehalten war. Von einem Feuermal allerdings keine Spur. Damit brauche ich meine Frage gar nicht mehr zu stellen, dachte Alessia enttäuscht. Doch ehe sie ansetzen konnte, die Vorladung zu erklären, verlor Tiziana die Beherrschung.

»Es ist Sonntagmorgen! Und Sie lassen mich vom Frühstückstisch holen wie eine Verbrecherin und mich hierher bringen. Was, in Teufels Namen, haben Sie für einen Grund?!«

Nun stellte Alessia die überflüssige Frage trotzdem.

»Besitzen Sie eine schwarze, dunkelblaue oder braunschwarze Umhängetasche?«

Dabei kam sie sich recht albern vor. Fast jede Frau hatte eine Schultertasche mit Trageriemen in einer dieser Farben. Tiziana schnappte erbost nach Luft.

»Für diese Frage lassen Sie mich hierher eskortieren? Ein Telefonanruf hätte genügt!«

»Einen Cappuccino?«

Alessia ging zur Kaffeemaschine. Sie hörte Tiziana schnaufen wie zehn Walrösser zusammen. Die Kaffeemaschine zischte. Ein Geräusch, das jeden Italiener beruhigte. Auf dem Weg zurück zum Schreibtisch wiederholte Alessia ihre Frage.

»Und? Besitzen Sie so eine Tasche?«

Mit dem letzten Wort stellte die Commissario den Cappuccino auf den Schreibtisch.

Er wird sie schon anlocken.

Tiziana starrte auf die dampfende Tasse mit dem köstlichen weißen Milchschaum. Alessia bemerkte, wie Tizianas Hand zuckte. Doch dann schien sie sich zu verbeißen, zuzugreifen. Stattdessen atmete sie tief durch und setzte sich endlich steif und betont aufrecht auf den Stuhl, den Alessia ihr vorher angeboten hatte.

Alessia wartete. Zu warten und sich in Geduld zu üben, hatte sie in all ihren Berufsjahren gelernt. Und wenn es nötig war, so wie jetzt, dann klappte es auch. Mit Erfolg. Zunächst senkte Tiziana ihr hübsches Gesicht und fasste mit Daumen und Zeigefinger den Griff der Tasse. Führte sie zum Mund und nahm ein paar Schlucke. Alessia sah ihr dabei zu, als hätte sie ein Schauspiel vor Augen. Puh. Sie fuhr sich mit den Fingern durch den Pony. Nachdem Tiziana auch den Rest geleert hatte, stellte sie die Tasse demonstrativ zurück, lehnte sich an und verschränkte die Arme vor der Brust. Alessia sah ihr direkt in die funkelnden Augen.

»*Sì*, Commissario, und nochmals *sì*, mehrere. Ich habe eine weiße, eine rote, eine gelbe, eine hellblaue, eine schwarze …«

Giuliano hat recht gehabt. Was tue ich hier eigentlich? Kapier's endlich, sie war es nicht, und ich hab sie nicht mehr alle.

»*Dio mio*, Commissario Cappelletti! Ist Ihnen die Hitze in den Schädel gekrochen und hat Ihnen das Gehirn weggebrannt? Sie sind offensichtlich nicht mehr ganz bei Sinnen!«

»Überlegen Sie, Signora Paxiani, was Sie sagen. Im anderen Fall fangen Sie sich neben der Anzeige wegen unterlassener Hilfeleistung im Mordfall Baumann«, bewusst zählte Alessia alles einzeln auf, »und schwerer Körperverletzung in der Sache Moretti auch noch eine weitere wegen Beamtenbeleidigung ein.«

Tiziana schien unbeeindruckt. Im Gegenteil regte sie sich auf: »Was soll das eigentlich alles? Sie glauben doch nicht ernsthaft, dass ich Sophie Baumann ermordet habe?« Sie erhob sich und lief unruhig auf und ab. »Commissario«, deklamierte sie, »ich habe mehr als eine Stunde in diesem verdammten Korb in Gesellschaft unzähliger Spinnen gesessen. Das war dermaßen eklig, das können Sie sich wahrscheinlich gar nicht vorstellen.« Sie schüttelte sich bei der Erinnerung. »*Madonna mia*, ich wäre fast gestorben. Dann bin ich zurückgeschlichen zum Hotelparkplatz, wo mein Auto ganz hinten in der letzten Reihe stand. Ich hatte solche Angst, von den halbseidenen Typen meines *nonno* entdeckt zu werden, dass ich nochmals beinahe gestorben wäre. Und dann glauben Sie doch wohl nicht, ich wäre zurückgegangen und hätte kaltblütig einen Mord begangen?«

Natürlich nicht.

Alessia griff zum Telefon. Wenige Minuten später fanden sich die beiden diensthabenden Polizisten ein, die Tiziana gebracht hatten.

»Sie können gehen, Signora Paxiani, aber halten Sie sich zur Verfügung. Die Sache ist noch nicht vorbei.«

Ungestüm stöckelte Tiziana auf ihren hochhackigen Riemchenpantoletten auf die beiden Polizisten zu und knickte kurz vor ihnen um. Die beiden lachten und griffen nach ihren Armen, damit sie nicht hinfiel. Alessia senkte den Kopf und stützte ihn mit der Hand, damit niemand sah, wie sie ihre Schreibtischplatte ankicherte. Eine Weile verharrte sie in dieser Position, auch nachdem sie längst nicht mehr kicherte. Bei den diensthabenden Kollegen wartete Gino, den sie als Zeugen nicht mehr hatte bemühen müssen.

Was nun?

Alessia rechnete. Anfangs hatte Gino vier Personen gesehen. Dann eine Fünfte mit einer dunklen Tasche. Eine Sechste, wahrscheinlich einer von Don Ferrantes Männern. Eine Siebte, die Giuliano gewesen sein musste. Also reduzierte sich das Ganze wieder auf sechs Personen.

Und eine von ihnen ist Sophie Baumanns Mörder. Feuermal, Ohrringe, Tasche, Feuermal … Mann mit dunkler Umhängetasche, Feuermal …

Von jetzt auf gleich richtete sich Alessia auf und schlug sich mit der Hand vor die Stirn. »*O Dio mio, sono un asino.*« Wie konnte sie nur ein solcher Esel sein. In der nächsten Sekunde griff sie zum Hörer und erfuhr, dass es noch nicht zu spät war. Ohne weiter darüber nachzudenken, rief sie Giuliano an und teilte ihm mit, was er zu tun hatte, Sonntag hin oder her. Sonst würde er hinterher wahrscheinlich sauer sein, weil sie ihn nicht dazugeholt hatte.

Fünf Minuten später saß sie in einem Zivilfahrzeug und erzählte Gino neben sich auf dem Beifahrersitz, warum sie ihn für den geplanten Einsatz nicht mehr gebraucht hatte. »Aber jetzt«, erklärte sie ihm inbrünstig, »jetzt ist der Moment gekommen, in dem du mir helfen kannst.«

Vor dem *Kalura* wartete schon Giuliano auf sie und schob sich auf die Rückbank des Wagens.

»Hallo Gino, na, bereit?«, schäkerte Giuliano zur Auflockerung mit dem Jungen, der ein angespanntes Gesicht machte.

Der Checkout im *Kalura* war im vollen Gange. Taxen, kleine Shuttlebusse sowie Privatwagen standen vor dem Hotel und wurden beladen.

»Es war *doch* Dresen, *vero*?«, vermutete Giuliano. »Glaubst du, er ist noch hier?«

»Da sind sie«, fuhr Alessia in ihrem Sitz hoch. Sie standen ungefähr fünf Meter von dem Wagen entfernt, den Dresen und Marina Faller mit Koffern beluden.

»Ich dachte, die wären schon abgereist«, murmelte Giuliano, »die wollten doch …«

»Ich denke, Santissimo Salvatore hat sie davon abgehalten.«

Alessia reckte ihr Kinn und schaute dem Pärchen zu, während sie Giulianos erstaunten Seitenblick genoss.

»Dann sollten wir ihm danken«, meinte er etwas bärbeißig.

»Noch ist nichts entschieden.«

Alessia wandte sich zu Gino neben sich.

»Schau dir die beiden genau an, ganz genau. War einer der beiden am Mordabend auf der Badeplattform? Lass dir Zeit. Beobachte ihre Bewegungen, ob sie dir bekannt vorkommen.«

Alessia hörte Gino schwer atmen, aber er schwieg. Sie versuchte, ihm weiterzuhelfen. »Schau dir die Körper an. Erinnerst du dich an irgendwelche Konturen, eine bestimmte Körperhaltung oder Gangart?«

»Ich weiß es nicht«, stöhnte der Junge.

»Könnten es der Signor und die Signora sein, die du an der Mole gesehen hast?«

Giuliano wischte sich mit einem Taschentuch über die Stirn. Es war schon wieder so heiß, dass man sich am liebsten nicht mehr rühren wollte.

»Können wir nicht näher ran, Commissario?«

Gino hatte wie ein Erwachsener seine Stirn in Falten gezogen und blickte sie ernst an.

»*Bene.*« Alessia nickte ihrem Vice zu. Sie stiegen aus und schauten Marina Faller nach, die sich gerade von ihrem Fahrzeug zurück ins Hotel begab.

»O Commissario, *buongiorno*«, staunte Volker Dresen, »wollen Sie sich nochmals verabschieden?«

»*Buongiorno*, haben Sie doch noch das Fest mitgenommen?«

»*Sì, sì*, es war ein unglaubliches Erlebnis, nicht wahr, Schatz?«, wollte er sich seiner Verlobten zuwenden, die aber gerade schon im Hotel verschwand.

»Sie holt wohl die letzten Sachen aus dem Foyer.«

»Wir haben noch einige Fragen, Signor Dresen.«

»*Prego*, wir sind ja noch da.«

»Besitzen Sie eine schwarze, dunkelblaue oder braunschwarze Schultertasche?«

Ihr Leben lang, dachte Alessia, würde sie seinen dümmlichen Gesichtsausdruck auf ihre Frage hin nicht mehr vergessen.

»*Sì*, Commissario«, gab der erstaunte Volker Dresen zu. »Die Tasche liegt schon vorne auf meinem Sitz. Warum fragen Sie danach?«

So einfach hatte sich das Alessia nicht vorgestellt. Sie warf Giuliano einen Blick zu. Er öffnete daraufhin die Fahrertür und hielt wenig später eine schwarze Umhängetasche mit langem Trageriemen in den Händen.

»Ist sie das?«

»*Sì*, stimmt etwas damit nicht?«

Alessia schaute kurz Gino an. Der nickte daraufhin. In der nächsten Sekunde zerrte der Junge wie verrückt an ihrem Rockbund. Alessia folgte seinem Blick. Marina Faller schritt die Hoteltreppe herunter. An ihren Ohren baumelten lange Stäbchenohrringe. In der Hand hielt sie einen kleinen Schminkkoffer. Natürlich! Sie war es, die Gino an der Mole neben Dresen gesehen hatte. Marina Faller begrüßte die Commissari höflich und wandte sich sofort ihrem Verlobten zu.

»Ist noch etwas? Wir können doch endlich abreisen, oder?«

»Das sind die von der Mole«, flüsterte Gino ihr aufgeregt ins Ohr. Alessia hatte nun ebenfalls das kleine Feuermal auf der nackten Schulter gesehen. Giuliano wohl auch, denn er wandte sich ab und telefonierte.

»Signor Dresen, ich verhafte Sie wegen Mordverdachts an Sophie Baumann.«

Marina Faller schrie spitz auf, schlug sich die Hand vor den Mund, und Volker Dresen ließ fallen, was er gerade im Wagen verstauen wollte. Er starrte Alessia an, als hätte er ein Alien vor sich.

»Sind Sie verrückt geworden? Ich war in Rom an dem Abend. Ich habe Zeugen. Das wissen Sie doch! Das haben Sie doch sicherlich überprüft!«

»Haben wir, aber es gibt etliche Tricks, ungesehen aus einem Hotel zu verschwinden und früher zurückzufliegen. Das werden wir nun auch noch prüfen. Bis dahin muss ich Sie festnehmen.«

Alessia überlegte. Gino hatte ausgesagt, dass die Person, die Sophie Baumann vermutlich erstochen hatte, sofort geflüchtet war. Sie zog ihn einige Schritte zur Seite.

»Hast du gesehen, dass die Person, nachdem sie zugestochen hatte, etwas ins Meer geworfen hat? Jetzt komm mir nicht mit deinen Kleinteilen, die du nicht sehen kannst. Ich spreche von der Bewegung, die dazu nötig ist.«

»*No*, sie ist sofort davongelaufen.«

Alessia wandte sich wieder dem Paar zu.

»Könnten Sie bitte ihr Gepäck öffnen?«

Wenn sie jemand fragen würde, warum, hätte Alessia keine Antwort gewusst. Es war ihr intuitiv in den Sinn gekommen und sie nahm den Gedanken auf.

»*Naturalemente*, Commissario, wenn es weiter nichts ist. Was suchen Sie denn genau, vielleicht kann ich Ihnen ja helfen?«, erklärte Dresen mit hochrotem Kopf. Sein Versuch, zynisch zu wirken, scheiterte allerdings kläglich.

»Eine Schere.«

»*Scusi?*«

»Sie haben richtig gehört. Eine Schere.«

»Liebling«, brachte sich Marina Faller ein, »die haben kein Recht dazu.«

»Doch, Signora Faller, haben wir«, meldete sich Giuliano zu Wort, nachdem er sein Telefonat beendet hatte.

»Und wir können es hier erledigen oder in der Questura. Sie werden nicht drum herumkommen. *Allora*, warum nicht gleich hier? Dann brauchen sie die Koffer nicht ins Präsidium zu schleppen.«

Dresen war schon dabei, die Gepäckstücke aus dem Kofferraum zu hieven. Einen legte er vorsichtig auf der Motorhaube ab, den anderen auf den Boden und öffnete sie beide. Passanten begannen, sich in der Nähe zu versammeln.

Immer diese Neugierigen, ärgerte sich Alessia.

»*Prego*, Commissario«, sagte Dresen gestelzt und zeigte auf den Kofferinhalt.

Der von Giuliano gerufene Streifenwagen traf ein und hielt neben ihnen. Zwei Uniformierte stiegen aus und blieben abwartend stehen.

Alessia sah auf einen Blick, welcher Koffer wem zuzuordnen war. Sie gab Giuliano ein Zeichen. Er bückte sich daraufhin und nahm sich den Koffer auf dem Boden vor, während Alessia sich dem Marina Fallers auf der Motorhaube zuwandte. Der wurde es eindeutig zu ungemütlich.

»Ich müsste noch mal auf die Toilette. Solange wie Sie hier beschäftigt sind, ist das doch möglich?«

Alessia gab einem der Polizisten ein Zeichen. »Er wird sie begleiten, Signora Faller.«

Marina Faller warf ihm einen abschätzigen Blick zu und marschierte los, die Hoteltreppe hinauf und ins Foyer. Alessia sah ihr nach. Nachdem die beiden durch die Hoteltür verschwunden waren, durchsuchte sie den Koffer. Rücksichtsvoll versuchte sie, so wenig Unordnung wie möglich zu machen. Als sie die Hand unter die sorgfältig zusammengefalteten Kleidungsstücke auf dem Kofferboden schob, ertastete sie eine Verpackung. Sie zog sie hervor und starrte darauf, als würde man sie narren. In ihren Händen hielt sie eine schmale Schachtel mit einem eingerissenen Deckel und las, was darauf stand: *Geschenkset – Italienische Schneiderschere & Stickschere. Klassisches, handgefertigtes Scherenset mit Motivdruck bestehend aus einer 4" (100mm) Stickschere und einer 8" (205mm) Schneiderschere auf Satin gebettet. Limitierte Edition, handgefertigt in Italien.*

Alessia warf die Schachtel auf die Kleidungsstücke, zeigte zum Hotel, rief »*Vai!*« und rannte los. Giuliano gab, noch während er sich in Bewegung setzte, dem Polizisten ein Zeichen, den Wagen zu bewachen. Gino und Dresen rannten ebenfalls hinterher. In der Hoteltür stieß Alessia mit Gerrit Curcio zusammen, der gerade das Hotel verlassen wollte.

»Ich habe Sie durch mein Bürofenster gesehen, was –?«

Doch Alessia hatte ihn schon zur Seite gestoßen, hetzte weiter, erkundigte sich im Vorbeisprint an der Rezeption bei Toto, der mit den auscheckenden Gästen alle Hände voll zu tun hatte, nach den Toiletten. Der Reihe nach stürzten sie hinter der Rezeption die Treppe hinunter, passierten das Restaurant und eilten weiter abwärts, bis sie endlich die WC-Räume erreichten. Einer nach dem anderen, zuletzt Gerrit Curcio, traf schnaufend dort ein. Was Alessia sah, ließ sie schon ahnen, was passiert war. Im Vorraum quälte sich der Polizist, der Faller begleitet hatte, mit schmerzverzerrtem Gesicht wieder auf die Beine und hielt sich den Schritt.

»*O no*«, stöhnte Alessia. »Sie haben sie entkommen lassen!«

»Commissario, sie hat mich so unverschämt nett angelächelt und dann genauso lächelnd unverschämt zugetreten. Ich wusste nicht, wie mir geschah. Danach ist sie zurück die Treppe hoch und war weg.«

Alessia schnaubte vor Wut.

»Weit kommt sie nicht«, fluchte Giuliano. »Wo will sie denn hin? Von Sizilien kommt sie nicht runter.«

»Das weiß sie selbst auch«, knurrte Alessia. »Aber Sizilien ist groß.«

Sie leitete eine inselweite Fahndung ein.

»War sie es?«, wollte Gerrit Curcio wissen. Alessia antwortete nicht, sondern stampfte immer noch geladen die Treppen wieder hoch. Am Hotelportal wollte sie gerade die Treppen hinabsteigen, als sie stutzte, innehielt und ihr der Mund offen stehen blieb. Am Wagen lehnte in aller Ruhe Marina Faller und blickte ihr entgegen.

Als Alessia vor ihr stand, schaute die mutmaßliche Mörderin sie emotionslos an.

»Mir ist schnell klar geworden, wie sinnlos eine Flucht ist«, meinte sie sachlich mit tonloser Stimme. »Und meine braune Umhängetasche werden Sie auch noch in meinem Koffer finden.«

Alessia holte erst einige Male Luft, bevor sie ihre Fragen stellte.

»Warum haben Sie –«

»Ich wollte sie nicht töten«, unterbrach Marina Faller die Commissario. »Nur mit ihr reden, dass sie die Firma nicht verkaufen soll. Volker und ich wollten doch heiraten.« Sie blickte zu ihrem gänzlich verstörten Verlobten. Er schien die Welt nicht mehr zu verstehen. »Ich wollte wirklich nur mit ihr reden«, bekräftigte sie.

»Wirklich nur reden?« Alessia glaubte ihr nicht. Marina Faller neigte zu Gewalt. War sie nicht auch vor Eifersucht auf ihre Stiefschwester losgegangen und deswegen im Heim gelandet?

»*Bene*, Sie wollten nur mit ihr reden, aber dann haben Sie auf der Badeterrasse etwas beobachtet. Und anstatt Hilfe zu leisten, haben Sie die Gunst des Augenblicks genutzt, um sich der Frau, der ihr Verlobter immer noch hinterhertrauert und die er eigentlich zurückhaben wollte, ein für alle Mal zu entledigen, *corretto*?«

»Das kann nicht wahr sein«, stotterte Dresen.

Marina Faller verlor etwas an Farbe. Aber sonst zeigte sie keine Reaktion. Einen Moment sah es so aus, als hätten die Worte der Commissario die junge Frau nicht wirklich erreicht. Teilnahmslos starrte sie vor sich hin, als hätte sie mit ihrem Schicksal abgeschlossen. Unerwartet aber setzte eine Veränderung bei ihr ein.

Achtung, sie wird wütend!

Alessia wollte gerade dem Polizisten ein Zeichen geben, die Handschellen anzulegen, als Marina Faller die Arme in die Luft riss und sich aufgebracht ihrem Verlobten zuwandte.

»Doch Volker, es ist wahr!«, empörte sie sich, und nun war ihr Gesicht vor Zorn verzerrt. »Glaubst du, ich wüsste nicht Bescheid? Dauernd hast du mit ihr telefoniert! Und das war nicht immer nur geschäftlich. Außerdem habe ich deine E-Mails an sie gelesen. ›Warum hast du mich verlassen‹«, äffte sie nach, »und was du ihr nicht sonst noch all Nettes geschrieben hast.«

Alessia schaute zwischen Dresen und seiner Verlobten hin und her.

»War das jetzt alles, Signora Faller?«

Weitere Streifenwagen waren mittlerweile am *Kalura* vorgefahren.

»Wollen Sie mein Hotel stürmen, Commissario?«, regte sich Gerrit Curcio auf, der plötzlich neben Alessia stand. »Sie machen mir ja meine Gäste völlig verrückt!«

Alessia hob die Hände. »*Un Momento!*«, murmelte sie und wandte sich wieder Marina Faller zu. »Handy und Netbook von Sophie Baumann, wo haben Sie die entsorgt?«

»Ich hab' sie irgendwo auf der Strecke zwischen Cefalù und Palermo aus dem Zug geworfen, keine Ahnung, wo genau«, knurrte Marina Faller mürrisch. Ihr nächster Satz klang eher ironisch: »Kann ich Ihnen sonst noch helfen, Commissario?«

Eine kurze Weile schaute Alessia die junge Frau an.

»Die Schere?«

Marina Faller atmete hörbar durch und schaute dabei an allen auf sie gerichteten erwartungsvollen Gesichtern vorbei irgendwohin.

Alessia wartete geduldig.

»Die Schere ...«, begann Marina Faller endlich. »Ich hatte sie an dem Tag in Cefalù für meine Freundin gekauft. Sie ist Schneiderin.«

Alessia war sprachlos. Signora Faller hatte wirklich Nerven, ihrer Freundin eine Mordwaffe zu schenken.

»Und wenn Sie das Geschenk nicht in der Tasche gehabt hätten, würde Sophie Baumann noch leben, *vero*?«

Marina Faller starrte sie an. Noch nie hatte Alessia solch funkelnde Augen gesehen, aus denen ihr grenzenloser Hass entgegen sprang.

»Dann hätte ich sie mit irgendetwas erschlagen, Commissario.«

»Abführen!«

Epilog

Die Verhaftung ging schon mittags durch alle Medien. Der Mord an der deutschen Sophie Baumann war endlich aufgeklärt. Gerrit Curcio saß mit seiner gesamten Familie vor dem Fernseher. Gerade übertrug man die Pressekonferenz mit Commissario Alessia Cappelletti und Vice-Questore Dottor Manfredi Borsellino. Ihren Gesichtern war die Erleichterung über die Aufklärung des Mordfalles anzusehen. In der Folge wurde das Hotel *Kalura* aus etlichen Perspektiven gezeigt, der Tatort auf der Badeterrasse und auch die Stelle, an der Alessia die Mörderin Marina Faller verhaftet hatte.

Am frühen Nachmittag verabschiedete Alessia am Flughafen Palermo Sophies Tante Marita und ihren Mann Andrew, die aus Kanada angereist waren, um den Leichnam nach Deutschland überführen zu lassen. Auch Florian Spatz und Gernot Morsch warteten auf ihre Maschine nach Rom. Selbst Volker Dresen reiste nicht mehr nach Messina, sondern kauerte etwas abseits in einem der Flughafensessel und wartete auf die gleiche Maschine nach Düsseldorf, mit der seine ehemalige Liebe heimkehrte.

Am Abend erwarteten Aaron, Noah und ihr Vater Gerrit Curcio aufgeregt ihre Gäste auf der *Terrazza* des Hotels *Kalura.* Dort stand ein festlich gedeckter Tisch unter einem orangefarbenen Sonnenschirm. Jeden Einzelnen begrüßte Curcio mit Handschlag. Alessia und Celina, Giuliano und Silvia, Elvira, diesmal ohne Sohn Enzo, und Vice-Questore Borsellino mit seiner Frau.

Als alle auf ihren Plätzen saßen, ließ Curcio Champagner einschenken. Mit erhobenem Glas hielt er eine Lobesrede auf Commissario Cappelletti und ihren Vice Giuliano Carasini.

Alessia winkte mit hochrotem Kopf ab und meinte, er würde übertreiben.

»*No, no*, er hat recht«, bestätigte Giuliano energisch. »Du warst hartnäckig, hast dich nicht beirren lassen, nicht mal von mir«, lachte er. Und auch Curcio wollte nichts von seinem Lob zurücknehmen. Vor allem gratulierte er Vice-Questore Dottor Borsellino zu seinem Glück, eine Commissario wie Alessia Cappelletti in seinem Team zu haben. Alessia war der ganze Auftritt ziemlich unangenehm. Sie war einfach nur froh drüber, sich endlich entspannen zu können. Ihr nächstes Vorhaben sollte keine Mörderjagd sein, sondern die Suche nach einer geeigneten Wohnung für Celina und sich.

Während des Nachtisches erhielt Alessia einen Anruf aus Rom von Cosimo, der ihr zum Erfolg gratulierte. Als er sich für das kommende Wochenende ankündigte, wehrte Alessia nicht ab. Kaum hatte sie das Gespräch beendet, klingelte ihr Handy erneut. Als sie die Stimme erkannte, blickte sie sich irritiert um. Saß er nicht eben noch an ihrem Tisch? Alessia hatte ihn nicht aufstehen sehen.

»Commissario Alessia, was ist jetzt eigentlich mit meiner Einladung ins *La Botte*?«

Alessia stand auf. Die anderen sollten ihre plötzliche Verlegenheit nicht bemerken. Sie schlenderte zur Balustrade. Schaute aufs Meer und fühlte sich einfach nur glücklich.

»*Sì*, Gerrit, gerne.«

Als sie zurück an den Tisch kam, schaute der Vice-Questore sie mit diesem bestimmten Ausdruck im Gesicht an. In der Hand hielt er sein Handy. Alessia wurde blass.

»*O no*, Chef, doch nicht etwa ein neuer Mord?«

»*O no*, Commissario Cappelletti, diesmal ist es tatsächlich ein *suicidio*.«

Anmerkungen zum Roman

Bei einem Sizilienbesuch 2008 fragte mich der Hotelier Gerrit Curcio, ob ich Lust und Interesse hätte, einen Sizilien-Krimi zu schreiben. Er sollte sowohl in dem pittoresken Ort Cefalù als auch in seinem dortigen Hotel *Kalura* spielen. Ich dachte darüber nach und sagte dann zu. Die Grundidee stand ziemlich bald. Als deutsche Autorin, die über Italien schreiben wollte, hatte die akribische Recherche oberste Priorität. Es folgten mehrere ermittlungsreiche Sizilienaufenthalte. Zudem begann ich, alles zu lesen, was mit Sizilien zu tun hat: Über seine Geschichte, über den besonderen Menschenschlag dieser Insel, über die sizilianische Cosa Nostra, ich durchforstete das Internet, begann, die Sprache zu lernen. Informierte mich gründlich über Polizeiarbeit im Allgemeinen und im Besonderen über die italienische. So werden zum Beispiel weibliche Kriminalbeamte in Italien mit der männlichen Form »Commissario« angesprochen.

Intensiv setzte ich mich auch mit dem italienischen Aufbau des Strafverfolgungssystems auseinander.

Zur besseren Verständlichkeit für die deutschen Leser befindet sich im Anhang auch ein Glossar verschiedener italienischer Bezeichnungen und Begriffe.

Die Geschichte ist frei erfunden. Ähnlichkeiten wären rein zufällig. Die auftretenden Figuren sind teils fiktiv, andere gab und gibt es tatsächlich. Letztere gaben ihr ausdrückliches Einverständnis, hier erwähnt zu werden, und freuten sich, namentlich genannt zu sein.

So auch der Leiter der Questura Cefalù, Vice-Questore Dottor Manfredi Borsellino, der Sohn des 1992 von der Mafia in Palermo ermordeten Mafia-Richters Dr. Alfredo Borsellino. Nach einer persönlichen Anfrage gab er seine Zustimmung, ebenfalls in meinem Roman namentlich aufzutreten.

Durch meine Aufenthalte auf Sizilien habe ich den unverkennbaren, charakteristischen Charme sowie die Herzlichkeit der Insulaner und die eigentümliche Schönheit ihrer Insel kennen und lieben gelernt.

Ich freue mich, wenn Ihnen mein Buch Sizilien etwas näher gebracht hat.

Ein dickes Dankeschön geht an meine Helfer, an die ich mich während der Entstehung des Romans mit allen noch so unmöglichen Fragen wenden konnte:

Jürgen Johnen, Kriminalhauptkommissar, Polizeipräsidium Koblenz, der geduldig all meine Fragen beantwortete und mich über Fälle grenzüberschreitender Polizeiarbeit informierte.

Ralf Schomisch und ***Helmut Zirfas***, Presse-und Öffentlichkeitsarbeit, Polizeipräsidium Koblenz.

Beide stehen mir seit Jahren hilfreich und ausdauernd bei meinen Recherchen zur Seite.

Dr. Frank Glenewinkel, Arzt für Rechtsmedizin, Institut für Rechtsmedizin der Universität Köln. Auch Dr. Glenewinkel beantwortet mir seit Jahren erschöpfend und unermüdlich alle Fragen.

Gerrit Curcio, der für alles „Italienische“ im Buch zuständig war.

Doptics, Inhaber ***Axel Drescher***, der mir Wissenswertes über Ferngläser vermittelte und mir die Informationen gab, die ich für meine Geschichte benötigte.

Und nicht zuletzt ein dickes Danke an ***Gabriele Keiser*** für ihr Vorlektorat und ihre fruchtbaren und wertvollen Anregungen.

Dank dem Lektorat des Sutton Verlages für den letzten Schliff.

Bad Neuenahr, im März 2012
Mona Misko
www.mo-misko.de

Glossar

Die Bedeutung der meisten im Buch aufgeführten italienischen Benennungen ergibt sich aus dem Text. Einige sind zum besseren Verständnis hier aufgeführt:

Agente	Polizeioberwachtmeister
Assistente	Polizeihauptwachtmeister
Commissario Capo	Erster Polizeihauptkommissar
Commissario	Polizeioberkommissar/in
Vice-Questore	Polizeidirektor
Vice-Commissario	Polizeikommissar (Anwärter, Aufstiegsbeamter)
Vice-Sovrintendente	Polizeimeister
Ispettore/Ispettrice	Polizeihauptmeister/in
azenda	Firma
cazzo	Verdammt, Scheiße. Cazzo ist das meist verwendete Wort der Italiener, quer durch alle sozialen Schichten, vom Schuljungen bis zur Oma. Die eigentliche Bedeutung ist Schwanz, an die dabei aber keiner denkt.
mannaggia	Verdammt
sapientone	Klugscheißer
cocco die mamma	Muttersöhnchen
cacasotto	Heulsuse, Hosenscheißer
omicidio	Mord

Bitte beachten Sie auch die folgenden Buchhinweise

Buchhinweise

Der Verlobte
Vom Heucheln und Meucheln

Christine Sylvester

ISBN 978-3-86680-757-0
9,90 € [D]

BERNDT SCHULZ
Die verzauberten
Frauen
EIN KLOSTER-EBERBACH-KRIMI
SUTTON KRIMI

Buchhinweis

Eiskalte Ekstase
Ein Frankfurt-Thriller

Eva Lirot

ISBN 978-3-86680-956-7 | 12,00 € [D]

SUTTON VERLAG

Weitere Krimis und Romane finden Sie unter:
www.sutton-belletristik.de